KARALYN

TOME 1 : LE RÉVEIL

◆ LÉA DIAZ ◆

Copyright © 2019 DIAZ LÉA
Tous droits réservés.

ISBN : 9781700085108

POUR TOI, MAMAN.

CHAPITRE 1

La musique tournoyait et m'enveloppait totalement. Ses vibrations se répandaient en moi faisant battre mon cœur au même rythme effréné. En retrait, j'observais la foule d'un regard envieux. Tous ces humains, qui dansaient et buvaient inconsciemment, me captivaient. Leurs auras, bouillonnantes et palpables, emplissaient toute la pièce. Pour la centième fois, je tentais de comprendre pourquoi ils admiraient tellement les êtres magiques. Ne remarquaient-ils pas combien leur normalité était fabuleuse ? Elle leur offrait une vie de liberté alors que les nôtres n'étaient faites que de contraintes et de contrôle. S'ils savaient à quel point j'aimerais être comme eux.

Un soupir avide s'échappa d'entre mes lèvres. Rêver d'un destin qui n'était pas le mien ne m'avancerait à rien. Je saisis le verre devant moi et avalai d'un trait le liquide ambré qu'il contenait. Je fermai les yeux et, quelques secondes plus tard, sentis avec satisfaction l'onde grondante de mon pouvoir s'affaiblir. Cela n'était que temporaire, elle reviendrait et se ferait encore plus pressante.

Au milieu de la foule, je perçus la présence de seulement deux autres êtres magiques. Leurs auras particulières libérant une énergie plus dense que celles des humains, elles modifiaient instantanément l'atmosphère lorsque l'un d'eux pénétrait dans une pièce. Les humains connaissaient notre existence depuis de longues décennies déjà. Cependant, tout comme les sorciers, ils étaient incapables de distinguer les auras. C'était notre privilège à nous, les métamorphes. C'était d'ailleurs le seul phénomène magique que je trouvais regrettable qu'ils ratent.

Émanant de chaque être vivant, les auras se dégradaient dans toutes les gammes de couleurs reflétant en permanence notre humeur, l'étendue de nos pouvoirs, ainsi que notre énergie vitale. Elles m'avaient toujours secrètement fascinée et plus particulièrement celles des sorciers. Alimentées par la magie des éléments, elles étaient traversées de milliers de filaments colorés et incandescents créant un tout éblouissant tandis que celles des humains ne formaient que de légers halos autour d'eux. Il était impossible de dissocier la magie de l'aura d'un métamorphe.

Malgré tout, la plupart du temps, je dressais une barrière mentale afin de ne pas les voir. Cet afflux permanent de couleurs et de magie finissait par me donner mal à la tête.

J'interrompis ma contemplation et tirai d'un geste las sur le tissu moite de ma robe. Comment avais-je pu laisser Every me convaincre de venir ici et en plus d'enfiler cette satanée robe ?

Je revis l'expression désapprobatrice qui s'était peinte

sur son visage au moment où j'avais ouvert la porte de ma chambre pour la rejoindre. Comme toujours, elle était élégante et avait parfaitement mis son corps en valeur. Ses jambes étaient moulées dans un pantalon noir et un chemisier vert émeraude soulignait délicatement l'éclat de ses cheveux roux ainsi que sa peau pâle.

- Qu'est-ce qui ne va pas ? lui avais-je demandé sur la défensive.
- Ta tenue.
- Qu'est-ce qu'elle a ma tenue ? C'est mon jean préféré ! avais-je protesté.
- Ce jean est banal à mourir et je ne parle même pas du reste, avait-elle répliqué les bras croisés sur sa poitrine.

Son regard avait alors glissé sur ma blouse noire au tissu ample et ma veste de blazer cintrée pour finir sur mes bottines à talons également noires.

- Il est hors de question que tu sortes comme ça, avait-elle déclaré fermement.

Elle s'était engouffrée dans ma chambre et avait disparu dans mon armoire à la recherche de vêtements appropriés. Un long discours sur ma féminité s'en était suivi, ne prenant fin qu'une fois que j'eus enfilé cette robe affreusement trop moulante qu'elle m'avait offerte pour mon anniversaire l'année dernière et qui portait toujours son étiquette.

Machinalement, je jetai un coup d'œil à mon portable. Un sourire de soulagement s'étira sur mes lèvres. J'allais enfin pouvoir quitter ce lieu oppressant et irrespirable. Je commençai à me tourner vers Every, mais l'expression qui imprégnait son visage balaya toute trace de satisfaction. Ses yeux bleus, à l'intérieur desquels brûlait une lueur étrange, fixaient la foule sans ciller. Elle semblait avoir totalement oublié ma présence. Je suivis son regard et ne mis pas longtemps avant de trouver l'objet de son attention. Cela aurait dû m'être évident pourtant. Avec sa peau d'ébène et ses cheveux aux mille boucles, seule Lisha était capable de provoquer une telle réaction chez Every. Je n'étais pas la seule à désirer être humaine ce soir.

Every était également une métamorphe, mais la formation qu'elle avait intégrée à l'université la rendait spéciale. Elle faisait partie de ceux qui, après leurs trois ans d'enseignements, seraient chargés de la protection des plus puissantes et plus anciennes familles de sorciers : les Héritiers. La majorité d'entre nous rêvait depuis l'enfance de réussir le test qui nous permettrait d'accéder à ce cursus prestigieux. Chez Every, on était Gardien de génération en génération. Aucune autre voie n'était envisageable. Avouer son attirance pour cette humaine détruirait tous ses efforts.

Gouvernant le monde magique, les Héritiers désapprouvaient le mélange entre métamorphes et humains. À leurs yeux, nous pouvions cohabiter ensemble, voir nous lier amicalement, mais cela ne devait aller plus loin. Bien que plus aucune loi ne pesait sur la nature de nos relations, effacer des mœurs des années d'interdictions n'était pas chose facile. Cette restriction touchait notamment les métamorphes destinés à être ou étant déjà des Gardiens. La protection des Héritiers devant être une priorité, l'Alliance avait décrété que cet « éloignement » était l'unique moyen de préserver génétiquement les lignées de Gardiens.

Aimant les filles, je ne voyais pas très bien comment cela pouvait s'appliquer à Every. Cependant, la position qu'elle occupait auprès d'eux l'obligeait à s'y plier même si cela allait à l'encontre de ses propres envies.

Cette réalité me consterna un peu plus. Espérant la faire réagir, je levai l'écran de mon téléphone dans sa direction, mais elle se contenta d'acquiescer silencieusement. Si je ne parvenais pas à détacher son attention de Lisha, nous ne partirions jamais d'ici.

- Rappelle-moi une dernière fois pourquoi tu as voulu venir dans cet endroit ? l'interrogeai-je.

Du coin de l'œil, je l'aperçus passer ses doigts dans sa longue chevelure, un tic qui trahissait sa nervosité. La manière dont nous devions nous intégrer aux humains avait toujours été source de conflits. Personnellement, je préférais leur présence à celle des sorciers. Néanmoins, conditionnée par son éducation, Every se tenait le plus loin possible d'eux. La voir se protéger derrière toutes ces règles que les Héritiers avaient créés me faisait les détester un peu plus.

- Eh bien... Des amis me l'ont conseillé.

N'osant pas me regarder, sa voix devint hésitante.

- Des amis de ton cursus ? insistai-je.

- Hum hum...se contenta-t-elle de me répondre.

Se tortillant sur son tabouret, Every fit mine de finir son verre.

- La ville possède une dizaine de boîtes de nuit et de futurs gardiens t'en recommandent une fréquentée par des humains ? Tu ne sais absolument pas mentir.

Mon ton moqueur la piqua.

- Qu'est-ce que tu insinues ? répliqua-t-elle sur la défensive.

- Tu sais parfaitement ce que j'insinue.

- Kara ! Tu dis vraiment n'importe quoi, franchement ! Une humaine ! s'offusqua-t-elle.

Le regard rempli de culpabilité, elle vérifia que personne ne nous avait entendus.

- Every, je ne fais pas partie du programme spécialisé et je suis encore moins une Héritière alors ce n'est pas la peine de me mentir. Ce n'est pas moi qui te jugerais et tu le sais, dis-je, vexée.

Elle baissa la tête. Notre pouvoir étant inférieur à celui des Héritiers, nous devions nous contenter de suivre leurs lois et de les servir du mieux que nous pouvions. L'admission à ce programme permettait à des métamorphes comme Every d'acquérir un statut particulier dans la hiérarchie magique. Ils étaient bien les seuls de notre espèce que les Héritiers traitaient avec un minimum de respect. Après tout, en quoi cela pouvait-il être utile de se transformer en animal si ce n'était pas pour les défendre ?

N'en pouvant plus de l'atmosphère étouffante qui régnait autour de nous, je pris mes affaires et me levai. Je traversai la piste de danse avec empressement et parvins à préserver ma robe des nombreux verres d'alcool qui finissaient inévitablement par tomber. Une fois le pas de la porte franchit, l'air frais de la ville me happa et repoussa la chaleur moite qui s'accrochait encore à moi. J'accueillis cette brise libératrice avec soulagement.

Cela ne dura que quelques instants. Sur le trottoir, la foule compacte qui envahissait la rue ne mit pas longtemps avant de m'entourer puis de m'engloutir. La panique se répandit en moi et mes doigts commencèrent à trembler. Je ne pouvais partir sans Every. Revenant sur mes pas, je m'appuyais contre le mur de la boîte de nuit. J'avais toujours détesté le monde.

Tentant de calmer ma respiration, je fis abstraction des gens autour de moi. J'oubliai toutes ces énergies différentes qui s'entremêlaient et m'assaillaient. Je levai les yeux et observai les immenses tours de verre qui me surplombaient de leurs squelettes de métal. Parmi elles, je distinguai parfaitement celle qu'avaient bâtie les Héritiers. Stratégiquement située au cœur de la ville, elle dominait par sa taille toutes les autres. Les humains tentaient de reproduire son architecture complexe à l'allure presque futuriste à chaque nouvelle construction sans jamais y parvenir. À l'intérieur, se trouvaient les bureaux des membres de notre gouvernement magique rattachés à la ville. En étroite collaboration avec celui régnant sur les humains, ils formaient L'Alliance. À sa tête, cinq Héritiers parmi les plus puissants d'entre eux prenaient les décisions concernant les miens et les sorciers.

Pensée aux Héritiers étant la dernière chose au monde pouvant m'apaiser, je reportai mon attention sur le ciel. La ville irradiait tellement de vie et de lumières artificielles qu'aucune étoile n'osait se montrer. Perdu dans mes pensées, je ressentis à peine l'énergie d'Every qui tentait de se frayer un chemin jusqu'à moi. Tandis qu'elle se rapprocha, la magie présente dans son aura réchauffa l'atmosphère, me privant du peu d'air frais que j'avais réussi à trouver. De la sueur commença à perler dans mon cou. Il fallait que je respire.

Une fois à mes côtés, elle eut le réflexe de se pencher près de mon oreille pour que je l'entende.

- Ce n'est pas parce que je n'utilise pas mon pouvoir que j'ai une ouïe humaine, lâchai-je d'un ton tranchant. Déjà que tu m'as traînée ici alors que la foule et les lieux clos me font paniquer. S'il te plaît, laisse-moi un minimum d'espace vital.

S'en voulant aussitôt, elle recula.

- Je suis désolée, Karalyn... J'ai dû te voir te transformer qu'à deux ou trois reprises et toujours contre ta volonté. J'oublie parfois que tu fais partie des miens.

Elle avait raison.

- Pourtant, dans ces moments-là tu restes avec moi, répliquai-je plus calmement en regardant autour de nous.

J'avais mes propres secrets à préserver. Comprenant où je voulais en venir, elle hocha la tête. Elle savait aussi bien que moi que ses arguments sur les relations entre humains et métamorphes ne tenaient pas.

- Je n'aurais pas dû te mentir tout à l'heure, seulement, je n'ai pas le droit de ressentir ces sentiments, tenta-t-elle de se justifier balayant ce qu'elle avait avoué quelques instants plus tôt.
- Si tu croyais réellement cela, tu ne serais jamais venu ici pour revoir cette humaine. Tu te caches derrière ce que disent les Héritiers. Les simples sorciers se moquent totalement que les métamorphes éprouvent des sentiments pour les humains. L'Alliance et les Héritiers sont des conservateurs Every, ils gardent ces règles anciennes parce qu'elles nous contrôlent, mais ce n'est pas la première fois que nous avons cette discussion, conclus-je, découragée.

Elle ne sut quoi répondre. Toute sa famille avant elle avait suivi cette voie, ce n'était pas moi qui allais lui ouvrir les yeux. Le silence s'installa entre nous puis finalement, elle nous extirpa de la foule. Nous nous enfonçâmes dans le dédale de la ville, évitant de temps à autre des personnes ivres. Les mains désormais fourrées dans les poches de sa veste, Every marchait d'un pas rapide, sans rien dire, le regard dans le vide. Je la laissai se perdre dans ses pensées.

Tout autour de nous indiquait que la nuit était loin d'être finie. Le flot de voitures ne ralentissait pas et la musique s'échappait sans interruption. Every et moi, plongées dans notre silence, semblions hors du temps.

Après presque un quart d'heure, nous débouchâmes dans une rue pavée de pierres anciennes et délimitée par un immense grillage en fer forgé noir. Tandis que nous le longeâmes, je fis glisser mes doigts sur ses arabesques complexes. Son contact froid m'apaisa. Derrière lui s'élevaient des arbres massifs à la robe épaisse cachant aux yeux extérieurs le sublime parc qui s'étendait autour de l'université. La propriété était si vaste qu'elle possédait de nombreuses entrées. À quelques mètres de nous, l'une d'elles se découpa délicatement.

Je passai sous l'arche et commençai à marcher sur le chemin en pierres blanches. Celui-ci traversait le parc de part et d'autre dessinant des courbes bordées de grands réverbères noirs. J'écoutai les pas d'Every résonner dans mon dos lorsque brusquement, je perçus un mouvement sur ma gauche. Il était trop tard.

La collision me fit perdre l'équilibre et je m'étalai sur le sol poussiéreux. Énervée, je me relevai et essuyai mes mains sur ma robe. Le sang qu'elles laissèrent sur le tissu noir était indécelable. Tournant la tête vers la personne qui venait de me rentrer dedans, je reculai.

Un Héritier. Sur sa chemise d'un rouge profond reposait un épais médaillon en or représentant les armoiries de sa famille. Ce n'était cependant pas n'importe quel Héritier. La réputation d'Aldryc Nazaire était telle que même moi qui ne me mêlais sous aucun prétexte au monde magique, j'en avais entendu parler. Arrogant et présomptueux, il ne respectait aucune règle. Heureusement pour lui, son père occupait une place influente au sein de l'Alliance, lui permettant de s'en sortir sans peine. Il était plus judicieux de se tenir loin d'Aldryc et de sa famille. Totalement ivre, son aura se propageait autour de lui de manière chaotique. Se relevant après moi, il franchit la distance qui nous séparait.

- Je suis désolé, me susurra-t-il d'une voix mielleuse.

Son visage à quelques centimètres du mien, une odeur âcre d'alcool s'échappa de son souffle et agressa mes sens. Retenant une grimace de dégoût, je me décalai bien décidée à continuer mon chemin. Je remarquai qu'à cet instant les autres sorciers se tenant derrière lui. Me trouver en présence d'autant d'Héritiers me mit mal à l'aise. Cependant, une énergie étrange se dégageait d'eux. Je fronçai les sourcils. Quelque chose clochait. Analysant rapidement leurs postures, je me rendis compte qu'ils formaient un cercle protecteur cachant à la vue de tous ce qui se trouvait au centre. Une voix qui me semblait familière s'en éleva.

- Que se passe-t-il ? demanda-t-elle.

Une tête blonde apparut derrière l'épaule d'un des Héritiers. Aldryc se tourna vers elle, la mâchoire serrée.

- Rien, juste un petit accident, répliqua-t-il sèchement.

Néanmoins, toute mon attention était fixée sur la jeune fille. Ce que j'avais perçu comme étrange n'était en réalité que l'aura humaine qui émanait d'elle. Ses iris couleur vert d'eau se posèrent sur moi. Je me souvenais les avoir vus s'illuminer de curiosité durant nos cours d'histoire. Ce soir, un voile les recouvrait et étouffait leurs éclats habituels. Son prénom me revint. Luce. À son expression, je compris qu'elle m'avait également reconnu.

Soudain, dans un accord silencieux, les Héritiers accompagnant Aldryc se mirent à marcher. Passant devant moi, ils emportèrent Luce avec eux. Immobile, Every s'approcha de moi.

- Mais que fais-tu ? me demanda-t-elle d'une voix pressante.

- Regarde. Je sens quelque chose d'étrange, murmurai-je.

S'exécutant, ses yeux se posèrent sur eux puis sur l'humaine.

- Il y a toujours un problème avec toi lorsque des Héritiers sont dans les parages, m'accusa-t-elle en faisant mine de se détourner.

L'ignorant, j'abaissai ma barrière mentale. Des flots de couleurs se bousculèrent de toutes parts et ce que je redoutai se confirma.

- Nazaire est tellement ivre que son aura est un véritable chaos.
- Et alors ? Il a le droit de boire…
- Mais il n'a pas le droit de se servir de son pouvoir pour la manipuler, la coupai-je.

Elle fit volte-face. La magie d'Aldryc enveloppait le corps de la jeune fille comme dans un cocon. En temps normal, la magie des sorciers n'avait aucune influence sur les humains cependant, en analysant un peu plus l'aura de Luce, je découvris qu'elle avait bu, brouillant toutes ses barrières psychiques naturelles. N'espérant aucune réaction de la part d'Every, je marchai dans leur direction.

- Attendez, criai-je en accélérant le pas.

Je tentai de me frayer un chemin parmi eux lorsqu'Aldryc se matérialisa à mes côtés, l'une de ses mains enserrant fermement mon poignet. Soudain, la magie s'écoula de ses doigts et rampa sur ma peau.

Un long frisson me parcourut. En dehors d'un combat, nous ne touchions jamais quelqu'un avec notre pouvoir sans son consentement, c'était une insulte. Pensait-il pouvoir brouiller mon esprit de la même manière que celui de Luce ? Je tentai à nouveau de reculer, mais il resserra sa prise, me dominant de toute sa hauteur. Il ne comptait pas me laisser partir aussi facilement.

J'observai le parc, espérant naïvement trouver de l'aide. Nous étions samedi soir, c'était peine perdue. Profitant du spectacle, les seules personnes présentes étaient les Héritiers escortant Aldryc.

- Que puis-je faire pour toi ? me demanda-t-il d'un air dégagé.

- Rien, je voudrais juste parler à mon amie, répliquai-je sèchement.

L'aura d'Every vint me balayer. Elle paniquait. Je pouvais l'entendre à sa respiration saccadée et aux battements affolés de son cœur. Pourtant, aucun des Héritiers ne lui prêtait attention. De toute façon, elle ne pouvait intervenir sans mettre en danger sa place au sein du programme spécialisé. J'étais seule.

Je croisai son regard angoissé. Me fixant sans bouger, elle me suppliait silencieusement de garder mon calme. Une confrontation directe avec un sorcier de son rang était inenvisageable. Je hochai discrètement la tête. Reportant mon attention sur Aldryc, j'inspirai profondément.

- S'il vous plaît, enlevez votre main.

Ces mots m'écorchèrent la gorge, mais il remarqua seulement mon changement d'attitude. Un air satisfait se peignit sur son visage. D'un geste brusque qui me fit sursauter, il repoussa les mèches blondes qui couvraient son front. Une lueur mauvaise brillait au fond de ses yeux sombres. Il se mit à me détailler tout en remontant doucement sa main le long de mon bras. Des frissons de répulsions me parcoururent.

Interprétant cette réaction d'une tout autre façon, Aldryc se rapprocha un peu plus de moi et caressa l'une de mes boucles. Mais que lui prenait-il bon sang ? L'idée de rejeter mes cheveux en arrière pour dévoiler la cicatrice qui descendait dans mon cou m'effleura un court instant. Je me ravisai. Son attention désormais tournée vers moi, son pouvoir se détacha de Luce, la libérant de sa prison invisible.

- Que fait une si jolie fille toute seule à cette heure-ci ?

Il me décocha un sourire qui se voulait charmeur. Il me prenait pour une humaine. Ma colère balaya tous les efforts que j'avais fournis ce soir pour taire ma magie. Je tentai de la contrôler ou du moins de la ralentir, mais elle se répandit dans mon corps à une vitesse vertigineuse. Son onde vibrante rentra violemment en contact avec celle d'Aldryc qui continuait de s'enrouler tout autour de mon bras. Sous le choc, il me recula précipitamment, le dégoût déformant son visage. Celui-ci se décomposa un peu plus lorsque mes pupilles changèrent progressivement de couleur. Malgré moi, mes canines s'allongèrent et la satisfaction se dessina sur mes lèvres.

- Kara ! Stop !

La voix aiguë d'Every me stoppa. Serrant furieusement les poings, je parvins à contrôler mon pouvoir de justesse me tenant à la limite de la transformation. Peu à peu, je rappelai ma magie et sentis sa force enivrante se rétracter avec réticence en moi. Derrière Aldryc, un des Héritiers se détacha du groupe. Agitant les doigts, un voile presque transparent s'en échappa. Guidé par le sorcier, il s'étira tout autour de nous et l'air s'épaissit. Les bruits extérieurs me parvinrent atténués. Pendant ce temps, Aldryc avait retrouvé ses esprits.

- Comment oses-tu me menacer ? Sais-tu qui je suis au moins ? cracha-t-il.

À cet instant, je détestai encore un peu plus mon pouvoir. Comment pouvais-je lui expliquer que celui-ci était imprévisible et hors de contrôle ? Même si j'avais pris un malin plaisir à lui faire peur, provoquer un Héritier du rang d'Aldryc était dangereux. C'était le meilleur moyen de me faire renvoyer non seulement de l'université, mais d'être refusé dans toutes les autres. Libérée de son emprise, Luce était désormais terrifiée.

- Je vous avais dit de me lâcher.
- Tu me dois le respect, cria-t-il.

Je fus partagé entre l'envie de lui rire au nez ou de lui briser ce dernier. Every l'ayant perçu, elle me pressa le bras pour me mettre en garde. Son intervention ne servit à rien, les mots s'échappèrent.

- Je ne vous dois rien ! Que dirait votre instructeur s'il savait que vous manipulez l'esprit d'une humaine avec votre pouvoir ? rétorquai-je sèchement.

Cette menace mit Aldryc hors de lui. Brutalement, son aura se modifia et se teinta d'un rouge profond. Sa magie afflua au bout de ses doigts amenant avec elle une odeur de bois brûlé. Le feu embrasa chacune de ses cellules.

Je me préparai mentalement à devoir me battre lorsqu'une sensation étrange monta en moi. Quelque chose venait d'altérer l'atmosphère. Troublée, je détournai mon attention d'Aldryc et me concentrai sur cette nouvelle forme d'énergie. Des filaments lumineux s'élevaient tout autour de nous. Cela ne pouvait irradier que d'un sorcier. Il choisit ce moment pour se manifester.

- Aldryc, arrête. Tu as assez joué pour ce soir.

Plongé dans la pénombre, aucun des Héritiers ne pouvait le voir pourtant, sa voix suffit à stopper Aldryc. Son aura s'éclaircit sans revenir pour autant à son état initial. Every soupira de soulagement. Le connaissait-elle ?

Intriguée, je me concentrai un peu plus. L'énergie qu'il diffusait me parut familière. Comment cela était-il possible ?

Se détachant nonchalamment de l'arbre contre lequel il nous observait, la réponse me frappa. Il passa une main dans ses cheveux aussi noirs que le ciel et tandis qu'il s'avançait vers nous, des souvenirs de notre première rencontre envahirent mon esprit. Je le revis agenouillé dans l'herbe humide, couvrant ses oreilles de ses doigts maculés de sang. Il tentait en vain de faire taire la douleur. Aujourd'hui encore, je ne parvenais toujours pas à comprendre cette nuit-là.

Il me jeta un bref coup d'œil, un léger sourire aux coins des lèvres. Qu'est-ce qui pouvait bien l'amuser ? Sortant de la pénombre, son aura d'un violet profond s'étira autour de lui. Elle brillait d'une douce lueur bleutée. Une fois à la hauteur d'Aldryc, elle vola près de moi de façon régulière, à quelques centimètres de ma peau. Il la contrôlait afin qu'elle ne me touche pas involontairement. Cette « attention » me rendit encore plus perplexe. J'avais empêché qu'il se fasse torturer, puis traîné dans le parc en pleine nuit tandis qu'il saignait sur mon pyjama, mais j'ignorai son prénom.

— Laisse ces deux métamorphes et cette humaine s'en aller maintenant, ordonna-t-il.

Le foudroyant du regard, Aldryc se contenta d'acquiescer. Pourquoi Aldryc lui obéissait-il aussi facilement ?

— Partez.

Je compris qu'il s'adressait à Every et moi qu'au moment où les doigts de celle-ci s'enfoncèrent un peu plus dans mon bras.

- Mais…commençai-je à protester.
- Kara, pour une fois, ferme là, me coupa-t-elle.

Me libérant de sa poigne d'un geste sec, je me dirigeai vers Luce. Les Héritiers autour d'elle me toisèrent, visiblement mécontents de la tournure des événements. Continuant d'avancer, l'un d'eux s'interposa et me bloqua le passage. Il jeta un coup d'œil par-dessus mon épaule. Telle une menace, l'aura du nouvel arrivant se chargea de magie. Résigné, l'homme qui me faisait face finit par se déplacer sur le côté. Luce se précipita vers moi.

- Ne t'inquiète pas, on rentre maintenant, tentai-je de la rassurer.

Ne perdant pas une seconde, Every nous tira toutes les deux sans ménagement. Passant à sa hauteur, je regardai notre « sauveur ». Ses yeux vairons me suivaient. Après tout, j'avais bien fait de l'aider. Sans quoi, je lui aurais été redevable et je détestais cela.

Nous traversâmes le parc, Every marchant si vite que ses pieds semblèrent flotter. Rapidement, Luce ne parvint plus à tenir la cadence. Je ralentis le pas et me calai sur son rythme. Sa respiration finit par devenir plus régulière. Malgré tout, sursautant au moindre bruit, elle vérifiait constamment que nous n'étions pas suivis. Les battements de son cœur résonnaient dans mes oreilles. L'observant, je me demandais combien de temps la magie d'Aldryc ferait effet sur elle. Cette nuit laisserait des traces.

Après d'interminables minutes, nous arrivâmes devant le dortoir réservé aux humains. Imperceptiblement, les épaules de Luce se relâchèrent. Elle fouilla dans son sac et sortit son badge. Ses mains ne cessaient de trembler, l'empêchant de l'enclencher dans le boîtier. Every lâcha un soupir d'impatience qui rendit Luce encore plus nerveuse. Lançant un regard noir à la métamorphe, je m'approchai de Luce et saisis le badge d'entre ses doigts. La diode verte s'alluma.

– Repose-toi le plus possible, lui conseillai-je, tout en lui tenant la porte.

Elle hocha la tête et se tourna vers Every. Appuyée contre le mur, les bras croisés, celle-ci se désintéressait totalement de nous. La culpabilité s'inscrit sur le visage de Luce.

– Merci, souffla-t-elle avant de finalement s'engouffrer dans le hall.

Je laissai la porte se refermer derrière elle et me dirigeai sans attendre vers notre dortoir. Luce n'étant plus là, Every laissa libre cours à sa colère. Elle accéléra le pas, passa devant moi et saisit de nouveau mon poignet. Son ton autoritaire commençait à titiller dangereusement mes nerfs. Elle évita consciencieusement la lumière diffusée par les lampadaires, nous plongeant dans la pénombre. Plusieurs humains et sorciers nous frôlèrent sans même nous voir.

Une fois à l'intérieur de notre bâtiment, Every monta les escaliers quatre à quatre en me tirant toujours derrière elle. À cette heure-ci, les couloirs étaient déserts. Lorsque la lourde porte de ma chambre fut close, les doigts d'Every se détachèrent enfin de mon poignet. Cinq croissants de lune étaient profondément dessinés dans ma peau rougie. Ne me laissant pas le temps de reprendre mon souffle, ses nerfs choisirent ce moment pour lâcher.

– Te rends-tu compte de ce que tu as fait, Kara ?

Par chance, tout le bâtiment était doté de murs insonorisés.

- Je n'allais pas permettre à ce sorcier de…
- Tu l'as humilié publiquement ! Tu sais comme moi que ce n'est pas qu'un simple sorcier. C'est un Héritier. Nous lui devons le respect, m'interrompit-elle.

Je me détournai et fis craquer les jointures de mes mains. Ma magie bouillonnait sous ma peau attendant la moindre brèche pour m'échapper. J'étais parvenue à la maîtriser une fois ce soir, cela n'allait pas durer.

- Il utilisait son pouvoir sur cette humaine Every et il a également essayé sur moi. Les sorciers de son rang doivent les protéger. Que lui aurait-il fait si je n'étais pas intervenue ? lui demandai-je une fois que j'eus retrouvé un semblant de contrôle.
- Tu exagères, répliqua-t-elle en levant les yeux au ciel.
- Pardon ? J'espère que tu plaisantes.

Son attitude me sidéra.

- Tu aurais dû rester en dehors de ça.
- Et le laisser continuer.
- Je sais à quel point tu hais ceux de son espèce à cause de ce qui est arrivé à tes parents, commença-t-elle.

Son ton moralisateur me mit hors de moi.

- Ne me fais pas passer pour la pauvre petite orpheline qui en veut à la planète entière pour justifier les actes d'Aldryc.

Un long tremblement me parcourut de la tête aux pieds. Des picotements apparurent au bout de mes doigts et envahirent les paumes de mes mains. Je perdais le contrôle.

- Si c'est faux, pourquoi te tiens-tu aussi loin d'eux ?
- C'est du monde magique que je me tiens éloignée.

Pendant un instant, elle me regarda sans rien dire. Son sourcil gauche était légèrement arqué en un signe interrogateur comme si elle ne comprenait pas la différence, comme si le monde magique ne se résumait qu'aux Héritiers.

- Ce sont des métamorphes qui ont tué mes parents et Kaïs, cela ne m'empêche pourtant pas d'être amie avec toi, ajoutai-je froidement.
- Mais tu fais partie de ce monde, dit-elle ignorant mes dernières paroles.
- Mon pouvoir m'appartient à moi et à personne d'autre.
- Bref... Je dis simplement que tu dois apprendre à rester à ta place.
- Oui bien sûr et fermer les yeux comme tu y arrives si bien, c'est ça ? me moquai-je.
- Si tes parents étaient restés à leur place, ils ne seraient pas morts, Karalyn. Ton frère non plus.

Ses mots me firent l'effet d'une gifle. La rage balaya mes dernières défenses et mon pouvoir en profita pour se dérober à mon contrôle. Mes crocs sortirent si vite qu'ils entaillèrent ma lèvre inférieure. Mon aura habituellement aussi faible que celle d'un humain explosa autour de moi et traversa Every. Les changements qui s'opérèrent chez moi remplir ses yeux d'effroi.

- Kara, je suis désolée...
- Va-t-en, lui ordonnai-je d'une voix rauque.

Sous l'effort, les veines de mains saillirent. Je n'allais pas pouvoir contenir ma magie encore longtemps. Sans protester, elle ouvrit la porte de ma chambre et se précipita dans le couloir. Je me débarrassais de ma robe et de mes talons. Un instant plus tard, je dévalai l'escalier principal et manquai de renverser quelqu'un. Une fois dehors, je courus avidement.

En temps normal, je me serais contentée de traverser le parc et de rejoindre l'étang artificiel qui se trouvait à l'arrière de l'université. De là, un long chemin éclairé par des réverbères en faisait le tour. Des bancs étaient disposés le long de cette boucle sous d'immenses platanes. J'atteignais son extrémité généralement en une demi-heure, mais ce soir, j'avais besoin d'un terrain plus complexe où personne ne pourrait me voir. Je déviai de mon parcours habituel et me dirigeai vers les arbres qui s'étendaient derrière le parc.

Sentant ma magie tambouriner un peu plus sous ma peau, j'allongeai mes foulées. Le rythme de mon cœur fit de même et l'air frais de la nuit caressa mes poumons. Le mur entourant l'université se dessina ainsi que l'arche menant à la forêt. Les spasmes dans mes mains se propagèrent de mes bras jusqu'aux épaules et redescendirent le long de ma colonne vertébrale.

Ma transformation était proche. Je m'engouffrais sous l'arche et les pierres blanches du chemin laissèrent place à un sol de terre dense. Une vague d'odeur puissante me frappa de plein fouet. Je voulus m'arrêter pour profiter de tous ces nouveaux parfums, mais ma magie me rappela à l'ordre.

Je bondis vers la lisière, mon corps suivant son propre instinct. Anticipant les obstacles, il évitait les souches et les branches qui surgissaient de façon traîtresse. Mon esprit se déconnecta, laissant mon pouvoir prendre le dessus. C'était son tour. Les picotements s'intensifièrent et recouvrirent tout mon corps. Un arbre couché en travers du passage apparut. M'élançant au-dessus, je mutai. L'instant d'après, mes pattes avant amortirent ma chute.

Assise, j'attendis que les derniers fourmillements disparaissent. Pour les autres métamorphes, le processus de transformation demeurait simple et rapide, mais pour moi, c'était différent. Je me sentais toujours déboussolée et engourdie. Cela n'arriverait pas si j'utilisai ma capacité de manière régulière, mais ce n'était pas une option. Même si je l'avais voulu, mon pouvoir refusait de m'obéir. Les seuls moments où j'avais intentionnellement fait appel à lui, il n'avait pas réagi. Ce soir n'était qu'une exception parmi des centaines d'échecs.

Accélérant un peu plus, le vent s'engouffra dans ma fourrure. Mes sens démultipliés : chaque odeur, chaque bruit me distrayait. Les pouls des animaux qui se trouvaient autour de moi s'ajoutèrent au mien. Les rayons de la lune perçaient à travers le feuillage et guidaient ma course effrénée. Me faufilant le plus discrètement possible, je m'enfonçai dans la forêt.

Après une dizaine de minutes, celle-ci devint de moins en moins dense et la lumière plus vive. Je finis par déboucher dans une petite clairière. Ralentissant, je repris forme humaine. Sans ma fourrure épaisse pour me protéger, j'eus soudain froid. Je m'allongeai dans l'herbe moelleuse et me mis à respirer profondément.

Cette perte de contrôle était due au fait que je refusais de céder lorsque mon pouvoir se décidait enfin à se manifester. Ce surplus de magie s'accumulait en moi et finissait par me submerger. Le sport parvenait à la contenir, partiellement. Plus je dépensais d'énergie plus elle s'apaisait, mais ce n'était que temporaire. Les émotions fortes, comme ce soir, pouvaient balayer des semaines d'efforts.

Sans plus rien pour me distraire, les mots d'Every me revinrent. Ce n'était pas la première fois qu'elle désapprouvait mes actes et ma façon de gérer ma magie cependant, jamais elle n'avait parlé de ma famille de cette manière. Je pressai violemment mes paupières. Mes derniers souvenirs de mon frère se frayèrent un chemin jusqu'à moi.

Lors de notre naissance, l'union entre sorcier et métamorphe était interdite. Mes parents avaient enfreint cette loi puis avaient fui ensemble. Mais leur trahison ne s'était pas arrêtée là. Ma mère, une Héritière, nous mit au monde Kaïs et moi. Officiellement, cette loi était l'unique moyen de nous intégrer aux humains. Cependant, tous les êtres magiques connaissaient la véritable raison. Je l'avais découverte à l'âge de onze ans, après que mon frère et moi eûmes passé des semaines enfermés dans les laboratoires de l'Alliance.

Les Héritiers craignaient qu'un enfant né de ce genre d'union puisse acquérir les deux formes de magie. Autant de pouvoir provoquerait un déséquilibre touchant les parties psychiques, créant ainsi des êtres incontrôlables et dangereux. Parfois, il m'arrivait de me demander si un tel être était réel. On trouvait des légendes à leurs propos, mais plus de cas vivants n'avaient été découverts depuis très longtemps.

Cette loi fut abolie il y a trois ans. Après des années de recherches, ils avaient fini par conclure que ce gène n'existait plus. Malgré tout, je devais me rendre tous les mois dans un de leur centre médical pour effectuer une prise de sang afin qu'ils s'assurent qu'aucun changement n'avait eu lieu. C'était ridicule, comme si l'ADN pouvait se modifier aussi facilement. Je détestais ces visites, mais je ne m'en plaignais pas. C'était l'unique chose me liant directement au monde magique. Le reste du temps, je parvenais à oublier cet aspect de ma vie. Seuls ma mère adoptive ainsi que mes deux meilleurs amis connaissaient mon passé. Comment Every pouvait-elle s'imaginer un instant que j'allais « honorer » mon pouvoir ?

Après la mort de mes parents, l'Alliance avait décidé de nous placer, Kaïs et moi, dans une famille d'humains. Nous n'avions développé qu'une forme de magie et pour leur plus grande satisfaction la moins puissante. Nous n'éveillions aucune crainte chez eux. Cependant, un petit nombre de sorciers et de métamorphes ne partageaient pas leurs avis. Ils désiraient nous voir suivre le même sort que nos parents, « au cas où ». La mort de Kaïs par l'un de ses derniers me dégoûta définitivement de la magie.

Une larme glissa le long de ma joue. L'essuyant hâtivement du revers de la main, je me levai. Il était temps de rentrer. Je traversai la clairière et m'engouffrai parmi les arbres. Courant au même rythme qu'à l'aller, mon pouvoir refusa de m'obéir et je gardai forme humaine. Les souvenirs, eux, continuèrent de me poursuivre. La forêt me parut beaucoup plus sombre et inquiétante. Les ombres mouvantes des branches et des feuilles me firent accélérer.

Être de retour dans l'enceinte de l'université ne me rassura pas. M'attendant à voir surgir Aldryc d'un instant à l'autre, je scrutai nerveusement autour de moi à la recherche de la moindre aura. Le parc, désert, était plongé dans un silence quasi-total. Lorsque je pénétrai dans mon dortoir, je n'avais croisé personne. Je glissai mon badge dans le boîtier et la sensation de soulagement qu'avait éprouvé Luce une heure plus tôt m'envahit à mon tour.

De retour dans ma chambre, je me douchai rapidement et me dirigeai vers ma minuscule cuisine. Allumant la bouilloire, je farfouillai dans les placards et en sortis une tasse ainsi qu'un sachet de tisane. La laissant infuser quelques instants, je soufflai dessus et commençai à la siroter du bout des lèvres. Une fois terminé, je me glissai sous la couverture épaisse de mon lit. Je n'avais plus qu'à essayer de dormir. Avant ce soir, je n'avais jamais croisé Aldryc sur le campus, pourquoi cela changerait-il ?

RHYSAND

L'immense portail qui se dressait devant l'Héritier libéra sa magie. Celle-ci s'étira lentement puis l'enveloppa lui ainsi que sa vieille voiture. Curieuse, elle pénétra à l'intérieur de l'habitacle et s'approcha de lui. À peine effleura-t-elle son aura que le métal se mit à se mouvoir. S'aventurant sur l'allée, Rhysand admira la forêt qui s'étendait tout autour de la bâtisse. Faite de bois et de verre, cette dernière se mariait parfaitement avec le paysage. Se garant au plus près de l'entrée principale, l'Héritier reconnut le 4x4 d'Armaël ainsi que la moto vert émeraude du chef de clan, Arthur. Surpris, Rhysand jeta un coup d'œil en direction du poste radio. Sous la fine couche de poussière, les chiffres numériques affichèrent dix-huit heures trente. Habituellement, une dizaine de voitures s'alignaient les une à côté des autres, leurs propriétaires tous réunis pour le dîner. L'absence d'autant de membres du clan était inaccoutumée.

Une fois devant la porte d'entrée, Rhysand ne put s'empêcher de faire glisser ses doigts sur les branches délicates qui s'épanouissaient sur le bois. Il ne prit pas la peine de s'annoncer et pénétra à l'intérieur de la maison. Une chaleur familière l'envahit. Celle-ci n'était due ni à la magie des lieux ni à celle qui traversait ses occupants. C'était un sentiment qui n'appartenait qu'à lui et qui l'unissait à cet endroit. Il était chez lui.

Souriant, il convoqua son pouvoir et le déploya tout autour de lui à la recherche des deux seuls habitants présents. Vu l'étendue de la bâtisse, les appeler ne serait qu'une perte de temps. Sondant la maison en silence, sa magie trouva sans peine les deux métamorphes. Jetant sa veste sur l'un des canapés crème, il délaissa les autres pièces et suivit le chemin que son pouvoir avait tracé. Il traversa le salon et s'aventura dans l'un des nombreux couloirs. Ses pas le menèrent à la bibliothèque. Rapidement, des bribes de conversations filtrèrent jusqu'à lui par la porte entrouverte. Inconsciemment, il ralentit.

- Tu sais parfaitement que nous ne pouvons pas intervenir, répliqua sèchement le chef de clan.

Inspirant à la fois crainte et respect, Rhysand ne l'avait jamais vu perdre son sang-froid. Les intonations dans sa voix n'indiquaient rien de bon.

- Il compte se venger, père.

La colère d'Armaël l'interloqua. Apercevant son ami à travers l'embrasure, l'Héritier remarqua immédiatement les tremblements qui agitaient ses mains. Ses cheveux bruns, retenus en un vague chignon, dévoilaient sa mâchoire crispée.

- Et ?

Le chef de clan, assis dans l'un des fauteuils de la bibliothèque, observait son fils d'un œil sévère. Serrant les poings, Armaël soutint le regard de son père sans ciller.

- Nous savons à quel point Aldryc peut être dangereux, nous devons aider Karalyn.

À l'évocation de ce nom, Rhysand fronça les sourcils d'incompréhension. Cela n'avait aucun sens. Pourquoi Armaël s'inquiétait-il pour une métamorphe qu'il ne connaissait pas ? Pas une fois il ne lui avait parlé d'elle, pas même lorsqu'elle l'avait sauvée dans le parc et amenée jusqu'à lui. Arthur se redressa et s'avança vers son fils, son aura vibrante de puissance.

- Tu sais ce qui se passerait si tu intervenais ? Dans un premier temps, elle serait reconnaissante et Aldryc fou de rage, mais ensuite ? Tous s'interrogeraient. Comment justifieras-tu à l'Alliance le fait que tu sois venu au secours d'une métamorphe dont tu n'es pas censé connaître l'existence ? Tu ne ferais qu'attirer l'attention du Conseil sur nous. Nous ne pouvons pas nous permettre une telle chose Armaël et tu le sais. Nous devons rester à notre place, même si cela implique de devoir la laisser être gravement blessée.

Face à toutes ses révélations qu'il ne comprenait qu'à moitié, Rhysand retint son souffle. Quel secret pouvait bien lier cette métamorphe à la famille Oaks ? Soudain, Armaël baissa la tête. Une fois à la hauteur de son fils, Arthur posa une main sur son épaule et de l'autre releva son visage.

- Je ne peux pas mettre le clan en danger, pas même pour elle.

Armaël ne répondit rien et un silence pesant s'étira entre les deux hommes.

- Rhysand, entre, lâcha soudainement Arthur.

Pris sur le fait, l'Héritier se figea. Depuis combien de temps avait-il senti sa présence ? Ne pouvant faire demi-tour, Rhysand n'avait d'autre choix que de les rejoindre.

Ouvrant la porte lentement, il appréhendait la réaction du métamorphe.

- Ce que je disais à Armaël te concerne également, mon grand.

Portant un simple jean et un tee-shirt noir, le chef de clan n'avait besoin d'aucun artifice pour intimer le respect. La force de son pouvoir et de son caractère suffisait.

- Je sais qu'elle t'a secouru, mais ne t'attends pas à la remercier en lui venant en aide à ton tour. Ta première intervention entre Aldryc et elle sera l'unique geste de gratitude que tu devras avoir envers elle.

Malgré ce qu'il avait entendu auparavant et l'expression sévère du métamorphe Rhysand désapprouva.

- J'espère que vous m'écouterez tous les deux, particulièrement toi, Armaël, ajouta Arthur.

La menace contenue dans sa voix n'échappa pas à Rhysand qui ne put s'empêcher de lancer un regard inquiet en direction de son ami. Dos à lui, l'Héritier ne pouvait voir son visage cependant, la tristesse qu'il émanait lui serra la gorge. Raffermissant sa pression sur l'épaule de son fils, Arthur attendait une réponse.

- Je te le promets.

Rhysand se retint de jurer. Interagissant avec le clan depuis ses quatorze ans, l'Héritier connaissait parfaitement les règles et coutumes qui pesaient sur ses membres. Cette promesse, Armaël ne pourrait la briser sans s'exposer à de graves conséquences et Rhysand ne tenait pas à voir son meilleur ami souffrir de la sorte. Son père acquiesça, satisfait, avant de se diriger vers l'Héritier. Tous les deux savaient que le chef de clan ne pouvait lui demander un tel engagement. Rhysand n'était pas l'un de ses membres. Sans ajouter un mot, le métamorphe sortit et laissa les deux amis. Rhysand attendit plusieurs secondes puis envoya son pouvoir inspecter le couloir. Une fois sûr que celui-ci était vide, il ferma complètement la porte et les isola des oreilles extérieures.

— Armaël, comptes-tu m'expliquer ce qui se passe ? Qui est-elle ? Qu'a-t-elle de si spécial ?

Les nombreuses questions de Rhysand ne firent qu'accroître la frustration de son ami. Se tenant toujours au milieu de la bibliothèque, les poings serrés, il n'avait pas bougé d'un centimètre.

— Armaël ?

— Promets-moi que tu n'interviendras pas.

Le ton de sa voix le troubla. Habituellement si confiante et imperturbable, elle semblait sur le point de se briser.

— Tu sais que je ne peux pas.

Au-delà du fait qu'il ne pouvait décemment mentir à un métamorphe, jamais il ne pourrait mentir à Armaël. Se préparant à affronter la colère de son ami, Rhysand regarda les secondes s'égrainer.

— Est-ce que tu vas bien ? finit-il par demander.

La poignée de la bibliothèque s'abaissa. Sursautant, leurs yeux se croisèrent. Une larme glissait sur la joue d'Armaël. L'instant d'après, elle disparut, écrasée d'un simple geste. Lorsque Ruby pénétra dans la pièce, toute trace de tristesse et de colère l'avait quitté. L'Armaël qui se tenait désormais devant eux était celui que tout le monde connaissait. Cependant, Rhysand ne pouvait oublier l'éclat de cette larme. Pour la première fois, il avait entrevu ce qui se cachait sous le masque impassible de son ami.

CHAPITRE 2

    Trois jours plus tard, je me rendis à l'un des centres médicaux de la ville. Le vent me cinglait le visage et tandis que mes cheveux volaient dans tous les sens, les premières feuilles d'octobre s'y accrochèrent. D'un geste, je saisis l'une d'elles et contemplai les nuances d'orange et d'or dont elle s'était teintée. Un souvenir de Kaïs me revint : le nez collait contre la fenêtre, il regardait inlassablement les feuilles qui se détachaient des arbres et virevoltaient au gré des bourrasques. Ses boucles brunes lui tombaient devant les yeux. Je n'avais jamais compris pourquoi elles le fascinaient tant, mais me remémorer Kaïs ainsi, si serein, m'arracha un sourire. Cependant, des détails manquaient. J'aurais été incapable de dire quand et où avait eu lieu ce moment. Si seulement c'était l'unique souvenir que l'on m'avait volé.

    Sans réfléchir, je glissai la feuille entre les pages de mon carnet à croquis et continuai mon chemin. La silhouette de la clinique apparut et une boule d'appréhension se forma au creux de mon ventre. Cela faisait des années que ce rendez-vous avait lieu chaque mois à la même date. Il n'y avait aucune raison que je m'inquiète pourtant, la peur était là. Tout au long du trajet, je n'avais cessé de me mordre nerveusement les lèvres. Une fois devant la façade en verre du bâtiment, un goût de sang envahit ma bouche.

Pressée d'échapper aux bourrasques et d'en finir avec cet endroit, je m'avançai un peu plus vers l'entrée. Les portes coulissèrent silencieusement et dévoilèrent un sas. À l'intérieur, je me mis à compter.

Sept secondes. C'était le temps exact qu'elles mettraient pour se refermer. Au dernier moment, une sorcière se précipita dedans manquant de me bousculer. Elle m'adressa une moue désolée puis souffla de soulagement. Je fronçai le nez machinalement. L'air âcre de la ville n'était pas parvenu à masquer l'odeur de maladie qui l'entourait. Les sorciers ordinaires possédaient une aura naturellement moins puissante que celles des Héritiers, mais la sienne était anormalement faible.

Ses taches de rousseur ressortaient sur sa peau pâle et des cernes violacés soulignaient son regard terne. Sous la lumière crue du sas, sa chevelure parsemée révélait son crâne. Par endroits, les os de son corps saillaient de façon inquiétante. Ce n'était pas la première fois que je rencontrais des sorciers avec ces symptômes cependant, je n'en avais jamais vu à un stade aussi avancé. Tous ceux restant trop longtemps en ville finissaient par atterrir dans une clinique comme celle-ci. Leurs liens particuliers avec la nature faisaient d'eux les premières victimes de la pollution. Toutes les contaminations contenues dans l'eau, l'air et les sols affectaient les sorciers de façon démultipliée.

D'ailleurs, peu d'entre eux vivaient en ville. Seuls les Héritiers avaient les moyens de se construire des maisons et des appartements totalement imperméables aux altérations extérieures.

Des rayons lumineux scannèrent nos corps de haut en bas puis les portes s'effacèrent, nous donnant ainsi accès au hall d'accueil. À côté de moi, la sorcière respira à pleins poumons puis soupira de plaisir. Édifié par l'Alliance, ce bâtiment était muni d'une filtration purifiant l'air. La laissant passer devant moi, je rejoignis la queue. Elle avait besoin d'aide, moi non. Une dizaine de personnes attendait leur tour. Quelques-uns étaient également malades, mais leurs cas étaient bénins. Ils guériraient. Qu'en serait-il pour elle ? Pouvait-elle en mourir ? Je l'ignorais.

La première fois que j'étais venue ici, je n'avais que douze ans. Les hauts plafonds du rez-de-chaussée ainsi que ses immenses baies vitrées m'avaient d'abord rassurée. Tout était à l'opposé de l'endroit confiné où mon frère et moi avions été enfermés à la suite de l'arrestation de nos parents. Aujourd'hui, ce bâtiment me paraissait démesurément grand. Cet étage ne se composait que de deux espaces : le hall d'accueil et la salle d'attente séparés par une paroi en verre teinté. Les murs blancs contrastaient violemment avec le granit noir recouvrant le sol. Le mobilier ainsi que les caméras étaient du même blanc épuré. Seules les plantes apportaient de la couleur à cet endroit froid et aseptisé.

La file diminua et ce fut au tour de la femme devant moi. Le visage de la secrétaire se figea. Sans même lui laisser le temps d'expliquer son problème, elle décrocha le téléphone et ses doigts volèrent au-dessus des touches. La sorcière s'appuya soudainement au comptoir, ses jambes menaçant de céder sous son poids. Après de longues secondes, une métamorphe vêtue d'une blouse blanche pénétra dans le hall. Plaçant sur son visage un masque respiratoire, elle prit délicatement l'un de ses bras et l'entraîna pour des soins en urgence.

- Bonjour, mademoiselle ? me demanda machinalement la secrétaire.
- Ace, répondis-je tout en tendant ma pièce d'identité. J'ai rendez-vous pour une prise de sang.
- Très bien.

Elle déposa ma carte sur un boîtier et se mit à pianoter sur le clavier de son ordinateur. J'en profitai pour passer ma main sur la surface nacrée du comptoir.

- Vous pouvez vous installer dans la salle d'attente, finit-elle par m'annoncer.
- Merci.

À quelques pas de la paroi séparant les deux pièces, celle-ci détecta ma présence. Une partie devint transparente et dessina une ouverture. La franchissant, je me dirigeai vers l'un des derniers fauteuils vides. La décoration de cette salle était similaire. Les sièges et les canapés, ainsi que les tables basses, tous étaient blancs. Grâce aux panneaux de verre composant la façade, les patients baignaient dans une lumière douce et chaude.

L'unique objet attirant l'attention était le lustre suspendu au-dessus de nous. Mêlées de façon ingénieuse, ses fines pièces faites de métal et de cristal ressemblaient à une pluie d'étoiles s'écoulant du plafond. Capturant sur sa surface les rayons du soleil, chaque élément créait sur les murs de multiples halos lumineux. Un enfant courait après l'un d'eux. Il était le seul humain présent dans la pièce.

Il s'apprêtait à sauter par-dessus l'un des canapés

lorsque sa mère l'appela. La menace contenue dans sa voix n'échappa pas au garçon qui s'affaissa violemment contre son siège et ne bougea plus. Sa mère replaça correctement son tee-shirt tandis que des flammes crépitaient doucement au fond de ses iris.

- Je suis bien contente que tu n'aies aucun pouvoir, murmura-t-elle froidement.

J'imaginai le garçon courir partout des boules de feu flottant entre ses mains et fus aussi soulagée qu'elle qu'il ait hérité des gènes de son père. La mine boudeuse, il leva les yeux au ciel. Avant d'avoir pu esquisser un sourire, un infirmier s'approcha de moi.

- Mademoiselle Ace ? appela-t-il d'une voix morne.
- Oui ?
- Suivez-moi.

Sans m'attendre, il se dirigea d'un pas traînant vers le mur du fond. Sur celui-ci, s'alignaient plusieurs ascenseurs ainsi qu'un escalier. Je m'extirpai rapidement de mon fauteuil.

- À quel étage devons-nous aller ? lui demandai-je une fois à sa hauteur.

Il était hors de question que je m'enferme délibérément dans l'une de ces choses métalliques.

- Au cinquième.

Pas un seul instant son regard endormi ne quitta l'écran numérique sur lequel défilait le numéro des étages.

- Je vais prendre l'escalier, je vous y rejoins.

Il se contenta d'acquiescer vaguement. Une fois arrivée, je dus patienter un certain temps avant que les portes de l'ascenseur le libèrent. Vérifiant à peine si je le suivais, l'homme se dirigea vers l'une des pièces aménagées spécifiquement pour les prises de sang. Abaissant ma barrière mentale, j'observai son aura. L'étonnement me frappa. Comment un métamorphe tel que lui pouvait-il être aussi mou ?

Il posa sa main sur le scanner d'empreintes digitales placé à côté de la porte puis s'y affaira.

- Asseyiez-vous, m'indiqua-t-il tout en se désinfectant les mains.

Je m'exécutai. La pièce dans laquelle nous nous trouvions était juste assez grande pour contenir quatre personnes. Épurée, elle ne disposait que d'une chaise rembourrée blanche, un tabouret à roulette et un poste de travail en métal. Dessus étaient méticuleusement rangés flacons, aiguilles jetables, lingettes ainsi qu'une machine étrange dont je n'avais jamais compris le fonctionnement. Elle parvenait à lire l'ADN grâce au sang et dans mon cas, c'était tout ce qui m'intéressait.

L'infirmier se tourna vers moi, une aiguille prête à la main. Je n'avais rien contre une prise de sang, mais le fait que ce soit lui qui me la fasse, oui. Encore plus anxieuse que lors de mon arrivée, je remontai la manche gauche de mon gilet et dévoilai le creux de mon coude. Il passa hâtivement du désinfectant et se mit à la recherche d'une veine. Il n'y avait rien de délicat dans ses gestes et tandis que l'aiguille s'approchait de ma peau, sa main trembla.

Soudain, la porte émit un déclic et s'ouvrit. Le Docteur Tesni apparut dans l'encadrement et me salua d'un simple sourire. Le soulagement m'envahit.

- Je vais m'en charger, indiqua-t-elle froidement à l'infirmier.

Son ton sec me surprit. Il acquiesça et jeta ses gants ainsi que l'aiguille dans le collecteur. La sorcière traquait du regard le moindre de ses gestes. Sans rien dire, le métamorphe sortit de la pièce.

- Comment vas-tu, Karalyn ? me demanda-t-elle avant de refermer la porte avec soin.

Sa voix était à nouveau celle que je lui connaissais. Calme et avenante.

- Très bien et vous ?
- Également. Prête pour une nouvelle prise de sang ?
- Comme toujours.

Depuis mon arrivée ici, six ans plus tôt, le Dr Tesni s'occupait de mon dossier. Malgré la trahison de nos parents, l'Alliance avait décidé de nous laisser vivre, Kaïs et moi. Ce n'était pas par pure bonté d'âme. Après des semaines de tests, ils avaient fini par admettre que notre ADN ne recelait pas le gène Récepteur et que nous ne représentions aucun danger. La prise de sang que je devais effectuer tous les mois n'était qu'un moyen d'apaiser les Héritiers réfractaires à ma libération et de garder un certain contrôle sur moi.

- Cela devrait bientôt changer, répliqua-t-elle ses yeux verts pétillants de malice.
- Comment ça ?

Face à mon incompréhension, elle me décocha un sourire encore plus large et prépara le matériel. Elle releva ses cheveux dorés en un chignon lâche et se désinfecta les mains. Je m'interrogeai. Mon dossier allait-il être transféré à un nouveau médecin ? Une autre clinique ? Elle revint vers moi et s'assit sur le tabouret, ignorant le regard insistant que je posais sur elle. Ses doigts experts trouvèrent une veine et l'aiguille traversa ma peau sans la moindre douleur. Ne pouvant oublier ses paroles, je m'impatientai.

- Cesse de bouger, c'est bientôt terminé, me gronda-t-elle en riant.

Une fois le dernier flacon rempli, elle retira délicatement l'aiguille de mon coude et celle-ci rejoignit la première dans le collecteur. La sorcière aspergea un spray cicatrisant puis je la suivis jusque devant la machine d'analyse. Elle tapa les informations me concernant sur un petit clavier et apposa la paume de la main sur une surface froide. Une lumière bleue la scanna. Au début, tous ces scanners m'avaient rendue nerveuse. Aujourd'hui, ils me donnaient l'impression que les membres de l'Alliance étaient légèrement paranoïaques.

Le Docteur Tesni souleva un couvercle et y déposa les tubes contenant mon sang. Je n'avais jamais su ce qu'ils devenaient une fois la machine verrouillée. À vrai dire, je n'avais jamais demandé.

- On se rejoint devant mon bureau.

Montant les escaliers, je ressassai ses paroles. Avaient-ils fini par découvrir quelque chose dans mon ADN ? Je balayai cette idée. Si cela avait été le cas, le Docteur Tesni ne me l'aurait pas annoncé de cette manière, le sourire aux lèvres. Sur cette pensée, j'arrivai au douzième étage. Ne m'ayant pas entendu, la secrétaire sursauta et renversa sa tasse sur son bureau. Des tâches de thé constellèrent son chemisier fleuri.

- Tu es l'une des seules à utiliser encore cet escalier Karalyn.

Les battements de son cœur firent écho à son rire.

- Je suis vraiment désolée, m'enquis-je avant de lui tendre mon unique mouchoir.
- Ce n'est rien, ce chemisier commençait à vieillir. Maintenant, j'ai une excuse pour aller faire les boutiques, répliqua-t-elle en me faisant un clin d'œil. Mon mari ne pourra pas m'en vouloir.

Je doutais qu'il accepte encore cette excuse. Au même

moment, l'ascenseur arriva.

- Tu te devrais te montrer moins discrète quand tu marches, c'est la cinquième fois que la pauvre Lily ruine son chemisier, constata le Docteur Tesni avec amusement.

Une fois devant la porte de son bureau, elle plaça sa paume sur un nouveau scanner. L'atmosphère autour de nous devint plus dense. Sa magie la traversa puis se concentra dans le creux de sa main. Une légère odeur de pin et de bois humide vint chatouiller mes narines. La serrure émit un déclic distinctif et la sorcière s'effaça pour me laisser entrer. Il était temps de découvrir les résultats.

Le changement de décoration attira immédiatement mon attention. Partant en voyage tous les trois mois, le Docteur Tesni en rapportait de nouvelles photos qu'elle accrochait dans son cabinet. Cette fois-ci, les couleurs chaudes et vibrantes de Cuba m'accueillirent.

Les admirant, je m'assis dans l'une des chaises rembourrées blanches tandis que la sorcière tapotait sur son ordinateur. Fait de verre transparent, son bureau occupait la majorité de la pièce. Derrière elle, une pile de livres médicaux recouvraient une imposante commode également blanche. Aucun espace de consultation n'était aménagé. Je me mis à jouer nerveusement avec le globe placé devant moi.

- Comme c'est étonnant, finit-elle par lâcher. Les résultats de ta prise de sang n'ont pas changé.

Son ton ironique m'apaisa et la tension qui n'avait cessé de me tordre l'estomac disparu. Le Dr Tesni repoussa son clavier et posa son menton dans sa main, me fixant. Sentant mon impatience grandir, elle tenta de retcnir le sourire qui se frayait un chemin jusqu'à ses lèvres.

- Je suppose que tu veux savoir qu'elle est cette nou-

◆ 39 ◆

velle que j'ai à t'annoncer.
- Oui, m'écriai-je presque.
- Bien. À partir de janvier, tu n'auras plus à venir ici tous les mois.

Mes doigts se figèrent au-dessus de la surface lisse du globe.
- Je vais devoir aller dans une nouvelle clinique ?
- Non, tu n'auras plus à effectuer de prise de sang. Définitivement.

Ses paroles mirent un certain temps avant de prendre leur sens réel. Ce n'était pas possible.
- Le Conseil a changé d'avis ?
- Oui, enfin.
- Mais pourquoi ?
- Peut-être se sont-ils lassés de me voir camper devant leurs bureaux avec ton dossier tous les mois depuis six ans.

Elle avait dû patienter plus d'un an avant que je lui adresse un simple « bonjour ». Malgré cela, dès le second rendez-vous, elle avait jugé ce protocole inutile. Elle aurait pu se contenter de s'exécuter : prélever mon sang puis faire suivre les résultats au Conseil sans jamais chercher à m'aider, mais non. Son comportement avait dû déplaire à beaucoup d'Héritiers. Ce n'était qu'une sorcière après tout, les relations entre eux étaient déjà bien assez compliquées. Voyant que je ne réagissais pas, elle se leva et s'approcha de moi.
- Kara, tout ça sera bientôt terminé. Tu en seras libéré.
- Je ne pensais pas que cela arriverait un jour, avouai-je.

Je ne m'étais jamais autorisé à envisager cela comme

une option. Jusqu'à cette année, ces rendez-vous m'obligeaient à effectuer plus de huit heures de train dans la même journée, mais je les avais acceptés sans protester. Grâce à eux, les Héritiers me laissaient tranquille.

Sans réfléchir, je la pris dans mes bras. Prenant conscience de mon geste, j'allais me rétracter, mais elle me retint. Son aura m'enveloppa et la magie qu'elle abritait palpita contre ma peau. Il y a quelques années de cela, un tel contact m'aurait horrifié. Traumatisée, j'étais incapable de différencier un simple sorcier d'un Héritier, mais plus aujourd'hui. Le Docteur Tesni n'était pas et ne sera jamais une menace pour moi.

- Merci, murmurai-je.

Je me détachai d'elle et du bout des doigts, elle essuya une larme glissant le long de ma joue.

- Tu devrais retourner à l'université.

Je hochai la tête et récupérai mon sac au pied du fauteuil.

- Merci encore, répétais-je tout en me dirigeant vers la porte.

Elle me rendit mon sourire. Une fois dans le couloir, je dévalai les escaliers à toute vitesse. Slalomant parmi les patients, les médecins et le reste des employés, certains d'entre eux me lancèrent des regards désapprobateurs. Je n'étais jamais sortie si rapidement de cette clinique.

Le trajet du retour fut aussi bref. L'esprit bouillonnant de toutes les nouvelles possibilités qui s'offraient à moi, je ne pensais qu'à annoncer la nouvelle à Josh. Bien qu'humain, le monde magique lui était familier. Il me comprendrait.

Une fois de retour dans l'enceinte de l'université, je me dirigeai vers l'un des bâtiments jouxtant le hall principal. Sa silhouette ancienne avait vu défiler tellement d'époques et d'élèves. Aucune des tours faites par les Héritiers ne pourrait égaler cette beauté d'un autre temps.

Pénétrant à l'intérieur de la bâtisse, je me rendis au studio d'art où avait lieu le cours de Josh. Déambulant dans le dédale des couloirs, j'empruntai de temps à autre un raccourci. Plusieurs minutes s'étaient écoulées lorsque deux silhouettes familières se dessinèrent dans la foule. Leurs cours venant de se terminer, les amis de Josh marchaient à quelques mètres de moi. Sorën et Zéphyr, tous les deux grands et longilignes avec un style vestimentaire assez similaire, passaient pour deux frères. Pourtant, leurs caractères divergeaient totalement.

Fidèle à lui-même, Zéphyr expliquait avec ses mains le concept d'une nouvelle exposition débutant en ville. Ses cheveux noirs se balançaient derrière lui tandis que ses yeux sombres brillaient avec passion. Sorën, quant à lui, l'écoutait patiemment tout en veillant à ce qu'il ne bouscule personne. Je n'avais jamais rencontré deux auras humaines aussi lumineuses et fusionnelles que les leurs. Le regard vert glacé de Sorën finit par se poser sur moi. Souriant, il me rejoignit. Zéphyr cala inconsciemment sa démarche sur la sienne et continua de parler.

- Kara ! Je ne t'avais pas vu, s'exclama-t-il en manquant de me rentrer dedans.

- Je m'en suis douté, répliquai-je légèrement moqueuse.

Nous prenions un malin plaisir à le taquiner sur son caractère rêveur.

- Josh se trouve toujours au studio, m'indiqua Sorën.

Nous échangeâmes un regard entendu. Josh perdait toute conscience du temps lorsque ses doigts touchaient un pinceau. Il ne devait pas avoir remarqué que le cours était terminé.

- On vous rejoint au même endroit que d'habitude.

Les deux garçons hochèrent la tête et Zéphyr reprit son explication là où il l'avait laissé. Arrivée au studio d'art, je trouvai Josh face à la baie vitrée. Il peignait plongé dans la lumière extérieure. Absorbé par son tableau, il ne remarqua pas ma présence. Je voulus tout d'abord lui faire peur, mais me ravisai. N'ayant aucune envie de ruiner sa toile, je toquai légèrement à la porte. Il sursauta et, reprenant conscience du monde qui l'entourait, regarda les chevalets vides de ses camarades.

- Je suis encore en retard, s'excusa-t-il l'air penaud.

- Ce n'est rien, le rassurai-je.

Il me sourit puis se dépêcha d'aller nettoyer son matériel. Pendant ce temps, j'examinai sa toile. Représentant la robe épaisse de l'hiver, des dizaines de nuances de blancs et d'argent s'entremêlaient harmonieusement. De délicats flocons semblaient flotter sur la surface de son tableau. Josh avait toujours été doué pour dépeindre le monde avec réalisme.

- C'est très beau.

- Merci, dit-il tout en essuyant ses mains mouillées sur son jean. J'ai encore beaucoup de travail.

Il s'approcha de moi et me tendit un torchon. Je le saisis et commençai à enlever les traces de pigments sur son visage. Josh était incapable de peindre sans s'en mettre partout. C'était un trait de caractère que j'avais toujours trouvé attachant chez lui, mais qui avait le don de rendre sa mère folle.

- Ton rendez-vous à la clinique s'est bien passé ?

- Oui, mais certaines choses risquent de changer.

- Dis-moi, m'invita-t-il soudain soucieux.

- Le Conseil a accepté la requête du Dr Tesni. Après

décembre, je n'aurais plus à aller à la clinique, expliquai-je tout en m'attaquant à une tache de peinture sur son front.

Il arrêta mon geste et me força à plonger mon regard dans le sien.

- Sérieusement ?

J'acquiesçai et jetai le torchon sur la table la plus proche. Soudain, il m'attrapa par le poignet et m'attira à lui. La chaleur de son corps et son odeur familière me réchauffèrent.

- Je suis tellement content pour toi, Kara.

Cette nouvelle impliquait de nombreux changements et Josh les comprenait parfaitement. Il déposa un baiser sur ma tempe et relâcha son étreinte.

- Viens, allons rejoindre Zéphyr et Sorën.

Après une tentative infructueuse de mettre de l'ordre dans ses cheveux, il attrapa son sac et sa veste. Puis, nous nous dirigeâmes vers l'arrière de l'établissement. Là-bas, s'étendaient le parc ainsi que le bassin autour duquel je courais régulièrement. Nous nous y retrouvions toujours pour manger lors des beaux jours.

- Tu as annoncé la nouvelle à Every ?

À la mention de son prénom, je me renfrognai.

- Je sais que tu lui en veux, mais ça lui ferait plaisir d'être au courant.

Gardant le silence, il n'insista pas. Depuis cette nuit-là, j'avais ignoré toutes les tentatives de réconciliation d'Every. Elle m'avait bien envoyé un message dès le lendemain pour s'excuser, mais je l'avais laissé sans réponse. Elle me devait plus que des excuses.

Depuis ce matin, le vent était retombé et le soleil avait réchauffé l'air. J'enlevai mon gilet et surpris le regard de Josh.

- Quoi ?
- La température frôle tout juste dix-huit degrés et tu portes un tee-shirt. La capacité des métamorphes à ne pas sentir le froid me rend jaloux.

Je ne pus m'empêcher de rire. Josh extrêmement frileux, même pour un humain, passait ses hivers avec le nez qui coulait et les poches remplies de mouchoirs. Emmitouflées dans des vestes épaisses, deux filles dépassèrent et détaillèrent mes bras nus d'un œil critique.

- Ça ne nous aide pas à nous intégrer.

Remettant mon gilet, j'aperçus Sorën et Zéphyr installés dans l'herbe. Ce dernier avait rejeté sa tête en arrière et fermait les yeux tandis que les rayons du soleil réchauffaient son visage. Allongé sur le ventre, Sorën esquissait un croquis à l'aide de fusains.

- Sorën, tu as le talent et la technique, s'exclama Zéphyr d'un ton irrité. Qu'est-ce que tu attends ?
- Qu'est-ce qui a bien pu te contrarier ? demanda Josh.
- Qui d'autre à part Sorën pourrait bien me désespérer autant ? souffla-t-il.

Sorën n'eut pas le temps de lever les yeux au ciel que Zéphyr s'approcha de lui et replaça l'une de ses mèches brunes derrière son oreille. Un fin diamant noir et un anneau en argent brillaient à celle-ci.

- Tu sais que j'ai raison, petit ingrat.

Josh et moi rigolâmes doucement.

- N'est-ce pas vous deux que j'ai raison ? ajouta Zéphyr en se tournant vers nous, rempli d'espoir.
- À propos de ? questionnai-je.
- Sur le fait que Sorën manque totalement de confiance en lui, qu'il est plein de talent, mais qu'il a la trouille

d'innover !
- Zéphyr me pousse à créer l'un des projets de sculpture que j'ai imaginés. Le problème, c'est que je n'ai ni le matériel ni la place pour le réaliser. Ça n'a rien à voir avec un manque de confiance en moi, nous expliqua Sorën tout en rangeant son carnet à dessin.
- Oh... Ce ne sont que des détails.
- Faire rentrer une sculpture de plus d'un mètre cinquante de large dans le studio d'art, c'est plus qu'un détail.

Les laissant se chamailler, Josh et moi nous assîmes dans l'herbe. Continuant sa course dans le ciel, le soleil vint illuminer sa silhouette. Les reflets roux de sa chevelure prirent vie. Je ne comptai plus le nombre de croquis que j'avais réalisé d'eux. Je n'étais jamais parvenue à recréer leurs nuances exactes.

Josh fouilla à l'intérieur de son sac et en sortit un thermos. Une odeur de thé vert à la menthe, sucré comme je l'aimais, flotta jusqu'à moi. Le sirotant du bout des lèvres, j'écoutai avec attention Sorën, Zéphyr et Josh parler de leur dernier cours. Étudiant les courants artistiques ainsi que les différentes techniques de peinture et de sculpture, leurs journées m'apparaissaient comme un rêve éveillé. Malheureusement, cela ne m'arriverait jamais. En tant que métamorphe, les carrières dans les arts m'étaient interdites. Ce ne serait jamais rien de plus qu'un passe-temps.

- Ce soir, nous allons à une exposition. Tu veux venir avec nous ? me demanda Josh.
- Bien sûr !

Soudain, l'air m'apporta le parfum fruité d'Every. Je me relevai précipitamment. Josh tourna la tête dans sa direction.
- Kara, reste.
- À tout à l'heure, déclarai-je avant de partir.

Je repris le chemin que nous avions emprunté une heure plus tôt et me rendit dans la salle jouxtant le studio d'art. Celle-ci était vide. N'ayant plus cours avant le lendemain matin, je comptai en profiter pour avancer le tableau que je devais réaliser pour mon option en art plastique. Je déposai mes affaires sur un comptoir en chêne puis attachai mes cheveux en chignon.

Je saisis ma toile ainsi qu'un chevalet et m'installai devant la baie vitrée. Une fois tout le matériel prêt, j'observai ma peinture et réfléchis aux modifications à apporter.

Les minutes puis les heures défilèrent. La lumière extérieure se teintait d'orange et de rose lorsqu'une voix que j'espérais ne plus jamais entendre me ramena à la réalité.

– C'est donc ici que tu te cachais tout ce temps ?

Surprise, mon pinceau s'écrasa sur le sol. La vitre me renvoya le reflet d'Aldryc appuyé nonchalamment contre la porte, un sourire triomphant aux lèvres. Comment avais-je pu me montrer aussi naïve ?

– Que voulez-vous ?

Par chance, l'Héritier ne pouvait deviner l'appréhension qui me serrait la gorge.

– Tout d'abord des excuses.

– Des excuses ? demandai-je, déconcertée.

– Oui, des excuses. Tu n'as quand même pas cru que tu pouvais m'insulter sans qu'il y ait des conséquences ?

Il s'avança dans la pièce, s'arrêtant de temps à autre pour regarder les toiles de mes camarades. Ses pas étaient lents et calculés. Méfiante, j'abaissai mes barrières mentales.

– Je ne vous dois aucune excuse.

Je n'allais pas me rabaisser seulement pour satisfaire l'ego d'un Héritier.

– Oh que si ! dit-il en se tournant vers moi. Et je peux

t'assurer que tu vas me les donner.

Sa magie emplit l'atmosphère tout autour de nous. Un instant plus tard, elle se rassembla dans la paume de sa main et d'un geste, il la libéra. Celle-ci traça dans l'air une ligne droite où se mêlèrent l'or et le rouge. Je crus être sa cible, mais au dernier moment, sa trajectoire se modifia. Une vive chaleur vint lécher mon dos. Je me retournai précipitamment. Un feu incandescent était en train de consumer ma toile. Il se rapprocha dangereusement de moi.

- Ce n'est pas en utilisant la magie que vous allez les obtenir.
- Avant ça, j'aimerais que tu répondes à une question, ajouta-t-il ignorant mes paroles.

Il ne s'arrêta qu'à quelques pas de moi. Refusant de rentrer dans son jeu, je restai muette. Mon silence ne fit que l'encourager.

- Je suis curieux de savoir en quoi tu te transformes. Quel animal peut être assez insignifiant pour que l'on ne remarque même pas que tu es une métamorphe ? demanda-t-il en insistant sur le dernier mot comme s'il s'agissait d'une insulte.

Je haussai les épaules. Je n'allais pas lui donner cette satisfaction.

- En chien ? Hum…Un oiseau peut-être.

Il se mit de nouveau à marcher, m'encerclant comme un prédateur autour de sa proie.

- Dans tous les cas, tu brûleras vivante avant d'avoir pu esquisser le moindre geste.

Appuyant ses paroles, les flammes derrière moi redoublèrent d'intensité. Je m'avançai avec prudence pour éviter leur morsure et inspectai rapidement le plafond. Pourquoi le détecteur de fumée ne se déclenchait-il pas ?

- Un rongeur ?

D'abord presque inaudibles, des pas résonnèrent dans le couloir et se rapprochèrent. Le feu mourut en un instant. Je crus que nous en resterions là, mais les deux visages qui apparurent me détrompèrent aussitôt. Ces deux Héritiers se tenaient aux côtés d'Aldryc le soir de notre altercation.

- Ça ne te dérange pas. J'ai invité deux amis à se joindre à nous.

Les yeux d'Aldryc pétillèrent d'excitation.

- Je n'ai pas tellement le choix, répliquai-je d'un ton sarcastique pour qu'il ne puisse pas deviner ma peur.
- Non, en effet, acquiesça-t-il satisfait.

J'examinai rapidement les deux Héritiers et évaluai mes chances. Je n'avais qu'une certitude. Les minutes qui allaient suivre risquaient d'être longues et douloureuses.

- Je te présente Varick.

La musculature de ce dernier était parfaitement mise en valeur et son nez, cassé à plusieurs reprises, formait un angle étrange. Observant sa démarche souple, mais féroce, je n'eus aucun doute sur ses capacités au combat. Le pouvoir de la terre amplifiait la force brutale qu'il dégageait. Cependant, ce n'était pas lui qui m'inquiétait le plus. Légèrement en retrait derrière Aldryc se tenait un troisième Héritier. Depuis son arrivée, les yeux gris de celui-ci n'avaient cessé de me fixer.

Il avait tout aussi hâte qu'Aldryc de jouer avec moi. La voix d'Aldryc fendit le silence.

- Et voici Nathaniel.

Le pouvoir de l'air chanta et teinta son aura d'une lumière violette. La présence discrète de l'Héritier ne reflétait en rien la puissance qu'il irradiait. C'était lui qui, lors de mon altercation avec Aldryc, avait étendu un voile entre nous et le reste du monde, nous protégeant ainsi des oreilles extérieures et m'empêchant par la même occasion de demander toute aide.

- Elle a refusé de s'excuser et de me dire en quoi elle se transforme, déclara-t-il d'un ton faussement outré.
- Cela ne peut être que médiocre, commenta Nathaniel avec un certain détachement.
- C'est vrai. Elle dégage si peu d'énergie que l'on pourrait la prendre pour une humaine, ajouta Varick.

Je ne pus m'empêcher d'esquisser un sourire. Aucun d'eux n'aimerait affronter ma forme animale.

- Il aurait peut-être mieux valu pour elle.

S'approchant lentement de moi, Aldryc rassembla sa magie. Je reculai instinctivement et fis tomber le chevalet et ma toile calcinée. Son rictus s'élargit un peu plus tandis que l'excitation envahie l'aura de Nathaniel. Aldryc ne s'arrêta qu'à quelques centimètres de moi, prenant son temps comme si chaque seconde lui procurait un plaisir infini.

- Tu n'aurais pas réagi si violemment à mon contact, je n'aurais jamais compris ce que tu étais.
- Vous vous intégreriez très bien parmi les humains. Vous aimez autant parler pour ne rien dire qu'eux.

Un éclair de surprise traversa ses yeux sombres et disparut aussitôt, balayé par la colère.

- Tu veux faire ton intéressante ?
- Laissez-moi partir.

Son rire se répercuta dans toute la pièce, bientôt rejoint par celui de Nathaniel.

- Cette phrase me semble familière, ajouta ce dernier.

Je n'entendis pas le reste de ses paroles. Un mouvement près de la porte d'entrée attira mon attention. J'eus seulement le temps de percevoir une vague silhouette qui s'en allait. Visiblement, personne ne comptait s'opposer à l'Héritier des Nazaire. L'instant d'après, une douleur fulgurante se propagea dans ma joue gauche.

- Écoute-moi quand je te parle !

La rage assombrit ses pupilles. Le second coup ne me surprit pas. Je me décalai et esquivai son geste. Cet échec le mit hors de lui. Son pouvoir afflua massivement puis soudain, il se figea. À ses côtés, Varick fit craquer les jointures de ses doigts dans un bruit sinistre. Les lèvres d'Aldryc s'étirèrent en un rictus.

- Amusez-vous.

À ces mots, les auras de Nathaniel et de Varick se chargèrent de magie. L'un des casiers contenant le matériel d'art se souleva et fila à toute vitesse dans ma direction. L'évitant de justesse, il s'écrasa contre le comptoir. Les pots en verre se renversèrent puis se brisèrent sur le sol. De l'eau lécha le bout de mes chaussures et le bas de mon jean fut constellé de peinture.

La magie de Varick s'agita et devint de plus en plus dense. Prise au piège, la panique me submergea. Les couleurs vives et mouvantes des auras troublèrent ma vue. Fermant brièvement les paupières, je remis en place ma barrière mentale et abandonnai mon seul avantage.

Brusquement, quelque chose me tira en arrière et me fit perdre l'équilibre. Animée par le pouvoir de l'air, une chaise glissa dans ma direction et frappa l'arrière de mes genoux. Je m'écroulai violemment contre le dossier, deux branches enroulées autour de mes poignets.

Jetant un regard en direction du bureau de mon professeur d'arts plastiques, j'observai le ficus ginseng s'y épanouissant. Habité par la magie de Varick, il mesurait désormais plus de trois fois sa taille habituelle. Grimpant le long de mes avant-bras, il me retenait férocement contre les accoudoirs de la chaise. Aldryc s'approcha vers moi.

- Tu es prête à répondre à ma question maintenant ? chuchota-t-il au creux de mon oreille.

Les effluves musqués de son parfum hors de prix envahirent mes narines. N'attendant pas une seconde de plus, je lui décochai un coup de talon dans le genou. Paralysé par la douleur, j'en profitai pour me redresser et pivotai sur moi-même. La chaise à laquelle j'étais enchaîné s'abattit contre son torse. Le choc lui coupa la respiration et ses jambes se dérobèrent sous son poids. Surpris, Varick relâcha son attention et mes liens se desserrèrent. Tirant dessus, les branches se brisèrent en quelques secondes.

Nathaniel me devança. Le verre jonchant le sol s'anima et fonça sur moi. Ne parvenant pas à tous les éviter, certains se logèrent dans mes bras ainsi que mon épaule gauche. Varick en profita pour se précipiter sur moi. Son poing me frappa et enfonça un peu plus les éclats de verre qui s'y trouvaient. Encaissant le choc, je le saisis et l'immobilisai à l'aide d'une clé. Un instant plus tard, je balayai l'une de ses jambes et l'envoyai embraser le dos.

Entre-temps, Aldryc avait repris ses esprits et l'un des pieds du chevalet me percuta. Ma mâchoire émit un craquement peu rassurant. Une vague de douleur se propagea jusqu'à l'arrière de mon crâne. Me devançant, il m'attrapa par le cou et me plaqua contre la baie vitrée. Sous l'effort, une veine barra son front. Ses doigts libres s'agitèrent, faisant naître au creux de sa main des flammes incandescentes.

Bien que fascinante, ma difficulté à respirer s'intensifia tandis que la boule de feu continuait son chemin vers mon visage. Le regard d'Aldryc glissa le long de ma gorge et détailla sans la moindre gêne la cicatrice qui s'y épanouissait. J'avais hérité de celle-ci à tout juste onze ans. Depuis, la silhouette d'un puma suffisait à me procurer des sueurs froides.

- Et si j'ajoutais une nouvelle marque à ton visage ? Elle s'accorderait bien avec ta cicatrice.

L'excitation contenue dans sa voix me donna la chair de poule. La peur m'envahit, sortant mon pouvoir de sa léthargie. Atteignant mes mains, celles-ci laissèrent place à de longues pattes aux griffes acérées. Sans attendre, j'entaillai la peau de son ventre. Criant de douleur, ses doigts relâchèrent leur emprise sur mon cou. Du sang tinta le tissu noble de sa chemise tandis que l'air pénétra à nouveau l'intérieur de mes poumons.

La rage balaya ma peur et accéléra mon processus de transformation. Ne répétant pas la même erreur, je ne laissais pas à Aldryc le temps de se reprendre. Je plantai mes crocs dans son mollet et, ignorant le sang qui envahissait ma bouche, je tirai d'un coup sec. Il bascula et heurta le sol. Nathaniel choisit cet instant pour venir en aide à son ami qui gisait par terre, le visage déformé par la douleur. Tentant de me distraire, il projeta de nouveaux éclats dans ma direction. Quelques-uns traversèrent ma fourrure épaisse et s'enfoncèrent dans ma peau.

Contrairement à eux, je ne bronchai pas. Je connaissais la douleur physique, la vraie : celle qui vous consume, ravageant tout sur son passage et que rien n'apaise. Ils n'avaient aucune chance de m'arrêter. Soudain, des pas précipités résonnèrent dans le couloir. Nathaniel perdit le contrôle de son pouvoir et un éclat de verre se planta dans la main d'Aldryc. Lançant un regard noir au sorcier de l'air, celui-ci commença à se débattre. La pression de ma mâchoire s'accentua, le neutralisant. Son aura, désormais dénuée de toute trace de confiance et d'arrogance, faiblissait.

Deux êtres magiques entrèrent dans la pièce. Je reconnus l'Héritier sans peine. Bien qu'intriguée, sa présence n'était pas celle qui m'inquiétait le plus. Le métamorphe qui l'accompagnait pénétra dans la salle, son regard me fixant sans ciller.

- Vous pouvez le lâcher maintenant. C'est terminé.

Je ne l'avais jamais rencontré auparavant cependant, l'autorité qu'il dégageait me confirma le statut qu'il occupait au sein de l'université. N'ayant d'autres choix que de m'exécuter, je libérai Aldryc. Un bref instant nous nous retrouvâmes face à face, ses yeux reflétant mon visage. La gueule pleine de sang et les pupilles dilatées par la rage, je ne me reconnus pas. Une seconde plus tard, il s'éloignait de moi tant bien que mal.

- Professeur Oaks ! Cette folle m'a agressé.

Mes craintes se confirmèrent.

- Est-ce également le cas pour vos deux amis, monsieur Nazaire ?

Les mains dans le dos et le visage impassible, le métamorphe patienta. L'expression d'Aldryc se figea et pendant un bref instant, il hésita. À partir de ce moment-là, tout ce qui traverserait ses lèvres serait des mensonges.

- Rendez-vous à l'infirmerie, une fois que ce sera fait, je vous attends tous les trois dans le bureau de la directrice.

Aldryc ne protesta pas. Lissant ses cheveux en arrière, il marcha aussi fièrement que lui permettait sa jambe blessée. Au moment de quitter la pièce, il s'arrêta.

- Rhys, que fais-tu encore là ?

Soupçonneux, il s'adressa à l'Héritier présent lors de

notre altercation dans le parc. Sa magie se déploya autour de lui, menaçante. Le concerné se contenta de lui rendre son regard, les mains glissaient dans ses poches.

- Monsieur Nazaire, je crois vous avoir dit quelque chose, avertit sèchement le professeur Oaks.

Rappelant son pouvoir, l'aura d'Aldryc se teinta de frustration. Il toisa une dernière fois Rhysand puis partit.

- Vous savez ce qui vous reste à faire.

Varick acquiesça silencieusement, mais Nathaniel hésita. Les sourcils froncés, l'Héritier n'appréciait guère de devoir obéir à un métamorphe. Plusieurs secondes passèrent sans qu'il esquisse le moindre mouvement en direction de la porte. Le professeur souffla d'exaspération et relâcha les mains de derrière son dos. Nathaniel céda aussitôt et sortit de la pièce.

J'étais désormais le centre d'attention des deux êtres magiques. Toujours sous ma forme animale, mon pouvoir refusait de se soumettre à ma volonté. Le professeur Oaks s'avança vers moi. Son aura était singulière même pour un métamorphe. Elle contenait quelque chose en plus dont je ne parvenais pas à définir l'origine.

- Nous allons pouvoir nous occuper de vous maintenant, mademoiselle Ace.

À ces mots, les battements de mon cœur s'accélérèrent. Sans m'en rendre compte, je reculai. Acculée contre la baie vitrée, je n'avais aucune échappatoire. De plus, l'Héritier bloquait la seule issue possible. Instinctivement, les oreilles couchaient en arrière, je retroussai les babines.

- Tu peux lui faire confiance.

C'était la première fois que Rhysand prenait la parole depuis qu'il avait pénétré dans la pièce. Mon regard s'attarda sur son visage et soudain, je compris que c'était sa silhouette qui avait attiré mon attention et valut une gifle des plus désagréable. Était-ce lui qui avait prévenu le professeur Oaks ? Je me secouai intérieurement. Pourquoi un Héritier agirait-il de cette façon ? Toujours méfiante, je rentrai les crocs. Le métamorphe s'agenouilla face à moi.

- Puis-je ?

Son ton, aussi froid que son aura, ne laissait transparaître aucune émotion. Devant mon manque de réaction, il pointa du doigt l'une de mes pattes avant. Ma fourrure épaisse ne parvenait à cacher le sang qui s'échappait des blessures parsemant mon corps. Résigné, je la déposai entre ses mains. L'inspectant avec minutie, il la plia et la déplia pour s'assurer qu'elle n'était pas cassée. Il tenta de regarder le reste de mes plaies, mais abandonna rapidement. Mon pelage rendait la tâche bien trop complexe.

Ne sentant plus le moindre danger, ma magie se rétracta. Honteuse et sous ma forme humaine, j'essayai d'effacer de mon visage toute trace de sang.

- Je vais vous accompagner à l'infirmerie. Une fois que vous serez soigné, nous rejoindrons monsieur Nazaire et les autres dans le bureau de la directrice afin d'éclairer cette histoire. Ce qui vient de se passer transgresse de nombreuses règles.

La gravité que contenait sa voix me frappa. Qu'avais-je fait ?

CHAPITRE 3

Les mains de part et d'autre de mon visage, l'infirmier répandait sa magie sous ma peau. Se mouvant avec légèreté, les coupures sur ma joue et mes lèvres se refermèrent une à une. Une fois qu'elle eut terminé, elle partit à la recherche d'autres lésions.

Les brûlures de mes poignets guérissaient bien plus rapidement que les blessures infligées par les morceaux de verre. Malgré la douleur, j'observais avec attention la manière dont sa magie agissait. S'enroulant délicatement autour des éclats pour les extraire, elle se mêlait ensuite à chacune de mes cellules pour cautériser les plaies et reconstruire la peau. Le pouvoir de la terre diffusait une chaleur douce et légère.

En retrait près de l'une des fenêtres, le professeur Oaks attendait. Refusant catégoriquement que je me rende à l'infirmerie seule, il m'avait accompagné. Sans doute, avait-il peur que je tente de m'enfuir. À notre arrivée, l'infirmier n'avait demandé aucune explication sur les traces de sang couvrant mes vêtements.

Soudain, son attention quitta mon visage et se tourna vers le creux de mon cou. Le contact de ses doigts sur ma cicatrice me frappa tel un électrochoc. Je reculai hors de sa portée. Surpris, le sorcier attendit patiemment que je revienne vers lui et déposa à nouveau sa main.

- Désolé, souffla-t-il.

Acquiesçant silencieusement, je m'efforçai de garder mon calme. Le pouvoir de la terre glissa tout autour de mon cou, faisant disparaître la brûlure qu'avaient causée les doigts d'Aldryc en tentant de m'étrangler. Bien que sa tâche fût terminée, le sorcier ne bougea pas. Fronçant les sourcils, le professeur se rapprocha de nous. Lorsque l'homme retira enfin sa main, la déception et la frustration envahirent son aura. C'était un guérisseur, tout son être lui dictait de me soigner, mais il ne pouvait rien pour moi. Sept ans en arrière, un sorcier tel que lui aurait pu faire de ma cicatrice un simple souvenir cependant, les Héritiers en avaient décidé autrement.

☾

Gisant dans mon sang, à moitié consciente, je pleurai lorsque le visage de l'une d'entre eux apparut dans mon champ de vision. S'accroupissant devant moi, ses longs cheveux blancs firent disparaître la silhouette de mon frère. Ignorant la sorcière, je tentai de me traîner à nouveau jusqu'à lui, mais mon corps refusait de m'obéir. Les derniers battements de son cœur résonnaient dans mes oreilles. L'-

Héritière posa une main sur mon épaule et essaya d'attirer mon attention. Ses lèvres remuaient, mais les mots semblaient se perdre parmi la pluie et ne jamais réussir à m'atteindre. Des dizaines de personnes s'agitaient dans la rue autour de nous, mais cela n'avait aucune importance. Kaïs était mort et je ne pouvais même pas le serrer dans mes bras. Cette pensée hantait toujours mon esprit lorsque, vidée de mes forces, mes yeux se fermèrent. La pluie se mêlant à mes larmes, la douleur finit par m'engloutir totalement.

Rappel perpétuel de ma véritable nature, les Héritiers utilisaient cette cicatrice comme un moyen de me remémorer que je leur devais la vie. Après cette nuit-là, je n'avais jamais revu mes premiers parents adoptifs et le temps avait voilé leurs visages.

☾

— C'est terminé, annonça le sorcier avant de se retirer.
— Allons-y.

Le ton sec du professeur Oaks me fit déglutir. Depuis que nous avions quitté la salle d'art, il ne m'avait pas adressé la parole une seule fois. Plongée dans ce silence pesant, la réalité des événements me rattrapa. Décortiquant chacun de mes gestes, je me demandais si j'aurais pu agir autrement. J'avais blessé un Héritier de façon délibérée alors plaider la légitime défense serait inutile. La directrice étant humaine, peut-être qu'elle me laisserait une chance de m'expliquer. Je soupirai intérieurement. Je devais me montrer réaliste. La majorité des subventions de l'université venait d'Héritiers et la famille d'Aldryc faisait partie des plus généreuses donatrices. On lui devait notamment la rénovation des ailes principales de la bibliothèque. La directrice n'avait aucun intérêt à perdre ces faveurs pour une simple métamorphe comme moi.

Les couloirs de pierres laissèrent place à l'air frais du soir. Le flot ininterrompu d'élèves avait disparu emportant avec lui son brouhaha incessant. À cette heure-ci, tous avaient rejoint leurs chambres ou les restaurants à proximité de l'université. Je devrais être en train de me préparer pour retrouver Josh. Malgré tout, le soulagement m'envahit.

Inspirant à pleins poumons, j'observai le métamorphe à la dérobée. Son visage, indéchiffrable, ne laissait entrevoir aucune émotion néanmoins, les lignes de son corps racontaient une histoire différente. Sous son costume simple, mais élégant, la tension habitait chacun de ses muscles, saccadant ses mouvements.

Sans prévenir, il dévia du chemin pavé que nous empruntions et nous entraîna vers un autre bien plus étroit et isolé, longé par des murs en pierre recouverts de lierres. Après plusieurs minutes, une arche se dessina au milieu de notre passage. Haute de plusieurs mètres, elle cachait de magnifiques sculptures. Placées à l'intérieur d'alcôves, celles-ci étaient toutes habillées d'armures aux détails complexes. Leurs visages nobles et graves étaient figés dans le temps. Elles n'étaient accompagnées d'aucune plaque ou inscription. C'était inutile. Chaque humain, sorcier et métamorphe connaissait leur histoire. Ils étaient les premiers Héritiers et humains à s'être uni pour former un véritable gouvernement. Ses œuvres d'art n'évoquèrent chez moi que de l'amertume. On ne nous avait offert aucun siège à nous, les métamorphes.

L'arche laissa place à une partie de l'université dont j'ignorai l'existence. La végétation s'épanouissait ici de façon plus dense et plus sauvage tandis qu'un silence quasi-total régnait. J'aurais presque pu oublier que nous nous trouvions en plein cœur de la ville. Au détour d'un bosquet, la silhouette d'une chapelle apparut. Cachées derrière d'immenses saules pleureurs, ses ruines se dressaient fièrement. Subjuguée, mes pas se stoppèrent.

- Mademoiselle Ace.

Détournant mon attention de l'édifice déchu, je découvris l'arrière d'un bâtiment ainsi qu'une lourde porte en bois. Au-dessus de celle-ci, le blason de l'université était gravé dans la pierre blanche. Cependant, elle n'avait rien d'une entrée ordinaire. Abaissant ma barrière mentale, je vis la magie qu'elle abritait s'étirer et aller à la rencontre du professeur. Délicatement, elle l'enveloppa et se mêla à son aura. Au bout de quelques instants, elle se rétracta et la porte émit un déclic, révélant un large escalier en colimaçon.

À chaque nouvelle marche, mon angoisse montait d'un cran. Les Héritiers devaient déjà avoir donné leur propre version et même s'il n'avait pas assisté à la totalité des événements, le témoignage du métamorphe influencerait l'avis de la directrice.

Nous débouchâmes dans un vaste couloir où une secrétaire à l'air strict nous attendait. Une moue désapprobatrice peinte sur son visage, ses petits yeux lorgnèrent mes vêtements tâchés avant de glisser sur ma cicatrice puis de retourner à son écran d'ordinateur. Les portes en bois derrière lesquelles se tenait le bureau de la directrice étaient closes. Des renfoncements les encadraient contenant tous deux des banquettes au cuir usé. Le professeur s'arrêta un instant et m'indiqua l'une d'elles.

- Attendez ici.

Il toqua et s'engouffra à l'intérieur de la pièce. Tenaillée par l'angoisse, j'arpentai l'espace entre les deux canapés de long en large. Les murs, parfaitement insonorisés, réduisirent à néant mes tentatives d'écouter ce qui s'y disait. Néanmoins, les émotions traversant les auras de mes trois agresseurs restaient perceptibles. L'indignation et la colère, bien que prédominantes, s'accompagnaient d'une étrange pointe de satisfaction. Fronçant les sourcils d'incompréhension, j'essayai de découvrir de quel Héritier elle provenait lorsqu'une présence attira mon attention ainsi que celle de la secrétaire.

Un homme vêtu d'un costume noir luxueux s'avançait vers nous, son manteau voletant à chacune de ses foulées. Son aura, aussi agressive que sa démarche, irradiait autour de lui. Recoiffant hâtivement ses cheveux blonds, la chevalière en or qu'il portait à son annulaire accrocha la lumière. Au moment de dépasser la secrétaire, celle-ci l'accueillit d'un pincement de lèvres. La porte du bureau de la directrice s'ouvrit sur le professeur Oaks.

- Monsieur Nazaire.

- Où est mon fils ?

- Bonjour, je suis ravie de vous voir également, répliqua sèchement le métamorphe.

Il suffit d'une étincelle de colère et le père d'Aldryc déploya son pouvoir. Les poils de mes bras se dressèrent tandis que ma magie se mit soudainement sur le qui-vive. Elle n'avait jamais été aussi présente que ces derniers jours. Attendant que le pouvoir du feu entre en contact avec son aura, le professeur Oaks libéra le sien. Repoussant l'attaque du sorcier, ses yeux mutèrent. Spectatrice, je n'osai bouger. La magie des deux hommes s'entrechoquait dégageant une énergie presque étouffante. Soudain, une femme sortit du bureau. Ni surprise ni intimidée, elle s'interposa.

- Monsieur Nazaire, rejoignez-nous, je vous prie.

L'Héritier décrocha son regard du métamorphe avec méfiance et toisa avec suffisance son interlocutrice. Malgré son petit gabarit et son absence totale de pouvoir, l'humaine ne fut pas impressionnée le moins du monde. Après un temps qui me parut interminable, le père d'Aldryc céda et la porte du bureau se ferma à nouveau. Mes peurs redoublèrent. Je n'avais aucune chance. Passant machinalement mes doigts sur mes poignets, les mots d'Aldryc me revinrent. Il avait raison après tout, je ne pouvais pas m'en prendre à un Héritier sans qu'il y ait de conséquences. La voix du professeur Oaks finit par me tirer de mes pensées.

- Mademoiselle Ace, vous pouvez entrer.

La gorge soudain sèche, j'eus envie de fuir loin de cette pièce. Bien que spacieux, l'atmosphère à l'intérieur du bureau était oppressante. Toutes ces énergies différentes, auxquelles se mêlaient une multitude d'émotions, me donnaient l'impression de suffoquer. La directrice m'attendait, un sourire encourageant accrochait sur ses lèvres carmin.

Ignorant la présence d'Aldryc et de ses deux amis, je m'asseyais dans le seul fauteuil disponible aux côtés de Rhysand. Glissant mes mains sous mes cuisses afin d'en cacher les tremblements, nos regards se croisèrent. Dans un autre contexte, le vert glacé de son œil droit et le bleu océan du gauche auraient éveillé en moi une envie irrépressible de peindre, mais pas aujourd'hui. Sa proximité ne fit qu'amplifier un peu plus mon malaise. Rompant le contact, il sembla soudain fasciné par le contenu d'une des vitrines qui agrémentaient la pièce. Appuyé contre le manteau d'une ancienne cheminée, le professeur Oaks nous observait.

- Bonjour, saluais-je poliment.
- Bonjour, je suis madame Esla. La directrice de cette université. Messieurs Nazaire, Henson et Radford nous ont donné leur version des faits, nous aimerions entendre la vôtre.

Je jetai un regard inquiet par-dessus son épaule. Monsieur Nazaire se tenait le dos droit, les bras croisés sur la poitrine. Depuis mon arrivée, ses yeux noirs ne m'avaient pas quitté un seul instant.

- Allez-y, m'encouragea-t-elle.
- Cela a réellement débuté samedi soir dernier, me lançai-je.

Expliquant les événements le plus fidèlement possible, aucun Héritier ne protesta. Cependant, lorsque j'évoquai Luce et la façon dont Aldryc avait utilisé son pouvoir pour la manipuler, la colère contenue dans l'aura de son père me balaya violemment. Des frissons me parcoururent tandis que la seule humaine de la pièce n'esquissa aucune réaction. Ne ressentait-elle pas l'énergie qui se déchaînait autour d'elle ou bien se contentait-elle de les ignorer ? Depuis mon arrivée, la tension n'avait cessé de croître.

- Si vous ne parvenez pas à vous contrôler, monsieur Nazaire, vous feriez mieux de sortir, répliqua sèchement la directrice.

Piquant l'ego de l'Héritier, la colère déforma son visage. L'humaine pivota dans son fauteuil, sa silhouette menue parfaitement droite. Les mains croisaient sur les genoux, elle lui fit face. Le pouvoir du sorcier fini part se rétracter doucement et l'air devint à nouveau respirable. Quand j'eus terminé, le poids présent dans ma poitrine n'avait pas disparu. Dire la vérité n'était pas aussi libérateur que ce qu'on le laissait croire. Sans prévenir, le professeur Oaks se détacha de la cheminée et porta son attention sur moi.

- Nous allons convoquer votre amie ainsi que cette jeune humaine afin qu'elles puissent également témoigner.

L'étau qui enserrait ma gorge se détendit.

- Vous ne croyez quand même pas un mot de ce qu'elle vient de raconter ? s'offusqua violemment le père d'Aldryc.

Ses yeux se fixèrent sur la directrice, cherchant sur son visage la moindre lueur d'espoir. Cependant, celle-ci ne lui renvoya que de la lassitude et de l'impatience.

- Vous savez très bien que nous avons fait l'effort d'écouter votre fils seulement par respect pour vous. Tous les couloirs de l'université sont dotés de caméras et l'une d'elles offre une vue plongeante sur la salle où ils se trouvaient. Nous n'avons fait que perdre notre temps avec ses mensonges. Par contre, je tiens à entendre ces deux jeunes filles à propos du premier « accident ».

- Il est impossible que cette…

- À votre place, je ne terminerais pas cette phrase, l'interrompit-elle brusquement. Cela fait seulement un mois qu'Aldryc et ses camarades font partie de cette université et c'est déjà la troisième fois qu'ils se retrouvent ici. Contrairement à lui, Mademoiselle Ace a eu un comportement exemplaire.

Elle tendit dans sa direction un dossier portant le nom d'Aldryc.

- Mais…

- Il n'y a pas de « mais », monsieur Nazaire. Vous êtes dans mon établissement alors nous allons faire les choses comme je le décide. Si cela ne vous convient pas, allez donc en parler à l'Alliance. D'ici là, j'entendrais ce que ces jeunes filles ont à raconter.

- Très bien, si vous le prenez ainsi.

Il contourna furieusement le bureau et s'apprêta à quitter

la pièce lorsqu'Aldryc l'arrêta.

- Père ? Où allez-vous ?

Ce dernier se contenta de lui décocher un regard froid et vide puis claqua la porte. Vingt minutes plus tard, j'attendais de nouveau, assise dans l'une des banquettes et rongeant mes ongles jusqu'au sang. Les trois Héritiers se trouvaient face à moi, entassaient tant bien que mal les uns contre les autres. Libéré, Rhysand s'était éclipsé en un battement de cils.

Aucun ne prononçait un mot. Après le départ de son père, Aldryc n'avait plus ouvert une seule fois la bouche. Varick, quant à lui, se tordait les doigts dans tous les sens. Tandis que l'inquiétude parasitée son aura, celle de Nathaniel était son opposé. Serein, il pianotait tranquillement sur son portable.

La secrétaire soupira d'exaspération. Tournant la tête vers elle, j'aperçus Luce. Tellement occupée à ressasser les paroles de la directrice, je ne l'avais pas entendue arriver. Comique pour une métamorphe à l'ouïe surdéveloppée...

La robe bleue de Luce dégoulinait de pluie tandis que ses bottes traçaient derrière elle un chemin de boue. Le souffle court, elle écarta d'un geste les mèches qui collaient à son front et, ignorant la secrétaire et les Héritiers, se précipita vers moi. J'eus tout juste le temps de me lever que ses bras m'entourèrent. Totalement prise au dépourvu, je me laissai faire.

- Je suis sincèrement désolée, chuchota-t-elle au creux de mon oreille.

Retenant ses sanglots avec peine, elle se détacha de moi et inspecta mon visage ainsi que mes avant-bras.

- Ils t'ont déjà soigné, n'est-ce pas ?

Ne sachant comment réagir face au sentiment de culpabilité qui l'envahissait, je me contentai d'acquiescer. Derrière elle, l'expression dépitée d'Aldryc me fit presque rire. Il s'était convaincu qu'elle n'oserait pas témoigner contre lui. Il avait eu tort de la sous-estimer. La secrétaire brisa le silence pesant sur nous.

- Mademoiselle de Beaumont. Que puis-je faire pour vous ?

À ses mots, je me figeai. Au cours des trente minutes précédentes, je m'étais répété inlassablement qu'Every ne viendrait pas. Les dernières paroles qu'elle m'avait adressées ne laissaient aucun doute sur son opinion, alors pourquoi avait-elle accepté de témoigner ? Luce se montra plus tranchante. Toisant Every quelques secondes, elle relâcha mes mains et lui tourna le dos. Aldryc n'était pas le seul à lui avoir fait mauvaise impression.

- Madame Esla m'a convoqué, répondit Every tout en entortillant une mèche de cheveux autour de ses doigts.

Toujours vêtue de sa tenue d'entrainement, elle tenta d'accrocher mon regard, mais je me défilai.

- La directrice vous attend, finit par ajouter la secrétaire.

À contrecœur, Luce suivit Every et toutes deux entrèrent dans le bureau. Les minutes semblèrent s'écouler plus lentement que d'habitude. Lorsqu'elles ressortirent enfin, les yeux de Luce étaient gonflés par les larmes. Every, quant à elle, disparut aussi furtivement qu'elle était arrivée. Repoussant la tristesse qui pointait le bout de son nez, je me concentrai sur Luce.

- Tu vas bien ? lui demandais-je tout en l'entrainant à l'écart.
- Je…

Sa phrase resta en suspens. Le père d'Aldryc venait de pénétrer à l'intérieur du couloir, un portable dernier cri vissait à son oreille. Irrité, ses réponses étaient toutes plus désagréables les unes que les autres. À la vue de Luce, sa main libre se serra. Il s'arrêta à une distance raisonnable de nous, son aura suffisamment menaçante pour la faire reculer. Ravi de son effet, il la détailla de la tête aux pieds, une expression dédaigneuse peinte sur son visage. Espérant détourner l'attention du sorcier, je me plaçai légèrement devant elle. Mon geste provoqua la réaction que j'escomptai. Raccrochant violemment au nez de son interlocuteur, sa colère se déversa sur moi. Par chance, des talons claquèrent et la silhouette de la directrice apparut dans l'encadrement de son bureau.

- Entrez, déclara-t-elle sèchement, ne laissant place à aucune protestation.

Ses yeux bleu nuit toisèrent monsieur Nazaire sans ciller. Toujours à l'intérieur, le pouvoir du professeur Oaks planait au-dessus de nous tel un avertissement.

- On se voit plus tard, me lança Luce avant de partir à contrecœur.
- Bien, ne perdons pas plus de temps, annonça la directrice une fois que nous fûmes tous installés. Au vu des événements enregistrés par les caméras ainsi que ceux s'étant déroulés durant la nuit du 28 septembre, j'ai décidé de…
- Vous allez réellement croire leurs soi-disant témoignages ? l'interrompit le père Nazaire.
- Bien sûr. Pourquoi n'en tiendrais-je pas compte ?
- Vous savez très bien que l'on ne peut pas mentir à un métamorphe, souligna le professeur Oaks d'un ton plus sec.

Visiblement, il perdait patience.
- Comme si j'allais me fier à vous et à votre parole.
- Qu'insinuez-vous au juste ?

Les propos du père d'Aldryc n'avaient pas provoqué chez le métamorphe la moindre émotion. Sa maîtrise de lui-même me rendit presque admirative.

- Je refuse de vous faire confiance surtout en ce qui concerne mon fils, répliqua l'Héritier en pointant sur le professeur un doigt accusateur.
- Que vous lui fassiez confiance ou non n'a pas d'importance puisque c'est moi qui prends les décisions, trancha la directrice.
- Qu'avez-vous décidé ? intervins-je.

Tout le monde dans la pièce se tourna vers moi, abasourdi. Jusque-là, je n'avais pris la parole que lorsque la directrice me l'avait demandée, mais je n'en pouvais plus d'attendre. Je voulais des réponses.

- Messieurs Henson, Radford et Nazaire, vous serez tous les trois exclus de l'université.
- Exclus ?

Le père d'Aldryc n'était pas le seul à avoir du mal à digérer l'information. Varick semblait avoir perdu toute capacité à s'exprimer. Nathaniel se montrait imperturbable. Haussant les épaules, il s'étira de tout son long. Le regard noir que lui lança la directrice le stoppa en plein bâillement.

- Ce n'est pas possible, renchérit Aldryc tout en se levant de son fauteuil.
- Pour un certain temps. Auriez-vous préféré que je fasse appel au Conseil de la ville ? Je suis sûr que pour une affaire d'utilisation de la magie sur un humain, il serait capable de vous recevoir rapidement.

Cette fois-ci, même Nathaniel se décomposa. Le Conseil, composé de cinq Héritiers, était chargé de maintenir l'ordre et de s'occuper des êtres magiques dans un territoire bien défini. Le nôtre était réputé pour être particulièrement pragmatique et intransigeant. Le comportement d'Aldryc et de ses amis mettant en danger leur alliance avec les humains, le Conseil ne fermerait pas les yeux indéfiniment.

- Quant à vous, mademoiselle Ace, vous intégrerez le programme spécialisé.
- Pardon ? Vous allez faire d'elle une Gardienne ?
- Si elle réussit la formation, oui. Après tout, elle est venue à bout de trois Héritiers puissants aujourd'hui, alors pourquoi ne pourrait-elle pas les défendre ?

Incapable d'articuler un mot, je scrutai le visage de la directrice à la recherche d'une quelconque trace d'ironie. Plusieurs secondes passèrent et rien ne vint.

- Vous ne pouvez pas être sérieuse ? répliqua le père d'Aldryc, ahuri.

Amusé, le professeur Oaks se délectait de la scène. Sentant mon regard posé sur lui, le métamorphe fit disparaitre aussitôt son sourire.

- Bien sûr que si.

Retirant ses lunettes, la directrice les jeta sans la moindre délicatesse sur son bureau avant de se lever.

- Je ne vous retiens plus, conclut-elle tout en indiquant d'un geste de la main la sortie.
- Vous ne nous avez pas dit combien de temps durerait notre exclusion.

Varick semblait enfin avoir retrouvé l'usage de la parole.

- Je ne me suis pas encore décidée. Vous le saurez en

temps voulu.
- Très bien.
- À votre retour, il vaut mieux que vous vous teniez à distance des ennuis, avertit le professeur Oaks.
- Vous menacez mon fils ?
- Ce n'est pas une menace, mais un avertissement, rectifia madame Esla à la place du métamorphe.
- Nous n'en resterons pas là.
- Faites comme bon vous semble, mais pour le moment, j'en ai assez entendu, répliqua-t-elle mettant ainsi fin à l'entrevue.

Sans un mot, l'Héritier saisit Aldryc par le bras et l'extirpa sans ménagement de son fauteuil. Varick et Nathaniel ne se firent pas prier et suivirent le même chemin. M'apprêtant à sortir, la voix de la directrice me stoppa.

- Attendez encore un instant, mademoiselle Ace.

Son ton avenant ne parvint pas à calmer les battements de mon cœur.

- Nous voudrions discuter avec vous de votre intégration au sein du programme spécialisé, mais avant tout, j'aurais aimé savoir...

S'appuyant légèrement contre son bureau, elle se plaça face à moi. Sa frange parfaitement coupée soulignait ses yeux perçants. Après un court instant de silence, elle me posa la question que je redoutais le plus.

- Comment est-ce possible que vous ayez raté l'examen d'entrée ?

Soudain, ma gorge se serra et je me sentis prise au piège. Comment allais-je pouvoir mentir avec un métamorphe à quelques mètres de moi ? Son attention entièrement braquée sur moi, les sens du professeur Oaks décèleraient le moindre changement dans mon rythme cardiaque ainsi que l'odeur de ma peur.

– Les métamorphes rêvent de cet examen durant toute leur enfance. Je n'ai pas su gérer mon stress, bafouillai-je en baissant la tête.

L'aura de la directrice se teinta de compassion tandis que le professeur acquiesçait. Me félicitant intérieurement, le soulagement m'envahit. Mes années de lycée passées à embobiner mes instructeurs se montraient encore utiles.

– Le professeur Oaks a pris contact avec l'instructeur chargé de votre évaluation et il a confirmé que vous étiez particulièrement nerveuse ce jour-là.

« Nerveuse » était un doux euphémisme. Dix minutes avant le début des épreuves, je me trouvais dans les toilettes à vomir le peu que contenait mon estomac, mais pas pour les raisons qu'ils imaginaient.

– Vous nous prouvez que parfois, il faut savoir donner une seconde chance. Le professeur Oaks ici présent à la responsabilité des élèves en première année. Il partage mon avis.

Je restais abasourdi. Les émotions se bousculant chez le métamorphe étaient loin de confirmer ses paroles.

– Vous ne semblez pas ravie de cette décision.

Le ton alarmé de la directrice me rappela à l'ordre. Si je ne me ressaisissais pas rapidement, ils n'allaient pas tarder à se poser des questions.

– Excusez-moi, je n'aurais jamais cru cela possible…

Choisissant chaque mot avec soin, je priai pour ne pas éveiller le moindre soupçon chez le professeur Oaks.

– C'est compréhensible. Est-ce que vous pensez être remise de vos émotions d'ici la semaine prochaine ? me demanda-t-elle, un sourire indulgent aux lèvres.

Contrairement à ce qu'elle souhaitait, cette dernière information provoqua chez moi une vague de panique que le professeur Oaks interpréta d'une tout autre façon.

- Ne vous inquiétez pas, les cours avec les Héritiers n'ont pas encore commencé. Pour ce qui est de votre retard dans le programme, nous ferons en sorte d'y remédier avec des entraînements supplémentaires s'il le faut.

Je me contentai de hocher la tête. Moins je parlais, moins il y avait de chance que mon aura et moi dévoilions mes véritables sentiments.

- Passez au secrétariat, ils vous donneront l'emploi du temps.
- Et pour le reste de mes cours ? parvins-je à articuler.
- Vous pouvez suivre les deux cursus, cependant, je vous ne le conseille pas. La charge de travail risque d'être trop importante, me prévint-il.
- Vous pourrez arrêter votre licence si cela devient trop difficile à gérer pour vous, ajouta la directrice.

Serrant la mâchoire, je baissai la tête. Je n'avais aucune envie qu'ils voient les larmes qui tentaient d'échapper à mon contrôle. Arrêter ma licence. Elle évoquait cela avec une telle facilité. Au collège et au lycée, pendant que les autres métamorphes de mon âge rêvaient de ce programme, je me réfugiais parmi les rayonnages de la bibliothèque municipale et en dévorais chaque livre. Malgré ma passion pour la peinture, l'histoire des humains était un monde où j'aimais me perdre. Mon désir de devenir enseignante avait rendu L'Alliance plus qu'heureuse. C'était une manière pour eux de remplir mon rôle civique tout en rachetant la trahison de mes parents. Aujourd'hui, tous mes efforts partaient en fumée. Je ne pouvais refuser d'intégrer le programme spécialisé. L'Alliance n'accepterait jamais une telle offense. Rejoindre ce programme était un honneur surtout avec un passé comme le mien.

- D'accord, répondis-je en me forçant à sourire.
- Nous allons également vous attribuer une chambre à l'étage réservé aux membres du programme. Il faudra donc que vous rassembliez vos affaires le plus rapidement possible.

Je déglutis avec peine.

- Il risque d'y avoir un problème.

La directrice arqua un sourcil interrogateur.

- Lequel ?
- Je suis boursière.

Je n'avais pas besoin d'en dire plus. Le mode de vie des Gardiens, quoique loin de l'excentricité caractéristique des Héritiers, était au-delà de mes moyens. J'en avais été largement témoin au cours de mon amitié avec Every.

- Oh ! Ne vous inquiétez pas, l'université prend en charge les frais supplémentaires. Nous possédons des bourses spécifiques pour ce programme. Les cas sont rares, mais vous n'êtes pas la seule élève dans cette situation.

Mon unique échappatoire venait de s'envoler.

- Si vous n'avez plus de question, je vais vous libérer.

Cette fois-ci, la discussion était réellement terminée.

- Merci, au revoir, dis-je en m'efforçant d'avoir l'air la plus reconnaissante possible.

Le professeur Oaks me raccompagna jusqu'à l'entrée.

- Je vous dis à lundi, mademoiselle Ace.

L'instant suivant, je me retrouvais seule dans le couloir, le battant de la porte à deux centimètres de mon visage. La secrétaire ayant déserté son bureau, le silence m'enveloppa. Je pris alors conscience du vide qui résonnait en moi. Je m'attendais à ce que mon pouvoir se déchaîne et devienne de nouveau incontrôlable, mais rien. Partant à sa recherche, je le trouvais enfoui dans un coin, endormi.

N'y comprenant plus rien, je laissai mes jambes me porter d'elles-mêmes et quittai le bâtiment. Des éclairs menaçants m'accueillirent tandis que la pluie s'abattit sur moi. La morsure froide de l'eau sur ma peau ne parvint pas à me sortir de l'état de choc dans lequel les événements d'aujourd'hui m'avaient plongé.

Après de longues minutes où je faillis me perdre à de multiples reprises, je pénétrai de nouveau dans la salle d'art. Hébétée, j'observais la pièce. Il ne restait plus aucune trace des dégâts que nous avions causés. L'armoire que Nathaniel avait utilisée comme projectile était déformée, mais elle avait retrouvé sa place initiale. Les morceaux de verre et la peinture sur le sol avaient disparu, tout comme mon sang et celui d'Aldryc.

Irrécupérable, ma toile calcinée reposait sur la table. Fronçant les sourcils, l'odeur qui emplit mes narines me laissa un peu plus perplexe. Rhysand. Un détail encore plus étrange attira mon attention. L'empreinte magique d'Aldryc et de ses camarades ainsi que celle du professeur Oaks étaient indécelables. Si je ne m'étais pas tenu dans cette pièce trois heures auparavant, j'aurais confondu leurs auras avec celles d'humains. Pourquoi l'Héritier était-il revenu ici ? Et pourquoi ne pouvais-je plus sentir leurs magies ?

Mettant cette question de côté, je remarquai un carnet noir posé sur le plan de travail. Je n'eus pas besoin de l'ouvrir. Mes sens me suffirent à identifier son propriétaire. N'éveillant en moi aucune curiosité, je le pris et le glissai à l'intérieur de mon sac. Jetant un ultime regard en direction de ma toile, je quittai la salle et rejoignis ma chambre.

Une fois à l'intérieur, mes peurs refirent surface. Appuyé contre le chambranle de la porte, je fermai les yeux. Réunissant mes dernières forces, je bâtis seconde après seconde un mur impénétrable derrière lequel je repoussai chacune de mes émotions. Les semaines d'enfermement et de tortures que m'avait infligées l'Alliance se montraient utiles.

Inspirant un grand coup, je tirai les deux valises rangées sous mon lit. La nuit avait beau être bien avancée, je me sentais incapable d'aller dormir. Il fallait que je bouge. Cinq minutes plus tard, mon armoire était vide. À l'autre bout de la pièce, la vision de mon bureau me fit grimacer. Des dizaines de croquis en tous genres ainsi qu'une multitude de crayons, de pinceaux et de morceaux de gomme s'amoncelaient dessus. Je ne parvenais même plus à distinguer le plateau en bois clair. Trônant dans un coin, mes livres de cours ct mes notes étaient les seules affaires parfaitement rangées.

M'approchant, mes doigts glissèrent sur la surface texturée de mon dernier dessin. Les boucles brunes de Kaïs encadraient son visage enfantin et s'épanouissaient sur la feuille. Mes mains se mirent à trembler et ma gorge se serra. Les larmes emplirent mes yeux sans que je parvienne à les retenir. D'un geste brusque, j'essuyai l'une d'elles et renversai l'un de mes carnets. Sur ses pages, s'étalaient des dizaines de croquis d'auras, chacune aussi particulière que leurs propriétaires. Petite, assise sur le perron de la maison, je les observai pendant des heures, fasciné par leurs couleurs et leurs mouvements. Les passants me lançaient parfois des regards inquisiteurs, mais cela n'avait pas d'importance. Je n'avais d'yeux que pour la danse discrète et délicate de leurs auras.

Feuilletant le carnet, je me perdis à imaginer ces dessins sur de grandes toiles. Une vision envoûtante et lumineuse m'envahit. Après quelques secondes, elle se brisa. Cela n'arriverait jamais. Cet intérêt ne ferait qu'attirer un peu plus l'attention du Conseil et de l'Alliance. Personne n'avait vu ces croquis et cela devait rester ainsi. Les risques étaient bien trop importants.

Les années suivant l'arrestation de mes parents et la mort de Kaïs, une présence m'accompagnait où que j'aille : sur les trajets menant à l'école, durant les récréations, jusque dans le jardin à l'arrière de la maison, mon alarme interne s'activait. Au départ, j'étais incapable de comprendre la nature de cette sensation étrange qui me prenait à la gorge, mais avec le temps, déceler « mon observateur » devint un jeu d'enfant. Cependant, ce dernier possédait une multitude de visages. En effet, le Conseil avait engagé non pas un, mais cinq métamorphes. Malgré mon jeune âge, j'assimilai leur roulement sans la moindre peine. Souhaitant préserver Sérène, je fis en sorte qu'elle ne se rende compte de rien.

Mais les Héritiers ne se contentèrent pas de cette surveillance. Que ce soit au collège ou au lycée, nos formateurs me portaient une attention toute particulière. À la recherche d'une once de talent pour les arts martiaux, chacun de mes entraînements était méticuleusement analysé. L'Alliance les avait chargés du recrutement de futurs Gardiens. M'enrôler au sein du programme spécialisé était le plan parfait pour me tenir sous leur contrôle. Je réduisais leurs espoirs à néant. Me contentant de courir, je me montrais assez mauvaise pour ne pas être repéré et assez bonne pour que cela ne paraisse pas suspect. Après quelques années, l'Alliance finit par arrêter de me faire suivre.

Tout en continuant de ranger mes pastels dans leur boîte en fer, l'unique souvenir de mon père refit surface. Ses cheveux en bataille constellés de peinture, il m'observait de ses yeux bleus translucides. Ces derniers pétillaient de passion tandis que des fossettes se creusaient dans ses joues au fur et à mesure que ses lèvres remuaient. Cependant, aucun son ne s'en échappait. Ce moment était un cadeau et une malédiction me donnant envie d'en savoir plus, d'en avoir plus.

Cette vision balaya mes défenses. Les larmes inondèrent mon visage et des sanglots remontèrent le long de ma gorge. Toutes les émotions que je refusais de laisser sortir m'envahirent. Si j'avais évité le monde magique, c'était avant tout par peur pour Sérène, mais ce n'était pas l'unique raison. Comment aurais-je pu me lier d'une quelconque façon à ceux ayant ordonné l'exécution de mes parents ?

Cependant, les Héritiers n'étaient pas les seuls coupables. Après tout, Kaïs serait encore vivant si des membres de notre espèce ne s'étaient pas mis en tête de se débarrasser de nous. Le Conseil eut beau déclarer que nous ne présentions aucune trace du gène Récepteur et qu'après notre libération nous scrions suivis de près, des métamorphes choisirent d'agir. Les Héritiers n'avaient pas imaginé un seul instant que quelqu'un s'opposerait à leur décision. Le jour où Kaïs mourut, je compris du haut de mes onze ans que la cruauté n'était pas un trait propre aux Héritiers, elle était universelle.

Comment allais-je faire ? L'idée de devoir m'entraîner avec des êtres pour qui l'Alliance et ce système étaient la meilleure chose qui soit me révulsait. Comment allais-je pouvoir protéger et donner ma vie à des êtres ayant détruit ma famille ? Ils m'avaient pris presque tous mes souvenirs d'eux, n'était-ce pas suffisant ? Le sentiment de trahir mes parents et mon frère s'insinua en moi. Épuisée, mes jambes lâchèrent sous mon poids et je m'écrasai sur le sol. Tirant le plaid de sur mon lit, je m'enroulai dedans et fermai les yeux.

RHYSAND

Perdu dans ses pensées, Rhysand marchait dans les couloirs vides de l'université. Ses pas résonnaient faiblement sur les dalles de pierre. Le reste des élèves dormaient encore. Habituellement, ce moment de la journée était son préféré : lorsque seules sa respiration et sa présence troublaient le silence, mais ces derniers temps, celui-ci offrait bien trop d'espace à son esprit agité. Inconsciemment, ses doigts glissèrent le long de ses avant-bras. Désormais imperceptibles, les cicatrices qui couraient sur sa peau ne cessaient de le hanter tandis que les paroles de son agresseur flottaient en permanence dans un coin de sa tête. Il reviendrait plus déterminé que jamais à obtenir les réponses que le Conseil désirait et cette fois-ci, personne ne viendrait le sauver.

Soudain, une force surnaturelle le happa. Ses pieds quittèrent le sol puis son dos rencontra violemment le mur derrière lui. Sous le choc, l'air se bloqua dans ses poumons. Cependant, il n'avait pas peur. Il était seulement surpris que ce moment ne soit pas arrivé plus tôt. Relevant son visage, ses yeux croisèrent deux pupilles d'or liquide.

- Armaël, libère-moi.

Bouillonnant de rage et de déception, le pouvoir du métamorphe le maintenait fermement, l'empêchant d'esquisser le moindre geste.

- Non.

La voix de son ami, rauque et profonde, semblait appartenir à un autre. Rhysand n'insista pas. Une simple impulsion de sa propre magie aurait suffi pour réduire à néant la prison dans laquelle le métamorphe l'avait enfermé, mais le sentiment de trahison qui émanait de lui l'en empêcha.

- Je lui devais, tenta-t-il de se justifier.

À ses paroles, la rage du métamorphe redoubla.

- Tu n'avais aucun droit d'intervenir, Rhysand ! Sais-tu dans quelle situation tu l'as mise ?

Il se rapprocha dangereusement de l'Héritier, la veine qui traversait son front palpitant. La chaleur qu'il dégageait s'intensifia et de la sueur perla sur le visage de Rhysand.

- Elle allait se faire massacrer, contra-t-il.
- Et il aurait mieux valu pour elle.

Rhysand lança un regard dubitatif à son ami. Qu'est-ce qui pouvait être pire que de subir la violence de trois Héritiers ? Après l'arrivée d'Ruby dans la bibliothèque, Armaël s'était plongé dans un mutisme pesant, refusant de répondre à la moindre question. Les deux hommes avaient beau se connaître depuis leurs quatorze ans, à aucun moment Armaël ne lui avait parlé de cette mystérieuse métamorphe. Pourtant, Rhysand avait décortiqué chacun de ses souvenirs à la recherche d'un indice ou d'un détail qui lui aurait échappé, mais rien.

— Elle m'a sauvé la vie, je…
— Je le sais parfaitement et je lui en suis reconnaissant, mais mon père et moi t'avions demandé de ne pas intervenir.
— Je ne pouvais pas la laisser.
— Crois-tu réellement que nous t'aurions demandé de ne pas agir si nous n'avions pas eu de bonnes raisons ? Ne crois-tu pas que si le danger était trop grand, nous serions intervenus nous-mêmes ?
— Si.
— Tu aurais dû nous faire confiance !
— Garvan…
— Ne mêle pas mon oncle à cela. Il n'aurait jamais dû s'interposer. Il a désobéi aux ordres de mon père et il sera puni pour cela.

Rhysand déglutit. Il n'avait encore jamais assisté à une telle sanction cependant, les cicatrices qui barraient le dos de son ami lui donnaient une idée très claire de ce qu'elle impliquait. Rhysand ne put s'empêcher de se sentir coupable. S'il ne l'avait pas supplié, Garvan ne serait pas intervenu. Armaël le relâcha brusquement et tandis que l'Héritier respirait à nouveau correctement, le poing du métamorphe s'écrasa à quelques centimètres de son visage. Le craquement de la pierre se répercuta dans ses oreilles. Dépliant ses doigts, Armaël ne laissa transparaître aucune douleur.

— Je suis désolée, tenta Rhysand une dernière fois.
— Ce n'est pas suffisant, déclara son ami avant de faire volte-face et s'en aller sans un regard.

CHAPITRE 4

◆

Le cœur battant à la chamade, je me levai précipitamment et ouvris la porte de ma chambre. Derrière celle-ci, Josh patientait.

— Kara ! Où étais-tu ? Je t'ai attendu pendant des heures…

S'interrompant brusquement, ses yeux, fatigués et inquiets, me balayèrent. Ses sourcils se froncèrent et le soulagement qui l'avait envahi quelques instants plus tôt s'effaça. Baissant la tête, je me rendis compte à mon tour que je portais toujours les vêtements de la veille, déchirés et tachés de sang.

— Va prendre une douche, je reviens avec le petit-déjeuner, finit-il par lâcher avant de disparaître dans le couloir une seconde plus tard.

Déclinant tant bien que mal l'appel silencieux que me

soufflait mon lit, je me trainai jusqu'à la salle de bain. Une fois à l'intérieur, la vision que m'offrit le miroir n'arrangea pas mon humeur. Plusieurs hématomes commençaient à apparaître sur mes bras ainsi que sur ma joue. Malgré la pluie, de la cendre était encore emmêlée à ma chevelure. Refusant dans voir plus, je me glissai sous la douche. Mon corps courbaturé accueillit l'eau chaude avec soulagement.

Dix longues minutes plus tard, je me sentais toujours aussi vidée. Une fois terminée, j'ouvris l'unique fenêtre de ma chambre dans l'espoir que l'air frais du matin emporterait avec lui la nuit précédente. Au même moment, Josh toqua à nouveau à la porte. Les bras chargés de pâtisseries aux odeurs alléchantes et de thé chaud, je le fis entrer. Sans rien dire, nous nous installâmes autour de ma minuscule table de cuisine. Une fois qu'il eut tout disposé et fut assis, je me décidai à parler.

- Je suis désolée pour hier soir, j'aurais dû…

- Mange quelque chose, me coupa-t-il tout en poussant vers moi un sachet rempli de croissants.

Je faillis refuser, mais l'inquiétude qui saturait son aura m'en empêcha. À contrecœur, je commençais à en grignoter un. Son regard pesait sur moi, s'arrêtant tour à tour sur mon visage puis sur mes bras. Je regrettais de ne pas avoir pris le temps de les cacher.

- Que s'est-il passé ? me demanda-t-il en fixant désormais ma lèvre tuméfiée.

Je soufflais sur mon thé et respirais l'odeur familière de la menthe. Je n'avais aucune envie de raconter à nouveau toute cette histoire. Cela rendrait les événements de la veille un peu plus réels. Je ne pouvais pas y échapper.

Résumant le tout le plus brièvement possible, ma tentative échoua. Sa colère ne fit que croître. Ses doigts se serrèrent autour de sa tasse et la veine dans son cou se mit à battre de plus en plus fort. Une fois que j'eus terminé, Josh se leva brusquement et rejoignit la fenêtre. Prenant de grandes respirations, il essaya de retrouver son calme.

- Que comptes-tu faire ?

Sa voix avait perdu sa chaleur habituelle, remplacée par une colère sourde ne demandant qu'à sortir.

- Rien, je ne peux plus y échapper cette fois-ci.
- Tu vas devoir arrêter tes études d'histoire ?
- Je vais combiner les deux.

Malgré l'inquiétude qui grandissait en moi, je me montrai neutre afin de ne pas alimenter plus sa fureur. Josh ne s'énervait que très rarement et c'était mieux ainsi. Au collège et au lycée, Josh avait toujours mis un point d'honneur à me défendre. Aujourd'hui, le contexte était différent. Même si les humains jouaient sur un pied d'égalité avec les Héritiers, ils restaient vulnérables. Je refusai que Josh se trouve en danger à cause de moi.

- Mais tu vas devoir arrêter de peindre.

Cela n'avait rien d'une question. Les jointures de ses doigts craquèrent et ses respirations s'approfondirent. Incapable de réfléchir correctement depuis hier soir, l'évidence me frappa. Me forçant à ne pas regarder mon bureau où s'entassaient toujours mes affaires de dessins, j'entourais mes jambes avec mes bras.

- Ce n'est même pas sûr qu'une fois la première année, passée je pourrais continuer ma licence.

Le programme spécialisé de l'université était numéro un au classement du pays. Les plus grands Héritiers et hauts dignitaires humains choisissaient leurs Gardiens parmi nos diplômés. Mes craintes balayèrent sa colère.

- Ça n'arrivera pas, répliqua-t-il d'une voix plus douce. On trouvera une solution.

Quelques secondes plus tard, ses bras m'entourèrent et sa tête se posa contre la mienne.

- Tu t'en sortiras, comme toujours.

Peu convaincu, je me laissai malgré tout bercer par son étreinte.

- Comment se fait-il que cet Héritier te soit venu en aide ? me demanda-t-il une fois de nouveau assis.
- C'est lui qui a calmé Aldryc lors de notre altercation samedi soir, dis-je vaguement.
- Oui, mais pourquoi ? insista-t-il.
- Ce n'était pas la première fois que je le rencontrais…
- C'est-à-dire ?
- C'est arrivé juste avant la rentrée, le jour de l'anniversaire de Kaïs, ajoutai-je en évitant son regard.

☾

Incapable de dormir, j'étais partie marcher dans le parc de l'université. À plus d'une heure du matin, personne n'était là pour s'émerveiller devant le pyjama que m'avait offert Every. À l'effigie de Twilight, des silhouettes de loups-garous et le visage de Jacob parsemaient le tissu léger. Every adorait ce genre d'humour.

Guidés par les rayons de la lune, mes pas me menèrent jusqu'au bord du bassin artificiel. Admirant les reflets argentés de l'eau, un son attira mon attention. Le parc était si calme et silencieux que je crus avoir mal entendu. Pivotant sur moi-même pour observer les alentours, j'attendis. Quelques secondes plus tard, provenant d'au-delà des bos-

quets, de nouveaux bruits étouffés me parvinrent. Ce n'était pas n'importe lesquels. C'étaient des cris. Bien que faible, la douleur qu'ils contenaient me donna la chair de poule.

Sans réfléchir, je m'avançai dans leur direction. Une odeur de sang et de magie me prit subitement à la gorge. Soupçonnant un danger, mon pouvoir se répandit en moi sans me laisser le temps de réagir. Une seconde plus tard, je m'enfonçai dans le buisson le plus proche et me frayai un chemin parmi les branches. La scène que je découvris me plongea dans l'incompréhension.

Au milieu des arbres centenaires, deux Héritiers se faisaient face. L'odeur de sang qui m'avait assailli provenait de Rhysand. Agenouillé dans l'herbe, les mains plaquées sur ses oreilles, une plaie profonde barrait sa tempe droite. Le pouvoir de l'air du second Héritier, fluide, mais destructeur, enveloppait totalement le corps du premier. D'un geste, l'étau qu'avait formé son agresseur autour de son cou se resserra. Sa magie se mit à ramper à l'intérieur de son nez et de sa bouche. Suffocant, Rhysand ne parvenait même plus à crier. Si je n'intervenais pas, il allait mourir étouffé.

Bondissant hors de ma cachette, je courus à toute vitesse. Totalement absorbé par sa torture, l'Héritier prit conscience de ma présence trop tard. Me propulsant de tout mon poids, je percutai son flanc gauche. Le souffle coupé, il s'écrasa dans l'herbe et l'emprise qu'il exerçait sur Rhysand se dissipa aussitôt. Sans attendre, je me plaçai devant lui, prête à attaquer, mais rien ne vint. Au sol, le sorcier de l'air m'observa. Une lueur de défis traversa ses yeux, mais la vision de mes griffes acérées et mes crocs le calmèrent. Je n'étais peut-être pas très imposante, mais les blessures que je lui infligerai seraient profondes et douloureuses. Cette idée ne sembla pas le ravir. Se redressant lentement, il recula de plusieurs pas, le regard braqué sur mes pattes.

- *Ce n'était qu'un avertissement. La prochaine fois, l'Alliance ne te laissera pas d'autre choix que de me répondre.*

Remettant sa cravate en place, il s'engouffra parmi les arbres. Une fois sa présence hors de mon champ de perception, je me précipitai auprès du blessé. Recroquevillé dans l'herbe, il essayait désespérément de retrouver son souffle. Son cœur battait si fort que ses vibrations se répercutaient jusque dans mes oreilles me donnant l'impression que celles-ci allaient exploser. À mon approche, il ne tenta pas de se dérober. Son aura ne contenait pas la moindre trace de peur. Je l'avais sauvé après tout. Ne sentant plus de danger, ma magie retourna se lover au plus profond de moi. Ma forme humaine arracha à l'Héritier un regard surpris.

- *Je sais que tu souffres, mais tu devrais t'allonger, pour reprendre ton souffle,* lui expliquai-je doucement.

Sans protester, il roula sur le dos et étendit ses jambes tout en laissant échapper une grimace de douleur. Au bout d'un certain temps, sa respiration s'apaisa et devint plus régulière. Ne voulant pas le brusquer, j'attendis patiemment. Le sang ne cessait de s'écouler des blessures recouvrant son corps. Utilisant mes sens, je m'assurai que personne n'approchait et en profitai pour observer le parc autour de nous. Des sillons creusaient la terre sur plusieurs mètres. L'Héritier l'avait traîné de force jusqu'ici pour l'isoler. Qu'avait-il pu faire pour que l'un des siens le torture de cette façon ? Prudemment, il finit par se redresser.

- *Merci, ça va mieux maintenant,* souffla-t-il sa voix manquant de se briser.

Si c'était sa manière de me congédier, il allait devoir se montrer un peu plus convaincant.

– *Il est hors de question que je vous laisse ici, dans cet état. Je vais vous emmener jusqu'à l'infirmerie.*
– *Non.*
Je me retins de lever les yeux au ciel.
– *Vos blessures sont graves et vous avez perdu beaucoup de sang. Vous devez y aller.*
– *Non, répéta-t-il.*
– *De toute manière, vous ne pouvez pas marcher alors je vais vous y conduire que vous le désiriez ou non, répliquai-je plus sèchement.*

En temps normal, aucun Héritier n'aurait toléré que je me montre aussi autoritaire, mais après tout, je l'avais sauvé de l'un des siens et il semblait à moitié dans les vapes.
– *Pas l'infirmerie, personne ne doit me voir ainsi.*
– *Mais où voulez-vous que je vous emmène à une telle heure ?*
– *Je connais quelqu'un qui pourra m'aider.*
– *Où ?*
– *Dans la même résidence que toi.*

Il voulait que je le conduise chez un métamorphe ? Peu convaincu, je me contentai de le fixer. Divaguait-il ou était-il réellement sérieux ?
– *On ne se connaît pas, mais crois-moi, il y a là-bas quelqu'un qui saura soigner toute cette merde. Et s'il te plaît, arrête de me vouvoyer.*

Sous le choc, mon cerveau fut incapable d'articuler la moindre phrase cohérente. Depuis quand un Héritier préférait-il se cacher des siens et refusait-il qu'on le vouvoie ? Ces êtres arrogants s'accrochaient à leur marque de supériorité sur nous, les métamorphes, comme à un dû durement acquis. De plus, ils étaient réputés pour ne faire confiance à personne, même pas aux leurs. Décidément, j'aurais mieux fait de rester dans mon lit.

- Tu te sens capable de marcher ?
- Oui, je vais y aller seul.
- Mais bien sûr, me contentai-je de répondre sans bouger d'un centimètre.

Piqué par l'ironie dans ma voix, il tenta de se mettre debout. Ses jambes flageolèrent et lâchèrent sous son poids. M'approchant, je passai un bras autour de lui et l'aidai à se relever. Convaincu par son premier échec, il ne broncha pas. En silence, nous commençâmes à marcher. Son aura de plus en plus faible, je ne pus m'empêcher de l'explorer. Son pouvoir diffusait une énergie étrange et peu habituelle chez un Héritier. Il ne provenait pas des quatre éléments sinon j'aurais pu le définir immédiatement. Non, sa magie tirait sa puissance d'une source bien moins connue et rare, l'esprit.

Slalomant parmi les arbres durant de longues minutes, je fus soulagé de voir apparaître mon dortoir. Heureusement pour nous deux, les métamorphes possédaient une force physique bien supérieure à celle des humains. Sans cela, j'aurais dû le laisser ramper par ses propres moyens. Peut-être que cela aurait été plus sage de ma part.

Évitant l'entrée principale, je longeai le bâtiment. L'une des portes secondaires apparut. Soutenant Rhysand d'un bras, je glissai le badge dans le détecteur.

- Quel étage ?
- Le dernier, marmonna-t-il tant bien que mal.

C'était celui réservé aux métamorphes faisant partie du programme spécialisé comme Every. Veillant à ce que personne ne nous entende, je jetai un rapide coup d'œil vers les escaliers. Le faire monter autant de marches était impensable. Je fixai un instant l'ascenseur et finis par appuyer sur le bouton. Une fois à l'intérieur, je tentai de garder mon calme. Avec un Héritier se vidant à moitié de son sang sur moi, ce n'était pas le moment de faire une crise d'angoisse. Me concentrant sur autre chose, je me mis à écouter sa respiration. Le rythme était irrégulier, mais il m'apaisa malgré tout. Quand les portes s'ouvrirent, je laissai échapper un soupir de soulagement.

– À gauche, au fond, m'indiqua-t-il dans un souffle.

Les yeux mi-clos, il luttait pour rester debout. Les derniers mètres parurent durer une éternité. Lorsque je toquai enfin, je n'étais toujours pas certaine d'avoir choisi la meilleure option en emmenant Rhysand jusqu'ici. L'Héritier s'évanouit avant que son sauveur ne se soit manifesté. Le retenant de justesse, sa tête frôla le mur. La porte s'ouvrit subitement. La froideur qui émanait du métamorphe me figea. Je ne l'avais jamais croisé auparavant sur le campus ou dans les couloirs de la résidence. Ces iris ambre ne cessaient de passer de mon visage à celui de Rhysand. Le muscle de sa mâchoire se mit à pulser de façon inquiétante. Mal à l'aise, j'hésitai à laisser Rhysand sur son palier et prendre mes jambes à mon cou lorsque le métamorphe saisit l'Héritier et l'emporta à l'intérieur.

– Que lui est-il arrivé ? me demanda-t-il une fois qu'il l'eut déposé sur son lit.

Pénétrant à l'intérieur de sa chambre, je refermai la porte derrière moi.

– Je l'ai trouvé dans le parc.
– Seul ?
– Un autre Héritier tentait de l'étrangler avec son pouvoir.

Même en le disant à voix haute, cela me semblait tou-

jours aussi invraisemblable.

— Je vois...

La colère emplit son aura, mais je n'y vis aucune surprise. L'odeur de sa magie chatouilla mes narines tandis que l'ambre de ses yeux commençait à muter.

— Quel pouvoir ?

— Celui de l'air.

Acquiesçant, il déchira d'un geste le tee-shirt de l'Héritier et examina ses blessures. Sur sa tempe, le sang avait fini par coaguler. Le métamorphe se dirigea vers sa cuisine et se mit à fouiller à l'intérieur des placards. L'odeur de la magie et des plantes se propagea dans la pièce. Une nouvelle sonnette d'alarme s'alluma dans mon esprit. Les pots en verre, dont s'échappaient ces effluves, n'auraient pas dû se trouver ici, dans cette chambre, au beau milieu d'un campus universitaire. Leurs contenus étaient illégaux. Les sorciers capables de maîtriser le pouvoir de la terre étaient les seuls à pouvoir préparer et utiliser toutes sortes de potions et d'onguents. Leurs ventes étaient totalement prohibées et punis par la loi. Le pétrin dans lequel je m'étais fourré ne cessait de s'empirer.

Le métamorphe dû sentir ma désapprobation, car il se tourna vers moi et me jeta un regard rempli de défis.

— Il voulait que je l'amène jusqu'à toi. C'est fait. Je vais y aller maintenant.

— Attends.

Avant d'avoir eu le temps d'esquisser le moindre geste, il attrapa un tee-shirt dans une panière pleine de linge et me le lança sans ménagement. Une odeur fraîche de lessive me balaya.

— Avant change-toi et nettoie tout ce sang, dit-il tout en indiquant une porte juste derrière moi.

Hochant la tête, je me réfugiai dans la salle de bain. Décidément, cette nuit me semblait de plus en plus irréelle. L'image que me renvoya le miroir m'emplit de déception. Mon pyjama était ruiné. Bien que le tee-shirt du métamorphe soit assez grand pour me servir de robe, il avait l'avantage de cacher les traces d'hémoglobine parsemant mon short. Une fois débarbouillé du mieux possible, je sortis. Rhysand semblait avoir repris connaissance.

- Armaël ? murmura-t-il tout en essayant de se relever.

Le rallongeant d'une main, le métamorphe tenta de le rassurer.

- Repose-toi maintenant.

Les émotions qui planaient dans la pièce me prirent à la gorge. Le lien les unissant allait bien plus loin que le simple devoir de protection du métamorphe envers l'Héritier. Lui faisant totalement confiance, Rhysand cessa de s'agiter. Avant que les deux hommes ne prennent à nouveau conscience de ma présence, je me glissai hors de la chambre.

Dévalant les escaliers, mon haut plein de sang à la main, je courais presque dans le couloir. Une fois à l'intérieur de mon appartement, je m'appuyai contre le battant de la porte et tentai de reprendre mes esprits et mon souffle. Jusqu'à ce qu'il intervienne dans le parc, je n'avais plus revu ni Rhysand ni le métamorphe. Pas une seule fois. Hormis dans mes rêves.

☾

- Si cet Héritier m'a aidée, c'est seulement pour s'assurer que je ne révèle pas ce qui s'est passé cette nuit-là, conclus-je.

Josh, qui durant tout mon récit s'était contenté de m'é-

couter, semblait perplexe et peu convaincu.
- C'est peut-être sa manière de te remercier, finit-il par dire.

Je me retins de rire.
- Un Héritier remercier un métamorphe ? Ne rêve pas.
- Hm…
- Tu ne vas plus pouvoir te tenir à l'écart du monde magique désormais, lâcha-t-il après plusieurs minutes d'un lourd silence.

J'acquiesçai. C'était la seule certitude que ces dernières vingt-quatre heures m'avaient apportée.

◆

Une heure après le départ de Josh, j'étais toujours assise, le regard perdu dans mon thé désormais froid. Discuter avec lui n'avait pas rendu mes pensées plus claires et m'avait encore moins apaisée, au contraire. Mon envie d'aller m'enfouir sous ma couette pendant les dix prochains mois était concurrencée par celle d'aller écraser mon poing dans le visage des trois Héritiers. Aucune de ces deux options étant réalisable, j'allais devoir me contenter de subir la situation.

Dehors, l'air sentait l'humidité. Finissant tout juste mes valises, quelqu'un toqua à la porte. Méfiante, je m'approchai silencieusement et regardai dans le judas. Les battements de mon cœur se calmèrent. Ce n'était que l'intendante du bâtiment.

- Bonjour, l'accueillis-je poliment.
- Bonjour mademoiselle Ace. Voici les clés de votre nouvelle chambre. Madame Esla souhaiterait que vous emménagiez dans celle-ci dès maintenant afin que vous puissiez commencer votre intégration au

sein du programme spécialisé.

Durant un instant, je fixai le trousseau qui se balançait au bout de ses doigts. Je n'avais aucune envie de m'en saisir.

- Je vais devoir aller en cours.
- Étant donné la situation, je pense que vous pouvez vous permettre de manquer quelques heures. Vos professeurs comprendront très bien, dit-elle en me lançant un regard étrange.
- Évidemment, me forçai-je à répondre.

Je devais me montrer bien plus prudente. Quel métamorphe normal s'inquiéterait de rater l'un de ses cours alors que le programme spécialisé l'attendait ?

- Vous pourrez laisser les clés de celle-ci dans la boite aux lettres à côté de mon bureau. Au revoir et mademoiselle Ace ?
- Oui ?
- Toutes mes félicitations.

Son visage fin et son aura irradiaient de sincérité. Prestigieux et honorable, le rôle de Gardien intimait le respect même au sein du monde des humains. Présents dans les légendes auprès des plus grands Héritiers, faire partie de cette lignée était une fierté. Je n'en ressentais aucune.

- Au revoir.

◆

Une demi-heure plus tard, l'appartement était vide et la totalité de mes possessions rassemblait dans deux valises. Cela ne faisait qu'un mois que je vivais dans cet appartement. Seul le fait de savoir où j'allais devoir m'installer me retenait de quitter ce lieu. Soupirant, je saisis mes affaires et les tirai à l'extérieur. Tourner la clé dans la serrure fut plus difficile que prévu.

À cette heure-ci de la matinée, le couloir était animé et le chemin jusqu'à l'ascenseur hasardeux. Bien que dotés de sens surnaturels, de nombreux élèves se prirent les pieds dans mes valises et manquèrent de me pousser avec elle. Tentant de rester calme, je retins les mots cinglants fusant dans ma tête.

- Tu as besoin d'aide ? me demanda soudain une voix douce.

Me tournant vers elle, je découvris une métamorphe dont la singularité titilla ma curiosité. Ses cheveux noirs et lisses balayaient les contours de sa mâchoire tandis que de fines mèches violettes les parsemaient. Ce fut sa tenue qui attira le plus mon attention. Portant qu'une légère robe rose pâle, elle ne cherchait en aucun cas à s'intégrer aux humains ou du moins, à maintenir l'illusion.

J'acquiesçai. Elle me délesta d'une de mes valises et tandis qu'elle se frayait un chemin jusqu'à l'ascenseur, l'échancrure dans son dos révéla le tatouage qui s'y épanouissait. Encadrés de fleurs délicates, deux léopards des neiges formaient un cercle similaire au yin et yang. Le noir de leurs pelages et de leurs yeux tranchait avec les pétales aux nuances rosés. Celles-ci semblaient flottées sur sa peau de porcelaine. Le résultat me subjugua.

L'ascenseur nous mena toutes les deux jusqu'au niveau réservé aux membres du programme spécialisé. N'échangeant plus un mot, la métamorphe aux iris couleur de Jade pianotait à toute vitesse sur son portable tandis que ses écouteurs émettaient une musique dont je ne parvenais pas à définir l'origine. Lorsque nous arrivâmes, elle me lança un rapide sourire avant de s'éloigner.

Les étages inférieurs faisaient pâle figure en comparaison de cette partie de l'établissement. Le bois sombre qui recouvrait le sol semblait neuf et bien plus noble. Les hauts plafonds ainsi que les murs et les portes étaient encadrés de moulures délicates. D'anciens lustres avaient été restaurés et diffusaient désormais une lumière chaude. Je réalisai à cet instant que je n'étais jamais allé dans la chambre d'Every. Pas une seule fois en un mois.

Un peu plus loin, celle d'Armaël fit renaître les souvenirs de la nuit que j'avais partagée avec Rhysand et lui. Je secouai la tête et sortis la clé que l'intendante m'avait donnée. Par chance, nos chambres se trouvaient aux antipodes l'une de l'autre. Suivi de mes deux valises, je me dirigeai vers le numéro 37. Mon chemin croisa celui de plusieurs métamorphes et bien que tous me détaillèrent, aucun ne m'adressa la parole. Cela ne m'étonna pas. Mon aura diffusait trop peu de pouvoir pour les inquiéter.

Ma chambre apparut enfin. Insérant la clé à l'intérieur, j'inspirai un grand coup et l'ouvris. La lourde porte révéla une pièce bien trop vaste. Restant sur le palier, je n'osai m'y avancer. Alors que dans la précédente, je peinais à faire rentrer une brique de lait dans mon réfrigérateur, dans celle-ci la cuisine couvrait tout un pan de mur. Composée de matériaux modernes, j'aurais pu y préparer à dîner pour dix personnes, si mes talents de cuisinière n'avaient pas été si médiocres.

En face de moi, se découpait une large fenêtre donnant sur une partie du parc proche du bâtiment principal. En dessous, s'étendait un luxueux lit deux places. M'aventurant jusqu'à lui, je fis glisser le drap entre mes doigts. Je n'avais jamais touché quelque chose d'aussi doux et léger. Un peu plus loin trônait un immense bureau composé de verre et de métal. Enlevant mes chaussures, je marchai sur le parquet. Le sol de ma chambre précédente était recouvert d'une moquette dont la couleur initiale restait un mystère. Malgré tout, cet endroit ne dégageait aucune chaleur. Mon cerveau refusait d'assimiler le fait qu'il serait mien pour les mois à venir.

N'ayant aucune envie de vider mes valises, je quittai le bâtiment et rejoignis le secrétariat. Dix minutes plus tard, j'en ressortis avec entre mes mains mon nouvel emploi du temps. Après le changement de chambre, tenir ce simple papier m'apporta le coup de grâce. Des centaines de questions m'envahirent et les émotions que je tentais de repousser depuis hier soir m'assaillirent. La colère balaya mes défenses sans la moindre peine et réveilla ma magie. Je me précipitai vers les toilettes les plus proches et une fois certaine que personne ne s'y trouvait, je m'y réfugiai. Je m'aspergeai le visage d'eau froide tandis que mon pouvoir continuait de renouveler ses attaques. Je refusai de perdre encore le contrôle et de me transformer qui plus est dans un tel lieu.

Rageant face à ma faiblesse, je laissai échapper un flot d'injures. Les défenses que je pensais avoir si bien érigés se fracassèrent une à une. L'envie de détruire tout ce qui se trouvait dans la pièce m'envahit. M'appuyant sur le rebord du lavabo, je dus rassembler le peu de maîtrise qui me restait pour ne pas le briser en deux. Comment allais-je tenir, entourée de membres de mon espèce et d'Héritiers, si je ne parvenais pas à me contrôler ?

Plantant mes ongles dans mes paumes de mains, je me concentrai sur la seule personne capable de me faire reprendre pied. Sérène. Je devais la protéger. C'était ma priorité. Après de longues minutes, mes émotions s'apaisèrent pour le plus grand regret de ma magie. Serrant les dents, je rassemblai mes dernières forces et l'obligeai à rebrousser chemin. Une fois sûr de mon emprise sur elle, j'expirai de soulagement. Allumant l'eau, j'observai mon sang s'y mêler et disparaître dans le lavabo. Il fallait que je me montre plus solide, pour mes parents et pour Kaïs.

Lorsque je pénétrai à nouveau dans le hall de ma résidence, je tentai de me frayer un passage parmi les élèves. À cette heure-ci, tous se réunissaient afin d'aller déjeuner. Mon regard repéra sans peine les membres du programme spécialisé. Sortant d'un entraînement, tous portaient des tenues similaires. Dans quelques jours, mon tour viendrait.

Priant pour ne pas croiser Every, ce fut un autre métamorphe qui se dressa à quelques pas de moi. Entouré de deux futurs Gardiens, Armaël discutait calmement. Mon regard dû s'attarder un peu trop longtemps sur lui, car son dos se raidit et la femme à ses côtés se tourna dans ma direction. Détournant la tête, j'aperçus une silhouette familière qui n'aurait pas dû être ici.

- Luce ?

Avec ses cheveux blonds et ses grands yeux, elle irradiait d'une beauté solaire et innocente.

- Kara ! sursauta-t-elle presque soulagée. Je voulais te voir, mais je ne savais pas où te trouver.
- Et bien, me voilà, répliquai-je en souriant avec peine.

Elle se mit à fouiller dans son sac, ses boucles d'oreilles faites de perles bleues et d'or teintant à chacun de ses mouvements.

- Ce sont les cours que tu as manqués hier après-midi et ce matin, déclara-t-elle en me tendant une pochette transparente.
- Merci, c'est très gentil.
- C'est normal, après ce que tu as fait pour moi.

La culpabilité et la honte qu'elle éprouvait me frappèrent.
- Ce n'est rien.

L'aura d'Armaël nous balaya. Ne souhaitant pas inquiéter Luce, je me contentai de lui lancer un regard interrogateur. Je me confrontai à un mur de froideur et de réprobation. Si je ne mettais pas rapidement fin à cette conversation, Armaël risquait de perdre patience et de s'en charger lui-même.

- Bien sûr que si, Kara. Qu'est-ce qui m'a prit de suivre cet Héritier ? Ce Nazaire même une humaine naïve comme moi aurait dû sentir qu'il fallait le fuir comme la peste. Je me suis renseignée sur lui et...

À la mention de son nom, plusieurs métamorphes présents dans le hall se tournèrent dans notre direction.

- Tu avais bu. Ne te torture plus avec ça. C'est réglé, tentai-je de la stopper.

Ne percevait-elle pas les regards qui pesaient sur nous ?

- Ce n'était pas la première qu'il...

Avant qu'elle n'ait pu finir sa phrase, le pouvoir d'Armaël s'intensifia autour de lui. Esquissant un premier pas dans notre direction, ma magie surgit à son tour et percuta le sien. Un court instant, la surprise fendit son masque de froideur. Luce sembla enfin réaliser dans quelle situation elle nous avait plongés.

- Il est temps que nous partions, déclarai-je brutalement.

Je saisis Luce et l'entraînai hors du bâtiment, le cœur battant à la chamade.

- Kara, je...
- Luce, stop !

Elle s'interrompit brusquement, les yeux écarquillés par l'incompréhension.

- Je ne sais pas dans quel monde tu vis, mais dans le mien, tu ne peux pas pénétrer ici et critiquer un Héritier alors que la moitié des métamorphes présents sont de futurs Gardiens. Tu ne pensais pas à mal et tu n'as rien à te reprocher, mais eux, dis-je en pointant

le bâtiment derrière moi. Ils s'en moquent.
- Je suis désolée.
- Je ne veux pas que tu t'excuses, je veux que tu fasses plus attention à toi. Promets-le-moi, répliquai-je avec bien plus d'autorité que j'aurais dû.

Une lueur de compréhension illumina le bleu de ses yeux.
- Je te le promets, finit-elle par répondre sincère.
- J'espère bien comme ça, je n'aurais plus besoin de voler à ton secours.

Un rire cristallin s'échappa d'entre ses lèvres. Étrangement communicative, sa joie de vivre m'arracha un sourire.
- Avec toi, les Héritiers seront entre de bonnes mains, ajouta-t-elle soudain plus sérieusement. On se voit en cours. À demain !

Je la regardai partir, surprise. Je n'aurais su dire si elle était courageuse ou parfaitement inconsciente. Elle avait témoigné contre l'un des Héritiers les plus puissants présents au sein l'université et n'avait rien trouvé de mieux que de venir ici, dans un bâtiment habitat par une espèce historiquement loyale aux Héritiers. Tout cela demandait un certain cran que je ne lui aurais pas cru. Avec sa silhouette frêle et son visage enfantin, les apparences pouvaient être trompeuses. J'aurais dû le savoir.

CHAPITRE 5

Les chaussettes mouillées et les cheveux refusant de coopérer, j'attendais que les clients pointent le bout de leur nez. Le salon de thé où je travaillais se trouvant dans un quartier peuplé principalement d'humains, le temps avait eu raison de leur nature fragile et frileuse. En effet, la pluie s'abattait sur la ville depuis plusieurs heures, rendant ce samedi après-midi encore plus maussade que mon humeur. Josh avait pourtant essayé, mais ni lui ni mes nombreuses heures de cours étaient parvenus à me faire oublier le pétrin dans lequel je mettais fourrée.

Accoudée sur le comptoir, ma dernière rencontre avec Armaël ne cessait de tourner en boucle dans mon esprit. J'aurais aimé une meilleure introduction auprès de mes futurs camarades de classe, mais ce n'était pas ce détail qui m'inquiétait le plus, mais mon pouvoir. Aussi loin que je me souvienne, celui-ci avait toujours été instable sortant de sa léthargie qu'en de rares occasions. Cependant, depuis ma rencontre avec Rhysand dans le parc, ma magie semblait agitée et réagissait au moindre de mes changements d'humeurs.

Relisant le même paragraphe pour la cinquième fois, je soulignai un passage lorsque la clochette de la porte d'entrée tinta.

Accueillant cette distraction avec soulagement, je refermai mon livre et m'approchai des quatre jeunes filles qui venaient d'arriver. Dégoulinantes de pluies et pestant, elles tentaient de se dépêtrer de leurs manteaux. Rapidement, je devinai les fines bretelles de leurs justaucorps ainsi que leurs collants aux couleurs pastel. Jetant un coup d'œil à l'horloge en bois clair suspendue au-dessus de la cafetière, j'acquiesçai. Le studio de danse se trouvant à quelques mètres de là, les danseuses se retrouvaient ici chaque samedi et se réconfortaient avec des pâtisseries toutes plus sucrées les unes que les autres.

L'énergie que dégageait l'une d'entre elles attira mon attention. Sa lourde capuche tombant de part et d'autre de son visage, la métamorphe me tournait le dos. D'un geste fluide et calculé, elle repoussa celle-ci en arrière et fit glisser son manteau le long de ses bras. Malgré notre unique rencontre et le peu de paroles que nous avions échangées, j'avais parfaitement reconnu l'aura de la métamorphe m'ayant aidé avec mes valises quelques jours plus tôt.

Au moment de jeter sa veste sur le fauteuil le plus proche, elle se tourna vers moi. L'expression qui se peignit sur son visage ne fut pas celle que j'attendais. Les sourcils froncés, sa surprise avait laissé place à une profonde contrariété. Ma présence ici était loin de lui plaire. Détaillant sa tenue, la situation me parut étrange. Vêtue d'un jean banal, d'un sweat épais et de basket noir, la métamorphe qui se dressait devant moi était l'opposée de celle que j'avais rencontrée à l'université. Retenues en un chignon bas impeccable, les mèches violettes qui parsemaient ses cheveux étaient aujourd'hui indécelables. L'une des humaines qui l'accompagnaient surprit notre échange silencieux.

- Vous vous connaissez ? demanda-t-elle, son visage rond illuminé par la curiosité.

Prise de court, la métamorphe perdit ses moyens.

- Nous sommes dans le même dortoir à l'université, répondis-je vaguement.

Mon intervention me valut un regard assassin.

- Dans le même dortoir ? répéta une autre de ses amis.

Les lunettes de celle-ci, encore maculées de fines gouttes de pluie, ne cessaient de glisser le long de son nez.

Acquiesçant, je leur tendis la carte des boissons et retournai derrière mon comptoir. Cependant, aucune des trois humaines y prêta attention. Faisant mine de ranger la vaisselle, je pouvais sentir leurs regards scrutateurs pesant contre mon dos. Me prenant pour l'une des leurs, mon intervention les faisait désormais douter de la vraie nature de leur quatrième amie. Cette dernière ne tarda pas à s'en rendre compte. Soulagée, ses épaules se relâchèrent et sa mâchoire se décrispa.

Durant l'heure suivante, la métamorphe ne cessa de me dévisager. Me plongeant dans les pages de mon livre, je tentai d'occulter leur conversation. Malgré tout, je ne pouvais mettre mon ouïe surdéveloppée sur arrêt et l'empêcher de capter la moindre de leur parole. Et cela, elle le savait. Son comportement et leur discussion renforcèrent mes doutes. À aucun moment, elle n'aborda le programme spécialisé avec ses amis. Au contraire, elle éludait chaque question touchant à son passé, sa famille ou ses études. Au moment de partir, elle m'apporta la note directement au comptoir. Ses yeux de jade me scrutèrent. Son attitude me fit presque sourire. C'était donc à cela que je ressemblais lorsque je tentais d'évaluer quelqu'un ? Elle ne voulait pas qu'on la sache ici, en présence d'une telle compagnie et elle cherchait à définir si j'allais lui poser problème ou non.

- À bientôt, déclara-t-elle avant d'enfiler son manteau et de rejoindre ses amies.

Pour mon plus grand soulagement, aucune autre note étrange ne vint perturber le reste de mon week-end.

◆

Le lundi matin suivant, les paupières lourdes de sommeil, je tentais de rassembler mon courage. Face à moi, se dressait le bâtiment d'entraînement réservé aux élèves du programme spécialisé. Aussi ancien que le reste de l'université, il s'élevait fièrement vers le ciel, ses pierres centenaires recouvertes de lierre. Ses immenses fenêtres gothiques répandaient une lumière chaude sur l'herbe constellée de pluie. Habituellement, cette architecture provoquait en moi admiration et respect, mais aujourd'hui, tout mon corps me criait de fuir.

- Qu'attendez-vous ?

Tenant l'une des portes de l'entrée ouverte, le professeur Oaks m'observait d'un œil critique.

- Le cours va commencer, ajouta-t-il froidement avant de s'effacer pour me laisser entrer.

Ne pouvant plus me dérober, je soufflai un bref « merci » avant de pénétrer à l'intérieur du bâtiment. Totalement vide, le hall ressemblait à un musée. Dédiés aux plus prestigieux êtres magiques ayant étudié ici, des dizaines de tableaux, de diplômes et de décorations s'alignaient le long des murs. Bien que plus petites que celles des Héritiers, les peintures représentants les Gardiens n'en étaient pas moins saisissantes. Jamais encore, je n'avais vu de tels portraits de métamorphes.

Sans me laisser une seconde de plus, le professeur Oaks se mit en route et s'enfonça dans une suite interminable de couloirs. À première vue, le bâtiment semblait avoir échappé aux attaques technologiques et modernes. Cependant, les vibrations électriques qui vinrent chatouiller le dessous de mes pieds me prouvèrent le contraire.

Après quelques secondes, des échos de conversations nous parvinrent accentuant un peu plus mon appréhension. Les pas du professeur Oaks nous en rapprochèrent tandis que le bourdonnement électrique qui traversait le sol ne cessa de s'intensifier. Quel genre d'installation pouvait consumer autant d'énergie ?

Lorsque nous pénétrâmes enfin à l'intérieur du gymnase, aucun des quinze métamorphes présents ne nous prêta attention, trop absorbé par le combat qui avait lieu. Patientant quelques instants, le professeur Oaks s'avança discrètement. Préférant rester en retrait, je repérai rapidement la chevelure flamboyante d'Every et son visage concentré.

Je suivis son regard. Au même moment, deux des prédateurs les plus dangereux sur cette terre roulèrent au sol, leurs corps entremêlés. Dans cet amas de poils et de grognements, je distinguai tout juste les griffes acérées des deux combattants. L'instant d'après, la lionne au pelage de sable gisait sur le flan attendant que son adversaire lui assène le coup de grâce. La dominant de toute sa taille, le lion allait abattre sa lourde patte lorsque la voix du professeur Oaks tonna.

- Ça suffit.

Tous les élèves se figèrent, sauf la métamorphe qui profita de l'inattention de son rival pour le renverser. L'écrasant de tout son poids, elle saisit la gorge du mâle entre ses crocs tranchants. Sur le point de traverser sa chair, la peur pulsa à l'intérieur du lion. Soudain, elle stoppa son geste et le repoussa sans ménagement. Victorieuse, elle reprit forme humaine. Le félin laissa place à une jeune femme dont les jambes interminables me donnèrent le vertige. Écartant les longues tresses serties de perles de son visage, son rire emplit le gymnase. Au sol, son adversaire laçait correctement ses chaussures. La ressemblance entre les deux métamorphes me frappa. Ignorant la main que sa jumelle lui tendait, il se releva et lui lança un regard noir. Amusée, la jeune femme s'approcha de lui. Ses ongles dorés glissèrent sur la peau de son frère, à la recherche d'une quelconque trace de blessure. La repoussant avec délicatesse, les lèvres du métamorphe esquissèrent un bref sourire.

- On peut commencer ou vous comptez me faire perdre encore mon temps ? gronda le professeur Oaks, impatient.

Son pouvoir vibrant autour de lui, un silence absolu tomba sur le gymnase. Every et les autres élèves prirent alors conscience de ma présence. Détournant le regard en direction du professeur Oaks, je tentai d'ignorer l'attention nouvelle qui pesait sur moi. Une fois tous rassemblé, le métamorphe annonça le programme pour l'échauffement. Je m'efforçai d'assimiler le plus d'information possible lorsque l'aura de l'un des élèves entra brutalement dans mon espace vital.

- Toi aussi, tu es nouvelle ? m'interrogea un métamorphe.

Il me jaugeait sans la moindre discrétion, ses boucles cuivrées tombant devant ses yeux enfoncés. À ses côtés, se tenait la métamorphe étrange du salon de thé, bien moins à l'aise que son ami.

— Oui, me contentai-je de répondre avant de reculer d'un pas.

— Comment se fait-il que tu intègres le programme maintenant ? Min Ji vient d'être transférée de Corée du Sud pour un échange scolaire, mais toi, pourquoi es-tu là ?

— Viktor, murmura la métamorphe d'un ton réprobateur.

J'allais poliment lui dire de se mêler de ses affaires lorsque le pouvoir du professeur Oaks nous balaya violemment mettant fin à la curiosité envahissante du garçon.

— Aujourd'hui, nous accueillons trois nouveaux élèves. Pendant que je les évaluerai, le professeur Beore viendra prendre mon relais. Je compte sur vous pour exécuter l'échauffement correctement.

Sans rien ajouter, les métamorphes se dispersèrent et se mirent à courir, sauf Every qui ne put s'empêcher de se tourner vers moi. Nos regards se croisèrent, la douleur de chacune se reflétant dans les yeux de l'autre. Honteuse, elle baissa la tête et rejoignit nos camarades.

— À votre tour maintenant.

Tout comme lors de mon arrivée dans le hall, le professeur Oaks ne nous laissa pas le temps de poser la moindre question. Il se dirigea vers le fond du gymnase. Là-bas, une porte glissa à l'intérieur du mur et fit apparaître un espace aussi grand que celui que nous venions de quitter. Composé de dizaines de petites pièces vides aux structures de verre, mon cœur manqua de s'arrêter. Inspirant avec peine, je m'efforçai de garder mon calme. Excepté l'absence d'appareils médicaux et d'interrogatoire, ces pièces étaient en tout point similaires à celles dans lesquelles l'Alliance nous avait enfermés, mon frère et moi, après l'arrestation de nos parents. Elles évoquaient en moi que solitude, détresse et désillusion. L'expression perplexe qui se peignit sur le visage de Min Ji et Victor me soulagea. Je n'étais pas la seule à ignorer ce que nous faisions là et à quoi ces cages transparentes pouvaient bien servir.

– Ce sont des salles de simulations, expliqua le professeur face à notre incompréhension.

– C'est ça notre test ? répliqua Victor sans cacher sa déception.

– Exactement, monsieur Cassus.

– Je m'attendais à quelque chose d'un peu plus complexe pour une école à la réputation aussi importante.

À ces paroles, Min Ji leva les yeux au ciel, excédée.

– Vous n'aurez donc aucun problème à réussir cette évaluation.

Admirant son sang-froid, je me demandai si l'arrogance de ce Victor avait des limites.

– Évidemment.

Visiblement, non.

– Maintenant, si vous avez terminé de m'interrompre, je vais pouvoir vous expliquer le déroulement de votre test.

Le ton glacial du professeur et la vague de pouvoir qui s'en suivit firent reculer le métamorphe. Un sourire satisfait se dessina sur les lèvres fines de Min Ji.

– Les simulations dans lesquelles je vais vous plonger auront pour but d'évaluer vos compétences en matière de combat et me permettront de cibler vos points forts ainsi que vos points faibles. De cette façon, je pourrais adapter vos entraînements pour que nous les corrigions. Avez-vous des questions ?

Étonnamment, le seul à en avoir une était Victor.

- Est-ce que notre performance sera notée ou classée ?
- Absolument pas. Ceci n'est pas une compétition, mais une évaluation.
- Aah.
- Ne vous inquiétez pas, vous aurez pleinement le temps de vous mesurer à vos camarades. J'espère pour vous que votre arrogance sera à la hauteur de vos compétences.

Le garçon allait répliquer, mais le regard que lui jeta le professeur l'en dissuada.

- Mademoiselle Kang.

Il la conduisit dans la première salle et une fois à l'intérieur, sortit de sa poche deux objets métalliques de la taille d'une pièce. À peine les eut-il disposés sur ses tempes que les murs en verre devinrent soudainement noirs. Ce fut ensuite à mon tour. Comme pour Min Ji, le professeur Oaks plaça sur ma peau deux cylindres plats. Leurs contacts froids me firent frissonner. La faible magie qu'ils renfermaient n'était pas pour me rassurer. Au moment de refermer la porte derrière lui, la panique m'envahit.

- Ne vous inquiétez pas, elle ne sera pas verrouillée. Si votre claustrophobie vous empêche de poursuivre la simulation, nous ferons autrement.

Comment avait-il pu deviner ma peur ? Les murs autour de moi s'assombrirent et devinrent impénétrables. D'abord légères des vibrations émanèrent des cylindres en métal. Elles s'intensifièrent puis se propagèrent sur l'ensemble de mon visage. Ma vue chancela. Observant mes mains, leurs contours se brouillèrent et des taches se mirent à apparaître. Ces dernières ne cessèrent de grossir jusqu'à me rendre totalement aveugle.

Plongée dans le noir, je me raccrochai à mes autres sens.

Le parfum brut et musqué du professeur Oaks continuait de voleter tandis que des caméras placées dans chaque coin de la pièce émettaient un grésillement entêtant. Soudain, le peu d'odeur qui me parvenait disparut. Inspirant profondément, je tentai de capter quelque chose, mais rien. Bientôt, je fus incapable de discerner les battements de mon propre cœur. Que se passait-il ?

M'efforçant de ne pas céder à la panique, l'attente me parut interminable. D'abord presque inaudibles, des bruits de pas fendirent le vide jusqu'à moi puis des bribes de conversations s'y mêlèrent. Ces dernières devinrent de plus en plus distinctes et mon odorat finit par revenir. Les fleurs, les herbes séchées, le cuir, le fromage, tous ces parfums m'assaillirent d'un seul coup et me laissèrent déboussolée.

Finalement, la lumière m'aveugla. Je me protégeai les yeux d'une main et battis des paupières. Ma vue se fit peu à peu plus nette et le décor dans lequel la simulation m'avait projeté prit forme. Les odeurs qui chatouillaient mes narines provenaient de petits magasins et étalages qui parsemaient la rue dans laquelle je me trouvais. Des dizaines d'humains s'y promenaient, s'arrêtant de temps à autre pour admirer les différents mets et articles. Le marché local battait son plein. Perdue, je restai sans bouger. Râlant, un vieux monsieur, les bras chargés de sacs, me poussa. Le contact de sa peau sur la mienne m'électrisa. Il semblait si réel.

Inconsciemment, je me mis à déambuler parmi les passants. La vision dans laquelle la simulation m'avait plongée avait beau être chaleureuse et idyllique, je ne pus m'empêcher de penser aux autres possibilités qu'offrait cette machine. Fabriquée par l'Alliance, je n'avais aucun doute sur sa capacité à faire naître des scènes bien plus au goût des Héritiers. Au plus profond de moi, ma magie se réveilla. En temps normal, je n'y aurais pas fait attention, mais aujourd'hui tout était différent.

Sur le qui-vive, je continuai à marcher. Autour de moi, se mêlaient humains et êtres magiques. Une brise s'éleva et apporta avec elle une vague de nouvelles odeurs. Mon pouvoir s'agita. Ralentissant le pas, je fis semblant de m'intéresser aux plats méditerranéens que proposait une dame aux épaules voûtées. Une énergie inconnue envahit brutalement mon espace et avant que j'aie pu réagir, une main agrippa mon poignet. Bloquant mon bras dans le creux de mon dos, la rapidité de mon agresseur me surprit. Cependant, aucune magie ne l'habitait. Plaquée contre son torse, les émotions de l'humain pénétrèrent mon aura. La fierté qu'il éprouvait à cet instant m'arracha un sourire. Cela n'allait pas durer.

- Tu n'as pas été très difficile à attraper, chuchota-t-il au creux de mon oreille, sa barbe de trois jours griffant ma joue.

- Tu as raison, on va rectifier cela.

Achevant tout juste ma phrase, je pivotai et abattis mon coude libre contre sa mâchoire. Ses doigts desserrèrent leurs emprises sur mon poignet. Je profitai de cette occasion pour balayer sa jambe d'un coup sec. S'écrasant au sol, la douleur le paralysa. La marchande ainsi que de nombreux passants sursautèrent, les yeux exorbités. Ne leur laissant pas le temps de reprendre leur esprit, je me mis à courir. La foule, dense et compacte, me permit de disparaître à ma guise. Même s'il tentait de me poursuivre, cela ne durerait pas. Ce n'était qu'un humain après tout.

Ne connaissant pas la ville dans laquelle le professeur Oaks m'avait projeté, je me contentai de suivre le mouvement. Si la simulation n'avait pas cessé, cela voulait dire que d'autres surprises m'attendaient. Je passai un long moment à marcher, sans but, aucune trace de mon agresseur à l'horizon. Au détour d'une énième rue, je me retrouvai à mon point de départ. Fronçant les sourcils, je me demandai à quel jeu se livrait le professeur. Je soupirai. Comment avais-je pu imaginer que fuir face à cet humain satisferait le métamorphe ? Je n'aurais pu concevoir une pire stratégie.

Me cachant à l'abri des regards, j'observai le stand où j'avais été attaqué. Depuis mon départ, celui-ci était entouré d'une attention nouvelle. Des passants, toujours sous le choc, ne cessaient de ressasser la scène. Les commérages de ce genre ne m'inquiétaient pas contrairement aux deux agents de police qui discutaient avec l'homme que j'avais frappé. Ce dernier gémissait et se plaignait, évoquant une attaque venue de nulle part. Les policiers l'écoutaient avec attention, une expression grave barrant leurs visages. Cependant, entre l'effervescence qui entourait le stand et la distance qui m'en séparait, la majorité de ses paroles m'échappait.

Je me débarrassai de ma veste et dispersai mes cheveux. Si je voulais pouvoir me rapprocher d'eux, j'allais devoir me montrer plus que prudente. Au même moment, un homme me frôla. Profitant de sa large corpulence, je me glissai derrière lui et suivis ses pas à travers la foule. Une fois à quelques mètres des deux policiers et de mon agresseur, je me réfugiai parmi des étalages de vêtements. Masquée par les tissus et mannequins aux mille couleurs, la conversation des trois hommes me parvint nettement.

La familiarité avec laquelle ils s'adressaient l'un à l'autre me glaça. Mon agresseur était un policier. Pourquoi un humain faisant partie de la police chercherait-il à s'en prendre à moi ? Le choix du professeur Oaks me laissa perplexe. Tandis que l'homme leur rapportait ma description, des renforts les rejoignirent et s'activèrent à recueillir les témoignages des passants. La vieille marchande était l'un d'entre eux. Cependant, les intonations dans sa voix m'intriguèrent.

Quelque chose clochait. Fermant brièvement les paupières, je tentai d'occulter les bruits autour de nous et me concentrai sur elle seule. Elle mentait.

Écartant quelques vêtements, j'observai son visage. Derrière ses rides bienveillantes et ses faux airs fatigués, une lueur mesquine brûlait au fond de ses pupilles. Soudain, ses épaules se crispèrent. Lentement, elle tourna la tête dans ma direction et le sang dans mes veines se figea. Comment avait-elle pu sentir ma présence ? Ses lèvres sèches s'étirèrent de satisfaction. Abaissant mes barrières psychiques, la faible magie qui l'habitait m'apparut. Une sorcière.

Ignorant l'agent de police qui s'adressait à elle, elle siffla. Un son clair et coupant qui n'annonça rien de bon. Mes doutes se confirmèrent la seconde suivante. Une vague de pouvoir, lourde et rampante, envahit la ruelle. Derrière le rideau d'argent de ses cheveux, le sourire de la marchande redoubla.

Je m'enfuis avant que la magie du métamorphe ait pu m'atteindre. Rebroussant chemin, je me mêlais de nouveau à la foule et tentai cette fois-ci de réfléchir à une véritable stratégie. Semer le métamorphe ne serait pas aussi simple. Le menant jusqu'à moi, il n'aurait qu'à suivre les traces d'énergies que je parsèmerais derrière moi. Je pouvais fuir un certain temps, mais que se passerait-il ensuite ? Le professeur Oaks ne me laisserait pas sortir de cette simulation avant d'avoir vu ce qu'il souhaitait. Mais même mon pouvoir semblait avoir compris que tout ce qui nous entourait n'était qu'une illusion, car malgré les battements frénétiques de mon cœur, il s'était à nouveau endormi.

Pestant contre moi-même et ma faiblesse, j'observai les alentours à la recherche d'une quelconque échappatoire. Que ferait Every dans une telle situation ? Bien que tout ça ne soit pas réel, je ne pouvais rater ce premier test. Les enjeux étaient bien trop importants. Que penseraient la directrice et le professeur Oaks si après l'incident avec Aldryc, j'échouais comme lors de mon examen d'entrée ?

Mettant de côté la part de moi qui hurlée de révolte, j'analysai la situation. Que ferait un véritable Gardien ? Me répétant cette question encore et encore, les choses m'apparurent de plus en plus clairement. Avant tout, il fallait que je quitte ces lieux. Pas pour aller me cacher et attendre que le temps passe, non, mais parce que des dizaines de personnes se trouvaient en danger à cause de moi. Étant donné la puissance du pouvoir du métamorphe, notre rencontre risquait d'être tout sauf douce et délicate. Je devais protéger le plus de monde possible. Face à l'urgence de la situation, mon cœur s'emballa et un pic d'adrénaline me traversa.

Parmi les murs de pierre, une ruelle adjacente se dessina. Je m'y engouffrais sans réfléchir laissant derrière moi les échoppes et les magasins pour découvrir des habitations. Presque déserte, la peur que je dégageais attira l'attention des quelques passants. Cependant, cela n'effraya pas un chat un peu trop téméraire qui, sentant l'animal tapi en moi, vint se frotter contre ma jambe. Le repoussant hâtivement, j'inspectai la rue. Un bref coup d'œil et le scénario que je redoutai le plus prit vie. De toutes celles qui s'offraient à moi, j'avais choisi la pire d'entre elles. Il n'y avait aucune issue possible.

Un cul-de-sac. Quelle idiote je faisais ! Il n'y avait ni mur à escalader ni jardin à traverser et pénétrer à l'intérieur d'une habitation était impensable. Les cris des locataires ne feraient qu'attirer plus rapidement le métamorphe jusqu'à moi. Je préférai garder le peu d'avance dont je bénéficiai. J'avais beau y réfléchir en long, en large et en travers, faire demi-tour était ma seule option. Les précieuses secondes que j'avais réussies à gagner étaient définitivement perdues.

- On est coincé, petit chat ?

Tournant la tête vers le nouvel arrivant, je ne pus m'empêcher d'éprouver du soulagement. Ce n'était que l'humain. Marchant avec assurance malgré sa joue gonflée, sa main ne cessait de se poser sur son insigne désormais visible.

- Tu es peut-être rapide, mais tu n'as pas réussi à t'enfuir très loin.

Ne prenant pas la peine de l'interrompre, j'en profitai pour réfléchir. Un combat me paraissait inévitable, mais les secondes passèrent et je finis par me demander si la meilleure solution n'était pas de le laisser m'attraper. Si j'étais parvenue à me débarrasser de trois Héritiers, un simple humain ne me poserait pas problème cependant, ses cris et l'intensité de ses émotions attireraient le métamorphe jusqu'à nous. N'esquissant pas le moindre geste de recul, je le regardai se rapprocher de moi et feignis d'avoir peur. L'ego de ces humains pouvait les rendre tellement crédules parfois.

- Tu sais, par ta faute, je vais devoir aller à l'hôpital. On m'a bien fourni un antidouleur, mais apparemment des os sont cassés, continua-t-il avec un air chagriné. Tu n'as pas été très gentille.

Lorsqu'il m'attaqua, seulement quelques pas nous séparaient. M'envoyant un crochet du droit, je l'évitai sans peine et me retins de rire. Il n'aurait pas pu être plus prévisible. Malgré tout, je pris sur moi et réfrénai mon envie de lui fracturer l'autre côté de la mâchoire. Modérant ma force, je fis mine de répliquer et le saisis au col. Une lueur de satisfaction illumina ses yeux ternes. Ce qui allait suivre n'allait pas me plaire. Dégainant un boîtier noir aussi petit que ma paume, j'émis une résistance feinte. Je savais parfaitement ce qui m'attendait et tandis qu'il retenait fermement ma main contre lui, l'humain activa le boitier. Celui-ci libéra une décharge électrique qui me traversa de la tête aux pieds. Pliant les genoux, je laissai s'échapper d'entre mes lèvres un cri de douleur.

- Voilà qui est mieux, commenta le policier dont l'ego ne cessait de gonfler.

Satisfaite de ma petite comédie, je ne bronchai pas.

- Ça te suffit ou bien, tu en veux une dernière pour la route ?

N'attendant pas de réponse, il envoya une seconde décharge. Protestant un peu plus fort que la première fois, je rigolai intérieurement. Avec une telle puissance, nous pourrions continuer à jouer ainsi encore longtemps.

- Tout va bien, monsieur ? l'interrogea une femme dont les bras entourés un bébé.

Sur ces gardes, la sorcière n'osait s'approcher de nous. Son fils en profita pour attraper les fleurs fanées gisant dans un pot cassé sur le rebord d'une fenêtre. Bien que serrant trop fort les tiges entre ses doigts dodus, celles-ci reprirent vie.

- Ne vous inquiétez pas, madame, je suis policier.

Soulevant avec une lenteur calculée le devant de son tee-shirt, il lui fit voir son insigne ainsi que le début de son ventre dessiné. L'admiration qui apparut dans le regard de la jeune femme amplifia son sentiment de victoire. Elle acquiesça puis disparut à l'intérieur de sa maison.

- À nous deux.

Il me releva d'un geste brusque et me menotta. M'entraînant hors de la ruelle, il nous plongea à nouveau au cœur de la foule. Cependant, celle-ci avait doublé, rendant le trajet bien plus compliqué. Jouant des coudes, l'humain tentait de nous frayer un passage. Après de longues minutes à marcher à l'aveuglette, nous débouchâmes sur une grande place où s'alignaient plusieurs restaurants, des cafés et des magasins ainsi qu'une librairie. Les habitants se prélassaient en terrasse tout en profitant des rayons du soleil. Grouillant de vie, ce lieu était le contraire de ce que je cherchais. Soudain, l'énergie du métamorphe vola jusqu'à moi. Portée par le vent, cela ne pouvait dire qu'une seule chose. Il arrivait.

Ne réfléchissant pas plus longtemps, mes pieds dessinèrent un demi-cercle et d'un geste sec les doigts du policier me lâchèrent. Côte à côte, je lui assenai un coup d'épaule et glissai ma jambe derrière la sienne au moment où il perdait l'équilibre. Une légère pression supplémentaire suffit à l'envoyer au sol. Sa tête tapa contre le goudron et le bruit sourd qui suivit me fit frissonner. Ne pouvant m'attarder une seconde de plus, je me précipitai dans la direction opposée. Brisant les menottes sans le moindre effort, je les fourrai dans le sac d'une jeune femme. Le métal m'ayant entaillé la peau, le sang que j'avais laissé dessus induirait en erreur le métamorphe. Enfin, je l'espérais.

Courant à en perdre haleine, je fus tenté de pénétrer chez un fleuriste. L'odeur capiteuse des fleurs couvrirait la mienne. Cependant, la multitude de vases en verre me retint. S'il me trouvait, je finirais transpercer de toutes parts. Les restaurants, avec leurs couverts tranchants et leurs salles bondées, ne me convainquirent pas. Je renonçai et m'aventurai un peu plus loin, à l'intérieur d'une librairie.

Me faufilant à l'intérieur du magasin, je me cachai parmi les rayons. La présence familière des livres ainsi que l'accueil chaleureux de la libraire ne suffirent pas à m'apaiser. Je me réfugiai au fond, loin des regards extérieurs. Aucune fenêtre ne permettait de voir où je me trouvai, mais poussai par ma peur, je m'accroupis et fis mine de m'intéresser aux volumes des rayonnages les plus bas. Plusieurs personnes passèrent à côté de moi, mais dénué de pouvoir, aucun ne pouvait sentir l'angoisse qui me tordait l'estomac. Essuyant la transpiration qui perlait sur mon front, je m'efforçai de reprendre mon souffle. Ce jeu du chat et de la souris me rappelait des souvenirs des plus désagréables.

Les secondes puis les minutes s'écoulèrent. À chaque nouveau client, les battements de mon cœur s'accéléraient avant de se calmer à nouveau. Malgré le temps qui passait, ma peur refusait de faiblir. Il allait finir par me trouver. Sous le regard suspicieux d'un vendeur, je me relevai et revins au-devant du magasin. Tous mes instincts m'avertissaient de rester loin de la devanture, mais mon impatience prit le dessus. Où était-il ?

Je me faufilai dans le rayon dédié aux enfants et me glissai parmi des peluches et des marionnettes en tout genre. Bien que réduite, cette cachette m'offrait une vue intéressante sur la place. Au loin, l'uniforme distinctif de la police apparut. Arrêtant les passants, des renforts assistaient les agents présents au marché tandis que mon premier agresseur brillait par son absence.

Les portes coulissantes du magasin s'activèrent. Ma gorge se serra et le goût de ma peur se déposa sur ma langue. Dans une des pièces adjacentes, le vendeur peu loquace émit un cri étranglé. L'instant d'après, son corps traversa les airs et s'écrasa mollement contre l'un des présentoirs à papeteries. Inconscient, mais respirant toujours, j'esquissai un pas dans sa direction lorsqu'un loup de soixante-dix kilos déboula face à moi. Ironiquement, ma magie ne montra pas le moindre signe d'intérêt pour moi ou le danger qui me fonçait dessus.

Mes pieds se soulevèrent et tandis que les crocs du métamorphe se plantaient dans mon avant-bras, mon dos rencontra la devanture. Se brisant en mille morceaux, une pluie de verre s'abattit sur nous. Protégeant de justesse mes yeux, les éclats traversèrent ma chair sans peine. Grâce à Aldryc et ses idiots de camarades, la douleur m'était familière.

— Tu as réellement cru que tu allais pouvoir m'échapper ?

Sa gueule à quelques centimètres de mon visage, l'haleine chaude du métamorphe me lécha. Je compris à quel point, j'avais sous-estimé mon adversaire. Très peu d'entre nous avaient la capacité de parler sous leurs formes animales. Contrairement à ce que les humains et les sorciers pensaient, ce n'était pas qu'un simple petit tour de magie. Modelant son corps selon sa volonté, ce processus demandait un contrôle total de son pouvoir.

— Non, mais j'ai trouvé l'attente un peu longue, répliquai-je.

Rigolant, le métamorphe reprit forme humaine et s'écarta de moi. Partagée entre l'effroi et l'admiration, je le regardai rassembler son pouvoir et s'en servir pour extraire les éclats de son dos. Ceux-ci tombèrent au sol et tintèrent. Libérées de tout corps étranger, les plaies laissèrent s'échapper de fines coulées de sang.

— Tu es bien arrogante pour quelqu'un qui perd autant de sang.

Il marquait un point. J'avais beau avoir la réplique facile, mon avant-bras gauche était hors circuit.

— Un peu d'humour n'a jamais fait de mal à personne.

Avec son costume noir parfaitement ajusté et son crâne rasé au millimètre près, le métamorphe ressemblait à un sosie d'Hitman. Je ne pus réprimer un sourire moqueur. Le professeur Oaks avait un peu trop exagéré des films d'action.

Appelant son pouvoir, ses yeux bleus se strièrent d'argent tandis que son corps se métamorphosait à nouveau. La police choisit cet instant pour enfin intervenir. Se précipitant à l'intérieur de la librairie, trois hommes nous encerclèrent. Une lueur amusée dansa au fond des deux lunaires du loup. Avançant une patte dans leur direction, les agents brandirent leurs tasers et le visèrent. Je soupirai, déçue. S'ils étaient aussi puissants que celui qu'avait utilisé leur collègue véreux sur moi, le métamorphe n'avait pas fini de leur rire au nez.

Un sourire s'étira sur son visage canin. Les mains des trois hommes se mirent à trembler. Ne souhaitant pas assister à ce spectacle, je tentai de m'extirper de la librairie. Bien que discrète, mes mouvements n'échappèrent pas à l'ouïe du loup.

- Ne pars pas trop loin, je n'en ai pas fini avec toi, me lança-t-il avant de me faire un clin d'œil.

Les policiers se décomposèrent et la frayeur se mit à suinter de tous leurs pores. Fier de son effet, le métamorphe coucha ses oreilles en arrière et tandis qu'il dévoilait ses crocs, un son guttural monta le long de sa gorge. Un instant, je fus tenté de rester pour voir lequel des trois hommes s'enfuirait le premier, mais me ravisai. J'étais la suivante sur la liste. D'un bond, il s'élança sur le policier le plus proche. Ayant tout juste le temps d'enclencher son taser, les filaments de celui-ci s'accrochèrent tant bien que mal aux poils du métamorphe. Une once d'espoir flottait dans l'aura des trois hommes. Dire que je pensais être naïve. Laissant échapper un son semblable à un rire, le loup prit dans sa gueule les fils et tira dessus. L'humain perdit l'équilibre et s'écrasa en avant. N'attendant pas une seconde plus, je me relevai avec difficulté et me précipitai à l'arrière du magasin. J'aurais pu m'élancer dans la rue, mais un attroupement s'était formé devant la librairie. Si je sortais maintenant, le loup blesserait tous les innocents sur son passage.

Slalomant parmi les rayonnages, je manquai de tomber lorsque le bruit distinct d'une étagère s'écroulant me fit accélérer. Un hurlement s'éleva, empli de magie, et les murs du magasin vibrèrent. Tremblant, je tentai de trouver une issue. Je ne pouvais décemment pas l'assommer avec un livre. S'il avait seulement fallu le semer, j'y serais arrivé sans effort, mais le but de la simulation n'était pas là. Je sondai rapidement mon pouvoir. Il dormait, tranquillement, ignorant totalement mes nombreux appels. Quelle belle performance j'allais offrir au professeur Oaks.

Soudain, une vague de magie me balaya, puissante et ancienne. Inspirant un grand coup, le loup me renversa. Par chance, cette fois-ci, le sol n'était pas recouvert de milliers de morceaux de verre.

- Te sentirais-tu coincé ?

Ses pattes, encadrant mon visage, étaient parsemées de gouttes de sang.

- J'admets que cette position aurait pu être agréable avec un partenaire plus mignon et moins poilu, mais il faut savoir se contenter de ce que l'on a, répliquai-je sarcastique.

Comme je l'avais prévu, mon arrogance ne fit que déclencher sa colère. Ouvrant la gueule, je ne lui laissai pas le temps de répondre et planter l'éclat de verre que j'avais subtilisé un peu plus tôt de toutes mes forces. Cependant, mon coup manqua de précision et n'atteignit pas la carotide comme je le souhaitai. Fou de rage, il écrasa sa patte contre mon épaule et ses griffes déchirèrent ma peau. Grimaçant de douleur, mes doigts s'écartèrent et l'éclat tomba au sol. Modifiant sa position, le poids de son corps me priva peu à peu d'air. La situation me parut soudain désespérée.

La déception m'envahit. Si je m'en sortais aussi mal lors d'un simple test, que se passerait-il lorsque je devrais affronter un métamorphe en chair et en os ? Que penserait l'Alliance face à des performances si pathétiques ?

- Tu aurais beaucoup moins souffert si tu t'étais rendu. Tu devrais apprendre à rester à ta place, c'est une grande qualité, répliqua-t-il du même ton narquois.

Ses paroles faisant écho à celles qu'Every m'avait tenues quelques jours plus tôt, la rage m'envahit. M'apportant une énergie nouvelle, je balançai mon genou dans ses parties intimes et le repoussai de toutes mes forces. Je roulai sur le sol et occultai mon épaule blessée. Je saisis l'éclat de verre et l'abattis cette fois-ci avec la plus grande précision. Le loup hoqueta de surprise. La carotide tranchée, son sang gicla sur moi tandis que son corps perdait rapidement ses forces. Le dernier battement de son cœur emplit mes oreilles lorsque tout redevint noir.

À nouveau, mes sens me quittèrent avant de réapparaître, plus amplifiés que d'habitude. Le grésillement électrique me parut bien plus gênant et le parfum du professeur Oaks oppressant. Cependant, le plus étrange fut l'absence totale de douleur. Inspectant mon corps dans les moindres détails, je me rendis compte que tout avait disparu. Il n'y avait plus aucune trace de sang ou de blessure. Machinalement, je passai la main sur mon épaule et sur mon avant-bras. Rien.

Je portais à nouveau ma veste de survêtement et mes cheveux étaient coiffés comme lors de mon arrivée.

Le professeur Oaks entra à l'intérieur de la pièce, le visage vide d'expression tout comme son aura qui ne laissait filtrer aucune émotion. Les murs étant redevenus transparents, j'aperçus tout juste Min Ji en train partir. Je fus surprise de voir ceux derrière lesquels se trouvait Victor toujours impénétrable.

- Votre test est terminé.

Le professeur Oaks déposa ses doigts sur mes tempes et décolla les émetteurs avec si peu de délicatesse que je n'eus plus aucun doute sur ma performance. Il était déçu.

- Voici la clé du casier qui vous est réservé dans les vestiaires. À l'intérieur, vous trouverez plusieurs tenues d'entraînements.

Saisissant la clé, nos deux auras se rencontrèrent. Reculant, le visage du métamorphe se fit encore plus froid.

- À cet après-midi.

Me laissant tout juste le temps de le remercier, il quitta la pièce et disparut dans le gymnase. Fatiguée et déboussolée, je suivis ses pas. Les bruits de coups et de respirations hachées m'accueillirent. En pleine séance de combat, la salle bouillonnait de pouvoir et d'énergie. Pourtant, je ne posai pas une seule fois le regard sur mes camarades. Je voulais juste sortir d'ici.

CHAPITRE 6

À l'extérieur, un soleil paresseux m'accueillit tandis qu'un peu plus loin, appuyé contre un chêne, Josh m'attendait. Observant le bâtiment, sa nervosité était palpable. Un groupe d'élèves passa à sa hauteur et le dévisagea. Mal à l'aise, Josh refusa malgré tout de baisser la tête face aux métamorphes. Descendant les quelques marches, je me dirigeai jusqu'à lui. Je me frayai un chemin au milieu des futurs gardiens, mon arrivée les plongeant dans l'incompréhension.

Ignorant leurs interrogations, je serrai Josh dans mes bras. Quel soulagement de voir enfin un visage familier ! Fourrant mon nez dans son cou, j'inspirai son parfum et laissai nos auras s'entremêler. Apaisée, je le libérai de mon étreinte.

- Moi aussi, je suis heureux de te voir.

J'étais habituée à ses gestes délicats, mais après tout le

sang et la violence de l'heure précédente, je chérissais un peu plus ses moments de tendresse.

- Mais le réconfort ce n'est pas moi !

Farfouillant dans son sac, il en sortit un sachet dont s'échappait une odeur alléchante de chocolat. Face à son sourire victorieux, je n'osai lui avouer que j'avais détecté le contenu de ce sac déjà quatre mètres auparavant. Déposant un baiser rapide sur sa joue, je me jetai sur la pâtisserie. Léchant le bout de mes doigts, je surpris le regard amusé de Josh. Arquant un sourcil interrogateur, je saisis le mouchoir qu'il me tendait.

- Tu en voulais ? demandai-je d'un ton coupable.

- Non, ça ira, rigola-t-il doucement.

Fourrant un nouveau morceau de gâteau dans ma bouche, nous nous dirigeâmes en direction de la bibliothèque.

- Alors, ce premier entraînement ?

Malgré son attitude ouverte et détendue, il ne pouvait me cacher son anxiété. Aujourd'hui, je comptai sur son incapacité à percevoir les émotions.

- Je n'y ai pas assisté. Le professeur nous a fait passer à moi et deux autres élèves un test pour évaluer nos compétences.

Malgré mon ton détaché, Josh n'était pas dupe.

- Quel genre de test ?

- Une simulation, répondis-je brièvement.

Je n'avais aucune envie de lui raconter les détails de cet entraînement. De toute manière, je doutais qu'il fût prêt à les entendre. Il me lança un regard en biais et analysa mon expression. Après plusieurs secondes, il acquiesça, la mâchoire serrée.

- Tu as pu voir les autres élèves ?

- Oui, je n'aurais même pas à faire semblant d'être mauvaise, répliquai-je avec une légèreté feinte.
Son inquiétude s'amplifia.
- D'ailleurs, comment as-tu fait pour te réveiller aussi tôt, petite marmotte que tu es ? le taquinai-je.
- Je sais parfaitement ce que tu essaies de faire, Kara, contra-t-il avant de tirer l'une de mes mèches brunes.

Ne ressentant aucune douleur, je lui assenai malgré tout un léger coup de poing dans l'épaule. Il éclata de rire. Une chaleur agréable m'enveloppa me faisant oublier ce qui m'attendait cet après-midi.

Vingt minutes plus tard, les immenses voûtes blanches à caissons de la bibliothèque me surplombaient tandis que l'odeur ancienne des livres flottait dans l'air. Travaillant sur l'une des longues tables en bois qui composaient l'allée centrale, mon regard se perdit sur les piliers bordant chaque rayonnage. Chacun d'eux renfermait un escalier menant aux galeries dominant la salle de lecture. Les statues qui les agrémentaient attirèrent mon attention. Représentant les différents donateurs de l'université, le buste du père d'Aldryc les avait rejoints depuis peu. Bien que fidèle, la droiture qui émanait d'elle me parut des plus ironiques.

Je mis de côté mon ressentiment et me plongeai dans mes cours. Face à moi, Luce révisait tranquillement, ses cheveux blonds tressés en une couronne délicate. Son aura douce et chaleureuse voletait autour d'elle au même rythme que sa respiration. Méfiante, je m'interrogeai sur le but de sa présence ici.

Au fil des minutes, mes doutes s'effritèrent. Ne ressentant pas le besoin de combler le silence, elle m'expliquait de temps à autre des passages des cours que j'avais manqués. Le cliquètement de ses bagues en turquoises formant une délicate mélodie, je me surpris à apprécier sa compagnie.

Une heure puis deux s'écoulèrent. Les élèves, découragés par les nuages sombres qui s'avançaient à l'horizon, apparurent. Il flottait désormais dans la bibliothèque un murmure incessant. Repoussant mon livre, je me massai les tempes. Les yeux vert d'eau de Luce se levèrent dans ma direction, mais furent aussitôt attirés par quelque chose se trouvant derrière moi. Ses traits fins se décomposèrent et sa main se figea au-dessus de sa feuille. Le parquet à côté de moi craqua. L'aura qui me caressa ne me rassura qu'un temps. Ce n'était pas Aldryc.

Les pas feutrés d'Every firent le tour de la table et se stoppèrent près de Luce. Tirant une chaise, elle s'assit. Elle avait quitté sa tenue d'entraînement et enfilait un pull blanc ainsi qu'une jupe haute en tweed. Ses longues jambes étaient soulignées par des bottes noires montant jusqu'au milieu de sa cuisse. En comparaison deux d'eux, mon sens du style faisait pâle figure. Avant qu'Every ait eu le temps d'ouvrir la bouche, Luce referma le livre devant elle et se leva.

- Ne pars pas, la retint Every, une main sur son bras.

Prenant conscience de son geste, elle la retira aussitôt. Le contact n'avait duré que quelques secondes, mais il suffit à la plonger dans un profond malaise.

- Je vais simplement remettre ce livre à sa place, répliqua Luce d'un ton froid que je ne lui connaissais pas.

Une fois seule, la nervosité d'Every monta d'un cran et emplit l'espace entre nous. Comme à l'accoutumée, ses doigts trouvèrent une mèche de ses cheveux et s'y emmêlèrent.

- Laisse-les, finis-je par lui lancer.

Rougissant, elle releva la tête et plongea enfin son regard dans le mien.

- Je suis vraiment désolée...commença-t-elle, chaque mot arrachant un bout de sa fierté. Ce que j'ai dit... Je suis allée beaucoup trop loin.
- C'est le moins que l'on puisse dire.

Sa sincérité ne suffisait pas.

- Que tu me critiques est une chose, mais que tu te permettes de juger mes parents...

Je m'interrompis, le souffle coupé par ma propre colère. Se déferlant hors de moi, mon pouvoir repoussa la chevelure d'Every dans son dos. Elle sursauta, avant d'être envahie par la culpabilité. Mes pertes de contrôle commençaient à devenir un peu trop fréquentes à mon goût.

- Je n'aurais pas dû. J'ai eu tellement peur pour toi...

Baissant la tête pour cacher ses larmes, ses mains glissèrent sur la table et trouvèrent les miennes. Je compris soudain que ses paroles n'avaient pas été la seule raison de ma colère. Je lui en voulais de ne pas être intervenue, de ne pas avoir pris clairement mon parti, de trembler face aux Héritiers et de la crainte qu'ils faisaient naître chez elle. Mon égoïsme me frappa.

- Ton intégration au sein du programme spécialisé... Je veux être à tes côtés, murmura-t-elle.

Ses paroles effacèrent tout mon ressentiment. Je relâchai ses mains et essuyai une larme qui avait échappé à sa surveillance. Elle esquissa un frêle sourire, ses yeux bleus légèrement rougis. Luce revint au même moment, les bras chargés d'ouvrages d'histoire. Son regard glissa sur nos doigts entrecroisés. Sans rien dire, elle retourna s'asseoir, sa jupe rose pailletée attrapant la lumière des lustres. Every se redressa et m'interrogea silencieusement.

Plus ferme, je me contentai de hocher la tête. Si elle souhaitait réellement se faire pardonner, elle allait devoir mettre sa fierté de côté et s'accommoder de sa présence. Entortillant une nouvelle mèche autour de ses doigts, elle se tourna légèrement vers Luce. Hésitant à plusieurs reprises, elle s'adressa enfin à elle.

- Je voulais te présenter mes excuses pour l'autre nuit. J'aurais dû me montrer plus compréhensive, mais la sécurité de Karalyn sera toujours ma priorité.

Étonnée, Luce ne répondit tout d'abord rien, se contentant de toiser Every. À ce moment-là, Luce devint la seconde humaine capable de rendre mon amie nerveuse.

- Si j'avais été moins stupide, Kara n'aurait pas été dans une telle situation alors je comprends ta réaction. Je regrette qu'elle ait eu à intervenir et m'aider de cette manière. Même si je suis maladroite parfois, répliqua Luce en me lançant un clin d'œil. Je ne veux pas lui causer plus de problèmes.

Bien qu'avenante, la détermination qui émanait de sa voix fut assez forte pour convaincre Every. Acquiesçant, elle se leva.

- On se retrouve tout à l'heure, me dit-elle avant de s'éloigner d'un pas souple.

Luce la suivit du regard, la moue boudeuse.

- Elle ne m'aime pas.
- Laisse-lui un peu de temps, ça passera.

Peu convaincue, Luce haussa les épaules avant de se plonger dans un nouvel ouvrage d'histoire. Leur échange, bien que froid, avait amorcé un début de communication. Soulagée, j'allais me remettre à ma lecture lorsque mes yeux croisèrent ceux d'Armaël. Se tenant un peu plus loin dans les rayonnages, son visage était défiguré par la colère. Avait-il entendu notre conversation ? Détournant aussitôt la tête, il fit volte-face puis partit en trombe. Après son départ, une énergie sombre et tourmentée continua de planer.

◆

Quatre heures plus tard, je me dirigeai vers le fond du vestiaire ma tenue d'entraînement à la main. Des grandes parois en verre poli, aux carrelages anthracite et aux lavabos avec miroirs individuels, chaque détail portait la marque des Héritiers. Les casiers, s'ouvrant à l'aide de nos empreintes digitales, ne me laissèrent aucun doute. M'éloignant des autres filles, certaines me lancèrent des regards suspicieux tandis qu'Every m'offrit un sourire d'encouragement. Elle n'avait pas besoin d'explication.

Cachée dans l'une des douches, je me changeai en un temps record. C'était mon premier vrai entraînement et mon statut de nouvelle ainsi que la cicatrice dans mon cou attirés déjà bien assez l'attention. Celle barrant mon ventre ne ferait que redoubler leurs interrogations à mon sujet. J'en avais eu la preuve quelques secondes auparavant, lorsqu'Every m'avait coiffé. Dégageant ma gorge, certaines élèves ne m'avaient pas épargné leurs regards de dégoûts. Les cicatrices n'étaient pas monnaie courante, bien au contraire. L'apparence étant pour les Héritiers un marqueur essentiel de classe sociale, les Gardiens se devaient d'être à leur image. C'était avant tout une question de puissance. Pour eux, une cicatrice représentait la défaite, un signe de faiblesse, et les Héritiers n'en toléraient aucune.

Every et moi pénétrâmes dans le gymnase côte à côte. Le menton haut, elle m'expliquait le fonctionnement du bâtiment lorsque Victor m'interpella.

- Jolie cicatrice ! Il parait que la métamorphe qui a causé le renvoi d'Aldryc Nazaire a exactement la même.

J'encaissai la remarque sans rien dire. Les nouvelles n'avaient pas mis longtemps à se répandre. Plusieurs têtes se tournèrent vers nous, envieuses d'en apprendre plus.

- La directrice l'aurait fait intégrer le programme spécialisé. Ça ne peut donc être que toi ! ajouta-t-il un peu plus fort.

À présent, tous les élèves dans le gymnase nous écoutaient, attendant avec impatience que je réplique. J'allais devoir choisir mes paroles avec soin.

- Et alors ?

Ses mots n'étaient pas sortis de ma bouche, mais de celle d'Every. Avançant d'un pas, elle montra très clairement qu'elle m'offrait sa protection. Un sentiment d'incrédulité envahit la majorité des métamorphes sauf Victor qui, ne connaissant pas Every, ne pouvait comprendre la portée de son geste.

- Et bien, c'est un acte grave !
- Tout comme le fait de manipuler l'esprit d'une humaine avec son pouvoir, répliqua-t-elle durement.

Son accusation souleva une vague de murmure. Malgré la gravité de ces paroles, aucun ne remit en cause l'honnêteté d'Every.

- C'est ce qu'elle dit, on sait tous que les humains sont des menteurs et qu'il suffit de peu pour les perturber.
- Mais moi, je ne lui suis pas. Tu devrais faire très attention, le menaça-t-elle, réduisant à néant la distance qui les séparait. Et faire profil bas si tu ne veux pas que l'on se mette à fouiller à notre tour dans ta vie privée.

Je ne savais pas quel passé ce métamorphe arrogant pouvait bien avoir, mais cet avertissement teinta son aura d'inquiétude. Malgré tout, il se préparait à répliquer lorsqu'une vague de magie envahit le gymnase. Me tournant vers sa source, ce que je vis me serra la gorge. Une dizaine d'Héritiers venaient de pénétrer à l'intérieur de la salle. Mon calvaire allait pouvoir commencer.

J'avais envie de fuir. Affronter une pièce pleine de futurs Gardiens m'angoissait assez sans que des Héritiers, tous plus puissants les uns que les autres, se joignent à eux. Les croiser de temps à autre pouvait passer, mais être confiné dans la même pièce avec, non pas un, mais onze d'entre eux, cela me semblait au-dessus de mes forces. Toutes ces énergies différentes et toute cette magie me rappelaient des souvenirs auxquels j'aurais préféré ne plus penser.

Je m'étais trouvée en présence d'autant d'êtres magiques seulement deux fois dans ma vie : lorsque l'Alliance nous avait retrouvés puis lorsqu'un groupe de métamorphes rebelles avaient décidé de nous tuer mon frère et moi. Dans les deux cas, notre rencontre avait été loin d'être agréable.

Ces souvenirs, habituellement enfouis aussi profondément que mon pouvoir, me touchèrent plus que je le souhaitai. Sentant les changements s'opérant en moi, Every serra discrètement ma main. Totalement distrait, Victor avait oublié notre conversation.

- Tout ira bien, souffla Every d'un ton qui se voulait rassurant.
- Tu sais bien que non, lâchai-je platement.

Elle ne chercha pas à me contredire. Abaissant mes barrières mentales, j'observai les auras de chaque Héritier et les pouvoirs qu'elles contenaient. L'eau, la terre, le feu, l'air. Inspirant avec peine, une vague de chaleur m'envahit. Me détachant d'Every, je tirai nerveusement sur les manches de mon tee-shirt. En retard, l'unique Héritier dont le visage m'était familier arriva. Avec ses yeux vairons et son aura aux nuances violettes, Rhysand dénotait. Le pouvoir de l'esprit, puissant, mais latent, faisait de lui un être à part, même parmi les siens. Se décalant imperceptiblement sur son passage, ils le craignaient autant qu'ils l'enviaient. Quelle capacité pouvait-il bien posséder pour insuffler chez eux de tels sentiments ?

Son regard balaya la foule de métamorphes et se posa sur Armaël. Porté par un élan nouveau, il allait le rejoindre lorsque ce dernier lui décocha une expression des plus froide. L'espace de quelques secondes, une peine profonde déforma le visage de Rhysand. Interrompant mon observation, le professeur Oaks pénétra à l'intérieur du gymnase suivi d'un autre homme. Bien que plus grand, son pouvoir ne faisait que pâle figure à côté de mon professeur.

— Rassemblez-vous.

Mes camarades s'exécutèrent sans broncher tandis que plusieurs Héritiers l'ignorèrent et continuèrent de discuter entre eux. L'expression du métamorphe changea et l'homme à ses côtés esquissa un bref sourire. Sans prévenir, le pouvoir du professeur Oaks se déversa hors de lui. J'eus l'impression qu'une vague incandescente me traversait de part en part. Je n'avais jamais été confronté à un tel pouvoir chez un métamorphe. À l'intérieur de celui-ci brûlait quelque chose d'ancien. Parfaitement sous son contrôle, il enveloppa chaque élève et s'intensifia autour des Héritiers. Les plus récalcitrants sursautèrent.

— Je crois vous avoir demandé quelque chose.

Traînant des pieds et peu ravis de devoir obéir à un membre de mon espèce, les derniers Héritiers se joignirent aux autres.

— Aujourd'hui, nous allons vous soumettre à une série d'exercices afin de déterminer les binômes que vous allez former pour le reste du semestre. Chaque futur

Gardien se verra attribuer un Héritier.

Ces mots me firent l'effet d'une gifle. Mais à quoi m'attendais-je ? À passer un an au sein d'un programme ayant pour but de former l'élite des Gardiens et ne jamais avoir à interagir avec un Héritier ? Ma stupidité m'affligea.

- Le professeur Beore qui est chargé des élèves de troisième année m'assistera pour cette tâche importante.

Une main délicate s'éleva parmi les métamorphes. Tellement accaparée par Victor puis l'arrivée des Héritiers, je n'avais pas vu qu'à quelques mètres de moi se tenait Min Ji. Plus ouvert que le professeur Oaks, monsieur Beore accueillit sa question d'un signe de tête avenant.

- Comment est-ce que vous allez vous y prendre ?
- Nous allons évaluer la compatibilité entre chacun d'entre vous.

La compatibilité. C'était un mot que je n'aurais jamais cru devoir utiliser pour définir ma relation avec un Héritier. Jamais.

- Avons-nous réellement besoin d'être là ? demanda soudainement une Héritière avec un ennui flagrant. Les Gardiens ne sont-ils pas pleinement responsables de notre sécurité ?

Les deux professeurs devaient s'attendre à ce genre de question, car aucun ne s'offusqua. Tripotant ses cheveux bien trop lisses pour être naturels, la jeune femme semblait de plus en plus agacée.

- Le rôle des Gardiens est majeur, mais si vous êtes incapable de vous adapter, de maîtriser vos peurs ou d'agir comme il le faut, vous vous mettrez en danger et réduirez les efforts de votre Gardien à néant.

Dubitative, elle toisa les deux métamorphes de la tête aux

pieds.

— Mais les gardes du corps…

— Si vos références se basent sur les humains, nous ne pouvons rien faire pour vous, l'interrompit sèchement le professeur Oaks.

Le visage de l'Héritière se décomposa. Elle n'était visiblement pas habituée à ce que quelqu'un lui parle de cette façon et encore moins un métamorphe. Rigolant intérieurement, je me retins de lever les yeux au ciel. Étaient-ils tous aussi hautains et imbus de leur personne ?

— Allez vous échauffer maintenant.

D'un seul et même mouvement, mes camarades se mirent à courir. Suivant la cadence d'Every sans peine, je sursautai lorsque l'aura d'un Héritier vint lécher mon dos. Je m'attendais à ce qu'ils rechignent et traînent derrière nous cependant, ce fut loin d'être le cas. Animés par leur esprit de compétition, ils accélérèrent. Dépassant un à un les métamorphes, ils se remplirent d'orgueil et de fierté. Aucun des métamorphes ne tenta de reprendre la tête. Pourtant, un rien aurait suffi. Que ce soit la lionne aux longues tresses perlées combattant ce matin ou même moi, une simple pulsion aurait suffi pour semer les sorciers. Alors que faisaient-ils ? S'en moquaient-ils ou bien était-ce un accord silencieux pour maintenir l'ego des Héritiers à bon niveau ? Bien que la question me brûla la langue, je me retins.

Mes pieds frôlant le sol à chaque nouvelle foulée, l'électricité qui le parcourait me rappela à l'ordre. Ce n'était ni le moment ni le lieu. Entamant un troisième tour de gymnase, je remarquai que seulement onze Héritiers couraient en tête. Jetant un regard par-dessus mon épaule, je distinguai la silhouette de Rhysand aux côtés d'une métamorphe. Son visage en forme de cœur me revint immédiatement. Elle se tenait aux côtés d'Armaël lorsque Luce était venue me rendre visite à la résidence. « Laisse-lui du temps » fut l'unique phrase que je parvins à entendre. Reportant mon attention devant moi, je ne pus m'empêcher de trouver l'attitude de Rhysand encore plus étrange.

Après vingt autres minutes d'échauffement, le professeur Oaks nous réunit dans la pièce contenant les salles de simulation. Cette soudaine promiscuité avec les Héritiers me mit un peu plus mal à l'aise.

- Ces exercices auront pour but de définir des binômes. Il est possible que lors du prochain semestre nous apportions quelques changements.

La majorité des Héritiers se désintéressait du professeur. De meilleures occupations devaient les attendre. Tour à tour, nous fûmes répartis dans les différentes salles, des émetteurs placés sur nos tempes. Leur contact sur ma peau déclencha le mécanisme et les murs de verre se modifièrent. L'Héritier qui m'avait été attribué pénétra dans la pièce au même moment. En la découvrant, j'eus presque envie de rire. Ma bonne étoile continuait de se moquer de moi.

L'Héritière qui s'était fait remarquer quelques minutes plus tôt affichait toujours le même air blasé. Ne sachant quelle attitude adoptée et bien que cela m'en coûte, je choisis de jouer la carte de la politesse.

- Bonjour, lui dis-je d'un ton le plus neutre possible.

Prétendant réaliser ma présence, elle me détailla avant de bâiller. Vu les paroles qu'elle avait tenues précédemment, je n'étais pas surprise. De toute manière, ce n'était pas pour elle, mais pour l'Alliance que je faisais ces efforts et tentais de maintenir l'illusion.

Elle s'apprêtait à râler lorsque la simulation débuta. Le

vide nous engloutit me privant de mes sens. Lorsque mon odorat revint, le parfum du cuir, du gazole et de la peur envahirent mes narines. La voiture dans laquelle nous étions slalomait violemment sur le goudron. Son moteur semblait en fin de vie. Brusquement, elle décrivit une courbe étrange avant de se stopper net. Plaçant instinctivement mes mains devant mon visage, elles amortirent le choc. Le craquement qu'émit le nez de mon binôme et le cri qui s'en suivit m'indiquèrent que ses réflexes étaient bien plus lents.

Désormais à l'arrêt, mais toujours incapable de voir, je n'avais d'autre choix que d'attendre. Gémissant, l'Héritière ne cessait de s'agiter. Nous n'étions pas seules dans la voiture. Les images affluèrent de toutes parts. En découvrant la situation dans laquelle le professeur Oaks nous avait plongés, la sorcière jura.

- Je ne pouvais pas avoir droit à une jolie réception où les invités dégustent des plats raffinés et sirotent des cocktails ? Regardez-moi ça ! s'écria-t-elle en tirant sur sa robe.

Celle-ci, longue et faite de satin bleu, était déchirée à plusieurs endroits et le sang qui coulait de son nez avait taché le tissu délicat. Ses cheveux blonds, qui devaient être retenus en un chignon élaboré, pendaient mollement de part et d'autre de son visage. Mon amusement dû être un peu trop évident.

- Au lieu de rire, trouve un moyen de me soigner !

Le chauffeur, un métamorphe à la carrure sèche et musclée, se précipita hors de la voiture et se posta devant la portière de l'Héritière. L'odeur de son sang me chatouilla. Analysant l'homme à travers la vitre, je remarquai qu'une longue trainée écarlate s'échappait de l'arrière de son épaule. Le danger était là cependant, je ne ressentais rien. Ni angoisse ni stress. Tout était faux.

Face à mon manque de réaction, l'Héritière sortit en trombe, une main toujours posée sur son nez. Un cri aigu traversa ses lèvres peintes. Je m'extirpai de mon siège, partagée entre l'envie de l'abandonner ici ou de la gifler. Contournant la voiture, je pris conscience de l'ampleur des dégâts. À l'avant, un phare et un rétroviseur avaient été arrachés tandis que le côté droit de la carrosserie était complètement enfoncée. Au premier abord, on aurait pu croire à une collision avec une autre voiture, cependant des particules de magie appartenant à un métamorphe continuaient de s'accrocher au véhicule. Quel animal pouvait causer de tels dommages ?

- Vous devriez vous dépêcher, nos poursuivants ne vont pas tarder à nous retrouver, nous avertit le chauffeur.

Sa blessure ne cessait de saigner, l'affaiblissant de plus en plus.

- Vous ne venez pas avec nous ? lui demanda l'Héritière visiblement peu ravie de devoir se contenter de moi comme moyen de défense.

Je la comprenais parfaitement. Il secoua la tête.

- Je vais rester ici afin de vous faire gagner quelques précieuses secondes. Pendant ce temps, allez la mettre à l'abri.
- Où ?

La sorcière se tourna violemment vers moi.

- Mais quel genre de futur gardien es-tu ?

J'allais répliquer lorsque des bruits de pas précipités emplirent mes oreilles. Le métamorphe me lança un regard compatissant puis nous hochâmes tous deux la tête. Il était temps de partir.

- Allons-y.

Ne pouvant entendre les six métamorphes qui se ruaient vers nous sous leurs formes animales, l'Héritière eut un moment d'hésitation. Elle lorgna la carrure du chauffeur puis la mienne. Mon pouvoir devait lui paraître bien insignifiant. Puis, ses yeux gris cendre se posèrent sur la flaque de sang qui commençait à se former au pied du métamorphe. Me détournant d'elle, je marchai vers le seul passage dont nous disposions. Ses talons claquèrent tandis qu'elle s'élançait à ma suite.

Découvrant la ruelle devant laquelle on nous avait déposés, j'émis un temps d'arrêt. Bien que moins étroite que celles dans lesquelles j'avais déambulé ce matin, elle n'offrait malgré tout pas beaucoup d'options. De part et d'autre, s'élevaient de grandes bâtisses à l'architecture riche. Des colonnes blanches agrémentaient les porches tandis que des portails en fer forgé délimitaient les jardins. Que pouvais-je bien faire dans un quartier résidentiel ?

- Tu comptes rester planté là sans bouger ? m'assena l'Héritière d'un ton cassant.

Aucun bruit ne s'échappait des habitations et rares étaient les pièces encore allumées. Au-dessus de nous, aucune étoile ne traversait le voile sombre des nuages. Je tentai de me concentrer, d'imaginer un plan possible, mais sa présence dans mon dos me perturbait. L'air ne semblait porter que son parfum hors de prix et masquait toute autre odeur. Mes oreilles vibraient au même rythme que sa respiration tandis que mon corps, crispé, était totalement focalisé sur la magie qu'elle dégageait. Qu'étais-je censée faire quand tous mes sens étaient obnubilés par cette femme ?

- J'en ai marre.

Dans mon dos, les pas de l'Héritière ralentirent jusqu'à se stopper totalement.

- Tu vas rester en plein milieu de cette rue jusqu'à ce que l'on nous attaque ?
- Oui, c'est à toi de me protéger. La manière dont tu t'y prends, personnellement, je m'en moque.
- C'est un exercice en binôme, tentai-je.
- Ça ne m'intéresse pas.
- Très bien.

Sans ajouter un mot, je repartis. Oubliant que le monde dans lequel nous marchions était faux, son rythme cardiaque s'affola et la peur imprégna son aura. Sa fierté l'empêcha de se précipiter aussitôt vers moi.

- Tu pourrais m'attendre au moins. Ce n'est pas toi qui portes des talons de dix centimètres, lâcha-t-elle avec mauvaise foi.

Priant intérieurement pour qu'elle se torde la cheville, je m'arrêtai.

- Bon, tu avances ? m'assena-t-elle d'un ton piquant une fois qu'elle fut à ma hauteur.

Un court instant, je fermai les yeux et inspirai un grand coup. Je rassemblai le peu de contrôle qui me restait et me remit en route. Ne cessant de râler à voix basse, l'Héritière ruinait toutes mes tentatives de me concentrer. Si je lui demandais de se taire, elle risquait de m'envoyer une autre de ses répliques cinglantes et j'allais passer pour une métamorphe encore plus médiocre.

- Comment est-ce que tu t'appelles ?
- Orielle.

Elle ne me retourna pas la politesse, mais stoppa ses marmonnements. Malgré tout, mon cerveau était incapable d'analyser la situation comme il le fallait. Pour lui, la seule et unique menace était l'Héritière. Dans ma tête, toutes les possibilités qui s'offraient à elle de m'attaquer défilèrent. Mon malaise s'intensifia.

Soudain, l'ampoule d'un réverbère explosa et une pluie de verre s'écrasa à quelques pas d'Orielle. Elle cria et mes sens se détachèrent enfin d'elle. L'angoisse la paralysa puis une odeur de cendre imprégna l'air. Me tournant dans sa direction, je vis une boule de feu flotter devant elle. Comment une Héritière maîtrisant un tel élément pouvait-elle avoir peur de la nuit ? Je soufflai d'exaspération. Après quelques pas, un second lampadaire se brisa. Une bourrasque s'éleva et réduisit à néant la sphère incandescente de la sorcière.

- Quoi ? me demanda-t-elle sèchement tout en créant une seconde flamme.

Avant que j'aie pu répondre, la rue fut plongée dans le noir. Poussé par la peur, Orielle se rapprocha de moi et envahit mon espace vital. Sa proximité soudaine m'arracha une grimace. Quel métamorphe esquissait une moue de dégoût au contact d'un Héritier ? Sûrement pas une future Gardienne...

- On va marcher jusqu'à ce que l'on nous attaque ?

L'avoir vue dans un moment de faiblesse n'avait fait qu'empirer son humeur.

- Tu as une meilleure idée ? répondis-je froidement.

J'avais l'impression de devoir m'occuper d'une enfant ingrate. Possédant une vision nocturne parfaite, je traquai le moindre mouvement ou changement d'énergie. Passant devant des dizaines de maisons toutes aussi similaires les unes que les autres, la rue semblait s'étirer et ne jamais finir. Orielle avait repris son babillage incessant.

- Ta voix guiderait n'importe quel métamorphe jusqu'à nous, observai-je avec tact pour ne pas la braquer une nouvelle fois.

- Si c'est le cas, tu percevras sa présence non ? répli-

qua-t-elle d'un ton acide.
- C'est plus compliqué que cela.
- Ton rôle est de me protéger. Pour le reste, je fais comme bon me semble. Ne me mets pas ton incompétence sur le dos.

Ses paroles me firent bouillonner de rage. Faisant volte-face, j'avalai les mètres nous séparant en quelques enjambées. Ignorant ma présence, elle critiquait le délabrement du sol lorsqu'une main surgit de nulle part et me saisit à la gorge. Les yeux d'Orielle s'écarquillèrent de frayeur puis la seconde main de mon agresseur se posa autour de mon cou. L'instant d'après, le métamorphe banda les muscles de ses bras et les os de ma colonne vertébrale se rompirent d'un coup sec.

Rien ne m'avait préparé à mourir. Un trou noir m'engloutit puis laissa place à la salle de simulation. La douleur disparut d'un coup, mais une sensation étrange continua de me traverser. Mon corps semblait en état de choc, incapable de bouger ou de se rappeler comment respirer. Dans mes oreilles, le craquement de mes os ne cessait de tourner en boucle.

- Tout ça pour ça.

Le commentaire cinglant d'Orielle fendit le silence. Elle se voulait blessante, mais elle ne réussit qu'à m'énerver un peu plus. Comment pouvait-elle se contenter d'attendre qu'on la protège et laisser des métamorphes se sacrifier pour elle sans le moindre remords ? Inspirant pour retrouver mon calme, elle quitta la pièce en claquant la porte. Profitant de cet instant de tranquillité, je portai machinalement une main à l'arrière de ma nuque. Malgré le comportement peu conciliant de l'Héritière et le caractère nouveau de cet exercice, je ne pus m'empêcher d'être déçu de mon échec. Il ne faudrait pas très longtemps aux membres du programme pour analyser mes faiblesses. La majorité d'entre eux me regardait déjà comme si je m'étais perdu et avais atterri parmi eux par erreur.

Interrompant le cours de mes pensées, un autre Héritier pénétra à l'intérieur de la pièce. Les murs devinrent noirs et le même scénario ne cessa de se répéter. Quel que soit le lieu ou la situation, je ne parvenais à anticiper aucune des attaques. L'aura et la présence des Héritiers happaient l'attention de mes sens. Les frissons et l'appréhension qu'ils faisaient naître en moi me rendaient vulnérable. Pourtant, plusieurs se montrèrent agréables, ou du moins, polis, mais rien n'y faisait.

Découragée, je comptais le nombre de simulations que j'avais déjà effectué. Onze. Les yeux fermés, je tentai de calmer le mal de tête qui me lacérait le crâne. Je n'avais jamais laissé mes barrières mentales baissées si longtemps et je le payais. Ajouté à cela les dizaines de bruits qui m'agressaient de toute part et la magie des Héritiers, je soupirai.

La porte en verre s'entrebâilla et l'aura de Rhysand flotta à l'intérieur de la pièce. À son contact, les battements de mon cœur restèrent de marbre.

- Bonjour.

Bien que polie, l'appréhension de Rhysand était tangible. J'ouvris les yeux et pour la première fois, je plongeai volontairement mon regard dans le sien.

- Bonjour.

Malgré mon assurance, j'étais aussi mal à l'aise que lui. Que pouvais-je lui dire ? Lui demander si ses blessures avaient totalement guéri ? Le remercier ? Lui demander pourquoi il était venu à mon secours à deux reprises ? Les mêmes questions semblaient le tourmenter. Son regard s'arracha à moi et se braqua sur les caméras qui observaient nos moindres gestes. Ces questions-là aussi devraient attendre.

De nouveau, le monde autour de moi disparut. Désormais habituée à cette étape de l'exercice, je profitai du calme qu'elle m'apporta. Glissant dans ce silence absolu, je m'y enveloppai confortablement. La douleur qui tambourinait à l'intérieur de mon crâne allait battre en retraite lorsque le bruit de la foule m'assaillit. Ma déception était aussi palpable que la chaleur venant s'écraser contre ma peau. Les images inondèrent à nouveau ma vue. Des dizaines de visages apparurent, nous entourant de tous les côtés. Indifférentes à notre présence, plusieurs personnes nous bousculèrent.

Avec ces différents niveaux bordés de rambardes en verre, ces escaliers et ces dizaines de magasins, le centre commercial dans lequel nous avions été projetés était bien plus grand que tous ceux dans lesquels Every et Sérène m'avaient traîné. Une musique d'ambiance se mêlait au brouhaha général. Je n'arrivais déjà pas à me concentrer dans une ruelle quasi-déserte alors, comment allais-je faire avec tant de bruit ? Derrière moi, Rhysand attendait patiemment.

Durant l'heure précédente, je n'avais pu m'empêcher de craindre cette situation et d'imaginer mille scénarios cependant, sa présence ne m'angoissait pas tant que cela. Si proche l'un de l'autre, son aura rencontrait la mienne avec une subtilité déconcertante. À l'intérieur de la sienne ne flottait aucun sentiment de supériorité, mais de l'appréhension et de la curiosité.

Étonnée par ces sentiments, je faillis oublier où nous nous trouvions. Ne pouvant rester sans rien faire, je me mis à marcher et à me comporter comme s'il s'agissait d'une simple journée shopping. Ni une ni deux, l'Héritier s'élança à ma suite. À ma plus grande surprise, il me dépassa et installa une distance de quelques pas entre nous. Se décalant légèrement, il libéra un peu plus mon champ de vision. Il se tourna vers moi et ses yeux, où la mer et la terre se rassemblaient, se posèrent sur moi.

- Ça ne te dérange pas ? me demanda-t-il soudain inquiet.

Mon étonnement devait être flagrant.

- Je t'ai observé pendant que j'attendais.

Fronçant instinctivement les sourcils, la colère m'envahit.

- Pas seulement toi, les autres aussi, ajouta-t-il conscient de l'erreur qu'il venait commettre. Je me suis dit que tu serais peut-être plus à l'aise de cette manière.

Ses mots sortirent de sa bouche, mais leur sens semblait m'échapper. J'avais parfaitement entendu le changement de tonalité dans sa voix ainsi que l'accélération des battements de son cœur lorsqu'il m'avait menti.

- Tu m'as observé ? Comment ?

Il se gratta la tête, de nouveau mal à l'aise.

- Dans le gymnase, des écrans diffusent chaque passage.

Il détourna le regard, la ligne de sa mâchoire tressautant. Peu m'importait que son initiative fût la bonne et ses secrets, je ne cessais de me demander si les autres élèves avaient vu mes simulations précédentes. La majorité d'entre eux me considérait tout juste comme l'une de leurs camarades. Ma performance d'aujourd'hui ne ferait que confirmer ma médiocrité à leurs yeux.

Marchant calmement, Rhysand feignait d'observer les vitrines et s'arrêtait de temps à autre devant l'une d'elles. Bien qu'il soit meilleur acteur que menteur, je remarquai qu'il avait une préférence pour les librairies. Les mains fourraient dans ses poches et la démarche tranquille, on aurait pu

◆ 148 ◆

le prendre pour un humain. Contrairement à ses camardes, il ne raffolait pas des marques de créateurs et n'arborait aucun bijou hors de prix. Son aura n'en restait pas moi puissante.

Mon alarme interne apaisée, je n'eus aucune difficulté à analyser les lieux autour de nous. Les conversations me parvenaient parfaitement et j'anticipai sans peine les mouvements de foules. Une allée moins fréquentée se dégagea sur notre droite. Touchant subtilement l'arrière de son coude, j'entraînai Rhysand vers celle-ci. Mon intuition était bonne.

À une trentaine de pas derrière nous, un métamorphe nous suivait. Ma manœuvre le fit accélérer et, mû par la peur que nous le semions, il entra en collision avec un humain. Les courses de celui-ci se répandirent sur le sol, mais notre poursuivant n'y prêta pas attention. Dégageant l'homme de son chemin, il s'élança derrière nous.

Mon test de ce matin et mon acharnement à vouloir éviter les espaces bondés me revinrent. Peut-être que cela n'avait pas été la bonne solution après tout. Que penseraient mes professeurs si, pour sauver la vie ou du moins ne pas blesser des humains, je mettais Rhysand en danger ? Les Héritiers risquaient de ne pas apprécier. Choisissant d'essayer, je poussai Rhysand au milieu de la foule. Qu'il soit venu seul ou avec une escorte, la présence d'autant de monde ralentirait notre poursuivant.

Nous faufilant parmi les dizaines d'humains et d'êtres magiques qui s'agglutinaient dans l'immense allée, je tentai de repérer l'issue la plus proche. Une idée me vint. Sortant mon portable au plus vite, je cherchai le numéro du chauffeur de Rhysand. Dans la vraie vie, tout Héritier se devait d'en posséder un, cela devait être également le cas dans une simulation. À l'autre bout de la ligne, l'intonation me parut familière. Je me demandais si cet homme existait réellement ou bien s'il était un simple personnage créé de toutes pièces.

- Où dois-je venir vous chercher ?

Jetant un rapide coup d'œil autour de nous, je repérai la sortie la plus proche. Lui indiquant notre position avec le plus de précision possible, je tentai de rester brève. Il y avait bien trop d'oreilles qui traînaient pour laisser échapper une information compromettante. Le chauffeur raccrocha sans rien ajouter. Ma main toujours contre son bras, le pouvoir de Rhysand m'apaisa.

Derrière nous, l'homme avait retrouvé notre trace. Il tenta de se frayer un passage parmi les couples aux doigts enlacés et les jeunes rigolant à gorge déployée. D'une nouvelle pression, je fis accélérer Rhysand. S'exécutant sans broncher, ses pas se calèrent sur les miens. Subitement, la foule devint encore plus dense. Jouant des coudes, plus rien ne séparait mon corps de celui de Rhysand. La chaleur augmenta. Plus petite que la plupart des personnes autour de moi, je me sentis oppressée. Ce n'était pas le moment d'avoir une crise d'angoisse. Forçant un peu plus violemment le passage, je m'imprégnai de l'aura de Rhysand. Cela ne suffit pas. Il y avait trop d'énergie, trop de bruit, trop de tout. Incapable de me concentrer, je perdis la trace du métamorphe.

Me lançant de temps à autre des coups d'œil interrogateurs, j'offris à Rhysand qu'un visage vide d'expression. Mes mains ne tardèrent pas à trembler tandis que respirer me demanda de plus en plus d'effort. Le chemin menant à la sortie me parut interminable. Soudain, quelque chose saisit ma queue-de-cheval et me tira violemment en arrière. Mes doigts se détachèrent de Rhysand et avant qu'il n'ait pu réagir, je m'accroupis et balayai la jambe de mon agresseur. Sa prise autour de ma chevelure se relâcha et il s'écrasa lourdement sur le sol. Les gens s'écartèrent d'un même mouvement, sursautant et criant.

Rhysand esquissa un geste dans ma direction, prêt à intervenir. Je secouai la tête et lui indiquai la sortie. Il hésita et ses yeux glissèrent sur l'homme à pied.

- Pars, m'écriai-je presque.

Mon ton le força à bouger. Le regardant s'éloigner, une vive douleur au plexus me coupa la respiration. Le métamorphe s'était relevé. Se faire mettre à terre par une fille de mon gabarit n'ayant rien de gratifiant, la colère lui avait donné une impulsion nouvelle. Son coup avait peut-être fait mouche, mais il ne se débarrasserait pas de moi aussi facilement. Il enclencha un crochet du droit et j'eus presque envie de lui rire au nez tellement il était prévisible. Au lieu de l'esquiver, j'avançai vers lui et faussai sa trajectoire. Décontenancé, j'eus tout le temps de bloquer son bras et l'instant d'après, il gisait à mes pieds, inconscient. Il n'y avait rien de mieux qu'un coup à la gorge pour désarçonner un homme de quatre-vingt-dix kilos. De nouveaux cris s'élevèrent.

Je m'élançai à la recherche de Rhysand. Muées par la peur, les personnes s'écartèrent à mon passage. Me concentrant uniquement sur mon odorat, je tentai de repérer la trace de Rhysand. Je la trouvai, mais elle ne me mena pas là où je l'avais envoyé. Déviant bien avant la sortie du magasin, elle m'entraîna jusqu'aux w.c publics. Des hommes me bousculèrent en hurlant.

M'avançant à l'intérieur avec discrétion, ce que je découvris me glaça le sang. Une femelle jaguar mesurant plus d'un mètre soixante-dix essayait de forcer la porte derrière laquelle Rhysand s'était réfugié. Les muscles du félin se mouvaient avec brutalité sous son pelage noir et brillant tandis qu'il creusait des trous de plus en plus profonds dans le bois. Percevant ma présence, sa patte se stoppa et il braqua sur moi ses yeux jaunes injectés de magie. Sa queue claqua l'air en signe d'avertissement. Je n'eus pas le temps d'avoir peur.

D'un bond, la métamorphe me plaqua contre le carrelage humide. Ses griffes tranchantes se plantèrent dans chacune de mes épaules. Traversant ma chair profondément, je ne pus retenir le cri de douleur qui s'échappa de ma gorge. Cependant, celle-ci n'avait aucune intention de jouer avec moi. Elle ouvrit sa gueule et je fermai les yeux, prête à mourir une nouvelle fois. Sans prévenir, le pouvoir de Rhysand frappa et je réalisai à quel point je m'étais trompé sur lui. Ce qui me balayait la peau n'avait plus rien de calme et d'apaisant. Sous cette forme, sa magie avait le goût de la destruction.

S'échappant de ses mains, un voile sombre et opaque enveloppa le jaguar. La femelle écarquilla les yeux, horrifiée. Ne voyant pas les changements qui s'opéraient en elle, il me fallut un certain avant de comprendre ce qui l'effrayait tant.

Peu à peu, la fourrure de la métamorphe se rétracta laissant apparaître la peau nue de l'animal avant que celle-ci ne se mette à onduler de façon irréelle. Le processus se répandit à tout son corps. Ses membres s'affinèrent et se remodelèrent pour reprendre leurs formes initiales. Luttant de toutes ses forces, son pouvoir finit par la quitter.

Quelques secondes plus tard, une femme d'une trentaine d'années se tenait au-dessus de moi, ses doigts enfonçaient dans les blessures que ses griffes m'avaient infligées. La peur déformait ses traits.

- Qu'avez-vous fait de ma magie ?

À peine eut-elle terminé sa phrase que je la repoussai de tout mon poids et me retrouvai à califourchon sur elle. Cognant de toutes mes forces, mon poing s'écrasa contre son visage puis une seconde fois.

- Je crois que ce n'est pas nécessaire de la frapper à nouveau, observa l'Héritier.

Il avait raison. La pommette gauche de la métamorphe était ouverte en deux et son sang dégoulinait le long de sa joue. Cependant, je n'arrivai pas à détacher mon regard d'elle. Des poils noirs lui appartenant collaient à mes mains tandis que le pouvoir de Rhysand imprégnait toujours son corps. Lorsque nous revînmes dans l'enceinte du bâtiment, j'étais toujours assise par terre.

- Merci, parvins-je à articuler.

Même si nous étions dans une simulation, il m'avait sauvé, encore. Dans les précédentes, aucun Héritier n'avait essayé.

- Ce n'est rien.

Nous savions tous les deux que c'était faux, mais cette fois-ci, il ne détourna pas le regard. Il s'avança vers moi et me tendit la main. Pendant un instant, je la fixai me demandant ce que son pouvoir pourrait me faire.

- Je peux seulement t'empêcher de te transformer, m'expliqua-t-il comme si mes pensées se lisaient pleinement sur mon visage.

Un sentiment de tristesse et de résignation l'enveloppa. Et soudain, je me sentis exactement comme ces Héritiers que je jugeais conservateurs et inaptes à accepter le changement. Rhysand était traité différemment par les siens à cause de ce qu'il était. Refusant de devenir comme eux, je mis ma peur de côté et saisis sa main. Même si je n'avais pas besoin de lui, il m'aida à me relever et à cet instant, je compris qu'un vrai binôme ce devait d'être ainsi. Un sourire timide tordit le coin de ses lèvres puis sans un mot, il quitta la pièce. Je ne réalisai alors que de l'autre côté des murs Armaël nous observait, le visage fermé.

CHAPITRE 7

Une colère profonde brûlait au fond de son regard. Face à mon expression impassible, Armaël se détourna et regagna le gymnase. Every, qui m'attendait à l'extérieur de la pièce, n'avait pas loupé une miette de notre échange silencieux.

- Qu'est-ce qui se passe avec le neveu du professeur Oaks ? me demanda-t-elle une fois que je l'eus rejointe.
- Armaël est son neveu ?

Every acquiesça. Je n'avais jamais fait le rapprochement entre les deux hommes.

- Et ils sont tous les deux membres du même clan. Son père, Arthur Oaks, en est le chef. Il est le plus important de la région et l'un des plus anciens du pays.

Je comprenais mieux mon étonnement lorsque la magie du professeur m'avait traversé. Ses groupes existaient bien avant la naissance de l'Alliance et la création des Gardiens. Se composant de métamorphes d'espèces différentes, un serment inviolable les unissait. L'essence de celui-ci imprégnait leur pouvoir ainsi que leur corps. En effet, chaque membre arborait l'emblème de son clan sur sa peau.

- Je ne le savais pas.
- Alors, comment as-tu fait pour t'attirer les foudres du taciturne prince des ours ?

Même si son ton se voulait taquin, je sentais l'inquiétude qu'il cachait. Autour de nous, nos camarades ne nous prêtaient aucune attention, trop occupée à décortiquer les performances de chacun.

- Je suis venue en aide à un ami à lui et je crois que ça ne lui a pas plu, expliquai-je en restant aussi vague que possible.

Le regard d'Every se posa sur Rhysand. Ce dernier discutait distraitement avec un Héritier à la beauté délicate. Elle se tourna vers moi et scruta mon visage à la recherche du moindre signe d'erreur. Confirmant ses doutes, je vis les rouages de son esprit s'enclencher.

- Quand ? me demanda-t-elle tandis que nous nous mêlâmes aux autres élèves.

À l'écart, les deux professeurs se concertaient sur les binômes à former.

- L'anniversaire de Kaïs.

Une lueur de compréhension illumina son visage. Bien que mourant d'envie d'en savoir plus, elle n'ajouta rien. Il y avait bien trop d'êtres magiques présents dans cette pièce pour que notre conversation reste secrète. Nous nous contentâmes d'attendre les résultats. Fatiguée part cette journée et toutes les émotions qu'elle m'avait fait vivre, je me rapprochai d'Every puis posai ma tête contre son épaule.

♦ 156 ♦

Son aura m'apaisa. De longues minutes s'écoulèrent durant lesquelles nos deux mentors pianotèrent à toute vitesse sur la tablette électronique et visionnèrent plusieurs de nos simulations. Certains Héritiers commencèrent à s'impatienter. L'oncle d'Armaël réduit leurs murmures à néant.

- Nous allons vous attribuer vos partenaires. Certains sont susceptibles d'être modifiés lors du second semestre.

À tour de rôle, les deux professeurs annoncèrent les binômes. Ne connaissant presque personne, j'en profitai pour mettre un nom sur chaque tête. Nithanda et Sekani, les deux jumeaux. Ruby, la métamorphe au visage en forme de cœur. Dasan, l'ami d'Armaël présent à ses côtés lorsque Luce m'avait retrouvé dans le hall de la résidence. Alan, l'Héritier avec qui Rhysand discutait quelques secondes plus tôt. Les deux professeurs ne suivant pas l'ordre alphabétique, mon estomac se tordait à chaque nouvelle syllabe. Every se vit attribuer une sorcière à la mine hautaine et à la langue acérée. Face à son manque de réaction, je me demandai si elle avait réellement entendu son nom.

- Monsieur Jalen.

Rhysand releva la tête et ses yeux se posèrent un bref instant sur le neveu du professeur Oaks.

- Vous serez avec mademoiselle Ace.
- Pardon ?

La voix d'Armaël fendit le gymnase tandis qu'un murmure d'incompréhension s'éleva parmi les élèves. Le regard braqué sur le professeur, Armaël contenait tout juste sa colère. Bien qu'également surprise par mon attribution, la violence de sa réaction me déconcerta. Il faisait toujours preuve d'une telle maîtrise de soi que son emportement était des plus étrange.

— Y a-t-il un problème, monsieur Oaks ? répliqua son oncle.

Comment avais-je fait pour ne pas me rendre compte de leur lien de parenté plus tôt ? S'affrontant en silence, leurs similitudes me parurent soudain si évidentes. Les traits de leurs visages suivant des courbes similaires, leurs expressions se reflétaient comme des miroirs. Après de longues secondes, Armaël céda et se renfrogna. Scrutant les Héritiers, je cherchai Rhysand. Les sourcils froncés et décontenancé, il tentait en vain de capter l'attention du professeur. Je n'aurais su dire s'il était déçu ou non. L'annonce des binômes reprit. Discrètement, Ruby se rapprocha d'Armaël et murmura au creux de son oreille. Sa main glissa le long de son dos et y resta jusqu'à la fin du cours.

— Les métamorphes que je n'ai pas appelés formeront un duo avec monsieur Nazaire, Henson et Radford lorsque ceux-ci reviendront.

À leur mention, la majorité des élèves se tourna dans ma direction.

— Vous pouvez y aller.

Dans les vestiaires, Every et moi nous changions lorsque Min Ji s'approcha.

— Je suis jalouse ! Tu as eu le meilleur d'entre eux.

Je devais avouer qu'elle n'avait pas tort. Bien que la nature de son pouvoir m'ait surprise, Rhysand était le seul avec qui j'avais réussi à ne pas paniquer et me laisser submerger par mes peurs. J'aurais pu tomber sur un pire partenaire.

— Avec qui es-tu déjà ? lui demandai-je.

— Orielle.

Every et moi grimaçâmes en même temps.

— Oui, j'ai eu exactement la même réaction, rigola-t-elle

avant de retirer son tee-shirt et de se changer à son tour.

Un quart d'heure plus tard, Every et moi étions assises en tailleur sur mon lit et soufflions sur nos soupes chinoises. Josh venait tout juste de nous rejoindre et avait déjà monopolisé mon bureau. Ses mains s'agitaient avec assurance au-dessus de son carnet à croquis. Tandis que mes cours d'histoire m'attendaient, Every lisait un énième livre fantastique, son péché mignon. Mes yeux glissèrent sur elle puis Josh et je ne pus m'empêcher de sourire. Le reste de la soirée s'écoula au rythme des pages.

◆

Le lendemain matin, un vent glacial mordait ma peau. Les sentiers défilaient à toute vitesse sous mes pieds tandis que devant moi, la chevelure rousse d'Every se balançait de gauche à droite. Le reste de l'université dormant encore, le professeur Oaks nous avait envoyé courir dans le parc. Si quelques-uns de mes camarades avaient râlé à voix basse, j'étais ravie de cette courte échappatoire. Aujourd'hui avait lieu mon premier vrai cours et l'appréhension me tordait l'estomac. J'allais devoir me mêler aux élèves et interagir avec eux. Je pouvais déjà sentir leur regard scruter le moindre de mes gestes. Une fois l'échauffement terminé, nous retrouvâmes le professeur Oaks et celui-ci nous annonça le thème de l'entrainement : techniques de combat. Je déglutis.

Au moment de commencer, j'observai Every, hésitante. Peut-être qu'il valait mieux qu'elle travaille avec un métamorphe de son niveau. Comprenant mon regard, elle saisit ma main.

- Ne sois pas ridicule.

Elle me traîna sur les tatamis. Les deux heures qui suivirent s'écoulèrent en un battement de cil. Me faisant répéter les techniques sans relâche, Every se montrait intransigeante. Elle ne me laissait aucun répit et pointait du doigt chaque faux pas, chaque ouverture. Si je ne la connaissais pas, son côté tyrannique m'aurait rapidement tapé sur les nerfs cependant, je pouvais sentir l'inquiétude qui planait dans son aura. Elle avait peur, car mes lacunes faisaient de moi une cible facile pour les autres.

Après quelques exercices, l'appréhension qui m'habitait laissa place à un sentiment agréable. J'avais passé tellement de temps à cacher mes capacités et mes réels intérêts que j'avais oublié à quel point j'aimais apprendre les différentes techniques de combat et les arts martiaux. Aujourd'hui, je n'avais plus aucune raison de me contenir et de dissimuler mes aptitudes.

Malgré mon enthousiasme, l'ambiance étrange pesant sur le gymnase ne m'échappa pas. Ce n'était qu'un entraînement pourtant, une hargne particulière habitait chacun des élèves. Je me souvins que Victor avait mentionné un classement. Je remerciai intérieurement Every, certaine que les autres n'auraient fait qu'une bouchée de moi. Passant silencieusement parmi nous, le professeur Oaks parlait peu. Attentifs à chacun de ses commentaires, tous tenaient à l'impressionner. Vers la fin du cours, son aura me balaya à nouveau.

- Mademoiselle Ace, est-ce que vous avez cours ensuite ? me demanda-t-il discrètement.
- Non, j'ai une heure de battement, répondis-je, légèrement surprise.
- J'aimerais que nous discutions quelques instants dans mon bureau.

Aux yeux d'un humain, le professeur Oaks aurait eu l'air

détendu et serein cependant, je n'étais pas l'une d'entre eux. Sa barbe de trois jours cachait mal la tension qui traversait sa mâchoire tout comme le tapotement de ses doigts sur sa cuisse qui emplissait mes oreilles. J'acquiesçai et une fois le professeur parti, les iris bleus d'Every trouvèrent les miennes. Je haussai simplement les épaules et l'entraînai jusqu'au vestiaire. Lorsque je fus prête, le métamorphe m'attendait patiemment, les mains croisaient dans son dos.

- Je te retrouve plus tard, informai-je Every.

Hésitante, elle ne bougea pas.

- À demain, mademoiselle de Beaumont.

Elle me lança un ultime regard puis s'exécuta à contrecœur. Me guidant dans l'aile ouest, le professeur en profita pour me montrer les dizaines de pièces qui composaient le bâtiment. Ce dernier possédait même une salle d'armes. La porte légèrement entrouverte, j'eus le temps d'y glisser un bref coup d'œil. Des épées de tailles et de formes différentes occupaient un pan de mur entier tandis qu'un autre regorgeait de fusils et de revolver. J'étais incapable de m'imaginer en train de tenir l'une d'entre elles. Mon malaise ne fit que s'intensifier.

Un ascenseur se dessina, mais par chance le professeur Oaks passa devant celui-ci sans s'arrêter. Avalant les marches deux à deux, il nous conduisit jusqu'au troisième étage où s'alignèrent plusieurs portes closes. Celle portant son nom apparut. Apposant sa main contre le boîtier en métal, une lumière bleue pâle scanna ses empreintes. Jetant un rapide coup d'œil au reste du couloir, je me rendis compte que toutes les portes en étaient dotées. Que pouvaient bien contenir ses bureaux pour que l'Alliance ait installé de tels moyens de sécurité ? Mettant fin à mon questionnement, le professeur Oaks me fit entrer.

J'accusai un temps d'arrêt. Le mur face à moi se composait d'une unique vitre de verre, offrant au métamorphe une vue plongeante sur le gymnase. Me remémorant le nombre d'écriteaux qui s'alignaient le long du couloir, je me demandai si tous possédaient la même vue. Avec un tel système, les professeurs pouvaient nous observer à tout moment. Enregistraient-ils également nos paroles ? Peu envieuse de le découvrir, je m'installai lorsque le métamorphe saisit un dossier bordeaux sur son bureau. Mon cœur loupa un battement. Sur la couverture, mon nom était inscrit en lettre noire tandis que le seau de l'Alliance le couronnait de son éclat doré.

Tout en s'asseyant dans son lourd fauteuil blanc, il se mit à le feuilleter. Chaque nouvelle page qu'il tournait était un supplice. Je savais parfaitement ce qu'il contenait. La vérité.

- L'Alliance m'a fait parvenir ce dossier vous concernant et j'aimerais que nous discutions de ces informations, lâcha-t-il après plusieurs secondes d'un silence pesant.

De quoi pouvait-il bien me parler ? De la trahison de mes parents ? Du fait que ma naissance ainsi que celle de mon frère étaient des abominations ? Qu'avait-il à dire de plus que je n'eusse pas entendu des dizaines de fois ?

- Vous auriez dû venir m'avertir plus tôt, nous aurions trouvé une solution.
- Une solution ? demandai-je, décontenancé.
- Oui. Je n'avais encore jamais rencontré de cas comme le vôtre, mais reprendre le contrôle de votre transformation est vital surtout au sein de ce programme.

L'air me manqua. Comment l'Alliance pouvait-elle détenir cette information ? Seuls Josh, Every et Sérène étaient au courant.

- Cela risque d'être un long travail et je ne suis pas sûr que ce soit possible, mais nous devons au moins essayer, ajouta-t-il avec conviction.

Son regard sombre tentait de déchiffrer mon expression. Je savais parfaitement ce qu'il voyait, un visage neutre totalement dénué d'émotions bien loin du chaos dans lequel ses paroles m'avaient plongé.

- Le professeur Beore et moi pensions que vous faisiez exprès de ne pas utiliser votre pouvoir, mais maintenant, je comprends que c'est plus compliqué que cela. C'est dommage que personne ne vous ait aidé avant. Cela vous aurez évité d'avoir à rater votre test d'entrée au programme spécialisé de manière délibérée.

Mes doigts se mirent à trembler et l'air se bloqua dans ma gorge. Comment l'Alliance avait-elle fait pour découvrir cela ? Et pourquoi étais-je encore en vie ? Elle m'avait prévenu pourtant, elle ne m'accorderait qu'une seule et unique chance et les Héritiers ne pardonnaient aucune trahison, même parmi les leurs. Alors que faisais-je ici à parler avec le professeur Oaks d'un moyen de reprendre le contrôle de ma transformation ? Un court instant, je fus tenté de croire qu'il bluffait. C'était loin d'être réaliste, je le savais, mais bien plus facile à accepter.

- Le fait que vous ne pouvez pas vous transformer ne signifie pas que vous êtes incapable d'être une bonne gardienne Karalyn, tenta-t-il de me rassurer.

S'il savait à quel point je me moquais d'avoir les capacités de protéger l'un de ces Héritiers. Son regard plein d'indulgence m'agaça un peu plus.

- Comment est-ce que vous comptez vous y prendre

pour m'aider ? peinai-je à articuler.

Me redressant, j'enfouis ma colère ainsi que toutes les questions qui se bousculaient en moi. Il fallait que je découvre comment l'Alliance avait obtenu ces informations, mais cela devrait attendre plus tard. Pour le moment, je devais me montrer reconnaissante de sa clémence et de l'opportunité qu'elle m'offrait.

- Je dois y réfléchir un peu plus, mais je pense que c'est avant tout un blocage psychologique. Vous avez subi de nombreux traumatismes dans votre enfance. Votre quasi-absence de souvenirs l'atteste. Malgré tout, il vous arrive de vous transformer alors rien n'est perdu.

Ma quasi-absence de souvenirs. Ces mots résonnaient dans ma tête et tentaient de me faire réaliser une vérité que je n'étais pas prête à entendre.

- Quand seriez-vous libre ? L'Alliance souhaite que ce problème devienne notre priorité.

C'était donc ça son plan ? Me laisser en vie jusqu'à ce que je commette une autre erreur et qu'elle puisse me mettre au pied du mur ? Je ne pouvais me sortir de cette situation sans m'attirer la méfiance du professeur Oaks et de l'Alliance. Je devais me montrer docile. Je m'apprêtais à répondre lorsque l'on toqua à la porte. Le professeur se leva et ouvrit au visiteur. Dans l'encadrement, un métamorphe en tenue d'entraînement apparut.

- Bonjour monsieur Oaks. Le professeur Beore à un problème avec la tablette qui commande le gymnase.
- J'arrive.

L'élève acquiesça et s'éclipsa aussitôt.

- J'en ai seulement pour quelques instants.

La porte à nouveau close, la pièce me parut soudain bien

trop petite. Cependant, mes yeux et mes pensées étaient dirigés vers mon dossier. Reposant sur le bureau, il semblait m'appeler à lui. J'avais besoin de savoir ce qu'il contenait. Ne perdant pas plus de temps, je sortis mon téléphone portable de ma poche et le fis glisser vers moi. Je pris chaque page en photo, mes sens à l'affût du moindre mouvement provenant du couloir. Lorsque le professeur Oaks s'assit à nouveau dans son fauteuil, le dossier se trouvait à sa place initiale.

- Où en étions-nous ?
- Vous me demandiez mes disponibilités, répondis-je.
- Oui. Ce mercredi après-midi, est-ce possible ?
- Non, je suis serveuse dans un salon de thé.
- Je vois.

Il tira une feuille blanche de l'imprimante et la glissa vers moi ainsi qu'un stylo.

- Notez-moi vos heures de cours et de travail. Si nous ne trouvons pas un créneau durant votre temps libre, vous devrez sacrifier votre licence. L'Alliance souhaite que nous commencions au plus vite.

Écrivant à contrecœur les informations qu'il me demandait, je ne cessais de penser aux photos que j'avais prises. Plus vite, j'en finissais avec cette conversation, plus vite, je pourrais découvrir d'où l'Alliance tenait ces renseignements.

- Ce sera tout pour le moment. Je vous ferai parvenir l'heure et le lieu de votre cour particulier dès que possible.

Saisissant mon sac un peu trop précipitamment, je me levai.

- Au revoir
- Mademoiselle Ace.

Peut-être aurais-je dû le remercier, lui et l'Alliance.

- Oui ?
- Ce n'est pas nécessaire d'en parler à vos camarades. Je hochai la tête. Il n'avait pas besoin de me le répéter deux fois. J'avais conscience qu'il ne faudrait pas longtemps avant que les autres élèves comprennent que j'avais un problème, mais pour l'instant, cela n'avait aucune importance. Une fois en dehors de son bureau, je m'empressai de sortir mon portable. Je tentai de déchiffrer une photo lorsque je me figeai. Une peur viscérale s'éveilla en moi et glaça le sang. À l'extrémité du couloir, une Héritière à la chevelure d'argent marchait vers moi. Capable de lire les émotions, le goût de ma terreur lui arracha un sourire satisfait.

- Bonjour, Karalyn. Ça fait longtemps que nous ne nous sommes pas vues toutes les deux, me susurra-t-elle. J'espère que tu ne m'as pas oublié.

Les poils sur mes bras se hérissèrent. Comment aurais-je pu ? Dès l'arrestation de nos parents, Thana s'était chargée de notre suivi, à Kaïs et moi, ainsi que de nos interrogatoires. Je me rappelais dans le moindre de détail la manière dont son pouvoir s'était insinué en moi puis dans mon esprit. La nausée m'envahit.

- J'aurais aimé avoir des nouvelles de toi dans un autre contexte.

Huit ans s'étaient écoulés, mais les émotions qu'elle éveillait chez moi n'avaient pas changé. Le temps avait eu une emprise que sur son corps. Approchant de la cinquantaine, de fines rides soulignaient ses yeux vifs. Son tailleur blanc suivait la ligne de sa silhouette longiligne tandis que ses talons frappaient le sol. Je la regardai s'avancer jusqu'à moi, incapable de bouger, puis priai pour qu'elle ne me touche pas.

- J'ai été surprise et déçue d'apprendre tes petits mensonges, ajouta-t-elle d'un ton réprobateur. Nous te pardonnons cette fois-ci. J'espère que tu feras bon usage de la nouvelle chance que nous t'offrons, car ce sera la dernière.

Elle savait parfaitement ce qu'elle faisait naître en moi et elle comptait prendre son temps. Sa main fendit l'air en direction de mon visage.

- Je vous attendais.

L'intervention du professeur Oaks ne suffit pas à stopper son geste. Ses doigts froids glissèrent le long de ma joue et s'arrêtèrent à quelques millimètres de ma cicatrice.

- À bientôt, Karalyn, et fini les bêtises !

Après un dernier regard appuyé, elle me contourna et rejoignit le métamorphe. Me souvenant tout juste de comment marcher, je m'enfuis le plus loin possible d'elle. Tétanisée et vide d'émotion, je me dirigeai vers le bâtiment principal. Assise dans un amphithéâtre, mon premier cours de la matinée débuta. Mon entrevue avec monsieur Oaks et l'apparition de l'Héritière m'avaient plongé dans une brume épaisse. Les paroles de mes professeurs s'échappaient de leur bouche, me traversaient sans que je parvienne à saisir leurs sens. Ma main encore tremblante retranscrivait des mots, mais je n'écoutais pas. Mon téléphone dans ma poche captait toute mon attention et me brûlait la cuisse.

Lorsque la dernière heure sonna, je ne perdis pas une seconde de plus et courrai jusqu'à la bibliothèque. J'avais peu de temps avant de devoir rejoindre Every et Josh dans le parc. À cette pensée, un message illumina l'écran de mon portable.

« Dépêche-toi ! Every a failli manger un écureuil qui essayait de piquer son sandwich. »

Habituellement, un tel message de Josh m'aurait fait sourire, mais pas aujourd'hui. Un mauvais pressentiment n'avait cessé de grandir en moi au fil des heures. Aucune des femmes et des hommes que l'Alliance avait assignés à ma surveillance ne pouvaient lui avoir révélé les informations que le professeur Oaks avait évoquées. Pensant à l'unique option possible, mon cœur se serra.

Je ne pris pas la peine de répondre à Josh et me frayai un chemin jusqu'aux ordinateurs de la bibliothèque. Les élèves étaient tous si pressés d'aller déjeuner qu'ils formaient un flot compact et bruyant. Tapotant nerveusement mon téléphone contre ma cuisse, l'attente me parut interminable. Une place se libéra et quelques manipulations plus tard, je tenais entre mes mains les photos fraîchement imprimées. Après une dizaine de pages inutiles où défilèrent les comptes-rendus de mes prises de sang et le peu de détail qu'ils possédaient sur mes parents ainsi que leur fuite, je trouvai ce que je cherchai. Lisant ligne après ligne, mon estomac se retourna. Tout y était : ma façon d'échouer au test d'entrée du programme spécialisé, les pertes de contrôle sur mon pouvoir et enfin, l'information qui ne me laissa aucun doute sur l'auteur de ses révélations.

De toutes les choses que j'avais eu à cœur de cacher à l'Alliance, le seul et unique souvenir de mon père était le plus précieux. Même si je l'avais deviné, voir le nom de celui qui m'avait trahi écrit en toutes lettres provoqua en moi une rage irrépressible. Mes jambes me portèrent jusqu'au parc. Plusieurs élèves se retournèrent sur mon passage et reculèrent, effrayés par mes yeux. Alimenté par ma colère, mon pouvoir s'était réveillé transformant mes iris en un jaune pâle saisissant.

La personne que je cherchais se matérialisa à quelques

mètres de moi, discutant et rigolant innocemment. Les feuilles craquèrent sous mes pas. Every et Josh eurent tout juste le temps de remarquer ma présence. Every, qui par instinct m'avait souri, se figea.

- Kara ? m'interrogea-t-elle.

À côté d'elle, Josh me regardait, décontenancé. Fonçant sur eux, Every se mit en position de défense. Mais ce n'était pas elle l'objet de ma colère. La seconde suivante, mon poing s'écrasa contre le visage de mon meilleur ami. Sa pommette émit un craquement sinistre tandis que l'herbe amortit sa chute. Cela ne suffit pas à me calmer. Les copies de mon dossier toujours en main, je saisis Josh par le col de sa veste et le soulevai. La peur saturait son aura.

- Kara, repose-le !

- Every, reste en dehors de ça, répliquai-je en le plaquant contre l'arbre derrière lui.

- Qu'est-ce qui se passe ?

Malgré son ton calme, Sorën était effrayé. Je pouvais le comprendre. Ni Zéphyr ni lui ne m'avaient déjà vue en colère.

- Il sait parfaitement quel est le problème.

- Non, parvint à articuler Josh.

Son haleine sentait le sang. Plaçant mon dossier au niveau de son visage, je fixai ses yeux. Ils glissèrent sur son nom et une lueur de compréhension les illumina.

- Kara, je…

Resserrant ma prise sur sa gorge, je l'empêchai de continuer sa phrase. Aucune excuse ne pourrait justifier son geste.

- C'est pour cela que tu es resté auprès de moi durant toutes ces années ?

Every s'approcha doucement de moi et tira les feuilles d'entre mes doigts.

- L'Alliance ne m'a pas...
- Je me moque de ce que l'Alliance a pu te promettre ! Est-ce que tu as pensé un seul instant aux conséquences pour Sérène ? Comment as-tu pu lui faire ça ?

Comment as-tu pu me faire ça ? Ces mots restèrent coincés dans ma gorge. D'un seul coup, la rage me quitta. Ma magie retourna se terrer tandis qu'un flot de larmes échappa à mon contrôle. Je relâchai Josh qui s'écrasa contre le sol.

Le monde autour de moi se remit en mouvement et je pris conscience de l'attention que mes cris avaient attirée. Zéphyr était toujours assis dans l'herbe tandis que Sorën se tenait en retrait, derrière Every. Ils n'étaient pas nos seuls spectateurs. À cette heure-ci, tous les élèves profitaient des rayons du soleil dans le parc. Désormais, leurs regards faisaient des allers-retours entre Josh et moi. Parmi eux, la silhouette familière de membres du programme spécialisé m'interpella. Ils allaient se poser encore plus de questions à mon sujet. Je n'avais pas besoin de ça...

Récupérant mon sac que j'avais laissé s'échouer dans l'herbe, je fis volte-face et rebroussai chemin. Des sanglots montèrent le long de ma gorge. Luttant pour ne pas courir, une envie irrépressible d'appeler Sérène m'envahit. Je devais m'assurer qu'elle allait bien. Il fallait que j'entende sa voix. Composant son numéro, la sonnerie retentit dans le vide. Essayant une seconde puis une troisième fois, je tombai sur sa messagerie.

L'angoisse me submergea. Le sol sembla s'étirer et ma vue se brouilla. Incapable de marcher plus longtemps, je m'appuyai contre un arbre. L'air refusait de se frayer un chemin jusqu'à mes poumons. Mes jambes se dérobèrent.

Deux mains jaillirent de nulle part et me retinrent. M'agenouillant délicatement par terre, les doigts fins d'Every dégagèrent les cheveux de mon visage et les repoussèrent.

- Respire Kara, respire, me chuchota-t-elle tout en me caressant doucement le dos.

Son aura familière m'enveloppa tel un cocon.

- Je suis là, tout va bien.

Les larmes refusaient de s'arrêter. Mes mains enfoncées dans l'herbe fraîche, je tentai de me reprendre. Les sueurs froides finirent par se calmer et l'air me brûla les poumons.

- J'aurais pu la perdre, elle aurait pu mourir à cause de ça.

Ayant lu mon dossier, elle savait à quoi je faisais illusion. Je remarquai à peine la colère qui traversait son aura et je plantai mes yeux remplis de larmes dans les siens. N'ajoutant rien, elle se releva et me tendit sa main.

- Je te raccompagne jusqu'à ta chambre.

J'acceptai son aide sans protester et la laisser me guider. Une fois à l'intérieur, elle rechigna à partir. Ma crise d'angoisse était terminée, mais elle continuait de parasiter mon aura. Après une demi-heure, elle céda.

- Si tu as besoin, je suis là, toujours, dit-elle avant de refermer la porte.

Après son départ, je restai un long moment debout, à fixer le dossier sans bouger. Every l'avait déposé sur la table de la salle à manger. Ne supportant plus sa vue, je me précipitai sur lui et le déchirai en mille morceaux. Frappant le plateau en bois du plat de la main, il émit un craquement plaintif. Je serrai les poings et pris une grande inspiration. Si ça avait été son choix, l'Alliance se serait déjà vengée et m'aurait puni. Pour une raison qui m'échappait, elle avait décidé de se montrer clémente. Même si mon intégration au sein du programme spécialisé était pour elle un moyen de me contrôler, Sérène était sauve. Je devais cesser de m'inquiéter pour elle, en tout cas pour l'instant.

Mon portable en main, je me dirigeai jusqu'à la salle de bain. Je le posai sur le rebord de l'évier, la sonnerie montée au maximum. C'était idiot. Même en mode vibreur et sous une trombe d'eau, j'aurais été capable de l'entendre à l'autre bout de la chambre. Évitant mon reflet, je me glissai dans la douche. Je devais avoir l'air pathétique avec mes traînées de mascara sur les joues. Les paupières fermées, le visage de Josh s'imposa à moi. Ma gorge se serra et mes mains se mirent de nouveau à trembler. Après des secondes d'efforts, je parvins à repousser son image et mes pensées dérivèrent sur Every.

Pas un seul instant, je n'avais senti chez elle de la colère ou de la déception. Aucune rancœur. Elle aurait dû m'en vouloir. Après tout, elle avait découvert que je ne lui faisais pas assez confiance pour partager avec elle l'unique souvenir que je possédais de mon père. Si on m'avait demandé de choisir lequel des deux serait susceptible de me trahir, j'aurais opté pour cette dernière sans hésiter. Pourtant, ce n'était pas la première fois qu'elle me venait en aide.

☾

Depuis mon adoption par Sérène à l'âge de douze ans, Josh et moi ne nous étions jamais quittés. Sa maison se trouvant à quelques mètres de la mienne, il était celui qui m'avait appris à faire du vélo. Lors de notre seconde année de lycée, nous fûmes séparés. La majorité des élèves de ma classe était composée d'humains à l'exception d'Every et d'une sorcière. Pourtant, j'étais la seule à attirer leur attention et plus particulièrement ma cicatrice.

Regardant constamment devant moi, je tentai de suivre les cours tout en faisant comme s'ils n'existaient pas. Malgré tous mes efforts, il m'était impossible de ne pas entendre leurs chuchotements. Me cantonnant à afficher un visage neutre et dénué d'émotion, je me répétais sans cesse la même phrase « J'ai Sérène, j'ai Josh, je n'ai besoin de personne d'autre ». Je me mentais à moi-même. Josh avait beau se moquer de ma cicatrice, de mes crises d'angoisse et de mon mutisme, j'avais envie de me sentir à ma place parmi eux.

Les commentaires incessants de mes camarades finirent par détruire mes défenses. La colère réveilla mon pouvoir. Pulsant sous ma peau de façon menaçante, je me précipitai hors de la classe et me réfugiai dans les toilettes des filles. J'eus tout juste le temps de verrouiller la porte derrière moi que je mutai. Les odeurs nauséabondes m'assaillirent, amplifiées par ma transformation. Paniquée, je me recroquevillai dans un coin. Personne ne devait me trouver comme ça. Jusqu'ici, tout le monde me prenait pour une humaine et je ne voulais pas que cela change. J'enfouis mon museau dans ma fourrure. Combien de temps cela allait-il durer cette fois-ci ?

Les allers-retours s'enchaînèrent. Plusieurs élèves tentèrent d'ouvrir la porte derrière laquelle je me cachais. Roulé en boule, je n'osais respirer. Après de longues minutes, une métamorphe entra. Je déglutis avec peine. Every connaissait mon aura.

- Karalyn ?

Je fermai les yeux. Cela ne changeait rien. Elle pouvait entendre les battements frénétiques de mon cœur. S'arrêtant juste devant la porte, ses ballerines vernies apparurent dans l'encadrement. Elle m'avait trouvé. Son aura devint plus dense et la magie emplit la pièce. L'instant d'après, elle plaqua sa fine silhouette sur le sol et glissa à l'intérieur de la cabine. S'ébrouant, son pelage reprit son épaisseur naturelle.

Son museau se fronça de dégoût. L'odeur la dérangeait tout autant que moi. Elle s'approcha doucement de moi. Toujours tétanisée, je l'observais avec méfiance. Je n'avais encore jamais vu un renard d'aussi près. Sa truffe à quelques centimètres de moi, elle s'allongea. Une humaine entra et attira mon attention. Every en profita pour se glisser légèrement vers moi. Elle était d'un calme inébranlable et ne me quittait pas des yeux un seul instant. Son attitude finit par m'intriguer. Découvrant mon museau, sa queue vint me chatouiller et me fit éternuer. Esquissant un semblant de sourire, ses crocs apparurent. La seconde suivante, elle se transforma. Reculant par précaution, j'accueillis son aura douce et chaleureuse. J'aurais voulu me lover à l'intérieur.

- *Tout va bien, chuchota-t-elle tout en approchant sa main de moi.*

Ses doigts jouèrent avec ma fourrure. L'instinct animal refaisant surface, je me mis à ronronner. Elle n'avait jamais pris part aux moqueries des autres pourtant, je l'avais traité de la même façon.

- *Je n'avais jamais vu de lynx. Mon père m'a raconté que les humains avaient passé des siècles à les décimer et que désormais, il en reste très peu dans la nature. Les métamorphes se transforment en cet animal sont encore plus rares.*

Je l'ignorais.

- *Tu savais que la constellation du lynx était composée de cent étoiles ? Proche de la Grande Ourse, elle est très difficile à percevoir.*

Tandis que je reprenais forme humaine, ses lèvres

s'étirèrent. Les toilettes étaient juste assez larges pour nous contenir toutes les deux. Face à face, le sourire d'Every se fit encore plus franc.

- Ça va mieux ? *me demanda-t-elle.*
- Oui, merci... *répondis-je mal à l'aise.*
- Ce sont des gamins stupides, tu ne dois pas les laisser t'atteindre, *ajouta-t-elle tout en replaçant l'une de mes mèches derrière mon oreille.* Tout ce qu'ils voient, c'est une cicatrice, ce que moi je vois, c'est que tu as vécu une épreuve difficile et que tu y as survécu.

Je ne sus quoi répondre.
- Prête ? *me demanda-t-elle, une main posée sur le verrou de la porte.*

Je hochai la tête et nous sortîmes. La pièce était totalement vide. Pour une raison que j'ignorée, je m'étais attendu à ce qu'une fois retournée en classe, Every agisse comme si rien ne s'était passé. Ce ne fut pas le cas. Les années qui suivirent, elle resta à mes côtés tel à un bouclier me protégeant du monde.

☾

Pourquoi avais-je douté à ce point d'elle ? Malgré tout ce qui nous opposait, elle m'avait épaulée tandis que je retenais nos différences contre elle.

Une fois hors de la douche, je révisai. Je refusai de louper les premiers partiels du semestre. Les pages défilèrent, mais mon esprit rejetait la moindre information. Le visage de Josh ne cessait de resurgir. Mon regard se tourna vers mon lit. J'étais épuisée. Les courbatures dues à l'entraînement commençaient à me lancer. Votant pour une courte sieste réparatrice, je croisai les bras sur mon bureau et y fourrai ma tête. Le sommeil m'emporta en un battement de cils.

◆

La chaleur mordante du café sur mes doigts me fit sursauter. Rattrapant de justesse la tasse avant qu'elle ne s'écrase au sol, je soufflai d'exaspération. Lançant un regard désolé à ma patronne, je me dépêchai de nettoyer les dégâts. Je devais me ressaisir. Alys avait beau être l'une des meilleures amies de ma mère et me connaître depuis petite, je ne pouvais pas continuer comme ça. Depuis le début du service, je ne faisais qu'enchaîner les gaffes. Me trompant à plusieurs reprises dans les commandes, je ne comptais même pas le nombre de tasses que j'avais renversé. Par chance, aucune de mes préparations n'avait eu le temps de sortir de derrière le comptoir. Si ça avait été une journée avec peu de passage, cela aurait été tolérable, mais pas un samedi matin. L'afflux de clients était trois fois plus important et ils s'impatientaient.

Toute la fatigue accumulait ses dernières semaines pesées sur mes paupières et mes mains refusaient de m'obéir correctement. J'avais dû redoubler d'efforts et de maquillage pour avoir l'air présentable. Alys s'approcha de moi et m'entraîna dans l'arrière-cuisine. Des mèches acajou balayaient ses pommettes saillantes tandis que l'inquiétude barrait son front.

– Que t'arrive-t-il aujourd'hui, Kara ?

Les bras croisaient sur sa poitrine, elle me scrutait patiemment.

– Excuse-moi, je manque un peu de sommeil.

– À cause des cours ?

- Oui, les partiels de mi-semestre approchent.
- D'accord, mais fais attention à toi quand même, s'enquit-elle son regard glissant sur ma main.

Les nombreuses brûlures avaient rougi ma peau, habituellement hâlée et dorée.

- Ne t'inquiète pas, je dois simplement trouver mon rythme, mentis-je.
- Si tu le dis, acquiesça-t-elle, le doute planant toujours dans son aura.

Je lui lançai un dernier sourire rassurant et repartis en salle accueillir les nouveaux clients. Redoublant d'efforts le reste de la journée, cela ne fut pas suffisant pour effacer l'air concerné d'Alys.

De retour à l'université, je pénétrai dans mon appartement lorsque je trouvai Every en train de dresser la table. Une odeur alléchante de poulet au curry planait dans toute la pièce. Sur mon lit, un livre était grand ouvert et les draps froissés. Je m'approchai de la cuisine et trempai mon doigt dans la casserole.

- Tu as décidé d'investir ma chambre ? lui lançai-je.
- C'est l'unique moyen pour que tu te nourrisses d'autre chose que de nouilles instantanées. C'est un acte humanitaire ! répliqua-t-elle avec mauvaise foi.
- Rien de moins, rigolai-je.

Malgré tout, je savais qu'elle mentait. Sous ses airs confiants et indépendants, elle n'aimait pas être seule. Ici, mon odeur imprégnait l'atmosphère, tout comme mon bazar.

- Le travail s'est bien passé ?

Je haussai les épaules, peu envieuse de lui raconter mes exploits de la journée.

- Qu'est-ce que tu as fait à tes mains ? s'exclama-t-elle

avant de les saisir avec délicatesse.
- J'ai été un peu maladroite.
- Tu te moques de moi ? Il n'y a pas un centimètre carré de peau qui n'a pas été brûlée.

La sonnerie de mon téléphone retentit au même moment. Ravie de cette échappatoire, je me détachai d'elle et répondis.
- Coucou ma puce, comment tu vas ?

La voix de Sérène me caressa. J'expirai de soulagement. Je l'entendais enfin.
- Je vais bien. Every essaye de me nourrir correctement et toi ? lui demandai-je avec le plus de chaleur de possible.
- Des horaires de folies au travail, comme d'habitude.

Après mon entrevue avec le professeur Oaks et mes tentatives infructueuses pour la joindre, elle avait fini par m'envoyer un message le lendemain matin depuis d'hôpital. Malgré ce bref échange, mon appréhension avait continué de me réveiller en pleine nuit, couverte de sueur froide.
- Je m'en suis douté, mentis-je pour la seconde fois de la journée.

Je pouvais presque entendre la part rationnelle de mon esprit se moquer de moi. Un vide s'installa durant lequel Sérène sembla hésiter.
- Alys m'a appelé, finit-elle par annoncer.
- Oh…

Déjà ? Je pensais que j'aurais un peu plus de temps avant de devoir lui expliquer la situation.
- Elle s'inquiète pour toi. Aujourd'hui, elle t'a trouvé extrêmement fatigué et ailleurs.
- Mes premiers partiels arrivent bientôt…

Entendant la conversation aussi distinctement que moi, Every grimaça.

- Ce n'est pas tout.
- Tu n'as aucune raison de t'inquiéter.
- J'aurais pu te croire si Every n'avait pas essayé également de me joindre. Alors je te le redemande, qu'est-ce qui se passe ?

Je lançais un regard en biais à la concernée. Rougissant, elle se réfugia derrière son livre.

- Tu sais comment elle est. Elle s'inquiète beaucoup trop.
- Et toi, tu dédramatises toujours lorsque tu es concernée.

Elle ne céderait pas. Malgré tout, je ne pouvais me résoudre à lui apprendre de cette manière. Pas par téléphone.

- Je préférais que nous parlions de tout cela en face. Les vacances sont dans un peu plus d'une semaine, peut-être pourrais-tu venir nous voir.
- Il est hors de question que j'attende aussi longtemps. N'essaye pas de repousser cette discussion. Peu importe de quoi il s'agit, nous l'aurons un jour ou l'autre ma puce.
- Très bien, soufflai-je.

Je n'avais aucune échappatoire.

- Au début du mois, j'ai eu un problème avec un élève de l'université. Un Héritier.

À cette mention, Sérène retint sa respiration. Lors de mon adoption, l'Alliance lui avait tout révélé de mon passé notamment le nombre d'heures durant lesquelles elle m'avait « interrogée ». Pour eux, son acte était la preuve d'un grand civisme et d'un altruisme sans faille. C'étaient leurs propres mots. Grosso modo, ils lui étaient reconnaissants d'avoir bien voulu s'occuper d'un poids dont ils ne savaient quoi faire.

- Nous rentrions à l'université avec Every quand nous l'avons croisé avec des amis à lui. Une humaine les accompagnait. L'Héritier jouait avec son esprit.
- Comment est-ce possible ? demanda-t-elle sortant de son silence.
- Elle avait bu. Ses barrières psychiques étaient trop faibles pour résister au pouvoir de l'Héritier.

En temps normal, Aldryc n'aurait pas pu manipuler Luce. Cependant, l'alcool contenu dans son corps avait brouillé toutes ses protections permettant au pouvoir de l'Héritier d'embrumer son esprit.

- Je vois… Tu as essayé de l'aider, je suppose.

Il n'y avait aucun jugement dans sa voix. Elle me connaissait par cœur.

- J'ai réussi, mais il ne l'a pas très bien pris.
- J'imagine, commenta-t-elle d'un rire nerveux. Combien étaient-ils ?
- Trois.

Même à l'autre bout du téléphone, je l'entendis déglutir avec peine. Derrière elle, la machine à café de la cuisine se mit en route.

- Quelques jours plus tard, je peignais dans le studio d'art lorsqu'il m'a retrouvé.
- Ils t'ont blessé ? me demanda-t-elle, sa voix voilée par une colère sourde.
- Rien que le pouvoir de la terre ne puisse soigner, répondis-je vaguement.

Un sorcier avec de telles aptitudes pouvait guérir presque

n'importe quoi, pourvu que le corps contienne encore assez de sang. Elle était infirmière, elle connaissait parfaitement ce genre de détail.
- Tu les as battus.

Ce n'était pas une question.
- Comment peux-tu en être aussi sûr ?
- Tu es ma fille. Je sais de quoi tu es réellement capable.

Ma gorge se serra.
- Un professeur est intervenu.
- Ils t'ont renvoyé ?
- Non.

Peut-être aurait-il mieux valu...
- La directrice a décidé de me faire intégrer le programme spécialisé.
- Oh merde !

Ce fut à mon tour de rire nerveusement.
- Comme tu dis !
- Ma puce, je suis désolée...

Que pouvais-je ajouter à cela ?
- Qu'est-ce qui s'est passé pour eux ?
- Elle les a exclus pour quelque temps...
- C'est tout ? répliqua-t-elle indignée.
- Ce sont des Héritiers, maman. C'est déjà courageux de la part de la directrice d'avoir osé les punir.
- Hm...
- C'est pour ça que j'étais fatiguée hier. Entre les entraînements, les cours, le salon de thé et les examens, je dois trouver un nouveau rythme.

♦ 181 ♦

- Tu devrais rentrer pour les vacances.
- Je dois travailler.
- En réalité, ce n'est pas vraiment une question. J'en ai déjà discuté avec Alys.
- Je vois…

De nouveau, le silence flotta entre nous.

- Comment va Josh ? me demanda-t-elle soudainement.

J'inspirai un grand coup. Elle souhaitait changer de sujet, apaiser l'atmosphère cependant, un pique de stress m'envahit. Every releva immédiatement la tête.

- Je n'en sais rien. La dernière fois que je l'ai vu, il était assis par terre le visage en sang…
- Le visage en sang ? répéta-t-elle lentement.
- Oui, mon crochet du droit n'est pas si mal après tout…

Peut-être que l'humour n'était pas la meilleure manière de lui annoncer, mais c'était le seul moyen de faire taire la déception qui hurlait en moi.

- Pardon ? Comment est-ce possible ?
- Il nous a trahi.

Les mots fendirent l'air. À l'autre bout du téléphone, Sérène resta sans voix. Près de mon bureau, je détachai l'une des photos que j'avais épinglées au mur. Dessus, Josh et moi célébrions mon quatorzième anniversaire. Son sourire n'avait plus la même saveur. Comment avait-il pu me mentir aussi longtemps ?

CHAPITRE 8

Retenant un bâillement, je glissai une jambe à l'intérieur de mon leggings de sport. Autour de moi, les autres élèves discutaient des derniers potins qui agitaient le monde magique. Alors que la fatigue laissait sur mon visage des cernes profonds, leurs traits harmonieux rayonnaient de fraîcheur. Je n'aurais rien eu contre une perfusion de café.

Me secouant intérieurement, je me dépêchai d'enfiler le reste de ma tenue. Sa matière ne cessait de m'étonner. Semblable à du cuir, elle était si légère que j'avais la sensation désagréable de me balader nue. Observant mes camarades, je me rendis compte que j'étais la seule à ne pas y avoir fait broder mes initiales.

Every me tira vers les tatamis. À notre passage, des murmures s'élevèrent tandis que plusieurs métamorphes nous lancèrent des regards assassins. La culpabilité m'étreignit.

Quelques jours auparavant, au détour d'un couloir, j'avais surpris une conversation entre Every et d'autres filles du programme. Me critiquant et me rabaissant, elles lui avaient vivement conseillé de faire un choix. Elle l'avait fait. Son geste m'avait touché, mais la situation dans laquelle mon intégration l'avait mise me déchirait. J'avais tenté de lui en parler, mais elle avait refusé d'aborder le sujet.

Nous nous étirions lorsque la silhouette délicate de Min Ji se dessina à quelques pas de nous.

- Ça va ? lui demandai-je avec réserve.

Une énergie négative et sombre se déployait autour d'elle.

- Ça ira mieux lorsque je me trouvais loin de cette pièce, lança-t-elle sans même prendre la peine de chuchoter.

Sa franchise me laissa sans voix tandis qu'Every releva la tête, méfiante. Ce n'était pas un lieu pour de telles révélations. Par chance, nous étions les seules à l'avoir entendu.

- Tu vas t'entraîner les cheveux lâchés ?

Indiquant mes boucles brunes, Every tenta de détourner l'attention.

- Oh... J'avais complètement oublié.

Battant des paupières comme si elle semblait revenir dans le monde réel, Min Ji fit glisser un élastique de son poignet et me le tendit.

- Tu en auras plus besoin que moi, rigola-t-elle en secouant doucement ses mèches noires.

Un court instant, je tentai d'imaginer ce que cela ferait d'être débarrassé de mes longueurs. Sentir mes cheveux caresser mes épaules. Je balayai aussitôt cette idée. Cela ne ferait qu'attirer un peu plus l'attention sur ma cicatrice. Achevant de les nouer, cette pensée se confirma. Ses yeux en amandes glissèrent sur ma gorge avant de se détourner poliment. Elle était l'une des rares à ne pas m'avoir offert une expression de dégoût.

Comme à son habitude, le professeur Oaks déboula dans le gymnase sans préambule.

- Bonjour, nous allons commencer. J'espère que vous vous êtes tous échauffés, annonça-t-il avant de quitter brutalement la pièce.

Tout sauf surpris, mes camarades se dépêchèrent de le rejoindre. J'emboîtai le pas à Every, perplexe. Traversant le hall, il contourna le bâtiment et nous mena à l'arrière. Je ne m'étais jamais aventurée aussi loin sur le campus.

- Où est-ce que nous allons ? demandai-je à Every.
- Dans la forêt. Un endroit y est réservé pour notre entraînement. Il est un peu... particulier.
- Tu n'as pas lu la brochure ? répliqua Min Ji.
- Non.

Encore une preuve de ma stupidité. Pas un seul instant, je n'avais pensé à me renseigner sur le programme.

- Les Héritiers ont créé un dispositif capable de modifier le terrain à leur guise, tenta de m'éclairer Every.
- C'est comme être plongé dans une simulation, mais là, tout se passe dans la réalité. C'est l'un des meilleurs du pays, ajouta Min Ji. C'était l'un des arguments utilisés par mes parents pour me convaincre d'intégrer le programme.

Every se tourna vers elle, les sourcils froncés. Ce qu'elle venait d'entendre ne lui plaisait absolument pas. Jouant la carte du détachement, je me demandai ce qu'un terrain d'entraînement pouvait avoir de si particulier pour que les Gardiens se battent afin d'y envoyer leurs enfants.

- Comment ont-ils pu imaginer un seul instant que cela

me donnerait envie d'intégrer ce programme ?

À ces paroles, plusieurs métamorphes nous lancèrent des regards soupçonneux. Sa colère était si intense qu'elle ne s'en rendit pas compte. Elle qui s'était montrée si prudente et discrète en compagnie de ses amies humaines. Qu'avait-il bien pu se passer aujourd'hui pour qu'elle soit d'une humeur aussi massacrante ? Je l'attrapai par le bras et la forçai à s'arrêter.

- Écoute, je ne sais pas ce que tu as, mais il faut que tu te ressaisisses. Tu ne peux pas dire ce genre de choses, pas ici.

Mes paroles semblèrent s'infiltrer en elle et prendre tous leurs sens. Son expression se métamorphosa et ses yeux s'emplirent de larmes. Je ne m'attendais pas à une telle réaction. La tristesse et la solitude qui l'habitaient me bouleversèrent. Instinctivement, je la serrai dans mes bras. Nos auras s'entremêlèrent et sa colère refoula. Je connaissais ces sentiments. Aucune parole ne pourrait les apaiser. Je pouvais seulement lui offrir qu'une présence réconfortante, même si cela ne durait que quelques instants. Elle finit par se détacher de moi.

- Merci, murmura-t-elle à la fois reconnaissante et gênée.

- Ce n'est rien. Maintenant, allons-y.

Min Ji hocha la tête puis nous rattrapâmes Every. Contrariée, celle-ci se montra froide et distante. Laissant son ressentiment de côté, je repérai les alentours. Happés par leur curiosité, plusieurs élèves s'étaient rapprochés de nous et nous observaient avec admiration. C'était la première fois que d'autres êtres magiques posaient de tels regards sur moi.

Après de longues minutes, nous arrivâmes au mur délimitant l'enceinte de l'université. Le professeur Oaks s'arrêta devant une porte encadrée d'une arche en pierre et fit glisser ses doigts sur le bois ancien. D'une pulsion, il libéra son pouvoir. Celui-ci se déploya sur la totalité du panneau et déclencha le système d'ouverture. La franchissant à tour de rôle, la magie qu'elle contenait prit le temps de s'imprégner de notre essence.

De l'autre côté, une forêt luxuriante se dessina à perte de vue. Au premier coup d'œil, elle semblait tout à fait normale. Rien ne pouvait être plus faux. Dans mes oreilles, le crépitement incessant de l'électricité bourdonnait, similaire à celui du gymnase. Du bout des doigts, je saisis une feuille. Sa texture lisse et son odeur me parurent des plus réelles. Cependant, au flux de la sève se mêlaient des vibrations électriques. Un simple humain n'y verrait aucune différence. Comment les Héritiers arrivaient-ils à faire cela ? Toutes ces années passées loin du monde magique m'avait rendue ignorante.

– Nous allons commencer par une course d'obstacles, indiqua le professeur Oaks tout en pianotant sur une tablette.

Une vibration plus importante que les précédentes parcourut le sol sous nos pieds. Déclenchant une multitude de mécanismes, des bruits me parvinrent du plus profond de la forêt. Lorsque la secousse s'apaisa enfin, l'impatience de mes camarades avait atteint son paroxysme.

– Allez-y.

Tous s'élancèrent en un même mouvement. Réagissant un temps trop tard, je leur offris plusieurs mètres d'avance. Sous le regard désapprobateur du professeur Oaks, j'accélérai et tentai de les rattraper. N'hésitant pas un seul instant, ils s'enfoncèrent au milieu des arbres à une vitesse vertigineuse. Leurs pieds semblaient flotter au-dessus du sol. M'adaptant à ce rythme sans le moindre effort, l'adrénaline se déploya dans chacune de mes veines. Les jumeaux avaient filé en tête, leurs cheveux sertis de perles dorées voletant derrière eux. Après quelques foulées supplémentaires, mon bras frôla celui d'Every. Me lançant un sourire complice, elle accéléra. En peu de temps, nous dépassâmes Ruby, Armaël ainsi que plusieurs autres métamorphes. À ma plus grande surprise, Min Ji ne tarda pas à nous doubler. Les arbres autour de nous n'étaient plus que des silhouettes floues.

Pour la première fois depuis mon intégration au programme, je ne me sentais pas à la traine lors d'un entraînement. Courir était un rituel depuis des années et voir certains de mes camarades grimacer sous l'effort n'était pas pour me déplaire.

Ma satisfaction ne tarda pas à disparaître. Sans prévenir, un obstacle puis deux surgirent des entrailles de la forêt. Les anticipant de justesse, je me fiai aux mouvements fluides de Min Ji. Nos respirations fendaient le silence tandis que toute la faune se tenait muette, nous observant curieusement. Les obstacles s'enchaînèrent. Sautant au-dessus de haie en fer, nous rampions au sol la seconde suivante. Recouverte de terre, de feuilles et d'égratignures, l'exercice me procurait un plaisir auquel je ne m'attendais pas.

Malgré tout, je restai méfiante. L'adrénaline ne suffisait pas à me faire oublier où nous nous trouvions. Les Gardiens ne payaient pas des milliers d'euros l'accès à un programme que même une novice comme moi pouvait réussir. Nous n'en étions qu'à l'échauffement.

Poussée par son esprit de compétition, Victor accéléra la cadence. Son attention se tourna vers les métamorphes en tête. Me retenant de lever les yeux au ciel, je me demandai en quel animal il pouvait bien se transformer.

Les obstacles, qui jusque-là ne nous laissaient aucun répit, disparurent pour laisser place à un simple sentier forestier. Remontant la file de coureurs de plus en plus vite, Victor ne tarda pas à rattraper les jumeaux. Au moment de les dépasser, il leur jeta un regard rempli d'arrogance. Étrangement, aucun ne réagit à sa provocation, bien au contraire. Portés par le vent, leurs rires étouffés me parvinrent et furent bientôt rejoints par le reste de mes camarades. Sur mes gardes, je ralentis.

Le sentier dévia et traça une courbe douce. Les arbres et la végétation autour de nous se firent plus denses. Les ronces se mirent à proliférer s'accrochant inévitablement à nos vêtements. Une nouvelle vague d'électricité secoua le sol. Un coup sec et métallique résonna jusqu'à nous, suivi d'un gémissement de douleur. Les rires redoublèrent. Je lançai un regard interrogateur en direction d'Every.

- Victor, souffla-t-elle.

Au détour d'un bosquet, une palissade se dressa haute de plusieurs mètres. Entravant le seul passage possible, Victor gisait à ses pieds. L'odeur de son sang flottait dans l'air. Aucun métamorphe ne s'arrêta pour s'inquiéter de son état. Sans un regard, ils sautèrent au-dessus du mur et disparurent. Ils lui faisaient payer son arrogance.

Malgré tout, j'hésitai à l'aider. Anticipant mon geste, Every saisit ma main et d'une impulsion, me força à la suivre. Bondissant par-dessus, mes muscles se murent avec aisance. Soudain, les auras de mes camarades se chargèrent de magie. Every se tourna vers moi, inquiète. L'exercice débutait tout juste et ils avaient déjà recours à leur pouvoir. Comment allais-je faire ?

Les obstacles ne se contentèrent plus de surgir de sous nos pieds. Tour à tour, des branches foncèrent dans notre sillage tandis que des arbres s'effondrèrent à quelques centimètres de nous, nous obligeant à changer de direction. Nous nous extirpions à peine d'une mare de boue lorsqu'une palissade haute de plus de cinq mètres s'éleva du sol.

La magie se mit à suinter de tous leurs pores et une fraction de seconde plus tard, mes camarades galopaient sous leurs formes animales. Formant un amas de fourrure, mes yeux eurent seulement le temps de distinguer la silhouette gracile de Min Ji qui se métamorphosait en panthère des neiges. Ses poils d'un gris argenté tranchèrent avec le vert flamboyant de la végétation. En retrait, Every m'attendait, l'éclat cuivré de son pelage capturant la lumière du soleil.

Ne pouvant compter sur mon pouvoir, j'analysai la situation d'un bref coup d'œil et m'approchai d'un chêne centenaire jouxtant la palissade. Me hissant sur une branche épaisse à la force des bras, mes doigts couverts de boue manquèrent de glisser. Deux iris d'un noir aussi profond que l'obsidienne m'accueillirent. Penchant sa tête élégante sur le côté, une chouette effraie m'observait avec un grand intérêt. Un furtif rayon de soleil se refléta dans ses yeux et mille éclats argent semblables à un ciel étoilé les illuminèrent.

- Bonjour toi, quels yeux magnifiques tu as !

L'animal s'ébroua de fierté, laissant apparaître le duvet blanc à l'intérieur de ses ailes.

- Je serais bien resté avec toi un peu plus longtemps, mais une bande de métamorphes grognons risquent de râler.

À ses mots, ses serres acérées se détachèrent de la branche sur laquelle elle reposait et d'un battement, elle s'envola. La bourrasque qu'elle souleva me balaya. Esquissant un bref sourire, je m'avançai avec prudence sur le bord de l'obstacle. Après quelques pas, je me tenais en équilibre au-dessus du sol. Every s'élança à son tour dans les airs, sa queue chatouillant délicatement ma joue. Ne perdant pas une seconde de plus, je sautai de mon perchoir et nous nous remîmes en route. Mes camarades ne tarderaient pas à découvrir mon incapacité à me métamorphoser.

Par chance, tous les dangers qui se dressèrent devant moi étaient à ma portée. Redoublant de ruse pour les franchir, je me sentais malgré tout comme un poids pour Every qui ne cessait de m'attendre. Bien que les autres ne soient jamais très loin, les voir se transformer et reprendre forme humaine à volonté ne fit que renforcer mes certitudes. Je n'avais pas ma place ici. Après un énième obstacle, nous arrivâmes.

- Enfin ! nous accueillit Ruby. Vous vous êtes perdu ?

Je restais surprise. Jamais encore elle ne s'était adressée à moi.

- Lâche-nous.

Le ton sec et autoritaire d'Every la décontenança. Étaient-elles amies avant mon intégration au programme ?

- Maintenant que vous êtes parfaitement échauffés, vous allez pouvoir recommencer et sans vous traîner cette fois-ci, s'exclama alors le professeur Oaks avec satisfaction.

◆

Deux heures plus tard, je sortis du vestiaire couvert de bleus et de coupures. Chaque muscle de mon corps me faisait souffrir. Tandis qu'Every partait rejoindre mon lit et son roman, je me dirigeai vers la bibliothèque. Luce m'attendait déjà à notre place habituelle. Portant une robe longue aux manches évasées de la même teinte que les feuilles jonchant le parc, des épingles en forme d'abeilles retenaient sa chevelure blonde.

- Coucou ! m'accueillit-elle avec chaleur.
- Tu vas bien ? lui demandai-je, ravie de cette bouffée d'air frais.

Son expression s'assombrit soudainement.

- J'ai appris quelque chose dont il faut que je te parle.

- Aïe, fis-je en tirant une chaise et m'asseyant.

Elle se tortilla et tapa la table du bout de son stylo.

- Aldryc et ses amis reviennent à l'université après les vacances.

Le sang dans mes veines se glaça. Je ne m'attendais pas à ce genre d'annonce. Tellement absorbée par le programme et les entraînements, j'en avais oublié ces trois-là. Mon silence ne fit qu'intensifier le malaise de Luce.

- Je devais te prévenir, au cas où...
- Ne t'inquiète pas, tout va bien, la rassurai-je ma main sur la sienne. Tu as bien fait.

Rougissant légèrement, elle me sourit. Min Ji choisit cet instant pour apparaître.

- C'est Every qui m'a dit où je pouvais te trouver, se justifia-t-elle précipitamment.
- Je ne me suis même pas posée la question.

En réalité, si, elle m'avait traversé l'esprit, mais je savais assez bien mentir à un métamorphe pour choisir de ne pas la mettre plus mal à l'aise.

- Bonjour, je m'appelle Luce.

Comme toutes les personnes s'approchant de Luce, Min Ji fut immédiatement charmée.

- Min Ji.
- C'est un très beau prénom, de quelle origine est-il ?

La curiosité de Luce était semblable à un papillon attiré par la lumière.

- Corée.
- Oh.

Elle était sur le point d'ajouter autre chose lorsque son regard se posa sur ses notes et s'éteignit aussitôt. Un sourire indulgent se dessina sur les lèvres de Min Ji. Seule Every n'avait pas succombé à la personnalité délicate de la jeune humaine. Cette dernière de nouveau plongée dans ses livres, Min Ji tourna son attention sur moi.

- Je me demandais si tu accepterais que l'on s'entraîne ensemble en dehors des heures de cours. Je sais que tu suis également une licence, mais j'en ai marre d'être constamment à la traine.

Bien que sa proposition me prenne de court, cela me semblait judicieux. En dehors de ce matin, mes performances étaient médiocres. M'entraîner un peu plus ne pouvait pas me faire de mal.

- C'est une bonne idée.

La surprise qui traversa ses yeux m'indiqua qu'elle ne s'attendait pas à ce que j'accepte.

- Est-ce que tu serais libre ce soir vers dix-sept heures ? Le gymnase et les salles adjacentes sont vides à cette heure-ci.
- Oui, je termine les cours à seize heures trente.
- C'est parfait, à tout à l'heure.

J'acquiesçai et l'observai partir aussi discrètement qu'elle était arrivée. Portant un jean clair troué tombant sur ses hanches et un simple débardeur court noir, ses mèches violettes et sa silhouette attirèrent bien des regards. Apercevant seulement quelques détails de son tatouage, je me demandais quels secrets elle renfermait.

◆

Les minutes s'égrenèrent au fil des pages. En début d'après-midi, je pénétrai dans le hall du bâtiment principal où l'effervescence des cours battait son plein. Fatiguée, je m'engouffrai mécaniquement dans les couloirs qui s'étendaient devant moi et slalomai parmi les élèves. Un gargouillis plaintif s'éleva de mon ventre. À l'angle d'un énième mur en pierre, la cafétéria apparut. L'odeur alléchante qui s'en échappait m'appela et m'attira jusqu'à elle. Faisant la queue patiemment, je laissai mon regard vagabonder sur les tables. Mon esprit préoccupé par mes futurs examens et le programme spécialisé, je fis abstraction de la foule grouillante autour de moi.

Le soleil ayant disparu derrière d'épais nuages menaçants, la pluie s'écrasait avec fracas sur le toit en verre. La charpente se constituait de poutre en métal d'où se balançaient des lampes à la lumière chaude. Mon sandwich tout juste en main, mes yeux glissèrent sur la silhouette familière de Rhysand. Assis dans un des fauteuils composant le coin lecture, il lisait tranquillement des mèches tombant distraitement sur son front. Je réalisai à cet instant que son carnet traînait toujours au fond de mon sac. Marchant jusqu'à lui, l'expression qui s'était peinte sur son visage lors de l'annonce des binômes me revint et une pointe d'appréhension m'envahit.

Une fois à sa hauteur, son aura particulière me balaya. Comme s'il m'avait senti à travers elle, il releva la tête de son livre. La stupéfaction et la gêne défilèrent dans ses yeux. Se ressaisissant, il se redressa et planta son regard aux couleurs étranges dans le mien. Habituellement, la présence d'un Héritier me donnait envie de partir en courant, mais Rhysand ne provoquait rien de cela chez moi. Mon silence accentuant son malaise, il passa une main dans ses cheveux couleur de jais. Comment pouvais-je le rendre anxieux ?

- Vous avez oublié ça la dernière fois, dis-je finalement en lui tendant le carnet.

Le « vous » le titilla, mais il ne dit rien. Il y avait bien

trop de monde et d'oreille indiscrète autour de nous pour me permettre de le tutoyer.
- Merci, je le cherchais partout.

Sa main entra en contact avec le cahier et son aura toucha délicatement ma peau. Mes bras se recouvrirent de frissons. Lâchant le carnet, je reculai de quelques pas. Tandis qu'il le rangeait, un poids se mit à peser sur moi attirant mon attention.

À quelques tables de nous, Ruby discutait avec deux autres métamorphes. Tous ses sens étaient à l'affût du moindre de mes gestes. Sa réaction lors de l'annonce des binômes me revint. Ses yeux remplis d'incompréhension puis sa façon de se rapprocher d'Armaël pour le réconforter. Sa main qui glissait dans son dos. Apparemment, je m'étais encore fait une amie...

- Si vous voulez changer de partenaire pour le semestre, allez-y, lançai-je à Rhysand d'un ton le plus neutre possible.

Son sourire s'effaça et mes paroles le laissèrent sans voix. N'attendant aucune réponse de sa part, j'allai m'installer à une table. Le regard de Ruby me suivit. Leur tournant le dos, je tentai de poursuivre mes révisions et abandonnai rapidement. Des volutes de l'aura de Rhysand continuaient à flotter autour de moi et me perturbaient.

Avalant la dernière bouchée de mon sandwich à la hâte, je rangeai mes affaires et sortis de la cafétéria. Mon prochain cours allait bientôt commencer, un petit peu d'avance ne me ferait pas de mal. Après seulement quelques mètres, je soupirai. L'énergie de Rhysand venait de modifier l'atmosphère. Je déviai brusquement de mon chemin et accélérai le pas. Je ne savais pas ce qu'il me voulait, mais je n'avais aucune envie de parler avec lui. Malgré tout, il débarqua derrière moi, essoufflé. Je fis volte-face.

Ayant mal calculé la distance qui nous séparait, je me retrouvai les fesses par terre. Ses mains se glissèrent le long de mes côtes et il me souleva.

- Ça va ? me demanda-t-il réellement inquiet.
- Pourquoi est-ce que vous me suivez ? répliquai-je froidement.
- Il n'y a personne, tu peux cesser de me vouvoyer. Nous sommes bien au-delà de tout ça, s'exclama-t-il un brin contrarié.

De nouveau sur mes deux pieds, je tentai d'échapper à son aura et établis une certaine distance entre nous. Percevant mon geste, il rappela son pouvoir. Celui-ci se rétracta doucement, refluant vers sa source. C'était un acte à la fois touchant et inattendu. Pourquoi prenait-il la peine de faire cela ?

- Pourquoi me suis-tu ? répétai-je.

Observant deux humains qui passaient à côté de nous, il s'appuya contre le mur en pierre et glissa ses mains dans ses poches.

- Je me disais que l'on pourrait aller boire un café, finit-il par lâcher. En dehors de l'université.

Je fronçai les sourcils.

- Pourquoi ?

Mon ton, bien plus agressif que je l'avais souhaité, le fit hésiter. Son regard devint fuyant.

- Nous allons devoir passer un semestre ensemble. Je pensais que l'on pourrait apprendre à se connaître un minimum.

Il mentait ou du moins, en partie.

- Tu ne comptes pas changer de partenaire ?
- Absolument pas.

Sa réponse me décontenança.
- Tu ne semblais pourtant pas être ravie.

Grimaçant légèrement, je pouvais voir les rouages de son esprit tourner à toute vitesse.

- J'ai été surpris.

C'était encore qu'une demi-vérité. Il y avait quelque chose d'autre.

- Tu ne me crois pas capable de te protéger sans ça ?
- Je... Si, bien-sûr.
- Alors ?

Avant qu'il n'ait pu répondre, Ruby apparut à l'extrémité du couloir fonçant droit sur nous.

- Quoi que vous ayez en tête, je ne pense pas que ce soit une bonne idée.

Il suivit mon regard. La tension qui l'habitait redoubla.

- À cet après-midi.

N'ayant aucune envie de me retrouver au milieu d'un énième conflit, je partis. Au dernier moment, je me tournai en direction de Rhysand. Les poings serrés, toute la colère de Ruby était dirigée contre lui. La jeune femme ouvrit la bouche et le nom d'Armaël fendit l'air. J'en avais assez entendu.

◆

Dix-sept heures sonnèrent. Des écouteurs visés aux oreilles, de la musique latine rythmait mes mouvements. Il n'y avait personne autour de moi pour l'entendre, mais par précaution ou par paranoïa, je baissai le volume.

L'espagnol était un fragment de mon passé dont j'ignorais tout. Je l'avais découvert pour la première fois à treize en accompagnant Sérène à l'un de ses cours de salsa. Plusieurs musiques avaient dû s'écouler avant que je réalise que le sens de chacune des paroles me parvenait parfaitement.

Âgée de tout juste treize ans, cela ne pouvait me venir que de mes parents biologiques. Malgré tout, je n'avais jamais cherché à en apprendre plus. S'ils avaient un lien quelconque avec cette langue, l'Alliance le savait. N'ayant aucune envie que l'on m'enferme à nouveau dans une cage en verre et que l'on sonde mon esprit, j'optai pour l'italien puis fis en sorte de ne pas éveiller leurs soupçons. Je n'en écoutai qu'en de rares occasions : lorsque Sérène en passait à la maison ou bien quand j'étais totalement seule.

Mes pas précipités faisant grincer le gravier, je montai les quelques marches menant au bâtiment d'entraînement et pénétrai dans le hall. Min Ji m'y attendait déjà, les yeux rivés sur les portraits longeant le mur principal. Aucune admiration ne se lisait sur son visage. Une musique douce et apaisante s'échappait de ses écouteurs et l'enveloppait. Les sentiments qu'elle réveillait chez Min Ji me serrèrent la gorge. Elle n'était que peine.

- Oh ! Je ne t'avais pas entendu, sursauta-t-elle lorsque mes doigts frôlèrent son bras.

- Cette musique est très belle, lui dis-je en souriant.

Une émotion que je ne sus déchiffrer traversa son visage puis sans répondre, elle fourra précipitamment son téléphone dans son sac.

- Prête ? demandai-je, perplexe.

- On dira ça.

Son ton sec me surprit.

- Ce n'est pas contre toi, tenta-t-elle de rectifier. C'est juste que j'aimerais plutôt ne pas avoir à m'entraîner pour ce programme.

La façon dont je devais prendre cette révélation m'échappait. Même si c'était la vérité, je ne pouvais lui avouer que je partageai son sentiment.

- Allons-y alors.

Désert, le bâtiment me parut moins hostile et moins menaçant. Malgré tout, le souvenir de ma rencontre avec Thana planait toujours. Pénétrant dans une salle d'entraînement aux dimensions bien plus raisonnable que le gymnase, nous nous échauffâmes sans un mot. Ici, le murmure de l'électricité avait disparu et aucune caméra ne nous épiait.

Plongées dans le calme, nous répétâmes les techniques de combat que le professeur Oaks nous avait fait travailler la semaine dernière. Sans aucun autre regard sur moi que celui de Min Ji, les enchaînements me revinrent facilement et la fluidité avec laquelle je les appliquais me surprit. Ce ne fut pas le cas de ma camarade. Malgré mon aide, son humeur et ses mouvements ne s'améliorèrent pas. Crispée et contrariée, chacun de ses échecs assombrissait un peu plus son aura. Ses mains s'emmêlaient, elle confondait sa gauche et sa droite, sans mentionner le nombre de fois où elle me frappa part inadvertance. Après une heure de calvaire, je stoppai son geste.

- Nous devrions arrêter pour aujourd'hui, suggérai-je.

Expirant de frustration, elle acquiesça.

- Oui, tu as raison. Je ne suis pas d'humeur.

C'était un doux euphémisme…

- Est-ce que tu as quelque chose de prévu ? J'aimerais manger ailleurs que dans ma chambre ce soir et je ne connais pas très bien la ville.

Étonnée, je manquai de m'étouffer avec ma gorgée d'eau. Vu le déroulement de notre entraînement, je ne m'attendais pas à ce qu'elle veuille passer encore du temps en ma compagnie. En y repensant, je ne l'avais jamais aperçue en présence d'autres membres du programme spécialisé. Bien que sociable et ouverte, elle ne tissait de réels liens avec personne.

— Non, je suis libre. Tu aimerais manger quelque chose en particulier ? demandai-je une fois dans les vestiaires.

Mise en confiance par l'absence d'autres élèves autour de nous, je commis l'erreur de retirer mon tee-shirt sans me détourner. En brassière de sport, la cicatrice qui barrait mon ventre se dévoilait pleinement. L'incompréhension et l'effroi assombrirent le vert de ses yeux tandis que des dizaines de questions traversaient son visage.

— Non, du moment que c'est chaud, répondit-elle avec difficulté.

J'enfilai mon pull en vitesse et détachai mes cheveux, espérant naïvement qu'elle oublierait ce qu'elle venait de voir. En dehors d'Every, elle était la seule du programme à ne pas me lancer des regards inquisiteurs et à chuchoter derrière mon dos. Malgré son comportement étrange et les nombreux secrets qu'elle semblait renfermer, j'appréciai nos échanges.

— Il y a plusieurs restaurants à cinq minutes à pied de l'université.

— Ça me va.

Traversant le parc, une discussion fluide s'installa entre nous. Évitant toutes les deux de parler de nos passés, j'en appris davantage sur sa famille notamment son frère. L'amour qu'elle lui portait l'illumina de l'intérieur et chassa un moment ses pensées sombres. Inséparables depuis toujours, les deux léopards des neiges qui ornaient son dos les représentaient tous deux.

— Tu as des frères et sœurs ? me demanda-t-elle, envieuse de changer de sujet.

M'attendant à cette question, j'étais parvenue à dissimuler la peine que l'évocation de son frère avait éveillée chez moi.

- J'en avais un, oui. Plus jeune de deux ans. Il aurait adoré tes cheveux.

Kaïs avait toujours été fasciné par les couleurs vives et leurs nuances. Petit, il restait des heures à m'observer dessiner, me glissant de temps à autre un feutre dont la teinte l'inspirée. Ce souvenir m'arracha un sourire. Mon emploi du passé n'ayant pas échappé à Min Ji, elle hésita à parler.

- Cela à un rapport avec tes cicatrices ?
- Oui, répondis-je d'un ton détaché.

Ma sincérité réveilla son agitation.

- Tu travailles régulièrement au salon de thé ? se renseigna-t-elle une fois que nous fûmes installées à la terrasse d'un restaurant.

Se trouvant dans les rues qui jouxtaient l'université, les façades des bâtiments se constituaient de pierre ancienne polie par le temps. Les professeurs et les élèves se mêlaient à la foule des habitants. Interdite aux voitures, on pouvait apercevoir des vélos un peu partout attachés à la va-vite. Dans une ville où régnait une concentration importante d'êtres magiques, les vols étaient quasi inexistants. Personne, et plus particulièrement les humains, n'avait envie de se retrouver nez à nez avec métamorphe en rogne.

- Seulement quelques heures le mercredi et le week-end.

Triturant maladroitement la carte des plats, je me demandai soudain si ce repas n'avait pas un but précis.

- Je ne t'avais encore jamais vu.
- Moi non plus, observai-je sèchement.

Si elle m'avait invité pour me faire subir un interrogatoire, elle risquait de le regretter. Je n'avais pas de temps à perdre pour ce genre de chose. Elle redevint silencieuse. Une fois notre commande prise, un serveur revint et déposa sur la table quelques apéritifs. Pourtant en semaine, les restaurants de la rue affichaient tous complet.

- Je suis désolée si je me suis montrée froide. Je ne m'attendais pas à trouver une métamorphe à cet endroit.
- Pourquoi ? demandai-je en engloutissant une poignée de cacahuètes.

Min Ji grimaça avant de détourner le regard.

- Habituellement, ils travaillent pour des êtres magiques ou dans des quartiers bien spécifiques.
- Tu t'es renseignée sur la propriétaire du salon.
- Oui, avoua-t-elle à contrecœur.

Et moi qui me trouvais parano…

- Je sais que cela peut paraître étrange, mais…

Les sourcils froncés, elle cherchait ses mots. Méfiant, mon instinct me souffla de ne pas m'en mêler. Je n'avais pas la force de porter d'autres secrets.

- Tu n'as pas à m'expliquer quoique ce soit, cela ne me regarde pas. Je veux juste savoir si la propriétaire du salon risque le moindre problème. Cette femme est comme ma famille et je n'accepterai pas qu'il lui arrive quelque chose.

Min Ji secoua vivement la tête, ses cheveux fouettant ses joues pâles.

- Elle ne craint absolument rien. Je peux te l'assurer.

Je me contentai d'acquiescer. Pourquoi s'acharnait-elle à fréquenter cette école de danse si les conséquences pouvaient être aussi graves ? Son téléphone sonna au même instant.

- Bonsoir, maman, répondit-elle une chaleur feinte dans la voix. Je suis au restaurant avec une amie du programme, tout va bien ?

Elles discutèrent quelques minutes dans une langue aux notes asiatiques dont le sens m'échappait totalement. Patientant, le serveur venait tout juste de déposer les plats devant nous lorsque Min Ji raccrocha.

- Désolée, ma mère n'est plus habituée au décalage horaire alors elle arrive rarement à me joindre.
- Elle n'est plus habituée ?
- Elle est née en France. Mes grands-parents se sont rencontrés ici, après leurs années d'universités.
- C'est pour ça que tes parents t'ont envoyé dans cette fac ?
- Non, répondit-elle avec réserve.

Bien qu'intriguée, je n'insistais pas. Observant la pluie qui s'était remise à tomber, une voix familière me fit sursauter.

- Bonsoir Kara ! Comment vas-tu ?

Me tournant vers mon ancien professeur d'art plastique, mon cœur se serra.

- Très bien et vous ?

Par chance, les humains faisaient de très mauvais détecteurs de mensonges.

- Également. J'ai été déçu d'apprendre que tu ne pouvais plus continuer à suivre mes cours.

La tristesse pointant le bout de son nez, je trouvai que cela faisait bien trop de sujets sensibles pour une seule soirée. Même si ce cours ne comptait pas dans ma moyenne, devoir y renoncer avait été bien plus difficile que je le pensais. Avec son sourire constant, ses tatouages colorés et ses chemises parfaitement repassées, le professeur Gregory était l'un des meilleurs à enseigner l'art appliqué au sein de l'université.

- Moi aussi, votre classe était passionnante.
- Peux-tu me faire une promesse ?

Son ton soudain sérieux m'alarma.

- Laquelle ?
- N'arrête jamais de peindre. Tu as bien trop de talent pour l'ignorer et le gâcher.

Mes joues s'enflammèrent. Comment pouvais-je tenir une telle promesse ? Ne savait-il pas ce que j'étais ? Min Ji, qui avait cessé de manger, nous observait avec intérêt.

- J'essayerai.

Cette fois-ci, je ne pus me résoudre à lui mentir.

- D'ailleurs, une exposition aura lieu en ville le vendredi juste avant les vacances, j'aimerais beaucoup que tu viennes avec la classe.
- Ça me ferait très plaisir !
- Je dirais à Josh de te donner les informations nécessaires.

Je dus rassembler tout mon sang-froid pour continuer de sourire et refouler ma colère.

- Passez une bonne soirée et j'espère te voir bientôt Kara.

Rejoignant un groupe d'enseignants attablé un peu plus loin, il laissa planer derrière lui une odeur de peinture à l'huile et de fumée de cigarette.

- Comme ça, tu es une artiste ? me demanda-t-elle brûlant de curiosité.
- Je me contente de gribouiller, nuançai-je sur le ton de

l'humour.
- Ton professeur avait l'air de penser que c'est plus que cela.
- Ça n'a pas tellement d'importance.

Je n'avais aucune envie de m'attarder sur ce sujet. Avoir dû abandonner ce cours me pesait déjà bien assez sans que je doive en parler. D'ailleurs, cela faisait des semaines que je n'avais pas tenu un crayon entre mes mains. Peut-être n'était-ce pas une si bonne idée de me rendre à cette exposition.

- Pourquoi si c'est ta passion ?
- Nous savons toutes les deux que ce genre de « passion » ne débouchera jamais sur quelque chose. Alors, à quoi bon espérer ?

Mes paroles assombrirent son expression. J'avais l'impression d'avoir touché un point sensible. La danse classique était-elle pour elle aussi importante ? Pendant de longues minutes, nous n'ajoutâmes rien. Attendant nos desserts, Min Ji ne cessait de jouer avec sa serviette.

- J'aimerais te demander quelque chose, finit-elle par lâcher.
- C'est la soirée des promesses, répliquai-je légèrement sarcastique.
- En quelque sorte. Je voudrais que tu gardes pour toi ce que tu as vu.

Pendant un instant, j'eus envie de rire. C'était cela qui la tracassait tant ?

- Pourquoi le ferais-je ? Je me moque de tes fréquentations.
- Le problème n'est pas que là.
- Je ne comprends pas où tu veux en venir, avouai-je.

Ses yeux de jade balayèrent la foule de clients autour de nous. Très peu d'êtres magiques se trouvaient dans la salle ce soir. Un couple de métamorphes discutait avec passion au comptoir tandis qu'à trois tables de nous, une sorcière lisait seule son journal, une tasse de thé à la main. Animée par son pouvoir, la cuillère tournait dans le sens des aiguilles d'une montre.

- C'est la tenue que je portais, chuchota Min Ji.

Comment un juste au corps pouvait-il poser problème ?

- Mes parents me l'interdisent, m'expliqua-t-elle devant mon air sceptique. C'est en partie l'une des raisons de mon transfert ici.

Cela me sembla un peu extrême comme moyen de dissuasion et peu judicieux. N'était-ce pas plus facile de leur désobéir si loin d'eux ? Pour qu'ils agissent ainsi, la danse devait avoir dépassé pour elle le stade de simple hobby. Même si aucune loi écrite ne l'interdisait, il était très mal vu pour un métamorphe de se dévouer aux arts.

Le système attendant de nous que nous consacrions notre vie au service de la société, nous devions nous cantonner à des branches de métiers très particulières. Cela me fit penser à Every. Malgré sa passion pour la littérature, elle n'avait pas eu d'autre choix au lycée que de suivre une voie scientifique. Si elle avait échoué les tests d'entrées au programme spécialisé, Every se serait lancée dans des études de médecine. Avec nos sens surdéveloppés, nous excellions dans ce domaine. Agir différemment aurait sali l'honneur et la réputation de sa famille.

- Ils pensaient qu'en m'éloignant de mon frère, j'accepterais plus facilement leurs conditions.
- Chantage affectif ?
- Oui.

◆ 206 ◆

- Ça n'a pas l'air très efficace, observai-je.

N'ajoutant rien, elle se contenta de hausser les épaules. La tristesse que j'avais sentie chez elle quelques heures plus tôt dans le hall ressurgit. Il y avait quelque chose d'autre. Quelque chose de bien plus grave que sa passion pour la danse classique.

- Qu'est-ce que tu penses de nos premiers entraînements ?

Son visage se ferma un peu plus. Moi qui croyais détendre l'atmosphère, je m'étais trompé de sujet. Elle me jaugea de nouveau. Je devinais son besoin de parler, mais la méfiance la faisait hésiter.

- Comment cela se fait-il que tu intègres le programme spécialisé que maintenant ? me demanda-t-elle mettant de côté ma première question.

Maintenant qu'elle s'était confiée, elle se sentait désavantagée. Je soupirais.

- Tu le sais déjà. La directrice a décidé de me laisser ma chance après une altercation avec plusieurs Héritiers, répondis-je vaguement.

- C'est donc vrai ce que disait Victor.

- En partie, oui, répliquai-je d'un ton un peu plus sec.

La façon dont il avait prétendu que Luce et moi mentions était parfaitement claire dans ma mémoire.

- Je suis désolée, ce n'est pas important.

- Je sais que tu essaies d'évaluer si tu peux me faire confiance ou non, mais ce n'est pas de cette façon que tu y parviendras.

Elle m'observa un instant puis ses épaules se relâchèrent imperceptiblement. Après cela, les sujets de conversations devinrent beaucoup plus légers. Elle me questionna sur mes études d'histoire ainsi que sur l'art, les différentes techniques de peinture et de dessin. Nous discutâmes de la ville et des choses qu'elle pourrait trouver intéressant de faire ou de voir. En retour, elle me raconta sa vie en Corée du Sud et les ballets auxquels elle avait assisté. Pas une seule fois nous mentionnâmes le programme et l'entraînement.

Bientôt, le son de la télévision recouvrit nos voix. Un flash spécial venait d'interrompre l'émission musicale habituelle. Un Gardien était porté disparu.

CHAPITRE 9

L'aube teintait le ciel d'or et de mauve tandis qu'une fine couche de brouillard flottait au-dessus de l'étang. Les feuilles de chêne aux mille couleurs de l'automne tombaient des arbres et s'échouaient sur sa surface nacrée. Chacune de mes respirations faisait naître de petits nuages de buée dans l'air frais du matin. Every courrait devant moi, les muscles gracieux de ses jambes avalant les mètres à toute vitesse. Autour de nous, nos camarades soutenaient la même cadence. La pluie glissant sur nos tenues d'entraînements, nos foulées nous portèrent jusqu'au gymnase. À l'intérieur, le professeur Oaks bâilla et nous renvoya effectuer sept tours supplémentaires.

Dix minutes plus tard, nous nous tenions à l'extrémité du campus, dans le simulateur à taille réelle. Quelques secondes avant le départ, notre mentor choisit de faire une annonce spéciale.

- Nous sommes aujourd'hui à la moitié du premier semestre. Il est temps d'établir votre classement.

La plupart de mes camarades trépignèrent d'excitation alors que le peu de confiance que j'avais gagné au fil des cours disparut.

- À partir de maintenant, chaque entraînement sera évalué et noté. Le classement se modifiera au fur et à mesure.

Sur ces mots, le métamorphe s'avança jusqu'à la lisière de la forêt et lança le coup d'envoi. Ne perdant pas une seconde, nous nous enfonçâmes parmi les arbres.

Désormais, le danger ne venait plus seulement du simulateur. Boosté par l'annonce du professeur Oaks et l'envie d'être numéro 1, chacun de mes camarades se fit des plus sournois. Multipliant les croche-pattes, les coups en douces et la force brute, l'exercice prit une tout autre tournure.

Ne pouvant faire appel à mon pouvoir, je tentai de me remémorer avec précision nos entraînements précédents. C'était sans compter sur le professeur Oaks qui, redoublant d'inventivité, avait modifié le terrain de telle façon que nous n'avions plus le moindre repère. Même la météo semblait jouer contre nous. Ne cessant de s'abattre depuis ce matin, la pluie rendait le franchissement des obstacles encore plus périlleux.

Comme si cela ne suffisait pas, je devins la cible des attaques de Victor. Refusant de me voir le battre, il faillit arriver à ses fins et manqua de me faire tomber au fond d'un ravin. Je glissai sur le sol caillouteux, la peau de mes mains s'entaillant sur la roche tranchante. Je me rattrapai de justesse à une racine. Every se précipita jusqu'à moi et me hissa sur mes deux jambes. Victor en profita pour disparaître.

À la huitième minute de course, une falaise de plusieurs dizaines de mètres émergea au milieu des arbres. Infranchissable à mains nues, l'unique moyen de la contourner était un sentier étroit bordé d'une pente escarpée. À l'entrée, j'y distinguai les silhouettes d'Armaël et de Ruby. Cette dernière, transformée en une ourse brune au poil caramel, les empêchait d'emprunter le chemin en même temps. Reprenant sa forme humaine, j'en profitai pour sauter au-dessus d'elle et m'élançai sur la piste glissante.

Loin de me sentir victorieuse, j'observai les élèves se tenant toujours devant moi. N'ayant aucune envie de me frotter aux deux jumeaux roi et reine de la savane ou aux trois loups composants notre groupe, j'hésitai un instant à accélérer. Every entra soudainement dans mon champ de vision et m'indiqua quelque chose du doigt. Je ne tardai pas à repérer la présence de Victor. Mes pieds glissant dans le sol boueux, je fonçai droit sur lui.

- Je suppose que tu as un plan, lâcha Every entre deux respirations.

- Fais comme moi.

Riant doucement, elle s'exécuta. L'ouïe fine de Victor nous détecta aussitôt et son pouvoir l'enveloppa.

- Sous cette forme, vous avez un petit air de ressemblance, lançai-je à Every d'un ton moqueur une fois le processus de transformation achevé.

D'un roux plus terne qu'Every, la fourrure de Victor collait contre son corps fuselé tandis qu'il se faufilait au milieu de la végétation. Disparaissant avec aisance, je regrettais pour la première fois de ne pas pouvoir me métamorphoser.

Les battements de cœur des élèves derrières nous s'intensifièrent. Accélérant, Every et moi ne tardâmes pas à rattraper Victor qui, mécontent, fit claquer ses crocs à quelques centimètres de ma cheville. Peu impressionné, je lui lançai un clin d'œil provocateur et le doublai.

Contrairement à lui, je savais ce qui se trouvait droit devant nous. L'entraînant à ma suite, j'attendis le moment propice et sautai. Suspendue à une branche, de l'écorce s'enfonça dans mes plaies ouvertes. Every me rejoignit quelques instants plus tard. N'ayant pas le temps de comprendre ce que nous venions de faire, Victor s'élança dans la mare de boue. Le choc de son corps contre la surface épaisse émit un bruit de succion étrange. Nous balançant au-dessus de lui, nous ne pûmes retenir nos rires. S'il y avait bien quelque chose que Victor détestait par-dessus tout, c'était d'être sale.

Après cela, le reste de la course s'enchaîna à toute vitesse. Grondant comme un avertissement, la foudre se mit à s'abattre autour de nous. Lorsque nous arrivâmes enfin jusqu'au professeur Oaks, celui-ci nous attendait patiemment, un parapluie à la main et sa précieuse tablette dans l'autre.

- Vos résultats seront affichés dans le gymnase au prochain cours. Maintenant, rentrons.

Plusieurs métamorphes laissèrent échapper des soupirs de frustrations.

- Tu t'es vraiment bien débrouillée, me chuchota Every, ses yeux brillants de fierté.

Je m'apprêtais à lui sourire lorsque quelqu'un me poussa d'un coup d'épaule. Son doigt à quelques centimètres de mon visage, Victor se plaça en travers de mon chemin.

- Tu vas me le payer très cher.

Puant et dégoulinant de boue, la rage déformait ses traits.

- Et toi aussi, Every.

Mon sang ne fit qu'un tour. Saisissant son poignet, j'effectuai une simple rotation et lui arrachai un cri de douleur.

- Menace-la encore une fois et je vais te le faire regretter.

- Tu es bien trop faible pour...

L'empêchant de poursuivre sa phrase, je renforçai la pression sur sa main. Il serra les dents et me jeta un regard assassin. Autour de nous, nos camarades nous observaient. Le spectacle devait les réjouir. Fatiguée de tous ces conflits, je relâchai Victor et le laissai accroupi dans l'herbe. Ignorant l'attention qui pesait sur moi, je regagnai le bâtiment d'entraînement et me réfugiai sous la douche. De la boue, de la terre et des feuilles se mêlèrent dans le siphon sans parvenir à effacer ma colère. Propre et réchauffée, je quittai le gymnase lorsque le professeur Oaks m'interpella.

- Mademoiselle Ace. Nous allons pouvoir commencer vos cours particuliers, m'annonça-t-il une fois que je l'eus rejoint dans un coin de la salle, loin des oreilles indiscrètes.

Je déglutis. L'Alliance et lui n'avaient pas perdu de temps.

- Quand ?
- Cet après-midi, à la première heure.
- Je dois me rendre au travail.
- J'ai eu votre mère ainsi que votre patronne au téléphone, nous nous sommes arrangés.

Cette intrusion dans ma vie privée me déstabilisa.

- Très bien, finis-je par répondre.

Depuis notre discussion dans son bureau, je n'avais pas réellement repensé à ces fameux cours particuliers que l'Alliance et lui voulaient que je suive. La trahison de Josh avait occupé tout mon esprit. Malgré tout, le professeur Oaks avait beau être très compétent dans son domaine, je doutais fort qu'il puisse me faire reprendre le contrôle de mon pouvoir. Je n'allais pas tarder à en avoir le cœur net.

◆

Des bruits de coups et de métal se répercutaient contre les murs de pierre et emplissaient le hall du bâtiment d'entraînement. Reconnaissant les armes utilisées, je me demandai à quoi cela pouvait servir de savoir manier une épée à notre époque. Ne serait-ce pas plus logique d'apprendre à tirer avec une arme à feu ? Tous les Gardiens que j'avais rencontrés au cours de leur service en portaient une dissimulée aux yeux de tous. Un court instant, je tentai de m'imaginer tenir l'une d'elles. Tandis qu'une impression étrange m'envahissait, un frisson me parcourut de la tête aux pieds. Ce n'était pas pour moi.

Secouant la tête, je me rendis jusqu'au bureau du professeur Oaks. Thana serait-elle là ? La boule au ventre et les nerfs à fleur de peau, je toquai à la porte. Le métamorphe apparut quelques secondes plus tard, seul.

- Entre, je termine d'envoyer un mail et nous pourrons commencer.

Sa barbe et ses cheveux fraîchement coupés, son enthousiasme me balaya. Loin de partager ce sentiment, je m'assis et le laissai se remettre à son travail.

Mes yeux se promenèrent à travers la pièce et glissèrent sur la surface brillante de plusieurs photos. Trônant sur une console en bois massif, elles me renvoyèrent une vision plus douce du métamorphe devant moi. Sur l'une d'elles, un autre homme se tenait à ses côtés, un bébé dans les bras. Je n'eus aucun mal à identifier l'enfant. L'ambre de ses yeux était si singulier. Sur la seconde, Armaël devait avoir tout juste onze ans. Se tenant à l'écart, d'immenses arbres à la robe épaisse l'entouraient. L'innocence qui l'habitait dans la première photo avait disparu.

- Il me déteste d'avoir ce genre de clichés dans mon bureau, commenta le professeur en suivant mon regard.

Je me retins de lui dire que son neveu n'aimait pas grand-chose de manière générale. Depuis que Rhysand et lui semblaient en froid, Ruby était la seule parvenant à le faire sourire. Qu'avait-il bien pu se passer entre eux deux ?

- J'ai terminé, allons-y, annonça monsieur Oaks m'étant fin à ma réflexion.

M'amenant à l'extérieur de son bureau, d'autres questions surgirent dans mon esprit. J'avais beau refuser de me l'avouer, ce cours particulier me rendait nerveuse et le mutisme du métamorphe ne m'aidait en rien. Redescendant au rez-de-chaussée, nous croisâmes plusieurs professeurs ainsi que des élèves de deuxième et troisième année. Après avoir salué bon nombre d'entre eux, le professeur m'entraîna dans une aile du bâtiment que je n'avais encore jamais exploré. Lorsqu'il s'arrêta enfin, les battements de mon cœur redoublèrent. Qu'est-ce qui m'attendait derrière cette porte ?

Le professeur Oaks l'ouvrit, répondant silencieusement à ma question. Derrière celle-ci, je découvris une salle de simulation plus petite que celle jouxtant le gymnase. Traversées par la même impulsion électrique, plusieurs caméras étaient braquées sur moi. Un mauvais pressentiment m'envahit. Peut-être que je me faisais des idées, peut-être était-ce simplement ma claustrophobie et ma paranoïa qui me jouaient des tours.

Une fois au centre de la pièce, le professeur Oaks me fit signe de le rejoindre. Depuis notre discussion dans son bureau, son enthousiasme s'était peu à peu fané. Son mutisme et son empressement habituel étaient de retour.

Tout en me rapprochant du métamorphe, un reflet étrange sur le mur du fond attira mon attention. L'examinant brièvement, mon impression s'intensifia. Ce n'était pas qu'un simple mur. Le professeur pianota sur un boîtier et les ondes qu'il émit se propagèrent dans sa direction. Concentrant la totalité de mes sens sur celui-ci, je perçus ce qu'il cachait. Petite et compacte, une machine similaire à celle alimentant la salle de simulation du gymnase attendait le moindre signal. À l'intérieur, se mêlaient de façon unique la technologie et la magie.

Fouillant à l'intérieur des poches de son pantalon noir, monsieur Oaks me tendit deux émetteurs. Je les saisis et les déposais sur mes tempes, déçue. C'était donc de cette façon que l'Alliance et lui pensaient m'aider à reprendre le contrôle de ma transformation ? Avec une énième simulation ? Les doigts du métamorphe s'agitèrent vers mon visage et décollèrent l'un des disques de métal. Le replaçant à quelques millimètres de sa position initiale, les pulsions que l'objet diffusait redoublèrent.

— Après notre entrevue, la représentante de l'Alliance que tu as croisée m'a apporté quelques informations supplémentaires sur ton cas cependant, j'aimerais que tu m'en dises plus.

Cette fois-ci, je ne pouvais ni détourner son attention ni me défiler. Je ne percevais aucune échappatoire.

— J'ai cru comprendre que tes transformations arrivaient toujours contre ta volonté. Peux-tu me décrire un peu plus ce qu'il se passe dans ces moments-là ?

Mal à l'aise, je me mordis l'intérieur des lèvres.

— Lorsque ma magie surgit, elle devient incontrôlable, répondis-je succinctement.

— Tu ne peux absolument rien faire ?

Ses yeux ne cessaient de me scruter, détaillant chacune de mes expressions.

— Parfois, je réussis à la repousser et à interrompre le

processus, mais cela ne dure jamais très longtemps.

– Pourquoi est-ce que dans ces moments-là, tu ne la laisses pas plutôt prendre le dessus ?

Inconsciemment, je grimaçai. Une dizaine de réponses me traversèrent l'esprit, mais aucune d'elles ne conviendrait au professeur Oaks. Ce dernier travaillait pour l'Alliance et formait des êtres pour qui leur pouvoir était au cœur de tous les enjeux. Lui dire que je n'en avais aucune envie et que ma magie était pour moi un poids ne semblait pas être une idée judicieuse.

– Parce qu'elle surgit dans des moments inappropriés, mentis-je à moitié. En classe par exemple.

Ces souvenirs ne m'évoquèrent rien d'agréable.

– Je vois. Est-ce que cela arrive que ton pouvoir ne se manifeste pas pendant plusieurs jours ou plusieurs semaines ?

– Oui.

Surprit, ses yeux marrons striés d'éclats mordorés, s'écarquillèrent.

– Comment fais-tu pour éviter qu'il s'accumule en toi ?

Je me sentis soudain comme une expérience ratée qu'il souhaitait analyser sous toutes les coutures.

– En temps normal, le sport suffit.

Il nota quelque chose avant de m'interroger à nouveau.

– Quand est-ce que ton pouvoir a pris le dessus pour la dernière fois ?

– Le soir de mon altercation avec monsieur Nazaire, répliquai-je, réticente.

– C'est cet événement en particulier qui a déclenché ta transformation ?

– Non, pas tout à fait.

Ma réponse, bien trop vague à son goût, provoqua son agacement.

- Si tu veux que l'on avance, il va falloir que tu y mettes un peu du tien. L'Alliance à des attentes et tu ne peux pas te permettre de rester aussi faible plus longtemps.

L'Alliance à des attentes…Faible… Je détestai chacun de ses mots, mais il avait raison. Si je ne me montrais pas conciliante, l'Alliance s'en rendrait compte et cette fois-ci, elle ne me laisserait aucune seconde chance.

- Après avoir ramené Luce jusqu'à son dortoir, je me suis disputée avec mon amie, Every. Ma magie tentait déjà de prendre le dessus lors de mon altercation avec monsieur Nazaire, lâchai-je à contrecœur.

- Le déclencheur est seulement la colère ?

Et la déception, la tristesse… Un cocktail explosif de sentiment.

- Si tu arrêtais de repousser ton pouvoir, tu n'aurais peut-être pas ce problème, non ? ajouta-t-il.

Je me retins de lever les yeux au ciel.

- Ce n'est pas aussi simple. La plupart du temps, je ne le sens pas.

Ses sourcils bruns se froncèrent d'incompréhension. Pour un métamorphe, ne pas sentir sa magie l'habiter en permanence était inimaginable.

- C'est comme s'il était en sommeil et que rien ne l'atteignait.

Je vis les rouages de son esprit s'enclencher tandis que sa curiosité ne cessait de grandir.

- Il y a des moments où il t'obéit ?

- Non.

La mort de Kaïs pouvait en témoigner.

◆ 218 ◆

- Jamais ? insista-t-il.
- Seulement quand il attend déjà de pouvoir sortir.

Mal à l'aise, je peinai à rester sur place sans bouger. Cette pièce exiguë, toutes ces questions, la magie présente dans les murs autour de nous, tout cela me rappelait avec dégoût les interrogatoires que me faisait subir l'Alliance.

- C'est déjà arrivé que dans de tels moments, tu le laisses te submerger ?
- En dehors de mes rencontres avec monsieur Nazaire, une seule fois.

Mon ton froid attira son attention. Je me maudis intérieurement.

- Quand ?
- Je n'ai pas envie d'en parler.

Les mots franchirent la barrière de mes lèvres sans que je puisse les retenir. L'expression du métamorphe se durcit.

- Je te demande pardon ?

Durant un instant, je faillis m'excuser et retirer mes paroles, mais je m'abstins. Je m'étais simplement montrée honnête.

- Je n'ai pas envie d'en parler.

Un rictus sarcastique s'esquissa sur son visage.

- À aucun moment, je n'ai dit que tu avais le choix. L'acte de tes parents et les tiens t'ont privé de ce droit, répliqua-t-il un peu plus sèchement. Tu vas me raconter ce qui s'est passé, mais avant cela, je vais rejoindre la pièce se trouvant juste derrière. Là-bas, les émetteurs retransmettront les images défilant dans ton esprit. Cela me permettra d'analyser les moments où ta magie se réveille ainsi que les éléments déclencheurs.

Avant même de pouvoir protester, le professeur Oaks se

dirigea vers le fond de la salle. À un mètre du mur, un capteur s'activa et fit apparaître une porte jusque-là indécelable. Me laissant seule, ces paroles résonnèrent dans mon esprit et l'amertume m'envahit.

— Es-tu prête ?

Sursautant, les intonations graves de sa voix se répercutèrent dans ma tête. Cette nouvelle invasion était loin de me plaire. Les Héritiers n'auraient-ils pas pu se contenter de haut-parleurs ?

— Oui, mentis-je.

Mon corps tout entier me criait de fuir cet endroit.

— Bien, ferme les yeux.

À contrecœur, je m'exécutai. La pièce s'emplit de magie et d'électricité tandis que les émetteurs sur mes tempes se mirent à chauffer. Des bribes de souvenirs jaillirent et me projetèrent au cœur de mon passé.

☾

Me retrouvant sept ans en arrière, ma chambre chez Sérène prit forme autour de moi. Assise sur le tapis turquoise qui couvrait le parquet en bois, j'écoutai les voix qui me parvenaient depuis le rez-de-chaussée. Sérène se trouvait dans la cuisine et tentait vainement de préparer un plat pour son petit ami, Hadrian. Ce dernier ne cessait de crier. Me remémorer ce souvenir était étrange. Sérène et moi avions faits tellement d'efforts pour oublier cet homme.

Au premier abord, il était des plus banal. D'une beauté classique, son humour fin faisait son charme. Il était médecin et Sérène l'avait rencontré à son travail. Les premiers temps, j'avais été heureuse de cette nouvelle présence dans sa vie. Partageant un quotidien similaire au sien, il se mon-

trait compréhensif et prenait soin d'elle, elle qui était toujours si seule.

Au moment de ce souvenir, cela faisait trois ans que je vivais avec Sérène et pas une fois, je n'avais vu un membre de sa famille. Fille unique, ses parents parcouraient le monde dans leur camping-car aux allures de Mystery Machine et ne l'appelaient qu'en de rares occasions. Avec sa présence douce et avenante, Hadrian était apparu comme une épaule sur laquelle elle pouvait enfin s'appuyer. Me méfiant habituellement du moindre étranger, je n'avais rien perçu d'alarmant chez lui. Je m'étais tellement trompée.

Peu de temps après, il se mit à sonner à la maison tard le soir, l'haleine puant l'alcool. Les premiers coups suivirent rapidement. Je me souvenais parfaitement du bruit qu'avait fait la première gifle. Les semaines s'écoulèrent et la même routine se répéta inlassablement. Sortant chaque week-end avec ses collègues médecins, l'alcool le transformait en un Hadrian violent dépourvu de bon sens. Sérène s'entêtait à vouloir le sauver et moi, je me détestais un peu plus chaque jour de ma lâcheté.

Le souvenir dans lequel j'avais emporté le professeur Oaks était la dernière fois où Hadrian avait franchi le seuil de notre maison. Dans le salon, les cris de Sérène balayèrent ma retenue et ma peur. Jaillissant hors de ma chambre, je dévalais les marches d'escalier me séparant d'elle. Ma magie tambourinait sous ma peau animée par une rage dont je me pensais incapable. Déboulant dans la pièce en pyjama, les hurlements d'Hadrian m'accueillirent. Sérène était assise dans le canapé, déboussolée, du sang coulant le long de sa lèvre. Celle-ci était ouverte en deux. Lorsqu'elle reprit enfin ses esprits, ses yeux se posèrent sur moi. L'expression horrifiée qu'ils me renvoyèrent me donna la nausée. Mon pouvoir redoubla d'intensité. Sa chaleur et sa force me brûlèrent de l'intérieur tandis que ma peau semblait fondre sur mes os.

Hadrian suivit le regard de Sérène et s'interrompit, stupéfait. L'instant d'après, il se remit à l'insulter. Pourquoi l'inquiéterais-je ? Je n'étais qu'une gamine bizarre ne parlant presque jamais et passant ses soirées entourée de ses crayons et de ses croquis. Je perçus alors quelque chose de différent dans son aura. Il ne me fallut pas longtemps pour comprendre. Dans ses veines, aucune goutte d'alcool ne coulait. Il n'y avait plus rien à sauver chez lui.

- Écoute-moi, hurla-t-il à s'en briser la voix.

Sa main fendit l'air et quelque chose se modifia en moi. Je ne pouvais pas endurer un coup de plus. Avant qu'il n'ait eu le temps d'atteindre son visage, mes crocs se plantèrent dans son poignet. La peau céda sans la moindre résistance et son sang se répandit dans ma bouche. La douleur qui le traversa me procura une satisfaction plus grande que lors de mon combat avec Aldryc.

- Karalyn, lâche-le s'il te plait.

Mon intervention avait sorti Sérène de son état de choc. Avec regret, je m'exécutai. J'aurais aimé lui faire encore plus mal. L'humilier comme il l'avait fait avec Sérène, mais encore une fois, elle semblait vouloir l'aider. Dépitée, je regardai Hadrian reculer précipitamment et manquer de se prendre les pieds dans la table basse. Des gouttes cramoisies s'écrasèrent sur le tapis d'un blanc neige.

- Qu'est-ce que c'est cette chose ? s'écria-t-il en tenant sa main blessée.

- Ma fille, répliqua Sérène.

Essuyant le sang qui glissait sur son menton, elle se redressa et son expression se durcit.

- Regarde ce qu'elle m'a fait ! s'égosilla-t-il.

- *Il est temps pour toi de partir.*

Surprise, je levai la tête vers elle. Le choc qui s'imprima sur le visage d'Hadrian fit écho au mien.

- *Cet animal me blesse et tu me jettes dehors ? l'accusa-t-il en avançant d'un pas dans sa direction.*
- *Oui, et ne reviens plus jamais.*
- *Et qu'est-ce que tu feras ? Tu me lanceras ton petit chat d'attaque dessus ?*
- *Non. Je suis sûre que la police trouva toutes les photos que j'ai prises des marques que tu m'as laissées des plus intéressantes.*

Malgré la peur qui continuait de flotter dans son aura, elle plongea son regard dans le sien.

- *Tu n'oserais pas.*
- *Ah ? Et pourquoi ?*
- *Ma carrière...*
- *Justement, penses-y à ta carrière et sors de chez moi !*

Hadrian était sur le point d'ajouter quelque chose lorsqu'un grondement menaçant s'éleva de ma gorge. Il en avait assez dit. Ses yeux, recouverts d'un voile terne, balayèrent ma silhouette puis s'arrêtèrent sur mes crocs. Le sang qui dégoulinait de ma gueule, son sang, suffit à le convaincre. Pour la première fois, il avait peur.

Quelques secondes plus tard, la porte d'entrée se referma derrière lui. Sérène fut la seule à éprouver du soulagement. Les heures suivantes, je fus incapable de reprendre forme humaine. Ma magie grondait en moi, insatisfaite. J'aurais pu lui briser les os du poignet sans le moindre effort, rien qu'avec la force de ma mâchoire. Malgré tout, je célébrais ma victoire. J'étais parvenue à le faire sortir de nos vies.

☾

Sur cette pensée, le bourdonnement diffusé par les émetteurs mourut. Ouvrant les yeux, la lumière de la pièce m'aveugla. Revivre ce souvenir et toutes ses émotions m'avait dépouillé de toute mon énergie. L'ombre de ma colère passée refusait de disparaître et continuait de s'accrocher à moi. De l'autre côté du mur, le professeur Oaks restait silencieux. Un certain temps s'écoula avant que sa voix retentisse à nouveau dans ma tête.

- Cela n'avait rien de bien compliqué, rétorqua-t-il d'un ton moralisateur.

M'irritant au plus haut point, je me retins de réagir.

- L'élément déclencheur de ta transformation est toujours la colère ?

Je faillis acquiescer, mais le souvenir de ma première rencontre avec Rhysand me revint. À aucun moment, je n'avais éprouvé de la colère.

- Non.

Par chance, le métamorphe ne pouvait observer les images défilant dans ma tête à cet instant.

- Dans certains cas, le désir d'aider quelqu'un suffit, ajoutai-je tout en priant pour qu'il ne me demande pas plus de détails.

- Je vois.

Le silence s'installa. Les rouages de son esprit tournant à toute vitesse, j'attendis dans cette pièce vide une énième question du professeur Oaks.

- Comment fais-tu pour ton aura ?
- Comment ça ?

- Au premier abord, on ne devine même pas que tu es une métamorphe. Comment fais-tu pour retenir ton pouvoir hors d'elle ?

Je fus prise de court.

- Tu n'en avais pas conscience ?
- Pas du tout...

Comment pouvais-je faire une telle chose ?

- Je pensais simplement mon pouvoir trop faible pour que les autres puissent le détecter.
- La magie d'un métamorphe, qu'il se transforme en un chat ou un lion, fait totalement partie de lui. Elle est présente dans son aura, dans le moindre de ses mouvements. La tienne ne devrait pas être si difficile à voir. On a dû t'enseigner à la cacher avant que tu perdes la mémoire. En faisant cela, c'est devenu un mécanisme automatique, mais inconscient. C'est un exercice bien trop compliqué pour que tu l'aies appris seule.

L'intonation de sa voix ne contenait aucun reproche, cependant un sentiment de culpabilité m'envahit. L'Alliance ne serait pas ravie de découvrir ce détail.

- Avant que tes souvenirs disparaissent, tu devais avoir un contrôle total de ta transformation.

Je me contentai d'acquiescer, dubitative. Même si sa réflexion était logique, cela me paraissait si improbable.

- Peut-être que si tu retrouvais la mémoire...murmura-t-il ses paroles semblant flotter entre nous.

J'eus soudain envie de rire. L'Alliance avait « oublié » de lui glisser quelques renseignements.

- L'Alliance a déjà essayé. Le pouvoir de l'Esprit ne fonctionne pas.

♦ 225 ♦

Pensant que nous mentions mon frère et moi lorsque nous évoquions notre absence de souvenirs, l'Alliance finit par employer des méthodes plus intrusives. Elle écarta rapidement l'idée de sonder l'esprit de Kaïs. Mon sang-froid et mon silence contrastaient avec l'instabilité émotionnelle qui l'habitait depuis l'arrestation de nos parents. Les semaines qui suivirent, Thana me rendit visite quotidiennement. Fouillant ma mémoire durant de longues heures, sa magie chercha la moindre brèche. Elle n'en trouva aucune.

- Ils ont essayé ?

L'étonnement contenu dans la voix du professeur Oaks me surprit. Ne savait-il pas pour qui il travaillait ?

- Évidemment.
- Ils auraient pu briser ton esprit.
- Cela ne les préoccupait pas trop, je crois. Les informations qu'ils cherchaient étaient précieuses.

Ma réponse fit s'abattre sur nous un silence pesant. Grimaçant, je me massai les tempes en dessous des émetteurs. Ce n'était pas le moment d'avoir une migraine. Mon geste n'échappa pas au métamorphe.

- Nous devrions en rester là pour aujourd'hui, lâcha-t-il. Dépose les émetteurs dans le boîtier à l'entrée.

Le bourdonnement électrique animant les objets métalliques cessa avant que j'ai eu le temps de lui dire au revoir. Surprise, je quittai la pièce.

◆

Le professeur Oaks ne mit pas longtemps avant de planifier un second cours particulier. Le premier m'ayant laissé un goût amer, je traversais d'un pas traînant les dizaines de couloirs qui me séparaient de la salle qu'il avait réservée. Une fois devant celle-ci, personne ne m'attendait. M'appuyant contre le mur, l'expression d'Every, lorsque je lui avais raconté ma première séance, me revint. Grimaçant à chaque nouveau détail, son pragmatisme légendaire n'avait pas suffi.

Plusieurs métamorphes passèrent à ma hauteur. Vêtus de tenues d'entraînements, tous se mouvaient avec fierté et assurance. Arborant l'emblème de l'université sur leur torse, les élèves de troisième année irradiaient une telle force qu'ils dissuadaient quiconque de les approcher.

Le professeur Oaks finit par jaillir à l'autre bout du couloir intensifiant ma nervosité. Les manches de son pull noir étaient relevées laissant apparaître le tatouage de son clan. Il surprit mon regard.

- Tu en as déjà vu auparavant ? me demanda-t-il en levant légèrement les mains devant lui.

De fines branches s'enroulaient autour de ses poignets tandis que des feuilles s'épanouissaient aux creux de ses paumes. La lumière s'échoua sur le tatouage et l'illumina de milliers d'éclats irisés. La magie contenue à l'intérieur l'alimentait de façon fluide et continuelle comme le sang circulant dans nos veines. De si près, l'espèce de l'arbre ne faisait plus aucun doute. Un chêne.

- Non, jamais.
- Ils sont de plus en plus rares. Savais-tu qu'après notre mort, ces marques disparaissent ? La magie qui nous anime retourne au clan et habite chaque membre, comme un souvenir...

Ses yeux se perdirent un instant dans le vide. Les méandres du passé semblèrent le happer. Jamais encore ses émotions m'étaient apparues aussi ouvertement. Pas une seule fois, il n'avait croisé mon regard. Quelque chose n'allait pas. La plupart des gens ne s'en rendaient pas compte, mais éviter tout contact visuel était loin d'être chose facile.

Durant une conversation banale, cela n'arrivait jamais.

- Il ne reste aucune trace de votre appartenance ? demandai-je, intriguée.

- Aucune.

Son expression s'assombrit et ses yeux se perdirent à nouveau dans le vide. Nous faisant entrer dans la pièce, il prit la parole qu'une fois installait devant son ordinateur. Les émetteurs sur mes tempes me démangeaient.

- Quand le souvenir de ton père t'est-il réapparu ?

Je déglutis. Encore aujourd'hui, il ne comptait faire preuve d'aucune délicatesse.

- Le soir où l'ex-petit ami de ma mère adoptive est parti.

Après le départ d'Hadrian, Sérène m'avait porté jusque dans sa chambre. Allongée l'une contre l'autre, elle avait entremêlé ses doigts dans ma fourrure tandis que des larmes de soulagement ruisselaient sur ses joues. Paniquant au moindre contact physique, je ne l'avais jamais laissée avoir un geste si intime envers moi. Le visage de mon père avait choisi cet instant pour apparaître.

- Cela est-il déjà arrivé que tu aies besoin de ton pouvoir et qu'il ne réponde pas ?

Cette question était encore pire que celles de la séance précédente.

- Oui, lors de la mort de mon frère.

- Que s'est-il passé ?

Mon cœur faillit manquer un battement.

- Ce n'est pas écrit dans l'un des dossiers que vous a transmis l'Alliance ? répliquai-je avec bien trop de hargne.

- Karalyn...me prévint le professeur Oaks. Je ne te

pose pas ces questions pour le plaisir, mais pour y aller en douceur. Crois-moi, l'Alliance souhaitait employer de toutes autres méthodes.

Je me retins de rire. Je connaissais les méthodes utilisées par l'Alliance, notamment celles d'Héritiers comme Thana. Les cours particuliers, que me donnait le métamorphe, devaient mettre leur patience à rude épreuve.

- Je comprends, capitulai-je.

Inspirant profondément, je fermai les yeux et m'efforçai de garder mon calme. Les événements resurgirent brutalement, aussi nets que s'ils étaient arrivés hier.

☾

Ce matin-là, la voûte céleste brillait tel un bijou constellé de mille diamants. Les étoiles irradiaient tandis que la lune, ronde et pleine, refusait de laisser place au soleil. Kaïs et moi, nous trouvions chez notre première famille adoptive. Cela ne faisait même pas un mois que nous habitions avec eux et ils nous avaient déjà retrouvés.

Réveillée depuis de longues heures, j'étais assise sur le rebord de la fenêtre lorsque quatre ombres se glissèrent discrètement dans le jardin. Se fondant parmi les arbres et des buissons, une seule d'entre elles se dirigea vers la porte d'entrée. Les autres se séparèrent et contournèrent la maison. Un court instant, la silhouette marchant dans l'herbe humide leva la tête dans ma direction. Retenant ma respiration, les rayons de la lune illuminèrent son visage et ses traits m'apparurent. La couleur de ses cheveux ou la forme de son nez, tout cela n'avait aucune importance pour moi. Mon attention était braquée sur ses yeux. Totalement transformés, ils étincelaient de pouvoir. La jeune femme leva sa main droite et me *fit signe avant de se remettre en marche.*

Comptant silencieusement dans ma tête, j'écoutai le moindre bruit. 9 secondes plus tard, elle toqua à la porte puis sonna à de multiples reprises. À l'étage inférieur, mon père adoptif s'extirpa des draps et alla ouvrir en bâillant.

– *Nous venons chercher les enfants.*

Ces quelques mots suffirent à me glacer le sang.

– *Qui êtes-vous pour nous donner l'ordre de vous laisser emmener nos enfants ?*

Je me précipitai vers mon frère. Plaquant ma main sur sa bouche, il se réveilla en sursaut, les yeux écarquillés de peur. Malgré tout, la vue de mon visage l'apaisa. Lui intimant de se taire, je tapotai mon oreille pour lui dire d'écouter. Au rez-de-chaussée, nos parents adoptifs commençaient à oser le ton.

– *Ce ne sont pas vos enfants. Ils appartiennent à l'Alliance.*

Cette métamorphe était une piètre menteuse. Sans attendre, je tirai Kaïs hors de son lit et ouvris discrètement la fenêtre. Nous devions fuir au plus vite. L'angoisse me prenant à la gorge, je tentai de ne rien laisser paraître devant Kaïs. Paniqué, ses gestes étaient maladroits et peu assurés. Nous n'arriverions jamais à sortir d'ici sans nous faire repérer. Tournant son visage vers moi, je plongeai mon regard dans le sien. Je n'avais pas besoin de mots pour qu'il comprenne mes pensées. Je le protégerai, quoi qu'il m'en coûte.

Hochant la tête, il serra un peu plus fort ma main. Je déposai un baiser sur son front et m'approchai du rebord de la fenêtre. Avant de le franchir, je scannai rapidement le jardin. Plongées dans le noir, des silhouettes attendaient. Je pouvais sentir leurs pouvoirs palpiter. Il n'y avait que des métamorphes.

Un bruit sec puis un cri provenant du rez-de-chaussée m'indiquèrent qu'il était temps pour nous de partir. Enjambant l'encadrement de la fenêtre, mes doigts glissèrent sur la rosée recouvrant le bois et je manquai de perdre l'équilibre. Je me redressai avec précaution et me hissai sur le rebord du toit sans le moindre effort. Après seulement quelques secondes, Kaïs se trouvait à mes côtés. Bien que n'ayant aucun souvenir, j'étais certaine que nous avions déjà fait cela des centaines de fois. En bas, les silhouettes qui s'étaient contentées de nous observer jusque-là sortirent enfin de leur cachette. Un loup à la fourrure aussi noir que la nuit s'avança au pied de la maison, ses crocs brillants bien en vue. Nous étions hors de sa portée, mais pour combien de temps ?

Une femme aux traits anguleux le rejoignit et s'accroupit à sa hauteur. Elle chuchota brièvement au creux de son oreille puis elle courut dans la direction opposée. Ils nous encerclaient.

À l'étage inférieur, la porte de notre chambre s'ouvrit avec fracas. Attrapant la main de Kaïs, je le tirai en avant et accélérai l'allure. En quelques enjambées, nous atteignîmes une extrémité où plusieurs branches venaient s'échouer sur le toit. Grimpant sur l'une d'elles, l'agacement de nos assaillants me parvint. Ignorant la peur qui me broyait de l'intérieur, j'entraînai mon frère au milieu des feuillages.

Des grognements d'impatiences s'élevèrent. Les clôtures qui entouraient les maisons du quartier ralentissaient les métamorphes à notre poursuite. Peu à peu, le bruit de leurs pas s'atténua. Malheureusement, incapable de nous suivre depuis le sol, l'un d'entre eux choisit de nous rejoindre. Je m'attardai et ne pus m'empêcher de lancer un coup d'œil vers ce dernier. La métamorphe qui m'avait salué quelques instants plus tôt capta mon regard et se transforma.

Les traits fins de son visage s'élargirent tandis que sa

peau se recouvrait d'une fourrure épaisse couleur de sable. Les membres de son corps s'étirèrent et mutèrent. Sa queue, bien plus longue que celle que j'arborai sous ma forme animale, se balançait derrière elle de manière menaçante. À mes côtés, la silhouette massive du puma arracha un cri de panique à Kaïs. Ravie de son effet, celle-ci leva l'une de ses pattes et s'amusa à sortir puis rétracter ses griffes. Leurs courbes acérées déclenchèrent chez moi une nouvelle vague d'angoisse. Je fis volte-face.

— Avance, ordonnai-je à Kaïs.

Je murai mes émotions derrière un masque neutre. Kaïs s'exécuta et d'un mouvement, il se projeta dans le vide. Atterrissant avec souplesse, le chêne n'émit pas la moindre protestation. Sans me retourner, je m'élançai à mon tour. Une seconde plus tard, mes paumes rencontrèrent l'écorce de l'arbre. M'agrippant, je rattrapais Kaïs et passais devant lui.

Brisant plusieurs branches et manquant de déraper à quelques reprises, la métamorphe était loin d'avoir notre aisance. Malgré tout, elle était bien trop près. Repoussant le sentiment d'urgence qui s'infiltrait en moi, je tentai de trouver une solution. Nous ne pourrions pas continuer ainsi longtemps.

Le toit d'une maison apparut. Connaissant assez bien le quartier, je déglutis. Après celle-ci, les arbres se feraient rares, nous privant d'issue de secours. Sans attendre, je m'approchai de la bâtisse et me laissai glisser sur les tuiles. Une fois sur mes deux pieds, je tendis mes mains à Kaïs. Cependant, il ne me regardait pas. Dos à moi, il fixait la métamorphe. Bien trop large pour se faufiler parmi les branches, son ascension était plus compliquée qu'elle ne l'aurait cru.

— Dépêche-toi, m'écriai-je.

Il nous faisait perdre de précieuses secondes. Ignorant mes paroles, il observait les silhouettes qui s'agitaient à nos pieds.

– *Nous n'y arriverons jamais, Karalyn. Peut-être devrions-nous nous rendre.*

– *Tu dis n'importe quoi. Nous ne savons même pas qui sont ces gens. !*

– *Ils ne peuvent pas être pires que l'Alliance.*

Le découragement et la résignation parasitaient son aura.

– *Kaïs vient là. Il est hors de question que je laisse quelqu'un te faire encore du mal,* déclarai-je, terrifiée à l'idée que quelqu'un puisse à nouveau poser ses mains sur lui. *Tu me fais confiance ?*

Acquiesçant, il me rejoignit.

– *Je te fais confiance,* murmura-t-il avant de m'entraîner à son tour.

Sous nos pieds, se dressaient plusieurs étages agrémentés de vastes balcons. Le jour commençait à se lever et les habitations prenaient vie. Bientôt, nos poursuivants n'auraient plus les moyens de se cacher dans la pénombre et nous traquer sous leur forme animale. Peut-être que nous auront le temps de demander de l'aide. Mais à qui ?

CHAPITRE 10

Ses doigts d'enfants entrelacés aux miens, Kaïs m'observait avec inquiétude. Le puma se rapprochait du sommet de l'arbre et n'allait pas tarder à nous rejoindre. La respiration de mon frère ne cessait de s'accélérer tandis que de la sueur coulait sur ses tempes. Nous n'allions pas pouvoir fuir indéfiniment. Certaine que nos poursuivants n'appartenaient pas à l'Alliance, je me demandais pourquoi des membres de notre espèce nous traquaient. Toute cette peur me donnait la nausée. Un bruit sourd me ramena à la réalité. Le cœur au bord des lèvres, je me tournai vers le puma.

Ce dernier se dressait désormais à quelques mètres de nous, ses yeux brûlant de rage. Le fait que deux enfants de dix et douze ans aient réussi à le semer au milieu des arbres était loin d'avoir flatté son ego. Ne quittant pas la métamorphe du regard, je poussai légèrement Kaïs et le forçai à partir. Deux mètres plus bas, un balcon agrémenté de fleurs et plantes en tout genre lui offrait une échappatoire parfaite. Au moment où ses pieds frôlèrent les lattes de bois, le puma bondit. Me précipitant à la suite de Kaïs, je dérapai sur les tuiles humides et tombai la tête en avant. Les griffes du prédateur égratignèrent le haut de mon crâne tandis que son poids et le mien nous emportaient dans le vide. Me voyant déjà écrasé contre le sol, je pressai mes doigts contre mes paupières. Soudain, quelque chose surgit et attrapa l'une de mes chevilles. Suspendu dans les airs, j'ouvris les yeux et vis Kaïs. Penché au-dessus de la balustrade, il tenait ma jambe entre ses deux mains. L'effort et le froid avaient rougi ses joues rebondies.

Un craquement sinistre s'éleva du sol. Personne n'était venue en aide à la métamorphe. Refusant de m'attarder sur elle, je tentai de trouver une échappatoire. La tête en bas, mes options étaient plus que limitées.

– Lâche-moi.

Les yeux de mon frère s'écarquillèrent.

– Non !

– Tu dois le faire. Elle est blessée, je pourrais la distraire pendant que tu t'enfuis.

– Je ne pars pas sans toi.

– Nous n'avons pas le choix, Kaïs.

Encore que des enfants, notre force était malgré tout supérieure à celle d'un humain. Il aurait pu me tenir ainsi longtemps, mais à quoi cela aurait-il servi ?

Jetant un rapide coup d'œil vers le sol ce que je vis me désespéra un peu plus. Boitant légèrement, la métamorphe s'était déjà relevée et effectuait des cercles menaçants. Elle ne partirait pas avant de nous avoir réduits en morceaux. Soudain, plusieurs lumières s'allumèrent dans la maison et inondèrent le jardin. Notre poursuivante sursauta et s'enfuit parmi les buissons. À l'abri des regards, elle s'attarda. Son pouvoir plana jusqu'à nous. Il n'était que rage et frustration.

Après un certain temps et ne sentant plus la présence d'êtres magiques, je décidai d'agir. Si Kaïs relâchait sa prise, mes chances de me blesser à cause d'une mauvaise réception étaient élevées. Malgré tout, je n'avais pas d'autre choix. Le second balcon se trouvait hors de portée tout comme les rebords des fenêtres. Les humains vivants dans cette maison n'allaient pas tarder à nous découvrir.

- Kaïs, lâche-moi. Elle est partie.

La peur hantait ses yeux. Hésitant, il faillit protester à plusieurs reprises. Lorsqu'il détacha enfin ses mains de ma cheville, l'air siffla autour de moi. Balançant mes jambes avec aisance, je modifiai ma position et atterris sur mes pieds. J'avais réussi.

Je n'eus pas le temps d'apprécier ma victoire. Désormais à découvert, l'urgence de partir grandit. Plaçant en moi une confiance aveugle, Kaïs s'élança à son tour. Mes bras l'accueillirent avec douceur tandis qu'il respirait à nouveau.

- Tout va bien, soufflai-je au creux de son oreille avant de l'entraîner hors du jardin.

Pieds nus et en pyjamas, les voisins trouveraient notre présence dehors des plus alarmantes. Une fine pluie se mit à tomber emportant avec elle les traces de sang que nous semions derrière nous. Rompant le silence matinal, les sirènes des pompiers et de la police fendirent l'air. Kaïs et moi nous rapprochâmes de la route sur le qui-vive. Passant à tout juste un mètre du trottoir où nous marchions, leur trajectoire ne nous laissa aucun doute. Ils se rendaient chez nos parents adoptifs.

Ce fut à ce moment-là que nous commîmes notre plus

grande erreur. Inquiets et rongés par la culpabilité, nous revînmes sur nos pas. À notre arrivée, ce que nous vîmes nous glaça. Allongé sur un brancard, notre père adoptif se vidait de son sang. Les yeux clos et le teint blême, les battements de son cœur n'étaient plus qu'un lointain écho. Saisissant ma main, Kaïs se réfugia contre moi. Notre mère adoptive émergea à son tour de la maison. Entourée de deux infirmiers, son visage était tuméfié et ses vêtements déchirés. La violence avec laquelle la métamorphe s'était acharnée sur eux m'horrifia. Un coup aurait suffi à les plonger dans un état d'inconscience, alors pourquoi avait-elle choisi de les faire souffrir ainsi ? N'étions-nous pas censés protéger les humains ?

Brusquement, les doigts de Kaïs se détachèrent des miens. Une main plaquée sur sa bouche, la métamorphe le tira en arrière. Son pouvoir palpitait autour d'elle, prêt à attaquer.

– Je ne pensais pas que vous seriez assez stupide pour revenir ici, se moqua-t-elle son visage couvert par une lourde capuche. Mais bon… Vous n'êtes que des gamins après tout.

La terreur qui déformait les traits de mon frère me brisa le cœur. Inconsciemment, j'avançai d'un pas dans sa direction.

– Tutu… Reste où tu es. Les hommes qui m'accompagnent sont occupés à vous chercher, mais ils ne vont pas tarder à me rejoindre. De plus, ton frère est le seul qui nous intéresse, alors profites-en et pars.

Sa magie se rassembla et l'instant suivant, la main entravant la bouche de Kaïs se transforma. Des poils se mirent à pousser tandis que ses ongles s'étirèrent en de longues griffes et arrachèrent un cri à Kaïs. Un peu plus loin, des renforts rejoignirent les policiers déjà sur place. Le bruit distinctif d'une portière qui s'ouvre me parvint et je fis la seule chose qui me vînt à l'esprit. J'appelais à l'aide.

Ne s'attendant pas à une telle réaction de ma part, la métamorphe sursauta et ses griffes se rétractèrent. Kaïs ne perdit pas une seconde et lui écrasa le pied. Relâchant son emprise, il s'échappa de son étreinte et courut. Malheureusement, il ne choisit pas la bonne direction. Remontant le long de la rue, il allait à l'opposé des agents de police. Ces derniers se dispersèrent et se mirent à la recherche de l'origine des cris. La métamorphe soupira de frustration avant de s'élancer à la poursuite de Kaïs. Elle ne m'accorda pas le moindre regard.

Sans réfléchir, je me précipitai derrière eux. Je ne la laisserais pas l'emmener. Serrant les dents, je tentai d'ignorer les débris de verres qui traversaient la peau de mes pieds. La pluie se mit à tomber avec une telle intensité que les silhouettes de Kaïs et de sa poursuivante devinrent peu à peu floues. Les muscles de mes jambes me brûlèrent. Ma respiration se fit de plus en plus courte. Après plusieurs mètres, je distinguai à nouveau les pas de Kaïs sur le goudron. La métamorphe était si proche de lui qu'elle n'avait plus qu'à tendre la main pour le toucher. Il n'arriverait jamais à lui échapper.

Ma magie m'envahit et m'apporta une énergie nouvelle. Sprintant, je finis par la rattraper. Sans la moindre hésitation, je bondis et fis disparaître le peu de distance qu'il restait entre nous. La percutant de plein fouet, nous nous écrasâmes violemment par terre. Ma tête cogna le sol. Étourdis, ma vue se brouilla et des taches blanches apparurent. Je n'avais réussi qu'à me blesser et à énerver un peu plus la métamorphe. Elle repoussa mon corps sans ménagement et tenta de se relever. Je refusais de la laisser s'en aller aussi facilement.

J'attrapai la seule chose à ma portée, sa cheville blessée, et tirai de toutes mes forces. Mes griffes se plantèrent dans sa chair. La douleur lui fit perdre l'équilibre et l'instant suivant, les muscles de sa jambe mutèrent. Je reculai précipitamment. Me faisant face, le puma lança un regard vers sa patte ensanglantée et toute sa rage se projeta sur moi. Tremblante, je déglutis avec peine.

- Va t'en, criai-je à Kaïs.

Paralysé, il ne bougea pas d'un cil et resta planté au milieu de la rue. Au loin, des voix se rapprochèrent. L'urgence de la situation poussa la métamorphe à réagir. Me trouver aussi près d'elle, de sa gueule et de ses crocs ne me fit pas renoncer. Ne sachant que faire, j'assenai ma petite main contre sa mâchoire.

Mes gestes étaient tremblants et peu assurés, mais la surprise joua en ma faveur. Comment une métamorphe adulte aurait-elle pu s'attendre à ce qu'une gamine fasse autre chose que courir ? Mon attaque avait beau être courageuse, j'avais totalement sous-estimé la colère qu'elle ferait naître chez elle. Ses crocs rencontrèrent mon poignet gauche et déchirèrent ma peau. La douleur me coupa la respiration.

Elle ne se contenta pas de me blesser, non, il lui en fallait plus. D'un rapide mouvement, ses griffes lacérèrent mon ventre. Puis, reprenant sa forme humaine, elle me saisit à la gorge. Mon pouvoir se répandit en moi attendant que je lui cède la place. Au même moment, la métamorphe repoussa la capuche qui couvrait son visage. Des cheveux noirs et bouclés collaient à sa peau dorée tandis que des lèvres fines couleur grenade esquissaient un sourire victorieux. D'aussi près, je réalisais soudain que je connaissais ce visage. Ma magie mourut en un instant.

- Tu te souviens de moi, n'est-ce pas ? me demanda-t-

elle en faisant mine de me reposer.

Un court instant, j'eus l'idée folle qu'elle allait me laisser et se contenter de la blessure qu'elle m'avait infligée. Que j'avais pu être stupide ! Mes pieds touchèrent le sol et elle attaqua une seconde fois.

Le cri de Kaïs résonna dans la rue déserte tandis que mes yeux eurent tout juste le temps de percevoir l'éclat de ses griffes. Mes deux mains se plaquèrent contre ma gorge. Mon sang se mit à couler abondamment entre mes doigts et le long de mes bras. Des gouttes giclèrent sur le visage de la métamorphe. Terrassées par la douleur, mes jambes se dérobèrent sous mon corps. Je m'écrasai par terre, contre le goudron. Sans attendre, la femme m'enjamba et ses pas se répercutèrent sur le sol. Elle courait.

— Fuis ! voulus-je crier, mais aucun bruit ne sortit de ma bouche.

Je tentai de me relever, mais chaque mouvement ne faisait qu'empirer ma souffrance. Pendant un instant, je ne distinguai plus rien. La pluie s'abattait avec bien trop d'intensité. Puis soudain, les hurlements de Kaïs transpercèrent mes tympans.

Quelque chose en moi se brisa. Les larmes inondèrent mes joues. Incapable de bouger, mes dernières forces commencèrent à m'abandonner. Les bruits des sirènes de police se rapprochèrent, tout comme la foule. Mes yeux refusaient de rester ouverts plus longtemps. Au loin, le cœur de Kaïs cessa de battre.

J'essayai de crier, d'appeler à l'aide, mais ma voix ne m'obéit pas. Tout mon être hurlait en silence. Cela ne pouvait être vrai. Une silhouette s'approcha de moi puis un rideau de cheveux blancs envahit mon champ de vision. Thana se dressait devant moi, mais je me moquai de l'Héritière. Tout ce que je voulais s'était retrouvé mon *frère.*

☾

Le professeur Oaks stoppa la simulation. La lumière m'aveugla et la réalité se força un chemin jusqu'à moi. Malgré tout, ce souvenir refusait de me quitter. La panique continua de me serrer la gorge et d'entraver ma respiration. Toutes les émotions que j'avais repoussées avec soin au fil des années m'assaillirent. Plus intense que jamais, elles se vengeaient d'avoir été mise à l'écart durant si longtemps. Je me sentis soudain submergée et l'air me manqua. Le professeur Oaks me rejoignit et s'accroupit face à moi. Je n'avais aucun souvenir d'être tombé à genoux.

- Tout va bien, ce n'était pas réel, me rassura-t-il.

Dans sa voix, l'émotion altérait ses mots. Ces événements étaient bel et bien arrivés. Kaïs était mort à cause de moi. Ma vue se brouilla et le monde se mit à tourner. Je voulus disparaître. Oublier toute cette douleur qui pesait sur moi chaque jour.

Des frissons recouvrirent mes bras. Soudain, une vague de chaleur m'enveloppa. L'aura du métamorphe, calme et solide, forma un cocon protecteur autour de moi. Les pulsations électriques de la pièce s'atténuèrent. Son pouvoir s'approcha de moi, curieux.

L'essence particulière qui le traversait, celle de son clan, sentait la forêt et me sembla étrangement familière. Abaissant mes barrières mentales, je laissai les couleurs apparaître. Nous restâmes ainsi un moment enveloppés dans la bulle de magie qu'avait créée le professeur Oaks.

◆

Le lendemain, lorsque l'horloge du salon de thé sonna 18 heures, Every m'attendait en terrasse. Enveloppée dans un long manteau noir à la coupe cintrée, elle sirotait un énième café aux saveurs étranges tout en lisant un nouveau best-seller fantastique tant apprécié des humains. De délicates barrettes serties de perles relevaient sa chevelure et dégageaient son visage tandis que ses lunettes ne cessaient de glisser le long de son nez.

De l'autre côté du comptoir, Alys me fit signe de partir. Rejoignant le vestiaire, je dénouai mon tablier et me préparai pour l'exposition. Ayant retenu les multiples discours d'Every, j'avais choisi une robe bordeaux à manche longue. Une fois prête, je retournais la voir et la prise dans mes bras.

- Au revoir, ma belle, dit-elle en me serrant un peu plus fort. Profite d'être en vacances pour te reposer.

- Promis, répondis-je à contrecœur.

Entre les examens qui approchaient et les entraînements qu'Every avait prévu de me faire subir, je comptai sur le bout des doigts les moments de calme que j'allais pouvoir m'accorder.

- Ce n'est pas bien de mentir, m'accueillit Every.

Un sourire taquin se dessina sur ses lèvres. Elle glissa un marque-page dans son livre et le fourra dans mon sac.

- Ce n'est pas bien d'écouter les conversations des autres, répliquai-je du tac au tac.

Elle me tira la langue puis avala une dernière gorgée de café.

- Nous devrions y aller si on ne veut pas être en retard, il y a un monde fou dans le métro à cette heure-ci.

J'acquiesçai avec peine. Habituellement, nous rendions n'importe où à pied, mais aujourd'hui nous n'avions pas le temps. La station se dessina à quelques mètres de nous. Descendant les marches, j'espérai que ce serait la pire situation que j'aurais à affronter ce soir. Une vague de chaleur nous enveloppa nous donnant un aperçu de la foule se trouvant à l'intérieur. À notre arrivée, des dizaines de personnes s'engouffrèrent dans une rame. Après quelques secondes d'attente supplémentaire, ce fut à notre tour. Collée contre les portes closes, les palpitations de mon cœur s'accélérèrent.

Every se posta à mes côtés et empêcha quiconque de m'approcher de trop près. Je posai ma tête sur son épaule et inspirai profondément. Son odeur emplit mes poumons. Après dix minutes à être enfermé dans cette boîte en acier mouvante, nous arrivâmes. À l'instant même où les portes s'écartèrent, je me faufilai à travers la foule le plus rapidement possible.

- Ça va mieux ? me demanda Every une fois qu'elle fut sortie à son tour.

- Oui, c'est fini maintenant, la rassurai-je.

Le flot compact de passagers s'était éparpillé dans la rue. Désormais à l'air libre, j'en profitai pour observer l'architecture du quartier. À l'opposé de ceux entourant notre université, celui-ci était un mélange de béton, d'acier et de verre. La marque des Héritiers parsemait le paysage urbain : des tours s'élevant vers les cieux jusqu'aux statues et fontaines. Seuls des êtres magiques pouvaient travailler de tels matériaux avec tant de délicatesse et de précision.

La galerie d'art se trouvait à quelques pas de la bibliothèque. Cette dernière se composait d'un porche bordé de colonnes antiques et d'un long escalier en marbre. Au-dessus de l'entrée trônait fièrement le seau de l'Alliance. Comme si l'accès au savoir et aux souvenirs du passé était leur plus grande qualité.

La silhouette de mon professeur d'art appliqué se découpa

sur le trottoir. Une cigarette se consumant dans sa main, il observait la foule. Il portait un élégant costume bleu marine ainsi qu'une chemise blanche. Relevée au-dessus des coudes, cette dernière laissait apparaître les tatouages couvrant ses bras. Ils me paraissaient désormais fades en comparaison de celui du professeur Oaks.

- Bonsoir, Karalyn, m'accueillit-il entre deux volutes de fumée.
- Bonsoir professeur. Voici Every, dis-je tout en indiquant mon amie.
- Bonsoir, je suis ravie de vous rencontrer, déclara-t-il, une lueur d'intérêt s'allumant au fond de son regard.

J'avais découvert au fil des cours que mon ancien professeur était « sensible » à l'énergie que dégageaient les êtres magiques.

- J'espère que l'exposition vous plaira.

À ces mots, il écrasa sa cigarette et nous ouvrit la porte en verre. La vue que le hall d'entrée nous dévoila nous laissa admiratives. La lumière, douce et tamisée, était diffusée par des centaines de guirlandes s'écoulant du plafond jusqu'au sol. Les trois pans de murs accueillant les toiles étaient d'un noir profond mettant ainsi en valeur les couleurs vibrantes des photographies. Au centre de la pièce étaient disposées verticalement de fines parois en verre. Le tout était saisissant.

Un homme vêtu d'un costume impeccable s'approcha de nous et nous débarrassa de nos manteaux. Sur notre droite, un bar offrait tout un assortiment de cocktails et d'apéritifs. Nous nous dirigeâmes vers les premières photographies. Scannant l'ensemble des invités, je ne décelai aucune trace de Josh.

Un magnifique coucher de soleil se déployait devant

nous tandis qu'un dégradé de rose et de violet se reflétait sur des parois rocheuses aux tons orangés. En dessous, des lettres en italiques blanches indiquaient le lieu de la photographie « Le Grand Canyon ». L'approche de l'artiste était intéressante, différente. Au lieu d'une vue d'ensemble du canyon, il abordait un angle plus réduit se concentrant sur le seul être vivant présent sur le cliché. Ce dernier, un merle bleu au plumage scintillant, était juché parmi les branches d'un arbre mort. Ses pupilles totalement noires fixaient l'objectif. Every était déjà passée à la photographie suivante, cependant quelque chose chez cet oiseau m'en empêcha. Ses yeux irradiaient d'une force étrange.

Intriguée, je me rapprochai lorsqu'Every se figea soudainement. Tournant la tête vers l'entrée, mon regard glissa sur la silhouette de Josh et s'attarda sur son visage. Ma gorge se serra. Derrière lui, Sorën et Zéphyr apparurent. Comme à l'accoutumée, ces deux derniers se chamaillaient. Nerveux, Josh ne les écoutait pas. Tout comme moi quelques minutes auparavant, il fouilla la salle à ma recherche. Braquant à nouveau mon attention sur le paysage devant moi, j'évaluai mes chances de parvenir à l'éviter. Malgré la taille de la pièce et le nombre de personnes présentes, elles me semblèrent très minces.

— Tu veux que l'on s'en aille ? me souffla Every.

— Non, répondis-je de façon catégorique.

Ce n'était pas à moi de fuir. Refoulant ma colère et mon envie de le faire passer à travers l'entrée de la galerie, je continuai mon observation.

— Je vais me chercher à boire, tu veux quelque chose ?

L'inquiétude qui pointait dans la voix d'Every me fit grimacer. Je n'étais pas parvenu à cacher mes sentiments aussi bien cette fois-ci.

- Non, ça ira. Merci.

Mes sens ne semblaient percevoir que lui. Lorsqu'il réalisa ma présence, les battements de son cœur s'accélérèrent. Son angoisse flotta jusqu'à moi.

Serrant les poings, je me dirigeai vers les œuvres suivantes. La cinquième représentait un ours brun au milieu d'une forêt dense et verdoyante. Sa fourrure se confondait avec l'écorce des arbres. Même à travers la photographie, je pouvais ressentir la puissance qu'il irradiait. Mon regard s'arrêta sur les pupilles de l'animal.

- Vous aimez ?

Surprise, je me tournai vers la voix qui m'avait interrogée. L'artiste, un humain à l'allure décontractée, attendait patiemment ma réponse. Portant un simple jean et un tee-shirt blanc, ses baskets kaki étaient l'unique note de couleur de sa tenue.

- Toutes ses photographies sont stupéfiantes.
- Ça me touche beaucoup, me remercia-t-il. Je m'appelle Lyam.

Un sourire chaleureux imprégna son visage.

- Kara.

Je désignai l'animal du doigt.

- C'est un métamorphe, n'est-ce pas ? demandai-je à mon tour.
- Absolument ! Comment l'avez-vous su ?
- Seuls les métamorphes possèdent des pupilles aussi vibrantes d'énergie.
- Vous êtes observatrice, constata-t-il, admiratif.
- C'est plus facile lorsqu'il s'agit des siens.

La surprise modifia son aura. Il ne pensait pas que je puisse faire partie des leurs. Dégageant les mèches de cheveux lui tombant sur le front, il se rapprocha et son aura chatouilla la mienne.

- Et bien, je peux vous assurer que peu d'entre vous l'ont remarqué, et cela, malgré vos capacités.
- Cela me paraît évidemment pourtant, dis-je sans prétention.
- Vous faites partie des élèves du professeur Izar ? me demanda-t-il, sa voix empreinte de curiosité.

Malgré la douceur et le talent du jeune homme, je ne pouvais m'empêcher de suivre les mouvements de Josh dans la salle. Me préparant au pire, mon esprit ne cessait d'imaginer toutes les situations possibles.

- Oui.

Ce n'était plus réellement le cas, mais cela n'avait pas d'importance.

- Vous peignez ?
- J'essaye en tout cas, nuançai-je soudain gênée.

Je n'avais aucune envie que la conversation tourne autour de moi.

- Avec un tel sens de l'observation, vous devez être douée.

Je me contentai de hausser les épaules, dubitative.

- J'en suis certain. Vous savez voir les choses comme elles sont.

Si cela avait été vrai, Josh n'aurait pas réussi à m'embobiner aussi longtemps et avec une telle facilité. Quelque part dans la salle, une voix appela le jeune homme. Ce dernier se tourna vers son interlocuteur puis vers moi.

- Je suis ravie que l'exposition vous ait plu.

Farfouillant dans les poches de son jean, il en sortit une carte qu'il me tendit.

- Si vous en avez envie, j'aimerais pouvoir discuter à nouveau d'art avec vous.

Étonnée, je la saisis.

- Bonne soirée.
- À vous aussi, dis-je tout en le regardant s'éloigner.

Quelques instants plus tard, l'aura distinctive d'Every balaya mon dos.

- Tu lui as plu, me taquina-t-elle tout en sirotant un cocktail d'où s'échapper des effluves d'ananas et de rhum.
- N'importe quoi, répliquai-je en me penchant sur une nouvelle photographie.
- C'est vrai. Tu es la seule qu'il soit venu aborder, commenta-t-elle, la voix teintée de sous-entendu.

J'allais riposter lorsque Zéphyr et Sorën apparurent. La gêne des deux hommes était palpable.

- Vous allez bien ? demandai-je avec le plus de chaleur possible.

Peut-être qu'en prenant les devants l'atmosphère s'apaiserait.

- Très bien et toi ? répondit Zéphyr.

Bien qu'avenant, le regard qu'il posait aujourd'hui sur moi avait changé. Une pointe de peur y flottait désormais.

- Aussi. L'exposition est splendide.
- C'est vrai. C'est tellement dommage que tu es loupé celle de lundi. Les toiles de l'artiste t'auraient plu ! Toutes ses couleurs et ses formes ! C'était génial, débita-t-il presque sans respirer.

Zéphyr adorait parler pour tout et pour rien si bien que son flot de paroles avait tendance à augmenter au fur et à mesure que son embarras grandissait. À côté de lui, Sorën se

contentait de rester silencieux, ses yeux pâles me scrutant.
- Peut-être une prochaine fois.

C'était un mensonge et ils le savaient. Le regard de Sorën se porta derrière moi. J'avais senti l'aura de Josh plusieurs secondes avant qu'il n'arrive. J'avais eu beau me préparer toute la journée à cette situation, les émotions qui se bousculaient en moi me coupèrent le souffle. M'empêchant de serrer les poings, mes doigts glissèrent autour du verre d'Every et le levèrent jusqu'à mes lèvres. L'alcool, contrairement à ce que pensait la majorité des humains, avait tout autant d'effets sur nous. Lui rendant son cocktail, je m'excusai auprès d'Every et les autres puis me faufilai en direction des toilettes. Toute cette foule et la proximité de Josh me donnèrent soudainement chaud.

Pourquoi avais-je tenu à ce point à venir à cette exposition ? À quoi m'attendais-je ? À ce que Josh se désiste ? Encore une fois, je m'étais montrée naïve et stupide.

À l'exception d'une sorcière, les w.c étaient déserts. Repoussant mes boucles brunes dans mon dos, je m'approchai des lavabos et me rafraîchis. Soudain, le miroir me renvoya l'expression qui se peigna sur le visage de la femme à la vue de ma cicatrice. D'un geste, je replaçai mes cheveux et cachai à nouveau mon cou. La sorcière détourna le regard, gênée.

N'étant pas d'humeur à supporter un tel comportement ce soir, je quittai la pièce sans oublier de claquer la porte. Décidément, j'aurais mieux fait de rester dans ma chambre, le nez plongeait dans mes livres. D'où je me trouvai, je pouvais voir Every qui discutait avec Sorën et Zéphyr tandis que Josh se tenait à l'écart. Je n'avais aucune envie de retourner là-bas. Pourtant, si je voulais pouvoir quitter ce lieu, je n'avais d'autre choix que de prendre mon courage à deux mains et d'affronter Josh.

Après seulement quelques pas dans leur direction, il repéra ma présence. Les pans de sa chemise étaient légèrement entrouverts dévoilant un pendentif en jade. J'avais économisé un été entier pour lui offrir à ses seize ans. Il n'était plus obligé de faire semblant, alors pourquoi continuait-il à le porter ? Une nouvelle bouffée de colère m'envahit.

- Je vais y aller, je dois encore préparer ma valise pour demain, dis-je à l'attention d'Every.
- Moi aussi, mon frère ne va pas tarder.

Elle mentait, celui-ci ne viendrait pas le chercher avant au moins deux bonnes heures. Elle ne voulait pas que je rentre seule.

- Comme il n'arrivait pas à te joindre, il m'a demandé de te prévenir qu'il aurait du retard.

Les trois garçons nous observaient, inconscients de ce qui se tramait juste sous leur nez. Every, quant à elle, comprit parfaitement. Fronçant les sourcils, mon refus silencieux la contraria. J'appréciai son geste, mais elle n'avait pas à me prouver sa loyauté. Mon sourire suffit à l'apaiser.

- Tout va bien, chuchotai-je lorsque je la pris dans mes bras pour lui dire au revoir. Bonne soirée.

Occultant volontairement la présence de Josh, je renforçai le malaise de Zéphyr et de Sorën. Il était temps que je parte. Au moment d'enfiler mon manteau, je jetai un dernier coup d'œil en direction de Josh. Nos regards se croisèrent un bref instant me faisant réaliser à quel point il me manquait.

Une fois sur le trottoir, un vent frais d'automne me balaya. Les jours raccourcissant, la lune pointait déjà le bout de son nez. Je m'apprêtai à rentrer à pied, mais hésitai un instant. J'allais devoir marcher plus de quarante minutes pour rejoindre l'université et je rêvais de me glisser sous ma couette. Mais prendre le métro, sans Every pour me calmer...

Je fis volte-face et m'engouffrai à l'intérieur. Je refusai de me laisser vaincre par ma peur. Je ne pourrais pas toujours compter sur mon amie pour me protéger. À cette heure-ci, la foule affluait de toute part. La chaleur qu'elle et les rames dégageaient me saisit à la gorge. J'enlevais mon manteau et attendis. Inspirant profondément, je tentai de trouver un semblant de calme. Six minutes passèrent. Une nouvelle rame apparut. Les usagers se bousculèrent et s'y agglutinèrent tandis que je restai au plus près des portes. Lorsque celles-ci se refermèrent, le moindre espace était occupé. Je collai ma joue contre la vitre et profitai de la fraîcheur que le verre m'apporta. Les paupières closes, j'essayai de m'isoler et de me plonger dans ma bulle. Après quatre arrêts supplémentaires, une foule encore plus dense se força une place à l'intérieur. Je me retrouvai plaquée contre la paroi, privée d'espace vital.

- Karalyn ?

Ouvrant les yeux, le visage de Rhysand emplit mon champ de vision. Depuis quand les Héritiers prenaient-ils le métro ?

- Tu as beaucoup de préjugés à notre sujet apparemment, répliqua-t-il, amusé.

Je grimaçai. J'avais parlé à voix haute. Avant que je puisse l'arrêter, il posa l'une de ses mains contre mon front.

- Tu es brûlante ! s'exclama-t-il.

- Et vous, vous êtes gelé, murmurai-je.

L'inquiétude contenue dans sa voix m'intrigua. Perdant le fil de ma respiration, je ne pris tout d'abord pas conscience du peu d'espace qui nous séparait. Malgré tout, l'hématome qui courait le long de sa clavicule droite et qui disparaissait sous son pull ne m'échappa pas. D'aussi près, je pus voir avec précision les éclats bleus qui parsemaient son iris vert glacé.

- Claustrophobie, expliquai-je brièvement.

À peine ma phrase terminée, l'aura de Rhysand se dispersa autour lui et m'enveloppa. Les auras des autres passagers ne m'atteignirent plus. Fermant à nouveau les yeux, j'eus l'impression que nous n'étions plus que nous deux. Habituellement, j'aurais tenté de m'en défaire, mais aujourd'hui elle m'apportait le calme dont j'avais besoin. Les battements de mon cœur s'apaisèrent.

L'arrêt de l'université apparut enfin. Sans rien ajouter, je m'extirpai de son contact et sortis. Rhysand fit de même. Le laissant marcher à mes côtés, j'attendis le moment où il se déciderait à parler. Je l'avais assez observé au fil des semaines pour savoir qu'une question le taraudait. Une fois dehors, un vent glacial nous balaya. Rhysand resserra un peu plus les pans de son manteau et souffla sur ses mains. Si j'avais contrôlée le pouvoir contenu dans mon aura, j'aurais pu la propager et l'y envelopper comme lui quelques minutes auparavant. La chaleur qu'elle diffusait aurait suffi à le réchauffer, mais j'en étais incapable.

- Tu es toujours contre l'idée d'aller boire un café avec moi ? me demanda-t-il finalement.

Les paroles qu'il venait de prononcer n'étaient pas d'anodines. Sur la défensive, je m'arrêtai et sondai son aura. J'acquiesçai.

- Pourquoi pas.

Un sourire victorieux s'étira sur ses lèvres.

- Tu devrais mettre ton manteau, dit-il quelques instants plus tard en indiquant ma robe et mes collants.

- Je suis une métamorphe, ne vous inquiétez pas pour la température.

Malgré tout, je me couvrais. Me balader avec un Héritier attirait déjà bien assez l'attention.

- Je ne risque pas de l'oublier.

Sa voix ne contenait peut-être aucune amertume, mais le sens de ses paroles m'échappa. J'optai pour l'indifférence.

- Où voulez-vous aller ?

Mon insistance à le vouvoyer le contraria aussitôt.

- On est vraiment obligé de continuer ce petit jeu de politesse ? râla-t-il en fourrant les mains dans ses poches.

Pour toute réponse, un groupe d'élèves émergea d'une ruelle adjacente et croisa notre chemin. Parmi eux, plusieurs Héritiers saluèrent Rhysand. Le sujet était clos.

Ne sachant pas où nous allions, je me contentai de le suivre en silence. Quoi qu'il ait à me dire, je ne comptai pas lui faciliter la tâche. Nous bifurquâmes dans plusieurs petites rues aussi anciennes que l'université elle-même. Rhysand, le nez enfoncé dans son manteau, me jetait de temps à autre des regards en coin. Mille questions traversaient mon esprit, mais je préférai rester prudente.

- Nous sommes bientôt arrivés, lâcha-t-il après plusieurs minutes.

Le café qu'il avait choisi semblait cozy et chaleureux. Rhysand ouvrit la porte et me la tint grande ouverte.

- Vous devriez entrer, vous allez attraper froid, déclarai-je laconiquement.

Un tel geste de galanterie aurait eu tout son sens avec l'un des siens, mais ce n'était pas le cas. Comprenant mon refus silencieux, il souffla et finit par céder.

Je le suivis à l'intérieur. Sur la droite s'étendait un long comptoir en bois noir accompagné de tabourets de la même couleur. Derrière lui étaient accrochés des panneaux en ardoise avec écrits les noms des plats et des boissons. J'eus immédiatement l'eau à la bouche. Sur la gauche, des boxes s'alignaient le long du mur et au centre de la pièce, d'autres tables étaient disposées.

Rhysand, apparemment un habitué des lieux, se dirigea directement vers le boxe situé au fond de la salle et salua au passage l'homme servant au comptoir. Malgré les deux écrans plats et la dizaine de supporters surexcités venus regarder le match de football se déroulant ce soir, l'atmosphère qui planait autour de nous était chaleureuse. Je m'assis contre le mur et gardai une vue complète sur le reste de la pièce. Des lampes diffusaient une lumière douce tandis que des effluves gourmands flottaient de manière alléchante. Je surpris Rhysand en train de m'observer.

- Je n'avais jamais entendu parler de cet endroit ni même de cette rue.
- Peu d'êtres magiques les fréquentent.

Je me mordis la langue. Portant un jean noir et un simple pull bleu ciel, il aurait pu se confondre parmi les humains. Seuls ses yeux vairons et l'énergie étrange qu'il dégageait été des indices sur sa nature.

- Vas-y, me lança-t-il tout en se débarrassant de son manteau.

Je le regardai sans comprendre.

- L'expression sur ton visage, pose-moi tes questions.

Il ne m'en fallut pas plus.

- Pourquoi est-ce que tu m'as emmené ici en particulier ?

Hormis le barman et le pouvoir de l'eau circulant dans ses veines ainsi que nous deux, il n'y avait pas la moindre trace de magie dans cet établissement.

— Je trouve ce café agréable et les plats sont très bons, m'expliqua-t-il sans cacher son amusement.

Ses yeux ne me quittaient pas, ne perdant pas une miette de mes réactions.

— Tu aimes la présence des humains ?

— Plus que celle des personnes de mon rang, oui.

La sincérité de ses paroles me frappa. Je n'aurais jamais cru entendre cela de la part d'un Héritier. Un serveur arriva et nous tendit à tous les deux des menus.

— Tu as faim ?

Mon estomac se mit à gargouiller. Rhysand leva un sourcil amusé.

— Je considère ça comme un oui. Prends ce qui te fait envie, c'est moi qui t'invite.

Entendre ses mots sortir de la bouche d'un Héritier me paraissait irréel.

— Je te laisse décider pour moi, finis-je par dire.

La situation était bien trop étrange pour que j'aie la tête à lire la carte. Le serveur revint vers nous, un calepin à la main.

— Salut Rhys ! Vous avez choisi ? demanda-t-il, nous regardant à tour de rôle.

— La même chose que d'habitude, s'il te plaît, répondit l'Héritier.

— Pour tous les deux ?

— Oui, confirmai-je.

— Chris a ajouté un nouvel ingrédient secret. Vous m'en direz des nouvelles, nous annonça-t-il avec un clin d'œil avant de s'éclipser.

- Pourquoi m'as-tu invité ?

M'enfonçant dans le fauteuil moelleux, je sirotai une gorgée de thé glacé. Ma question de but en blanc l'avait pris de court. En tant qu'Héritier, Rhysand devait avoir l'habitude d'un peu plus de tact.

- Tu es toujours si directe ? commenta-t-il en esquissant un sourire.
- Cela évite de perdre du temps.

Il acquiesça puis fourra une main dans ses cheveux semblables à un ciel sans étoiles.

- Nous allons devoir passer tout un semestre ensemble. Je pensais que ça pourrait être utile d'apprendre à se connaître, se lança-t-il.

La nervosité et l'hésitation contenues dans sa voix demeuraient palpables.

- Vous... Tu ne comptes pas changer de partenaire ? rectifiai-je face au regard désapprobateur de Rhysand.
- Absolument pas.

Même s'il ne me mentait pas, je pouvais sentir qu'il ne me disait pas toute la vérité.

- Et maintenant, l'autre raison ? contrai-je.

Au même moment, le serveur s'approcha de nous, nos plats fumants à la main. Ne lui laissant aucune chance de se défiler, j'attendis que Rhysand reprenne la parole. Il se contenta de remuer sa fourchette dans son assiette, la tête baissée. Après quelques minutes, il brisa le silence.

- Je voulais te remercier de m'avoir sauvé.
- Tu n'as pas besoin, répliquai-je.

Venir au secours d'un Héritier pour un métamorphe, qu'il soit gardien ou pas, était un devoir.

- Tu ne me dois rien.
- Je ne t'ai pas été d'une grande aide, lâcha-t-il morose.
- Bien sûr que si, protestai-je, les sourcils froncés.
- Je… Rien, oublies ça.

Face à son scepticisme, je me demandais ce qu'il se serait passé s'il n'était pas intervenu avec le professeur Oaks. Vu l'étendue de ma rage, j'avais la certitude que j'aurais cassée la jambe d'Aldryc. Et après qu'aurais-je fait ? Aurais-je réussi à me contrôler ? Même si les caméras auraient prouvé ma légitime défense, la directrice n'aurait pu ignorer la gravité des blessures que je leur aurais infligées.

- Si tu n'étais pas interposé, Aldryc aurait fini à l'hôpital, commençai-je à dire.

Rhysand haussa les épaules, peu intéressé par ce détail.

- Et j'aurais été exclu de l'université. Alors si, ton intervention a eu de l'importance.

Ses yeux vairons se détachèrent de ses frites maison et me fixèrent. Il n'avait jamais envisagé la situation sous cet angle. Son aura se détendit.

- Maintenant, tu n'as plus à te sentir redevable.

Mes paroles eurent l'air de le contrarier, presque de le blesser. Il laissa choir ses couverts et recula dans son siège. C'est comme ça que tu vois les choses ? Comme une dette que je me sens obligé de payer ?

- Pour quelle autre raison ?
- Je ne sais pas, pour t'aider peut-être ? De manière désintéressée ? répliqua-t-il d'un ton narquois.
- Mais bien sûr. Les Héritiers sont réputés pour leur altruisme envers les métamorphes, contrai-je sur le même ton. C'est bien connu.

La colère balaya son aura.

- Nous ne sommes pas tous pareils, répondit-il sèchement.
- Je n'en ai jamais rencontré un qui ne le soit pas.
- Pour cela, il faudrait encore que tu le laisses t'approcher.

Sa réplique se voulait blessante, mais elle ne m'atteignit pas. J'avais assez eu affaire aux Héritiers pour savoir qu'il serait le premier à ne pas agir de la sorte. Il était plus probable qu'il me mente ou qu'il se mente à lui-même.

- Si tu le dis.
- Je n'avais pas à me justifier après tout.
- C'est tout ce dont tu voulais me parler ?
- Je... Oui.
- D'accord, je vais rentrer alors.

Ma valise pour demain n'était toujours pas prête et mon train partait de la gare à cinq heures du matin. Et honnêtement, j'en avais assez de cette soirée.

- Je vais te raccompagner, déclara-t-il tout en posant sa serviette sur la table.
- Ce n'est pas la peine.

Fouillant dans mon sac, je sortis mon portefeuille et plaçai plusieurs billets. Au moins, nous n'étions plus redevables l'un envers l'autre. Vu son expression, il ne s'était pas attendu à ce que les choses se déroulent ainsi.

- Bonne soirée.

Je pris mon manteau et me préparai à partir lorsqu'un détail me traversa l'esprit.

- Tu devrais aller te faire soigner correctement, lançai-je en indiquant son épaule. Et en parler à quelqu'un.

Je n'aimerais pas que tu loupes encore une semaine de cours à cause de ça.

Puis, je m'en allai sans un regard. Même si Rhysand semblait sincère et particulier, ce qui s'était passé avec un Josh m'avait prouvé que je ne pouvais compter sur mon instinct. Je ne pouvais plus me permettre de faire confiance à quelqu'un aussi facilement et encore moins à un Héritier. Nous ne partagions que quelques entraînements ensemble, nous n'avions pas besoin d'en savoir plus l'un sur l'autre. Je refusai de mettre à nouveau Sérène en danger. Mes pensées se portèrent vers Josh et les larmes inondèrent mon visage.

CHAPITRE 11

Quelque chose de lourd cachait mon visage et m'empêchait de respirer correctement. J'avais chaud. Je ne voyais rien. J'étais certaine d'avoir les yeux ouverts pourtant, tout était noir. Sentant de nouveau mes mains, je balayai l'espace devant moi et repoussai le tissu moite qui collait à ma peau. Une lumière vive m'aveugla tandis que ma couverture tombait au sol. J'étais recouverte de sueur. Respirant à plein poumon, je tentai d'apaiser les battements de mon cœur. Ce n'était qu'un cauchemar.

Je me redressai puis hésitai. Ce n'était pas ma chambre. Malgré tout, une sensation familière m'envahit. Je ne risquais rien. J'étais à la maison. Enfin.

Descendant du lit, je m'approchai de l'unique fenêtre. Le tissu de mon pyjama émettait un bruissement agréable à chacun de mes pas. Quand avais-je enfilé mon pyjama ?

Écrasant mon visage contre la vitre, les premiers rayons du soleil me caressèrent. La respiration régulière de Kaïs me parvenait depuis l'autre chambre. Il n'y avait que nous deux à cet étage de la maison. Que faisait-il là ? Comment savais-je que nous nous trouvions à l'étage ?

La maison était totalement silencieuse. Tout le monde dormait. Le jardin à l'arrière était tout aussi calme. Cependant, cela faisait déjà bien longtemps que la nature s'activait. Soudain, à travers la robe épaisse des arbres bordant le jardin, quelque chose attira mon attention. Deux pupilles couleur de miel, hantant mes rêves depuis plusieurs semaines, scrutaient la maison. Elles se posèrent alors sur moi et me fixèrent sans ciller. À qui appartenaient-elles ?

Sans réfléchir, je quittai mon poste d'observation et me précipitai hors de la chambre. Sur le palier, l'hésitation m'envahit. Peut-être devrais-je aller voir le visage de Kaïs une dernière fois ? Je secouai la tête. Pourquoi serait-ce la dernière fois ? Balayant cette idée absurde, je dévalai les escaliers.

Les ronflements de papa résonnèrent dans cette maison trop vide. Le peu d'affaires que nous possédions ne suffisait pas à remplir ses pièces. Ce n'était pas grave, nous partirions bientôt. Je me dirigeai dans la cuisine et déverrouillai discrètement la porte menant au jardin.

Une vague d'odeurs boisées et de terre mouillée emplit mes narines. Un pied après l'autre, je m'enfonçai dans l'herbe molle. Des gouttes de rosée tombèrent sur ma peau. Scrutant la forêt, je trouvai rapidement l'objet de mon attention. Se cachant parmi les arbres, je m'approchai doucement dans sa direction et veillai à ne pas marcher sur une branche ou sur une feuille morte. Je ne voulais pas le faire fuir. La pénombre dans laquelle il était plongé ne me laissait entrevoir que ses yeux. Cependant, ces derniers ne m'étaient pas inconnus. Je pouvais en décrire les moindres détails : chaque éclat d'or striant ses iris ainsi que chaque endroit où le miel laissait place à l'ambre. Comment pouvais-je savoir tout cela et ne pas me rappeler à qui ils appartenaient ? Lisant dans mes pensées, leur propriétaire s'avança et laissa la lumière inonder son visage et sa fourrure. Un magnifique ours brun se dressait devant moi. Hors de sa cachette, il paraissait anxieux et ne cessait de regarder de part et d'autre du jardin avant de me fixer à nouveau. Il avait peur. Il n'aurait pas dû être là. Moi non plus, mais cela avait peu d'importance.

Je devrais le craindre, lui et ses pattes faisant chacune la taille de mon visage. Je devrais hurler, appeler à l'aide, mais aucun son ne sortit de ma bouche. Au contraire, j'avais une envie irrépressible de m'avancer vers lui. Au fond de moi, j'étais certaine qu'il ne me ferait jamais de mal. Il suffisait que je tende la main et je pourrais caresser le bout humide de son museau. Mes yeux glissèrent sur sa fourrure. Serrant les poings, je me retins d'y enfouir mes doigts. Je connaissais son toucher par cœur. Comment était-ce possible ?

Soudain, un bruit provenant de la maison nous fit sursauter. Il me lança un regard rempli de tristesse avant de faire volte-face et de disparaître avec agilité entre les arbres. La pénombre l'engloutit. Sans réfléchir, je m'élançai derrière lui. Je n'avais pas envie qu'il parte. Je refusais que l'on soit de nouveau séparé. Il courait trop vite pour moi. Mon pyjama me gênait, les ronces ne cessant de s'y accrocher. Les branches entaillèrent le tissu. Papa et maman s'en apercevraient forcément.

L'ours se tourna dans ma direction. Voyant que je le suivais, il accéléra. Il tentait de me semer. Une idée me traversa l'esprit. Et si je me transformais ? Il ne pourrait plus me distancer de cette manière. Ce n'était pas la première fois que nous nous courrions après et je gagnais toujours.

Une seconde plus tard, mes pattes s'enfoncèrent dans le sol dense de la forêt. Sous cette apparence, je le rattrapai en seulement quelques foulées. Avec une légère accélération, je le doublai et lui coupai la route. Il freina violemment et manqua de me renverser. Reprenant notre respiration tant bien que mal, nous nous fixâmes sans bouger. Je repris forme humaine.

- S'il te plaît, ne pars pas, lui demandai-je, presque suppliante.

Je m'avançai vers lui et posai ma main sur le côté de sa mâchoire. Je ne pus résister plus longtemps à l'envie d'entremêler mes doigts à sa fourrure. Pendant un instant, il ferma les yeux et se laissa aller à mon contact.

- Kara ?

Maman m'appela au loin. Elle s'inquiétait. L'ours se détacha brusquement de moi. Il me contourna et me poussa avec sa tête en direction de la maison.

- Non, je veux rester avec toi, protestai-je, Emmène moi.

Ma voix sonna de manière enfantine. Il me bouscula une nouvelle fois, avec bien plus de force. Je n'avais pas le choix, je devais rentrer. Malgré tout, mon corps refusait de bouger. Je retins avec peine mes sanglots puis un grognement plaintif s'échappa de la gueule de mon ami. L'instant d'après, il s'enfuyait à toute vitesse.

Quelque chose me secoua. Des brides de mots essayaient de se frayer un chemin jusqu'à ma conscience. Après plusieurs tentatives, je reconnus enfin Every.

- Ce n'est rien, réveille-toi.

Je luttais. Les méandres de mon rêve s'accrochaient à moi, refusant de me libérer. Mes yeux ne parvenaient pas à m'obéir. Je me sentais lourde, incapable de bouger. Les bruits autour de moi redevinrent distants. Mon esprit s'échappa, happé par des souvenirs lointains. Un instant, j'hésitai à me débattre. Peut-être que si je me laissais emporter d'autres images de mon passé me reviendraient.

- Kara !

L'inquiétude dans la voix d'Every me fit l'effet d'un électrochoc. Repoussant violemment les lambeaux de rêves qui continuaient à s'accrocher à moi, j'ouvris les yeux. Déboussolée, je ne reconnus pas immédiatement la voiture dans laquelle nous nous trouvions. En sueur, je me tournai vers Every, mon seul repère fiable.

- Tout va bien ?

Elle regarda la route puis moi, son visage crispé d'inquiétude.

- Que s'est-il passé ? lui demandai-je, la voix enrouée.
- Tu dormais puis tu t'es mise à pleurer et à crier.
- Oh...

Je m'enfonçai plus confortablement dans mon siège et ouvris la fenêtre. L'air frais du matin chassa les dernières traces de mon rêve et les événements des heures précédentes me revinrent. Un peu plus tôt, Every était venue me chercher à la gare. Après seulement cinq heures de sommeil, le bercement régulier de la voiture avait fini par me plonger dans les bras de Morphée.

- Je t'ai rarement vue aussi bouleversée...

Je haussai des épaules et fixai mon regard sur la route. Je faillis lui dire que je ne m'en souvenais pas, mais j'étais bien trop fatiguée pour pouvoir lui mentir sans qu'elle le remarque.

- Qu'as-tu prévu de faire aujourd'hui ? me demanda-t-elle changeant ainsi de sujet.
- Sérène ne termine pas le travail avant dix-huit heures trente. Je pensais m'attaquer au rangement puis lui préparer à manger.

Every laissa échapper un rire moqueur.
- Toi ? Préparer le dîner ? Tu lui en veux ?
- Aha ! Très drôle, répondis-je faussement vexée. Tu as une idée ?
- Un bol de céréales ?

Lui décochant un regard noir, je me retins de sourire. Elle n'avait pas si tort.
- Plus sérieusement, je pourrais nous cuisiner quelque chose à moins que tu préfères être un peu seule avec elle.

Les rouages de son esprit s'enclenchèrent, imaginant une dizaine de recettes à la seconde.
- Non, reste avec nous ! Mon lit t'accueillera avec plaisir ! répliquai-je en lui lançant un clin d'œil.

Cinq minutes plus tard, tandis que les pneus d'Every crissaient sur le gravier de l'allée, j'insérai ma clé dans la serrure. À peine la porte de la maison entrouverte, une boule de poils noire et blanche jaillit de nulle part et me fonça dessus. Se frottant et se roulant entre mes jambes, Oréo ronronna avant de me mordiller le mollet. Cette chatte au caractère bien trempée me faisait bien comprendre ce qu'elle pensait de mon absence. Lâchant ma valise, je la soulevai et la prise dans mes bras. Elle enfouit sa tête dans ma chevelure puis grimpa sur mon épaule.

Lui prodiguant mille caresses, je restai un moment au milieu du hall d'entrée. Être de nouveau dans cet endroit transforma quelque chose en moi. Le soulagement m'envahit. Jusqu'à maintenant, je n'avais pas eu le temps de réaliser qu'être à la maison me manquait à ce point.

M'aventurant parmi les différentes pièces, je réalisai à quel point mon absence avait affecté Sérène. D'une nature désordonnée, ce trait de caractère avait tendance à s'empirer lorsqu'elle était perturbée. Plusieurs tasses à café s'alignaient à côté de la machine tandis qu'une pile interminable de courrier s'amoncelait sur le comptoir de la cuisine. Ouvrant le réfrigérateur, je jetai le peu de ce qu'il contenait dans la poubelle. Je me mis à faire le ménage de manière compulsive. Après plus d'une heure et demie, je lançai une seconde lessive et nourris Oréo.

Mon sentiment de satisfaction fut rapidement entaché de culpabilité. Si je m'étais inscrite à l'université de la ville et non pas à une se trouvant à plus de six heures d'ici, ce genre de choses n'arriverait pas. Je soupirai lorsque dans un coin de la maison mon téléphone vibra. Enfouie sous une pile de linge propre, Every cherchait à me joindre.

– Ramène tes fesses dehors, s'il te plaît, m'ordonna-t-elle avant de raccrocher aussitôt.

J'eus tout juste le temps de sortir sur le palier que sa voiture s'engageait à nouveau dans l'allée. Portant une longue robe crème et d'élégantes bottines, elle se dirigea jusqu'au coffre. Je la rejoignis, vêtue d'un simple jogging et d'une brassière de sport. Mes cicatrices contrastaient violemment sur ma peau hâlée. Mes voisins me connaissaient depuis des années et, tout comme Every, ils n'attachaient plus la moindre importance à mes anciennes blessures.

Une fois à sa hauteur, Every me fourra plusieurs sacs de course dans les bras. Mon regard glissa sur l'intérieur du coffre.

– Qu'est-ce que c'est tout ça ?
– De la vraie nourriture. Tu sais ces choses qui

♦ 267 ♦

poussent dans le sol et qui ne sortent pas toutes prêtes d'une boîte ?

- Tu as de l'humour aujourd'hui, dis-moi, raillai-je.
- Il faut bien que quelqu'un s'assure que vous mangiez correctement toutes les deux.
- Tu comptes nous faire à manger durant toutes les vacances ?
- Oui.

Du coin de l'œil, je l'observai. Ignorant volontairement mon regard, elle saisit plusieurs sacs et se dirigea vers la maison. Sa réponse, bien que brève, était lourde de sens et ne voulait dire qu'une chose : ses parents et ses frères étaient en déplacement.

Malgré son caractère autoritaire, Every détestait la solitude. Plus particulièrement chez elle, dans cette immense villa où l'absence de sa famille pesait sur elle en permanence. Notre petite maison aux volets couleur lavande était rapidement devenue son refuge ce qui avait eu le don de contrarier un peu plus ses parents à mon égard. Je ne les avais rencontrés qu'une seule et unique fois. Cela m'avait suffi.

Les yeux acérés et scrutateurs de sa mère n'avaient pas manqué de dévisager ma cicatrice tandis que son père s'était contenté de hocher la tête avant de s'éclipser sans plus de politesse dans son bureau. Leur attitude, aussi glaciale que l'atmosphère planant dans le manoir, me confirma un peu plus mon ressentiment envers les Gardiens. Mon statut ne leur donnait aucune raison valable de s'intéresser à moi. Je n'étais ni riche ni descendante d'une grande lignée comme eux. Je n'avais rien à leur offrir.

Une fois le rangement terminé, Every et moi nous installâmes dans ma chambre. S'étalant de tout son long sur les draps turquoise, Every glissa ses lunettes sur son nez et se plongea immédiatement dans l'un de ses mondes imaginaires qu'elle chérissait tant. Contrairement à elle, les pages dans lesquelles je devais m'immerger m'inquiétaient. Des dizaines s'accumulaient sur mon bureau me jugeant avec reproche. J'avais pris tellement de retard.

Lorsque six heures sonnèrent, Every s'éclipsa hors de la chambre, Oréo sur ses talons. Quelques minutes plus tard, des bruits provenant de la cuisine me parvinrent. Descendant à mon tour, je vis Every commencer la préparation du repas. Sur le radiateur, Oréo traquait de ses yeux jaunes le moindre de ses mouvements. Après tant d'années, elle n'avait encore jamais pu la toucher. La chatte devait sentir l'animal sommeillant en elle. Relevant mes cheveux, je m'approchai d'elle et, parfaitement consciente de mes talents culinaires, je m'attelai à l'épluchage des légumes. Au moins, il n'y avait aucune chance que je puisse louper cette étape.

- Au fait, il y a quelque chose pour toi dans ma valise, lançai-je à Every une fois qu'elle eût enfourné le plat.

Elle se tourna vers moi, les yeux brillants de curiosité, avant de se précipiter hors de la pièce et de rejoindre ma chambre à toute vitesse. Son cri d'excitation fit sursauter Oréo qui après m'avoir jeté une expression dédaigneuse enfoui sa tête entre ses pattes.

- Comment est-ce que tu as su ? s'exclama-t-elle une fois qu'elle fut revenue dans la cuisine, les pages défilant entre ses doigts.
- Hm... Peut-être que t'entendre parler de sa sortie tous les jours pendant trois mois m'a mis la puce à l'oreille, me moquai-je.

Elle leva le livre devant son nez et inspira son odeur.

- Je voulais l'acheter, mais je me suis dit que ce n'était pas raisonnable...

Je lui lançai un regard sceptique. Elle finissait toujours par craquer. Dans ma chambre trôner une étagère remplie de livres pour en témoigner. Elle s'assit alors sur le comptoir puis se mit à lire. Je n'avais pas besoin qu'elle me remercie, l'expression sur son visage me suffisait. Les minutes passèrent et la nuit s'installa paresseusement.

Soudain, le crissement distinctif des pneus sur le gravier nous parvint. Quelques secondes plus tard, la voiture de Sérène se gara dans l'allée. Sautant de son perchoir, Oréo évita avec soin Every avant de se précipiter dans l'entrée. Les pas de Sérène, lourds de fatigue, résonnèrent sur le perron.

- Kara ? Every ?
- Dans la cuisine, cria cette dernière, la bouche pleine de pain aux olives.

Sérène apparut dans l'encadrement de la porte, la chatte pelotonnée au creux de ses bras.

Ses yeux se posèrent sur moi et le soulagement l'envahit. Un sentiment similaire me traversa. Elle était là et elle allait bien. Elle s'avança jusqu'au comptoir et y déposa Oréo, sa main en suspens au-dessus de sa fourrure.

- Qu'est-ce que vous faites ici toutes les deux ? Tu m'as dit que vous ne rentreriez que lundi ! protesta-t-elle en me pointant du doigt.

Mon sourire ne tarda pas à disparaître. Des cernes profonds barraient sa peau pâle tandis que ses paupières peinaient à rester ouvertes.

- C'est le but d'une surprise ! répliquai-je, moqueuse, les mains plongées dans l'eau savonneuse du lavabo.

C'était le deal avec Every. Elle cuisinait, je m'occupais de la vaisselle. Après quelques instants, Sérène retrouva l'usage de ses jambes. Elle fit un câlin à Every puis celle-ci lui montra le livre que je lui avais offert.

- Regarde ce que Kara m'a acheté ! déclara-t-elle d'un air triomphant.
- Alors, enfile tes lunettes, la gronda-t-elle gentiment.

S'exécutant, Every sortit de la pièce le nez plongé dans son roman. Sérène s'approcha de moi et glissa ses bras autour de ma taille. Son visage au creux de mon épaule, son parfum m'enveloppa. Je fermai les yeux un instant et laissai le réconfort que ce contact m'apportait m'envahir.

- Je suis heureuse que tu sois là, chuchota-t-elle avant de m'embrasser sur la tempe.
- Moi aussi, tu m'as manqué.

Je pus sentir son sourire tandis qu'elle resterait son étreinte. Après un moment, elle se détacha de moi et fila vers le four. L'odeur des lasagnes flottait déjà à travers toute la cuisine.

- Tu as le temps d'aller prendre une douche.
- Je me dépêche !

Au moment où elle quitta la pièce, Every revient s'asseoir sur le comptoir, ses lunettes bien en place.

- Elle a l'air plus fatigué que d'habitude, lui confiai-je une fois que l'eau se mit à couler dans la salle de bain.
- Savoir que tu te trouves à plus de six heures de route d'elle, dans une université où plusieurs Héritiers t'ont agressé n'est pas pour la rassurer. Elle s'inquiète pour toi autant que tu t'inquiètes pour elle.

N'ajoutant rien, je passai dans le salon et dressai la table.

- J'aimerais que l'on ne parle pas de Josh ce soir.

Un briquet à la main, Every allumait quelques bougies.

L'or des flammes se refléta dans ses iris.

- Ne tarde pas trop. Il est rentré pour les vacances.

Il y avait peu de chance pour que je parvienne à l'éviter durant les deux prochaines semaines. Puis, tôt ou tard, Sérène voudrait des explications. Je disposais le plat sur la table lorsque Sérène réapparut. S'asseyant dans le canapé, l'eau de ses cheveux goutta sur le plaid.

- Comment se passent les cours ? demanda Sérène, une fois qu'elle eut fini la moitié de son assiette.

Je grimaçai. Comme toujours, elle ne commençait pas par la question la plus facile. Je fourrai un nouveau morceau de lasagne dans ma bouche, tentant de repousser le moment où je devrais aborder ce sujet. J'avais espéré que notre première soirée à la maison serait un peu plus légère.

- Le programme spécialisé n'est pas trop difficile ? insista-t-elle.

- Ça se passe plutôt bien ! C'est différent des cours que nous suivions au lycée et d'un tout autre niveau, mais le professeur Oaks est très compétent, répliqua Every pleine de conviction.

Mon avis le concernant, lui et ses méthodes, était plus nuancé.

- Comment s'en sort Kara ?

- Avec le retard qu'elle avait et son manque de préparation, je trouve qu'elle gère vraiment bien. J'ai consulté le classement avant de partir, elle est loin d'être la dernière.

Je les regardai, médusée. Aucune n'attendait de réponse de ma part.

- Ne fais pas cette tête, on sait que ça n'est pas la peine de te poser la question à toi, me lança Sérène.

◆ 272 ◆

Every confirma.
- Comment ça ?
- Tu n'es pas objective !
- Puis tu ne te sens jamais à la hauteur, renchérit Every avant de lever les yeux au ciel.
- Je vois.

Vexée, je me concentrai sur mon assiette.
- Tes premiers partiels d'histoire se sont bien passés ?
- Je l'ignore, tu devrais peut-être demander à Every, lançai-je d'un ton sec.
- Kara...
- Honnêtement, je n'ai aucune envie d'en parler. Je sais que vous vous inquiétez pour moi, mais je veux simplement oublier ses dernières semaines.

Ma colère filtra à travers mes défenses et les balaya. Elles sursautèrent. Il était rare que je ne parvienne pas à contrôler mes émotions. J'inspirai avant de reprendre la parole.
- On pourrait passer une soirée sans discuter de ça ? Juste une ? demandai-je avec plus de délicatesse.
- Bien sûr ma puce. Chocolat chaud ?

Les yeux d'Every pétillèrent de gourmandise.
- Je ne vois même pas pourquoi je pose encore la question, rigola Sérène avant de disparaître dans la cuisine.

M'installant un peu plus confortablement, je lançai un plaid en direction d'Every. L'attrapant au vol, elle s'y enroula jusqu'au menton. De retour dans le salon, Sérène s'assit à mes côtés et glissa ses pieds sous ma cuisse.

Toute une tasse à la main, nous passâmes le reste de la soirée à papoter de tout et de rien. Sérène et moi regardâmes une émission de musique britannique tandis qu'Every lisait tout en marmonnant de temps à autre les paroles des chansons.

◆

Le lendemain matin, allongée sur le parquet froid du salon, je dessinai frénétiquement. Les doigts recouverts de pastels et de crayons, les détails de mon rêve s'étalaient devant moi sur des dizaines de pages blanches. Portée par un sentiment d'urgence et la peur d'oublier le moindre élément, je refusai de m'arrêter.

Cette nuit, l'ours aux yeux striés d'or m'attendait encore. Ce rêve me semblait si réel. La sensation de l'herbe sous la plante de mes pieds, les respirations de papa et de maman. Comment cela était-ce possible ? Des dizaines de questions me traversant l'esprit, je fis la seule chose capable de m'apaiser. Je pris mes affaires de dessin et me réfugiai dans le salon.

Cela faisait des semaines que je n'avais pas tenu entre mes mains le moindre crayon. Les baies vitrées grandes ouvertes, l'odeur de l'herbe et de la rosée flottaient à l'intérieur. Cependant, cela ne suffisait pas à faire disparaître le parfum de l'ours et de la forêt dans laquelle il m'avait entraîné. Ma peau en semblait imprégnée. Deux heures plus tard, je me forçai à lâcher mon carnet et m'étirai. Frustrée, je m'enfuis hors de la pièce et me glissai dans la salle de bain. Une fois sous l'eau chaude, les ronflements de Sérène me servirent de musique d'ambiance.

Des flash de mon rêve ne cessaient de brouiller ma vision. Après de longues secondes passées à frotter mon corps avec acharnement, j'abandonnai. Ce n'était qu'un songe. Il finirait par s'estomper. Enroulée dans une simple serviette, je rejoignis Every dans la cuisine.

- Tes fameux pancakes ? demandai-je en l'observant verser une louche de pâte dans une poêle chaude. Tu cherches à m'engraisser, c'est ça ?

- Peut-être ! répliqua-t-elle en m'envoyant un clin d'œil.

La vision qu'elle m'offrit me fit sourire. Son visage était dénué de toute trace de maquillage, ses cheveux étaient réunis en un chignon flou et elle portait une chemise en satin rose pâle trop large pour elle. Détestant marcher pieds nus, elle avait enfilé une paire de chaussettes moelleuses où s'enroulaient des silhouettes de chat. J'adorais ce genre de moment avec elle. Loin de toutes influences extérieures, seulement elle et moi. Elle était une tout autre personne, la vraie Every.

- Tu as bien dormi ? m'enquis-je tout en glissant une capsule de café à l'intérieur de la machine.

- Mieux que toi en tout cas.

- Tu m'as entendu ?

Elle acquiesça.

- C'est ton rêve ? Le même que celui que tu as fait dans la voiture ? me questionna-t-elle en indiquant le salon du regard.

Mes croquis s'amoncelaient encore sur la table basse.

- Oui.

- Qui est-ce ?

- Je ne sais pas, répondis-je en haussant les épaules. Ce n'est qu'un rêve.

Peu convaincue, Every n'ajouta rien. Cherchant une distraction, je pris le journal posé sur le plan de travail et le feuilletai. Un article attira mon attention. La police avait retrouvé le Gardien qui avait disparu quelque temps auparavant. Les journalistes évoquaient un simple enlèvement motivé par le statut de l'Héritier qu'il protégeait. Cependant, quel kidnappeur relâchait sa victime sans rien avoir obtenu ? Aucun détail au sujet du Gardien n'était mentionné. Comme c'était étonnant... Je le lançai sur le comptoir et fis sursauter Every.

- Cet article est médiocre, commenta-t-elle après avoir déposé une assiette remplie de pancakes devant moi. Les informations sont vagues et mal écrites.
- On ne sait même pas dans quel état est le Gardien.
- De nombreux métamorphes ont disparu ces derniers temps, dit-elle, plus soucieuse. Et c'est le premier à avoir été retrouvé.

Sérène entra dans la cuisine en traînant des pieds, les yeux collés.

- Coucou, marmonna-t-elle, la voix enrouée et les cheveux emmêlés.
- Bonjour; la Belle au bois dormant, la salua Every avant de dresser la table pour le petit-déjeuner.
- Si la Belle au bois dormant avait ma tête au réveil, le prince se serait enfui en courant, railla Sérène.

Une marque de coussin barrait sa joue gauche. Les yeux d'Every se posèrent sur moi avant de glisser vers le salon. Je n'avais toujours pas ramassé mes croquis et l'ours de mon rêve était présent sur tous. Oréo surgit à cet instant et s'enroula autour des jambes de Sérène. Manquant de tomber, elle émit un grognement et saisit volontiers la tasse que je lui tendais. Dix minutes et deux cafés plus tard, Sérène était parfaitement réveillée et avait englouti deux bonnes assiettes de pancakes. Dans la maison flottait désormais l'odeur du sirop d'érable et du beurre salé.

- Vous voulez m'accompagner au marché ce matin ?

demanda-t-elle une fois qu'elle eut terminé de lécher le bout de ses doigts.

Every et moi nous regardâmes en grimaçant.

- Rien qu'une fois, avant que vous alliez vous enfermer là-haut toutes les deux !

À l'unisson, nous levâmes les yeux au ciel, elle nous connaissait par cœur. Bien que d'abord réticente, je finis par accepter pensant que cela éloignerait les derniers effluves de mon rêve. Un quart d'heure plus tard, nous étions toutes les trois prêtes et marchions dans l'allée. Notre maison ainsi que toutes celles qui composaient notre quartier se ressemblaient.

D'une architecture simple, elles se dressaient sur deux étages et étaient flanquées de jardin où les humains s'acharnaient à vouloir y faire rentrer des piscines. Notre voisine, une sorcière dotée du pouvoir de la terre, avait rendu le sien aussi coloré que les nuances de l'arc-en-ciel. La saison importait peu. Des dizaines de fleurs, de fruits et de légumes s'y épanouissaient continuellement. La jeune femme tentait régulièrement de donner quelques astuces à Sérène, mais cette dernière avait la main aussi verte que j'étais bonne cuisinière.

Souriant à cette pensée, je renversai la tête en arrière et laissai mon visage s'imprégner des rayons du soleil. Du coin de l'œil, j'observai Every et Sérène en train de discuter. La robe noire de mon amie voletait autour de ses jambes tandis que les roses sur le tissu attirèrent mon attention. Le travail de broderie était si délicat. Every tenait particulièrement à cette robe. Cette dernière était l'une de celle qu'elle ne me laisserait jamais porter. Fabriqué en Angleterre, son frère Eoghan l'avait commandé spécialement pour elle.

De ses deux frères jumeaux, Eoghan était le seul avec qui Every entretenait un véritable lien. Gardien comme tous les autres membres de sa famille, il défiait chaque règle établie par leurs parents. De ce que m'en avait rapporté Every, Eamon tendait à être une copie conforme de leurs parents : obéissant et aussi froid que la glace.

Resserrant les pans de son manteau bordeaux autour d'elle, Sérène soupira discrètement. Depuis notre retour, la tension qui l'habitait s'était atténuée et son aura semblait apaisée. Sans réfléchir, je passai une main dans ses cheveux châtains. Les mèches fines coulèrent entre mes doigts. Elle les portait détachés si rarement. Elle sursauta, surprise par mon geste.

- Qu'est-ce qu'il y a ?
- Rien, je suis heureuse d'être avec vous deux.

L'étonnement s'imprima sur leurs visages. Je ne les avais pas habitués à de telles déclarations. Avant que l'une d'elles n'ait pu me répondre, une rue familière se dessina. À quelques mètres, se dressait la maison de Josh. D'où nous étions, je pouvais entendre sa sœur et sa mère discuter dans le jardin. La balancelle émettait toujours le même grincement répétitif. Ma gorge se serra et je ravalai mes larmes. Cette rue contenait tellement de souvenirs douloureux. C'était ici que j'avais appris à faire du skate-board et que je m'étais transformé pour la première fois devant lui. J'aurais pu continuer ainsi pendant longtemps… Je me détournai de la maison tant bien que mal. Il fallait que je cesse de penser à lui. Ignorant les regards inquiets de Sérène et d'Every, j'accélérai le pas.

Après de longues minutes, le bruit de la foule me parvint. Le visage de Sérène s'illumina d'une lueur nouvelle. Elle aurait pu flâner parmi les stands et les étals pendant des heures. Nous nous arrêtâmes à plusieurs reprises pour dire bonjour à des voisins ou des amis de Sérène. Vivant ici depuis mes douze ans, la plupart des têtes que nous croisions m'étaient familières. Cependant, les odeurs flottant autour de nous ravivèrent des souvenirs auxquels je n'avais aucune envie de penser.

La première simulation dans laquelle le professeur Oaks m'avait projeté n'avait pourtant rien de comparable avec les rues de la ville qui m'avait vue grandir. L'éclat des dents du loup me revint ainsi que la douleur que j'avais ressentie lorsque celles-ci s'étaient enfoncées dans ma chair. De longs frissons me parcourent puis soudain, un malaise m'envahit. Balayant la foule du regard, je tentai de trouver l'origine de ce sentiment étrange.

La main d'Every se faufila au creux de mon coude et me stoppa net. Décontenancée par mon inquiétude précédente, je me dégageai un peu trop violemment. Reculant légèrement, elle m'indiqua quelque chose du doigt. Lorsque mes yeux se posèrent sur l'objet de son attention, je me figeai. J'étais si perdue dans mes pensées que je ne m'étais pas aperçues qu'à quelques mètres se tenait Josh. Discutant avec un ami à lui du lycée, il me tournait le dos. Si Every ne m'avait pas arrêté, j'aurais foncé tout droit dans sa direction. Le voir ici, chez nous, rendait sa trahison encore plus irréelle.

Every prit ma main et m'entraîna derrière elle. Elle contourna avec soin Josh et nous mena jusqu'à Sérène. Pendant un instant, j'avais oublié le bouquet de fleurs que je tenais dans les bras. C'était pour lui que je m'étais éloignée d'elles. Par chance, ma mère ne vit que les pétales aux mille nuances.

— Vous m'avez vu le regarder ? nous demanda-t-elle, étonnée.

Le cœur battant à la chamade, je me contentai de hocher la tête.

— Si le fixer pendant cinq minutes, tu appelles ça « regarder », alors oui, lança Every en rigolant.

— Merci mes amours.

Elle prit le bouquet et plongea immédiatement son nez dedans. Every et Sérène continuèrent de déambuler parmi les stands, essayant de temps à autre une écharpe ou un chapeau. J'étais incapable d'en faire autant. Le malaise qui m'avait envahi avant ma rencontre avec Josh ne m'avait pas quitté. Je ne cessai de regarder autour de nous. Je devais m'assurer que Josh ne s'approche plus de Sérène. Malgré tout, quelque chose me disait que ce que je ressentais ne venait pas de lui. J'avais la sensation désagréable que quelqu'un me suivait.

- Tu vas devoir repartir plus tôt pour ta prochaine prise de sang ? me demanda Sérène une fois que nous fûmes rentrées toutes les trois à la maison.
- Oui, le premier au matin.

Avec tous les événements des semaines précédentes, j'avais complètement oublié de lui parler de ma dernière entrevue avec le docteur Tesni et la nouvelle qu'elle m'avait annoncée.

- Dès janvier, je n'aurais plus à me rendre à la Clinique, lâchai-je de but en blanc.

Every s'arrêta d'assaisonner ses œufs brouillés et releva immédiatement la tête de sa poêle tandis que Sérène manqua de s'étrangler avec son café.

- Comment ça ? me questionna mon amie, ses lunettes pleines de buées.
- Il y a un problème ? ajouta Sérène en se rapprochant de moi.

Leur réaction, si similaire à la mienne, me fit presque sourire.

- Au contraire, le Conseil a décidé de mettre fin à mon suivi ainsi qu'à mes prises de sang.

Un silence plana dans la cuisine. L'information mit du

temps à s'épanouir dans leurs esprits.
- C'est vrai ? articula Every.

J'acquiesçais. Sérène posa sa main sur la sienne, les yeux remplis de larmes. À son contact, toutes ses émotions me balayèrent. Le soulagement qu'elle éprouvait me bouleversa.
- Oui, c'est vrai.
- Elle a réussi, murmura Every. Jamais je n'aurais cru que cela arriverait.

Et moi, donc... Elle déposa ses ustensiles de cuisine et s'approcha de nous. Leurs auras irradiaient de joie.
- Depuis quand est-ce que tu le sais ? me demanda Sérène.
- Ma dernière prise de sang, mais ce jour-là...
- Aldryc t'a agressé, termina Every avec amertume.
- Oui. Je suis désolée, j'aurais dû vous en parler plus tôt, dis-je.

Cette annonce était l'unique bonne nouvelle depuis plusieurs semaines et je l'avais complètement oublié...
- Tu n'as pas à l'être. Je suis fière de toi, déclara Sérène en relevant mon visage d'un geste de la main.

La conviction que contenaient ses paroles me surprit.
- Pourquoi ?

Je ne voyais pas ce qui pouvait la rendre fière.
- Parce que tu as protégé cette humaine. Tu aurais agir comme la majorité des métamorphes, passer ton chemin et laisser cet Héritier faire ce qu'il voulait d'elle, m'expliqua-t-elle en me forçant à plonger mon regard dans le sien. Tu aurais pu fermer les yeux.

Derrière elle, Every acquiesça puis son aura se teinta de culpabilité et de regrets.

- C'était de l'inconscience.
- Moi, j'appellerais ça plutôt du courage.
Ces mots ne venaient pas de Sérène, mais d'Every.
- Elle a raison, renchérit Sérène tout en caressant mes boucles brunes.
Sans réfléchir, je touchai ma cicatrice du bout des doigts. J'aurais aimé que mon « courage » suffît à sauver Kaïs.

◆

Après cette discussion, les journées s'écoulèrent de façon similaire. Every me réveillait chaque jour à six heures pile puis nous partions courir durant une heure avant d'enchaîner dans le jardin avec des séances de combat.

Malgré sa détermination et son exigence habituelle, Every était bien plus détendue en l'absence des autres membres du programme. Le reste de la journée, nous nous installions dans ma chambre ou sur la terrasse. La charge de travail était adoucie par l'ambiance légère qui flottait entre nous.

Une semaine passa sans que je croise à nouveau le chemin de Josh. Connaissant par cœur les habitudes de sa famille, je pris soin de ne pas m'aventurer au-dehors ou dans les magasins à certaines heures. Je n'avais aucune envie d'être confronté à ses parents ou à sa sœur. Que pourrais-je bien leur dire ? Étaient-ils au courant de son rôle auprès de l'Alliance ?

Le dimanche suivant, Every et moi; nous étions installés sur la terrasse à l'arrière de la maison. Sérène avait enfilé sa salopette et ses gants de jardinage. Elle se trouvait dans l'une de ses phases où elle voulait faire de nos parterres un potager luxuriant. Ce serait que sa onzième tentative.

À côté de moi, Every entamait son cinquième tome des

vacances. Celui que je lui avais offert n'avait tenu plus d'une journée. Un énorme sac de feuilles entre les bras, Sérène venait tout juste de disparaître dans le garage lorsqu'une brise légère m'apporta l'odeur de Josh.

Mon sang ne fit qu'un tour. Avant qu'Every n'ait eu le temps de réagir, je renversai ma chaise et courrais la rejoindre. À l'intérieur, Josh faisait face à Sérène. Je l'avais évité avec tellement de soin durant l'exposition que je n'avais pas vu les différences qui s'étaient opérées chez lui. Son sweat noir était désormais trop large pour lui et ses joues s'étaient creusées. La peine barrait son visage redoublant la rage qui m'avait envahi.

- Le coup de poing de la dernière fois ne t'a pas suffi ? répliquai-je sèchement.

Le souvenir devait être encore vif dans son esprit, car il recula de plusieurs pas avant de jeter un regard anxieux en direction de Sérène. Ses gants pleins de terre fourraient dans la poche arrière de son jean, elle tenait entre ses mains une enveloppe. Quelques secondes plus tard, Every apparut à mes côtés. Josh déglutit.

- Je suis juste venu donner une lettre à Sérène, pour toi, lâcha-t-il, la tête baissée.

Je refusai de croire les émotions qui traversaient son aura. Après tout, il avait réussi à me mentir pendant plus de six ans. J'avançai et dépassai Sérène réduisant la distance qui nous séparait à plus que quelques centimètres.

- Je me moque du « pourquoi », je ne veux plus jamais te voir approcher de ma mère.

Mon pouvoir sortit de sa léthargie. Attendant son réveil brutal, je fus surprise de son temps de réaction. Pour je ne sais quelle raison, j'avais la conviction que cette fois-ci; il ne m'échapperait pas. Every retint son souffle tandis que la peur balaya le peu d'espoir qui restait chez Josh.

— Je ne me répéterai pas.

— Écoute là, Josh, déclara Sérène d'un ton calme.

Il hésita un instant, ses yeux plongeaient dans les miens. Sa respiration chatouillait ma peau. Auparavant, son aura m'aurait apaisée et j'aurais eu envie de m'y envelopper. Aujourd'hui, je rêvais d'enfoncer mon poing dans son visage jusqu'à ne plus pouvoir le reconnaître.

— Je suis désolée, murmura-t-il avant de s'en aller.

Ces mots ne me firent aucun effet. Incapable de bouger, je fixai l'endroit où il se tenait quelques secondes plus tôt.

— Il est temps que nous fassions une pause chocolat chaud, déclara Sérène avant de retourner à l'intérieur de la maison.

Every prit délicatement l'une de mes mains tremblantes et m'attira jusqu'à la terrasse. Mon esprit sembla revenir à la réalité et une rage dévorante m'envahit. Je tentai de contrôler mes émotions et plantai mes ongles dans le creux de mes paumes. Aujourd'hui, ce n'était pas suffisant. La peine que j'éprouvai était si forte que j'en avais le souffle coupé. L'instant d'après, mon poing s'enfonçait dans l'écorce de l'olivier du jardin. Je ne sus si s'étaient mes articulations qui craquèrent ou l'arbre. Je ne ressentais aucun soulagement.

Déçu, je rejoignis Every et m'assis dans l'une des chaises en bois. L'après-midi s'achevant, la température extérieure avait chuté tandis que le soleil déclinait. Mes yeux perdus dans le vide, je me rendis compte qu'Every avait quitté la terrasse seulement lorsqu'elle appliqua sur ma main blessée une couche de crème cicatrisante. Je me laissai faire sans broncher. Sérène nous rejoignit au même moment, accompagné d'un plateau. Elle nous servit en silence et posa sur moi un regard bienveillant tranchant avec la honte que je ressentais en vers moi-même. J'aurais dû être capable de me contrôler.

Elle prit le relais d'Every et banda ma main avec la plus grande délicatesse. Ses doigts experts ne frôlèrent pas une seule fois mes blessures. À plusieurs reprises, je la crus sur le point de parler, mais rien ne vint. Elle hésitait, inquiète de pouvoir me faire encore plus de peine. Je détestais avoir été aussi faible.

- Est-ce que tu peux m'expliquer ce qui s'est passé avec Josh ? me demanda-t-elle finalement.

Ses mots lui coûtaient, mais elle refusait de repousser encore une fois cette conversation.

- Au téléphone, tu disais qu'il nous avait trahis, j'y ai réfléchi, mais…

- Lorsque j'ai intégré le programme spécialisé, l'Alliance a transmis à mon professeur son dossier me concernant. Pendant une discussion avec lui, j'ai découvert qu'elle était au courant pour mes problèmes de transformation ainsi que pour mon examen d'entrée. En fouillant à l'intérieur, j'ai appris qu'elle savait également qu'un souvenir de mes parents m'était revenu.

Mes derniers mots les laissèrent sans voix. Je n'avais jamais évoqué ce détail avec elles. Je me dérobai à leurs regards stupéfaits et bus une gorgée de chocolat chaud.

- J'ai compris à ce moment-là que c'était lui qui nous avait trahis. Son nom était écrit quelques pages plus loin comme informateur infiltré pour le compte de l'Alliance.

- Il nous espionnait depuis le début ? bredouilla Sérène, incrédule.

- Je ne sais pas, le dossier ne le mentionnait pas.

- Cela a dû être un choc pour toi, ajouta-t-elle, la voix voilée par la peine. Inséparable, Sérène nous avait vus grandir ensemble.

- L'Alliance ne t'a jamais interrogé sur ce souvenir ? me demanda Every, restée en retrait jusque-là.

- Non, il n'y a pas grand-chose à en tirer de toute façon, seul son visage apparaît.

- Décris-le-nous, m'invita Sérène avec douceur.

CHAPITRE 12

◆

Des flocons blancs flottaient délicatement autour de moi, leurs caresses froides aussi douces qu'un baiser. Les mains enfoncaient dans les poches de ma veste, j'inspirai profondément ces nouvelles odeurs. Nous étions le premier novembre et l'hiver se déployait avec toute sa force. Les trottoirs et les rebords des devantures des magasins étaient recouverts d'une couche épaisse de neige. Me rendant à pied jusqu'à la Clinique, j'observais les humains passant à ma hauteur. Tous étaient calfeutrés dans des manteaux sous lesquels se cachaient pulls, sous-pulls et petites bouillottes. Être une métamorphe avait ses avantages.

Une fois que je fus assise dans la salle d'attente, je ne vis aucune trace de l'infirmier mou à l'air maussade de la dernière fois. La sorcière était différente, malgré son sourire. Parlant peu, son regard se perdit à plusieurs reprises dans le vide. Pendant de longues minutes, je crus qu'elle allait m'annoncer une mauvaise nouvelle, mais rien ne vint. Vingt minutes après mon arrivée, mon rendez-vous était déjà terminé et le froid m'enveloppait à nouveau. Inquiète de son comportement, je redoublai d'efforts pour ne pas m'imaginer les pires scénarios. Si le Conseil avait choisi de se rétracter et de continuer mon suivi médical, elle n'aurait pas attendu pour me l'apprendre. Non, cela n'avait rien à voir avec moi. Elle devait avoir ses soucis, comme tout le monde.

◆

Le week-end et mon travail au salon de thé me firent oublier ce rendez-vous étrange.

Les cours reprirent et, les examens approchant, le professeur Oaks décida d'intensifier les entraînements. Ne manquant pas de nous envoyer courir dans la neige au lever du soleil, il profita de la dernière demi-heure de cours de la matinée pour organiser des combats. Je n'aurais pu imaginer pire. Se battre contre des ennemis durant des simulations n'était en rien comparable.

Mes camarades se mirent à se jauger les uns les autres, ravis de pouvoir s'affronter et avoir une chance de se hisser en tête du classement. Contrairement à eux, je devais me montrer réaliste. Ce genre d'exercice ne me ferait que chuter. Plus loin, Victor ne cessait de me lancer des regards menaçants. Je pariai qu'il rêvait de se mesurer à moi comme chaque métamorphe se trouvant à une place inférieure à la mienne. Je pouvais sentir leur mépris peser sur moi. Seule Min Ji s'en moquait éperdument. Parfois, je me demandais même si elle ne faisait pas exprès de se montrer aussi mauvaise.

Le professeur Oaks appela Every. Au moment de prononcer le nom de son adversaire, celle-ci me jeta un regard entendu, rempli de satisfaction. Elle n'allait faire qu'une bouchée de Victor. Se laissant aveugler par son ego, le métamorphe se dirigea au centre de la zone de combat, la démarche assurée. Jusque-là, aucune défaite n'avait réussi à briser son arrogance.

Nous formâmes un cercle autour d'eux, le professeur Oaks aux premières loges. Mes camarades trépignaient d'impatience. Victor se recoiffa, fier d'être l'objet de l'attention. Every quant à elle, attendait. Se tenant déjà en garde, ses yeux ne cillèrent pas un instant.

- Vous êtes prêts à en prendre plein la vue ? nous demanda Victor.

Il commit alors sa première erreur. Profitant de sa distraction, Every balaya ses poings et frappa en plein milieu de son plexus solaire. Le souffle de Victor siffla entre ses lèvres tandis que toute trace de couleur disparut du visage. N'éprouvant pas une once de compassion pour lui, Every ne lui laissa aucun répit. Elle attendit qu'il se redresse et la seconde suivante, elle se matérialisa dans son dos. Glissant son bras en travers de la gorge de Victor, une légère pression suffit à l'immobiliser. Une main au creux de son bassin, elle pivota sur la plante des pieds et le projeta au sol sans la moindre retenue. L'impact résonna contre les murs et les vitres du gymnase. La manœuvre n'avait pas pris plus d'une minute et pourtant la victoire d'Every était irrévocable. Sans un regard pour le métamorphe, elle quitta le tatami et me rejoignit.

Malgré l'admiration qui planait dans les auras de nos camarades, aucun ne la félicita, pas même le professeur Oaks qui se contenta de hocher la tête en signe d'assentiment. De retour à mes côtés, je me retins de lui serrer la main. Au fil des semaines, j'avais appris que ces gestes de soutien étaient perçus comme des marques de faiblesses. Nous devions nous montrer durs et sans attaches. N'avoir besoin de personne. Sa prise de position envers moi avait assez exclu Every.

Armaël et Sekani furent les seconds à être appelés. Les deux hommes s'avancèrent, leur auras vibrantes de magie. Elles irradiaient autour d'eux tels des halos. Le combat qui allait suivre ne serait en rien comparable à celui d'Every et de Victor. Les deux métamorphes faisaient partie des élèves les plus puissants et se disputaient la première place avec acharnement. Je réalisai que jusque-là, je n'avais jamais vu Armaël se transformer. C'était étonnant étant donné que la plupart de nos camarades avaient recours à leur forme animale dès que possible.

- Nous savons déjà qui va gagner, lâcha Nthanda, la sœur de Sekani, avec dédain.

Les deux plus fidèles amis d'Armaël, Dasan et Ruby, lui jetèrent des regards assassins. La métamorphe les ignora et dressa son menton encore un peu plus haut. Je manquai de lever les yeux au ciel. Tous ses jeux d'égo me fatiguaient.

Se tenant face à face, les deux hommes n'échangèrent pas une parole. Comme à son habitude, l'expression d'Armaël était froide et détachée. Sekani se mit à décrire un cercle. Son corps puissant se déplaçait avec grâce. Ses fines tresses brunes étaient aujourd'hui agrémentées de fils d'or. Impassible, Armaël fit craquer sa nuque tandis que nous ne perdions pas une miette du moindre de leur mouvement. Le pouvoir qu'ils dégageaient emplissait désormais toute la pièce. Même un humain aurait été capable de comprendre ce qui se passait.

Nous retenions tous notre souffle, attendant que le combat commence. Un battement de cils plus tard, les yeux sombres de Sekani mutèrent et laissèrent place à deux iris jaunes tandis que sa peau d'ébène disparut sous une épaisse fourrure beige. La crinière du félin était si dense qu'elle rayonnait autour de sa tête massive tel un soleil. Sekani fit claquer sa queue et avança de quelques pas. S'il espérait provoquer une quelconque réaction chez Armaël, il s'y était mal pris. Malgré les muscles puissants qui se rapprochaient de lui, ce dernier n'esquissa pas le moindre geste. Je n'aurais pas été surprise de le voir bâiller. Son indifférence déclencha l'indignation de son adversaire. Un rugissement profond et guttural monta le long de sa gorge me hérissant les poils. Mon instinct de survie ne cessait de hurler. Contrairement à moi, cette menace redoubla l'excitation de mes camarades.

– Tu as bientôt terminé ta petite danse nuptiale ? le taquina Armaël.

Ses mots eurent l'effet qu'il escomptait. Rentrant dans une colère folle, Sekani se jeta sur lui. Le provoquer avait été bien plus facile que je ne l'aurais cru. Un métamorphe tel que lui, descendant d'une des familles de Gardiens les plus prestigieuses du programme, perdait son sang-froid avec une simple remarque. Malgré tout, la rapidité du félin était impressionnante. Armaël sortit de sa trajectoire d'un mouvement fluide. Le lion dérapa et ses griffes se plantèrent dans le sol tendre. Il eut tout juste le temps de faire volte-face qu'Armaël bandait ses muscles et le percutait de plein fouet.

Soufflé par le choc, Sekani s'écrasa par terre tandis que plusieurs élèves s'écartèrent sur son chemin. Un furtif sourire en coin apparut sur les lèvres d'Ruby. Le lion ne mit pas longtemps à reprendre ses esprits. La seconde suivante, il bondissait à nouveau vers Armaël. Celui-ci se laissa tomber à genoux empêchant Sekani de changer de stratégie. Au moment où le félin passa au-dessus de lui, Armaël se redressa et ses épaules percutèrent violemment son flanc. Il l'enserra de ses bras, les pattes de Sekani réduisant son haut en lambeaux. Le bruit caractéristique de la peau qui se déchire me parvint. Malgré la douleur, il projeta le lion à l'autre bout de la zone de combat. Les morceaux de son tee-shirt tombèrent à quelques pas de moi dévoilant son dos.

Si je n'avais vu que quelques brides du tatouage du professeur Oaks, celui-ci se déployait dans sa totalité. Le chêne étendait ses branches sur les omoplates du métamorphe et redescendait sur ses bras. Ses racines couraient le long de ses reins et glissaient sous la ceinture de son pantalon. Une longue cicatrice blanche sabrait sa peau de haut en bas. Comment avait-il pu hériter d'une telle blessure ?

Son pouvoir palpita illuminant le dessin de l'intérieur. Son aura nous balaya et je reconnus immédiatement l'essence appartenant au clan Oaks. Étrangement, ma magie se mit à se tortiller, mut par une curiosité nouvelle. Aussi surprise que moi, Every me jeta un regard interrogateur.

Je le croyais sur le point de se transformer lorsque soudain, il se figea. Sa tête se pencha discrètement en direction du professeur Oaks. Repousser sa magie à un tel moment était un processus difficile et demandait un contrôle parfait. À son tour, Sekani profita de l'échange silencieux entre l'oncle et son neveu pour attaquer à nouveau. Se retenant de rugir pour maintenir l'effet de surprise, Armaël n'eut pas le temps de se protéger. Les deux hommes roulèrent dans un méli-mélo de membres et de poils. Cependant, je perdis rapidement le fil du combat. Mon attention était désormais entièrement tournée vers mon pouvoir. Celui-ci s'était pleinement réveillé et se répandait à travers mon corps pour une raison qui m'échappait.

- Qu'il y a-t-il ? s'enquit Every, inquiète de ce changement subit.

- Je n'en sais rien, soufflai-je.

Et c'était sincère. Une telle situation ne m'était encore jamais arrivé. Ma magie avait toujours été imprévisible, mais jamais elle n'avait émis le moindre intérêt pour quoi que ce soit. Les secondes passèrent et son intensité redoubla attirant l'attention d'autres de mes camarades.

- Arrêtez !

La voix du professeur Oaks stoppa brutalement le brouhaha qui commençait à s'élever. Les deux combattants s'interrompirent d'un même mouvement. Sekani reprit violemment forme humaine et posa sur notre professeur un regard plein d'incompréhension. Sa sœur arborait une expression outrée. Ma magie, quant à elle, retourna aussitôt d'où elle venait, déçue.

Le professeur Oaks ignora l'attention qui pesait sur lui et tapa quelques mots sur sa tablette. Tous se tournèrent vers le tableau des classements, mais aucune modification n'apparut. Les deux hommes étaient toujours ex aequo.

- J'aimerais éclairer un point avec vous, déclara-t-il.

Vous transformer aussi rapidement lors d'un combat ne vous apportera pas la victoire. Vous aurez des avantages, mais votre adversaire également. Armaël, allez à l'infirmerie et profitez-en pour enfiler un tee-shirt.

Son neveu acquiesça et quitta la pièce en un clin d'œil. Une vague d'électricité traversa le gymnase et se concentra en dessous de la zone de combat. Les tatamis, articulés au sol par des mécanismes en aciers, se soulevèrent et disparurent dans un trou béant. Des nouveaux les remplacèrent aussitôt. Plusieurs binômes passèrent et je priai chaque fois pour que ce ne soit pas mon tour. Rapidement, il devint évident qu'aucun d'entre nous n'y échapperait. Le professeur Oaks avait la tête plongée dans sa tablette lorsqu'il prononça mon nom.

- Mesdemoiselles Ace et Lane, avancez-vous.

J'enfouis l'appréhension qui s'insinuait en moi et rejoignit Jessa sur le tatami. S'étirant lentement, elle ne parvenait à cacher sa joie. Elle faisait partie de ceux qui me détestaient rien que par ma présence au sein du programme. Ne jurant que par Aldryc et sa famille, son renvoi et mon intégration étaient pour elle un scandale. Comment agiraient-ils s'ils savaient la vérité sur mes parents ?

Son pouvoir planait autour d'elle tel un prédateur à la recherche de sa proie. Les propos que le professeur Oaks avait tenus à Sekani quelques instants plus tôt semblaient déjà oubliés. Nous nous plaçâmes à une distance raisonnable l'une de l'autre, ses cheveux teints d'un rouge flamboyant manquant de m'aveugler. Se mettant en garde, son premier coup ne se fit pas attendre. Bien trop pressée de se venger, elle multiplia les erreurs. Ses poings étaient trop bas, ses pieds trop écartés, mais ses détails ne suffirent pas pour que je la vainque. Entrant soudain dans mon espace vital, je la repoussai d'un coup de pied retourné. Mon talon s'enfonça dans son ventre l'obligeant à reculer de plusieurs pas. Plus vexée que blesser, elle accéléra le rythme.

Aucune de nous deux ne parvenait à prendre réellement le dessus et elle en avait parfaitement conscience. Ne pouvant accepter cet échec, elle fit mine de me frapper aux côtes, mais au dernier moment, elle se baissa et balaya mes jambes. Je m'écrasai par terre provoquant les rires de plusieurs de mes camarades. Derrière l'épaule de Jessa, j'aperçus le visage déterminé d'Every. Nous nous étions exercées durant des heures ses deux dernières semaines, je pouvais la vaincre. Je me redressai rapidement et appliquai les techniques qu'Every m'avait apprises.

Mes côtes me faisaient mal et je n'avais aucun doute sur le fait que mes avants-bras allaient se couvrir d'hématomes. Oubliant toute retenue, je me montrai aussi efficace et expéditive que lors de mes entrainements avec Every. Après plusieurs secondes d'acharnement, l'un de mes coups l'atteignit de plein fouet à la gorge. Je cessai de bouger, paralysé par la peur de l'avoir réellement blessée. Ses mains posaient sur son cou, elle tentait de reprendre son souffle. Au loin, Every approuva d'un signe de tête. J'étais loin de partager son enthousiasme. Jessa toussa à plusieurs reprises puis au moment où le professeur Oaks allait interrompre le combat, elle se redressa.

Le marron d'automne de ses yeux avait laissé place à un vert pâle iridescent. Je serrai les dents. Mes camarades se montraient incapables de passer un entrainement sans avoir recours à leur pouvoir. Combien de temps cela leur prendrait-il avant qu'ils comprennent que quelque chose clochait avec ma transformation ?

Jessa se métamorphosa et mon cœur faillit manquer un battement. Pourquoi ne l'avais-je jamais vu sous sa forme animale auparavant ? Mes mains se mirent à trembler tandis qu'une peur viscérale m'envahissait. Paralysée, mes yeux ne pouvaient se détacher du puma se tenant désormais à trois mètres de moi. Le gymnase autour de nous devint flou.

Mes souvenirs se fracassèrent les uns contre les autres. Les hurlements de Kaïs et les sirènes des policiers firent disparaître les voix autour de moi. La raison semblait m'avoir échappé. Jessa commença à avancer vers moi avec lenteur, fière de l'effet qu'elle provoquait chez moi. Ni mon esprit ni mon corps ne réagirent. Elle entailla le sol neuf. Mes yeux me brûlaient. Lorsqu'elle bondit sur moi, le monde se mut au ralenti. Chaque détail m'apparut clairement. Peut-être allais-je enfin rejoindre Kaïs.

Soudain, une main surgit de nulle part et enserra la gorge de Jessa. Sa patte retomba lourdement dans les airs, ses griffes passant qu'à quelques centimètres de mon visage. La surprise remit mon esprit en marche. Retrouvant l'usage de mes membres, je fixai l'homme qui venait d'intervenir avec incompréhension.

— Je crois que le professeur a dit que c'était terminé, gronda Armaël d'une voix sourde.

Soigné et vêtue d'un nouveau tee-shirt, une seule de ses mains suffisait à maintenir le puma. Son corps suspendu au-dessus dans les airs, Jessa tentait de se débattre. Morte de honte, je baissais la tête. Je ne cessai de trembler. Jessa reprit alors forme humaine. Au moment où ses pieds touchèrent le sol, elle se dégagea violemment de la poigne d'Armaël.

— Écarte-toi, répliqua-t-elle d'un ton cinglant tout en le poussant pour s'avancer vers moi.

— Recule, lui ordonna-t-il une main en travers de son torse.

La menace que contenait sa voix n'échappa à personne. L'autorité dont il faisait preuve était loin de plaire à Jessa.

— Sinon quoi, petit ours ?

— Sinon, c'est moi qui m'en charge et nous savons tous les deux comment ça va se terminer, n'est-ce pas ?

L'hésitation teinta l'aura de la métamorphe. Elle était têtue, mais pas stupide. Elle ne pourrait jamais faire face à Armaël, qu'il ait recours à son pouvoir ou non.

— Pourquoi est-ce que tu la défends ?

Les élèves autour de nous étaient suspendus à leurs lèvres.

— Elle est faible, pourquoi perds-tu ton temps avec

elle ? répliqua-t-il à son tour.

Ses paroles auraient dû me blesser, mais je m'en moquai. Je savais avant aujourd'hui ce qu'il pensait de moi et de ma présence ici. Leurs auras s'affrontèrent quelques secondes supplémentaires puis Jessa céda.

- Elle est encore plus minable que ce que je croyais, lâcha-t-elle avant de se détourner et quitter l'aire de combat.

Le spectacle terminé, mes camarades rejoignirent leurs vestiaires respectifs. Les idées désormais claires, toute ma colère se dirigea vers le professeur Oaks. C'était donc à cela qu'allaient servir nos cours particuliers et mes souvenirs ? À me piéger ?

Après l'entraînement de ce matin, c'était avec une envie frôlant les moins trente que je me rendis jusqu'au gymnase. Jessa ne manquerait pas de me rappeler l'humiliation que j'avais subie. Je tapai mes bottes pleines de neiges contre les marches du hall d'entrée lorsqu'Every se matérialisa à mes côtés. Je me débarrassai de mes écouteurs et m'apprêtai à lui demander comment s'était passé son après-midi, mais l'expression de son visage me stoppa.

- Aldryc est revenu.

Malgré le fait que Luce m'avait prévenu de son retour, l'entendre de vive voix avec le désastre de ce matin avait un tout autre impact. J'encaissai tant bien que mal la nouvelle, ne souhaitant pas inquiéter un peu plus Every. Cependant, je sentis que ce n'était pas tout.

- Qu'est-ce qu'il y a ?

Elle serra les poings, ses émotions fluctuants entre le malaise et la colère.

- Je ne sais pas comment il s'y est pris, mais il a découvert la vérité sur tes parents, lâcha-t-elle à toute vitesse.

Je me figeai. Un court instant, mon esprit refusa d'assimiler cette information. Comment avais-je pu croire que le fait qu'il soit exclu de l'université suffirait à mettre un point final à ce qui s'était passé ? Il avait qu'eu plus de temps pour se venger.

— Merci de m'avoir prévenu, finis-je par articuler. Allons-y.

Bien que toujours inquiète, Every n'ajouta rien tandis que nous rejoignîmes le gymnase. Plus nous nous rapprochions, plus les discussions me parvinrent distinctement. La petite annonce d'Aldryc avait créé son effet. Mon prénom était sur toutes les lèvres. Même sans ouïe surdéveloppée, j'aurais été capable d'entendre leur propos.

— Trahison...

— Une mère Héritière...

— Quelle Héritière pouvait commettre une chose pareille ?

J'inspirai profondément et entrai. Toutes les discussions moururent. À mes côtés, Every se glaça tandis qu'une colère d'une intensité que je ne lui connaissais pas se propagea dans son aura. J'avais déjà repéré la présence de Rhysand, mais évitai son regard. Sans même le voir, la voix d'Aldryc provoqua chez moi bien plus d'émotions que je ne l'aurais voulu. Il se tenait un peu loin entouré de sa cour d'Héritiers dont Nathaniel et Varick. Quelques métamorphes étaient heureux de son retour. Jessa en faisait partie. Aldryc se détacha d'eux et me rejoignit. Ses cheveux blonds presque blanc étaient fraîchement coupés. Sa démarche suintait d'arrogance.

— Alors, contente ?

— Ce n'est pas le terme que j'utiliserai.

- Toujours aussi agréable, à ce que je vois, répliqua-t-il en s'approchant un peu plus, le bout de ses pieds frôlant presque les miens.

Je manquai de lui rire au nez.

- Qu'est-ce que vous voulez ? demandai-je sèchement.

Je ne lui donnerais pas la satisfaction de montrer un signe de faiblesse.

- Mais je ne veux rien, j'ai déjà trouvé ce qu'il me fallait.

Fier de lui, il me tendit un dossier. Mon nom inscrit en toutes lettres, il était bien plus fin que celui qu'avait transmis l'Alliance au professeur Oaks. Il avait dû le voler à l'administration. C'est donc ainsi qu'il pensait se venger. S'il savait...

- Tu pourrais au moins avoir la politesse de la prendre, je me suis donné du mal pour me le procurer. En réalité, pas vraiment étant donné l'attention limitée des secrétaires de cette université, rigola-t-il. Ces humains...
- Et ?

Mon manque de réaction ternit son sourire.

- Nous savons ce que tu es, dit-il, les derniers mots claquants sur le bout de sa langue.
- Je me répète : et ?

Ma réponse le décontenança un peu plus.

- Tout le monde connaît la vérité sur ta minable petite famille.
- À quoi vous attendiez-vous au juste ? La majorité des membres de ce programme ne supporte pas ma présence et lorsqu'ils ne me dévisagent pas à cause de ma cicatrice, ils m'ignorent. Que voulez-vous que cela me fasse qu'ils soient au courant ? balançai-je

avant de me diriger vers le vestiaire pour me changer.

Mon comportement provoqua de nouveaux murmures désapprobateurs. Une vraie Gardienne ne se serait jamais permis de répondre de cette façon à un Héritier, qu'il ait tort ou non. Une vraie Gardienne n'aurait pas laissé un Héritier en plan. Mais après tout, je ne serais jamais une vraie Gardienne.

J'avais perçu la présence du professeur Oaks dans un coin du gymnase, en retrait comme à son habitude. Après son petit jeu de ce matin, j'espérais que le spectacle lui avait plu. Dire qu'un instant, j'avais cru qu'il m'aiderait.

Je pénétrais à l'intérieur du vestiaire totalement vide. Jessa y fit irruption quelques secondes plus tard. Elle me saisit à l'épaule et me tourna face à elle avant de me plaquer contre les casiers.

- Tu n'as pas à lui parler de cette façon, me réprimanda-t-elle. Il y a des protocoles.
- Jessa, occupe-toi de ce qui te regarde. Nazaire n'a pas besoin de toi pour se défendre.

Mes yeux se posèrent sur Min Ji. Se tenant dans l'encadrement de la porte, elle avait déployé son pouvoir autour d'elle. C'était la première fois que je la voyais s'en servir d'une telle façon.

- Qu'est-ce que tu as la nouvelle ?

Les doigts de Jessa se détachèrent de moi tandis qu'elle faisait désormais face à Min Ji. Cette dernière était pourtant bien plus grande, cependant cela ne suffit pas à calmer Jessa.

- On ne t'entend jamais d'habitude et là, tu prends sa défense ? lui lança-t-elle d'un ton acerbe. Toi aussi, tu as des petits secrets que tu ne voudrais pas que l'on découvre ?

Min Ji se révéla être une bien meilleure menteuse que je le croyais. Son visage n'exprimait que de la lassitude.

- Le professeur Oaks vous attend, annonça Every.

Jessa la foudroya du regard et ne manqua pas de la bousculer au moment de sortir du vestiaire. Min Ji me sourit discrètement et s'éclipsa avant que j'aie pu la remercier. Malgré notre affinité, j'étais surprise de sa prise de position face à Jessa. Se tenant continuellement en retrait, les autres élèves ne ressentaient aucune animosité envers elle.

- Tout va bien ? me souffla Every une fois que nous eûmes rejoint tout le monde. Ses doigts glissèrent avec délicatesse entre mes boucles et formèrent une lourde tresse tombant dans mon dos.
- Merci d'être resté à mes côtés.
- Je te l'ai dit, je serais toujours là pour toi.

La culpabilité continuait de m'habiter. Comment avais-je pu un jour en douter ? Au moment de rejoindre Rhysand, je me surpris à appréhender sa réaction. Nous n'étions pas amis et nous ne le serions jamais, mais au sein du programme, sa présence faisait partie des seules à ne pas me rebuter pas. Il avait beau être ouvert et tolérant, ce que venait de révéler Aldryc n'était pas aussi facile à ignorer que notre différence sociale. Rhysand ne perdit pas plus de temps et entra directement dans le vif du sujet.

- Je suis extrêmement déçu, commença-t-il à dire les yeux pétillants de malice. Tu as mis la barre très haute. D'habitude, c'est moi qui suis au cœur de tout leur mécontentement.

Malgré notre dernière conversation au café, je ne pus m'empêcher de rire. Au fil des semaines, j'avais remarqué que Rhysand aimait particulièrement contrarier les siens. Passant la majorité de son temps auprès d'Armaël, il prenait un malin plaisir à répondre aux regards accusateurs des autres Héritiers par encore plus de provocations.

- Oh ! Serait-ce un sourire ? Tu devrais essayer plus souvent, ça te va bien, me taquina-t-il avant que les murs autour de nous deviennent totalement noirs.

Contrairement à ce que je croyais, le retour d'Aldryc et de ses amis ne bouleversa pas mon quotidien. Leurs remarques cinglantes ne réussissant pas à me blesser ou à me provoquer, ils se lassèrent rapidement. L'attitude des Héritiers ne me parut pas si différente. Les murmures et les critiques qui s'élevaient à mon passage s'intensifièrent, mais qu'est-ce que cela pouvait faire ?

Ces révélations à mon sujet eurent plus d'impact sur mes camarades métamorphes. Si avant tous m'ignoraient, aujourd'hui, ils me regardaient avec méfiance. Celle qui souffrait le plus de la situation était Every. Jusque-là et malgré son entêtement à rester avec moi, ils la considéraient avec respect honorant le nom de sa lignée, mais la vérité sur ma propre famille changea totalement ses rapports avec les autres. L'assimilant à moi et ma trahison, ils la rejetèrent et lui firent subir le même sort qu'à moi. Si j'étais habituée à leurs mots blessants et condescendants, ce n'était pas le cas d'Every qui avait toujours été traité selon le prestige de sa famille.

Malgré tout, elle ne se plaignit pas une seule fois. Son attitude et les sentiments qui se bousculaient dans son aura à mon égard n'avaient pas changé. Elle resterait à mes côtés, elle l'avait promis.

Min Ji, fidèle à elle-même, continua à chercher notre compagnie. Every se méfiant toujours d'elle, ses sourires sincères et ses cheveux, peints de violets, m'apportèrent une touche de chaleur contrastant avec la froideur de ce programme.

Une semaine puis deux passèrent et le professeur Oaks ne planifia aucun cours particulier. Le succès qu'avait remporté son petit test avec Jessa m'aurait pourtant fait croire le contraire. Peut-être que mon échec face à Jessa avait convaincu l'Alliance de mon incapacité à retrouver le contrôle de mon pouvoir.

Je réfléchissais à cette question pendant un cours sur l'évolution de la céramique à l'époque antique lorsque deux agents de police firent irruption dans l'amphithéâtre et interrompirent le professeur. Celui-ci, un humain d'un certain âge aux cheveux grisonnant sur les tempes et à l'humour piquant, alla à leur rencontre. Des chuchotements s'élevèrent tandis qu'à mes côtés Luce me lança un regard interrogateur.

- Ils viennent pour toi, me souffla-t-elle, ses iris bleu-océan troublés.

Avant que je n'aie pu lui demander comment elle pouvait en être si certaine, le professeur s'approcha de son micro et mon nom résonna distinctement. Plusieurs têtes se tournèrent dans ma direction tandis que la majorité des élèves cherchaient à savoir qui j'étais.

- Mademoiselle Ace, pouvez-vous nous rejoindre s'il vous plaît ? répéta-t-il.

Perdue et inquiète, je rassemblai mes affaires au plus vite malaise face à toute l'attention qui pesait sur moi. À quelques mètres de deux agents, je reconnus l'écusson montrant leur appartenance au service magique. Malgré mon passé tumultueux, j'avais été confronté à la police que très rarement. L'Alliance préférait régler elle-même les problèmes. Mon professeur m'accueillit avec un large sourire, ses dents jaunies à cause du café et des cigarettes qu'il fumait à répétition. Faisant partie de ses meilleurs élèves, la surprise que je lus dans ses yeux ne m'étonna pas. Encore un qui me pensait dénuée de pouvoir.

– Bonjour, Karalyn, les agents Morgan et Aimée vont t'accompagner jusqu'au bureau de la directrice.

Je détaillai rapidement les deux policiers et leurs auras. Les deux métamorphes dégageaient des énergies totalement contradictoires.

– Bonjour, s'enquit l'homme d'un ton aimable.

La femme, quant à elle, se contenta d'un bref hochement de tête. Ses cheveux, plaqués en arrière contre son crâne, lui donnaient un air des plus sévères. Vu l'expression agacée qu'elle affichait, elle n'était pas ravie de se trouver là.

– Nous n'allons pas vous interrompre plus longtemps, professeur, déclara l'agent en se décalant pour m'indiquer la sortie. Je vous souhaite bonne journée.

Loin d'être bavard, aucun des deux policiers ne m'adressa la parole durant le trajet jusqu'au bureau de la directrice. J'avais assez d'expérience avec l'Alliance et ses représentants pour savoir qu'essayer de leur soutirer des informations était peine perdue. Je me contentai donc de les guider à travers l'université, avec une certitude : ils ne seraient jamais venus me chercher directement en cours s'ils ne me pensaient pas coupable.

Accompagnée d'une telle escorte, je ne manquai pas d'attirer l'attention sur mon passage. Je tentai de réfléchir à ce qui pouvait les amener ici, mais ne trouvais aucune réponse. Je n'avais plus rien à cacher.

Comme lors de notre précédente rencontre, la secrétaire de la directrice fut peu ravie de notre arrivée.

– Nous avons rendez-vous avec madame Espin, déclara l'agent Morgan avant de souligner ses paroles d'un sourire avenant.

Je n'aurais su dire si c'était l'uniforme, les yeux bleus ou la peau métisse du policier, mais l'aura de l'humaine se modifia et pour la première fois, je la vis esquisser un bref mouvement de lèvres.

- Vous pouvez entrer, elle vous attend.

À mes côtés, la métamorphe souffla d'exaspération. Tapotant sa cuisse de ses doigts parfaitement manucurés, elle semblait pressée d'en finir. Nous nous accordions au moins sur ce point. La directrice ouvrit au même moment la porte de son bureau. Sa robe verte me rappela les aiguilles de pin peuplant la forêt de mes rêves.

- Bonjour agent Morgan, agent Aimée, les accueillit-elle en leur serrant la main à tour de rôle. Mademoiselle Ace.

Tandis que nous nous installions dans son bureau, son aura ne m'apprit rien de plus. Que se passait-il ?

- Commençons tout de suite, j'aimerais que mademoiselle Ace ne manque pas ses cours plus longtemps que nécessaire, déclara la seule humaine de la pièce.

Elle prit place dans son fauteuil et porta une tasse de café fumant jusqu'à ses lèvres.

- Les deux agents présents souhaiteraient vous poser quelques questions au sujet de votre médecin, madame Tesni.

- Que lui est-il arrivé ? demandai-je aussitôt.

- Pourquoi pensez-vous qu'il lui est arrivé quelque chose ? m'interrogea la métamorphe avec suspicion.

- Pourquoi seriez-vous venu me chercher sinon ? répondis-je avec le plus de calme possible.

- Vous avez raison, intervint le policier avant de lancer un regard noir à sa collègue. Cela fait plusieurs jours que nous sommes sans nouvelles d'elle. Sa femme et ses enfants s'inquiètent. Quand l'avez-vous pour la dernière fois ?

J'encaissai la nouvelle sans chercher à cacher mes émotions. Si je souhaitais être débarrassé d'eux au plus vite, je devais me montrer la plus transparente possible.

- Le 1er novembre, pour mon rendez-vous mensuel.
- Vous ne l'avez pas vu depuis ? En dehors de la Clinique peut-être ? renchérit la métamorphe, un calepin entre les mains.
- Non, répondis-je avec fermeté.

J'ignorai ce qui poussait cette femme à se montrer si agressive, mais elle ne risquait pas de me décontenancer avec de telles questions. J'avais eu de l'entraînement avant elle et l'Alliance possédait des méthodes d'interrogatoires bien plus percutantes.

- Comment s'est passée votre dernière prise de sang ?
- Comme d'habitude.
- C'est-à-dire ?

Je manquai de lever les yeux aux ciels. Ces deux-là devaient déjà s'être rendus à la Clinique pour parler avec le personnel médical ainsi que fouiller ses affaires sinon ils n'auraient pu remonter jusqu'à moi. Mon dossier ne devait plus avoir aucun secret pour eux, alors que cherchaient-ils ?

- Il n'y avait rien à signaler.
- Je vois, répliqua-t-elle sèchement avant de noter quelques mots.

L'agent Morgan se redressa et décida de prendre le relais.

- Est-ce que quelque chose vous a paru inhabituel ?

Je me remémorai mon passage à la Clinique un bref instant, assez longtemps pour que sa collègue se mette à me fixer les sourcils froncés.

- J'ai remarqué qu'elle avait l'air préoccupé ce jour-là.

- Préoccupée ?
- Oui, je me rappelle l'avoir trouvé moins bavarde que d'habitude. Elle regardait souvent dans le vide, expliquai-je succinctement.

La directrice nous observait en silence comme si la situation était des plus normales.

- Et vous ne lui avez pas demandé pourquoi ? s'enquit la métamorphe d'un ton lourd de reproches.
- C'est mon médecin et non pas une amie ou un membre de ma famille. Jamais je me serais permis de poser des questions aussi personnelles, répliquai-je avec bien moins de douceur.
- Elle a disparu quelques heures après votre rendez-vous. Pensez-vous que quelqu'un aurait pu lui en vouloir ?

La réponse franchit le bord de mes lèvres sans la moindre hésitation.

- Oui.

Je regardai du coin de l'œil la directrice avant d'ajouter :

- Vous avez lu mon dossier, vous savez pourquoi je devais effectuer cette prise de sang. Après chaque rendez-vous, le docteur Tesni demandait une audience auprès du Conseil.
- Pourquoi donc ?
- Elle pensait que ces examens étaient inutiles et plaidait pour qu'ils cessent. Beaucoup ne partageaient pas son avis. Vous comprenez parfaitement pourquoi.

La métamorphe n'eut pas besoin de répondre pour confirmer mes doutes à son propos. Elle aussi aurait préféré que je subisse le même sort que mon frère.

CHAPITRE 13

Quelque chose de doux me chatouillait le visage. M'arrachant à mon rêve, je tombais nez à nez avec une masse de cheveux roux derrière lesquels Every me regardait de ses grands yeux bleus.

- Joyeux anniversaire, me souffla-t-elle.

Battant des paupières, je crus un instant qu'elle s'était trompée. Calculant rapidement, je me rendis compte que nous étions déjà le vingt-trois novembre. Où les jours s'étaient-ils envolés ?

M'étirant de tout mon long, je repoussai les draps puis m'extirpai de mon lit. Every s'activait à nous préparer le petit-déjeuner. Je m'approchai de la fenêtre et l'ouvris. Une vision toute particulière m'accueillit. Le parc de l'université n'était que neige. Si avec un temps pareil Every préférait rester cloîtrée à l'intérieur, je mourrais d'envie de sortir et d'aller m'enfoncer dans ce paysage saisissant. Que c'était agréable ce silence !

Je me rendis au salon de thé le sourire aux lèvres et commençai ma journée de travail. Le nombre de clients fut si important que je n'eus pas un seul instant pour penser aux semaines qui s'étaient écoulées depuis ma discussion avec les policiers. Avant leur départ, l'agent Morgan m'avait glissé sa carte au cas où je me souviendrais de quelque chose. Depuis, ils n'avaient toujours retrouvé aucune trace du docteur Tesni.

Malgré mes efforts pour me convaincre du contraire, j'étais persuadée que sa disparition était liée à la décision du Conseil de mettre fin à mon suivi médical. D'ailleurs, j'avais appris grâce à la police que l'infirmier que je trouvais étrangement mou pour un métamorphe cachait en réalité bien son jeu. En effet, en fouillant le passé de chaque employé, les agents avaient découvert que ses parents faisaient partie de ceux qui nous avaient traqué Kaïs et moi. Ils n'avaient pu déterminer si sa mission consistait à me surveiller ou terminer le travail.

Refusant de considérer sérieusement cette dernière option, je m'étais attaché à continuer le cours de ma vie. La sensation d'être suivi n'avait fait que grandir jusqu'à disparaître du jour au lendemain. Ne pouvant me permettre une source de stress supplémentaire, j'avais décidé de mettre tout ça de côté.

Lorsque je revins dans ma chambre, dix-huit heures sonnaient tout juste. L'eau dans la salle de bain coulait tandis qu'Every chantait à tue-tête. Elle dormait si souvent chez moi que je me demandais à quoi cela servait qu'elle paye pour sa propre chambre. Deux paquets et plusieurs enveloppes m'attendaient sur la table. Parmi elles, je reconnus l'écriture nerveuse de Josh. Portée par ma bonne humeur, je l'ouvris. À l'intérieur, une simple carte blanche avec quelques mots : « *Lis ma lettre* ». J'avais rangé cette dernière au fond d'un des tiroirs de mon bureau, au milieu des carnets et croquis en tout genre. Every sortit au même moment de la douche, enveloppée dans son peignoir de bain rose pâle. Ses doigts fins glissèrent entre les miens et prirent la petite carte.

- Peut-être que tu devrais le faire, me suggéra-t-elle.
- Non.

Ma réponse, ferme et catégorique, ne laissa place à aucune discussion. Pas une seule fois, je n'avais eu envie d'ouvrir cette lettre. La lire ne ferait que me gâcher la soirée. Tentant d'oublier Josh, je déchirai le papier cadeau renfermant le premier paquet. À l'intérieur, l'objet était emballé dans une seconde couche de papier, parsemé de tasses de thé. Cela ne pouvait venir que d'Alys. Le présent qu'il contenait m'arracha un saut d'excitation. Dans un magnifique cadre en bois reposait un croquis original de l'un de mes illustrateurs préférés. Elle y avait glissé une petite carte avec écrit « Joyeux anniversaire mon petit chat ! » en lettre rose à paillettes. J'avais tenté de lui faire oublier ce surnom, mais après une transformation involontaire devant elle, cela avait été impossible.

Every me donna le présent de Sérène et l'odeur qui s'en dégagea ne me laissa aucun doute sur son contenu. Il était minutieusement emballé et entouré de rubans soyeux. Je les dénouai lentement, Every trépignant d'impatience. Contrairement à moi, elle adorait les surprises.

Mes doigts glissèrent à l'intérieur de la boîte et rencontrèrent le toucher velouté d'une étoffe. Je me redressai et déployai le vêtement. La robe tombait au niveau des genoux et se drapait élégamment sur le devant. Des petits voiles agrémentaient les bords des manches ainsi que le bas. D'un rouge vif, elle s'accordait parfaitement avec ma peau mate. J'en fus aussitôt amoureuse. La reposant soigneusement, je lus la carte qui l'accompagnait :

Une tenue à laquelle Every ne trouvera rien à redire.

Every, qui avait glissé sa tête par-dessus mon épaule, ne put s'empêcher de rire. Sérène avait raison et elle arrivait au bon moment. Ne se parlant presque jamais, Every et Min Ji avaient malgré tout réussi à se mettre d'accord sur une chose : fêter mon anniversaire. J'avais d'abord imaginé un simple repas, mais les regards conspirateurs qu'elles avaient échangés m'avaient indiqué le contraire. Vu la nature de son cadeau, j'étais certaine que ma mère faisait partie de la confidence.

- Tu as bientôt fini ? me demanda Every tandis que j'agitai mes ongles fraîchement peints dans les airs.
- Je crois, répondis-je avec méfiance.

Elle appliqua une seconde couche de mascara sur ses cils avant de se tourner vers moi.

- Sérène a raison, tu es magnifique dans cette robe.
- Je ne vais pas te faire honte alors ce soir ? répliquai-je d'un ton sarcastique afin de cacher ma gêne.
- Tu ne me fais jamais honte ! s'indigna-t-elle.

Nos regards se croisèrent et la force de ses mots résonna en moi.

- Mais il te manque quelque chose pour que tu sois parfaite.

Elle s'écarta du miroir et s'avança jusqu'à mon lit. Malgré sa tenue, elle se mit à genoux et tira un paquet de sous le sommier. Elle le posa ensuite devant moi et attendit que je l'ouvre. Je reconnus immédiatement le logo de la marque représenté sur la boîte. Elle ne pouvait avoir dépensé tant d'argent ! À l'intérieur, une paire d'escarpins noirs reposaient sur un écrin blanc fin. Passant mes doigts sur leur surface vernie, je regardais Every, bouche bée.

- Tu n'en avais pas à ce que je sache, déclara-t-elle d'un ton léger.
- Mais, c'est bien trop cher ! répliquai-je.

Je l'avais accompagné le mois dernier pour qu'elle s'achète une paire presque identique couleur beige. Le prix exorbitant de ses deux petites choses me serra l'estomac.

- Ne t'occupe pas de cela. Elles te plaisent au moins ?
- Évidemment ! m'exclamai-je. Comment ne pourraient-elles pas ?

Sans attendre, je les glissai à mes pieds. Les chaussures luxueuses épousèrent parfaitement leur forme. Je n'aurais jamais pensé porter quelque chose d'aussi féminin.

- Une vraie femme.

Elle sortit aussitôt son téléphone de sa poche et recula de quelques pas. Sans me laisser le temps de protester, le flash de l'appareil photo m'éblouit.

- Pour Sérène, m'expliqua-t-elle avant de pianoter rapidement sur l'écran tactile.

Râlant, j'enfilai mon manteau.

- Allons rejoindre Min Ji.

Acquiesçant, nous affrontâmes l'air glacial de l'hiver. Pour la première fois, je marchais plus lentement qu'Every. Bien qu'extrêmement confortable, j'avais plus peur de les abîmer que de tomber. Méfiante, je laissai Every nous guider et en profitai pour détailler ses vêtements. Un élégant pantalon kaki, légèrement taille haute et satiné, soulignait sa taille. Une chemise noire tout en transparence laissait deviner les taches de rousseur courant le long de ses bras et de sa clavicule. Elle avait peint ses lèvres en rouge profond.

Min Ji nous attendait déjà sur le parking réservé aux résidents de l'université. Sa tenue était à couper le souffle. Si bien que je crus un instant qu'Every s'était arrêté de respirer. Sa poitrine n'était couverte que d'un bandeau en soie bleu roi révélant son ventre. Son pantalon de kimono rose pâle était brodé de dizaines de fleurs de cerisier et cachait la totalité de ses hauts talons assortis. À côté d'elle, une luxueuse voiture à la coupe futuriste ronronnait. D'un noir mat, elle se fondait au coeur de la nuit. Comme tous les autres élèves du programme spécialisé, je m'étais attendu à ce que Min Ji soit riche, mais sa nature discrète ne m'avait pas laissé imaginer à quel point. Le regard perdu vers la lune, des anneaux en or fin soulignaient la ligne délicate de sa gorge. Every devint soudain mal à l'aise.

- Elle aurait au moins pu faire semblant et enfiler une veste, chuchota-t-elle, excédée.

- Si je l'avais fait, je n'aurais pas eu le plaisir de t'entendre râler, répliqua Min Ji se tournant vers nous.

Every se renfrogna, vexée. Face à son masque de froideur et de sévérité, peu de personnes osaient lui tenir tête et encore moins la taquiner. Min Ji n'avait jamais semblé impressionné. Un sourire en coin s'esquissa sur son visage tandis qu'elle jubilait de voir Every bouder. Nous arrivions à sa hauteur lorsque d'autres pas résonnèrent.

- Que fait-elle là ? demanda Every à Min Ji, mécontente.

Luce s'approchait de nous. Ses bottes à talons marron remontaient jusqu'au milieu de ses cuisses tandis que sa jupe flottait autour d'elle. Ses ongles étaient peints du même bleu pâle que les fleurs s'épanouissant sur sa tenue. Une veste en fausse fourrure la protégeait du froid.

- Kara et elle passent beaucoup de temps ensemble, je me suis dit que ça lui ferait plaisir.

Soutenant le regard d'Every sans ciller, une lueur de défis brilla dans les siens.

- Cela pose problème ? ajouta-t-elle.
- Absolument pas, marmonna Every en détournant la tête.

Je restai sans voix. Jamais encore, je n'avais vu Every ne pas avoir le dernier mot. Luce sautilla jusqu'à moi avec entrain et me serra dans ses bras.

- Joyeux anniversaire ! Nous t'avons organisé une superbe soirée ! s'exclama-t-elle.
- Allez, tout le monde, en route ! ordonna gaiement Min Ji.

Every et Luce me laissèrent monter à l'avant. M'asseyant avec lenteur, je fus soulagée devant l'expression de Luce. Je n'étais pas la seule à vivre une expérience inédite. La voiture était bien plus douillette qu'elle le laissait paraître. Nous avions à peine quitté le parking lorsqu'une douce chaleur, diffusée par le siège en cuir, m'enveloppa. Soupirant d'aise, je m'installai un peu plus confortablement.

Une musique maintenant familière emplit l'habitacle. Min Ji l'écoutait en boucle ces derniers jours. Le nom du groupe s'afficha en toutes lettres sur l'écran dernier cri de la voiture « BIGBANG ». Je ne comprenais aucune des paroles, mais le rythme entraînant me fit dodeliner de la tête. Dans le rétroviseur, j'aperçus Every, les bras croisés en train de regarder dehors. Elle semblait n'avoir aucune envie de se trouver là. Luce quant à elle, son visage toujours dépourvu de maquillage, rayonnait.

- Où est-ce que l'on va ? demandai-je, curieuse.
- C'est une surprise ! répondit Luce, sa voix vibrant d'excitation.
- Et interdiction de tricher ! me devança Min Ji en

tournant le GPS.

Every, qui depuis notre départ avait prêté attention aux routes que nous empruntions, réagit aussitôt.

- On se dirige en dehors du centre-ville ?
- Et ? demanda Min Ji, les yeux toujours rivés sur les véhicules devant nous.
- Ce n'est pas ce qui était prévu.

La tension dans l'habitacle monta d'un cran.

- Ça nous fait voir autre chose, contra Luce dont la joie de vivre et l'innocence mirent fin à la conversation.

Every jeta un regard noir en direction du rétroviseur avant de se murer dans un profond silence. Elle s'était toujours méfiée du changement et de l'inconnu, mais elle détestait par-dessus tout ne pas avoir le contrôle. De mon côté, j'étais heureuse de m'éloigner de l'université. Je n'avais aucune envie de rencontrer des gens du programme. La ville était si grande, qu'à part les filles présentes dans la voiture, nous avions peu de chance de tomber sur quelqu'un que nous connaissions.

- C'est de la musique de chez toi ? demanda Luce changeant ainsi totalement de sujet.
- Oui, répondit Min Ji.

Elles se lancèrent alors dans une longue discussion sur la culture populaire de chez elle. Les écoutant d'une oreille, je me laissai bercer par les mouvements réguliers de l'engin luxueux. Les rues et les bâtiments défilaient devant nous. Pour un samedi soir, la circulation était animée, mais exceptionnellement fluide. Je passai la main sur ma robe. Malgré sa coupe parfaitement ajustée, elle était agréable à porter.

Scrutant chaque restaurant et chaque bar, je m'amusais à deviner lequel serait le nôtre. Le charme de ce coin de la ville était indéniable. Désormais à plusieurs kilomètres de l'université, les rues que nous empruntions me semblaient bâties avec les mêmes pierres anciennes. Loin des boîtes de nuit et lieux prisés, une ambiance chaleureuse et conviviale flottait ici. Min Ji finit par se garer habilement. Une fois le moteur coupé, Min Ji nous fit sortir de la voiture puis observa les passants. J'avais une vue presque complète de son dos et du tatouage qui le recouvrait. Le regard d'Every s'y attarda quelques instants. Finalement, Min Ji enfila une veste de style kimono en soie également et s'approcha d'Every la démarche provocatrice.

- Satisfaite ? lui glissa-t-elle avant de nous guider.

Retenant un rire, je la suivis sans rien dire, bien trop pressée de découvrir où nous allions. Jusqu'à aujourd'hui, mon expérience en matière de moments entre filles se résumait à des soirées plateaux télé en compagnie d'Every et de ma mère. Je n'avais jamais été entouré d'autant de femmes.

Après quelques minutes de marche, Luce et Min Ji s'arrêtèrent d'un même mouvement. Des notes de musique cubaine s'échappèrent du bar qui se dressait devant nous et vinrent me caresser. Je me tournai vers les filles, partagée entre la surprise et l'horreur.

- Tu n'es pas la seule à faire attention aux goûts musicaux des autres, répliqua Min Ji, un sourire satisfait s'épanouissant sur ses lèvres.
- Puis avec tes boucles brunes, ta peau mate et tes longs cils noirs, pas besoin d'être devin pour savoir que tu as des origines latines, lâcha Luce.

Je déglutis. Avais-je été si négligente ?

- Sa mère va être morte de jalousie. Elle pratique la salsa depuis des années, leur apprit Every tentant ainsi de détourner leur attention.
- Ça ne te plaît pas ? s'inquiéta malgré tout Luce.

◆ 317 ◆

- Si, bien sûr ! Je suis juste surprise.
- Attends de voir l'intérieur alors, répliqua-t-elle avant d'ouvrir la porte.

La musique me balaya. Les effluves des plats épicés qui se mêlaient à celles plus sucrées des cocktails emplirent mes narines. À l'entrée, plusieurs bouquets de fleurs reposaient sur une console en fer noir. Sur notre gauche, un escalier s'élevait au-dessus du comptoir et menait à un étage supérieur où étaient disposées des dizaines de tables. Plusieurs d'entre elles étaient déjà occupées. Au rez-de-chaussée, une piste de danse était aménagée au centre de la pièce. Encore un peu trop tôt, celle-ci était vide. Des colonnes en bois parsemaient la salle à intervalle régulier. Un serveur ne tarda pas à nous accueillir. Les yeux du métamorphe coulèrent sur ma silhouette, avant d'esquisser un sourire charmeur.

- Vous avez une réservation ? me demanda-t-il, sa langue roulant les « r » suavement.

Sa peau dorée contrastait agréablement avec sa chemise noire. Ses cils, incroyablement longs pour un homme, me firent penser à la remarque de Luce.

- Oui, au nom d'Ace, répondit Min Ji avant de me lancer un clin d'œil.

Me laissant guider à travers la pièce, j'absorbai chaque détail. Sous mes pieds, le bois usé craqua. Le serveur nous installa à une table ronde depuis laquelle nous avions une vue complète de la piste de danse. Des bougies étaient disposées un peu partout donnant à la pièce une atmosphère tamisée agréable. Des souvenirs de soirées en compagnie de Sérène et son club de salsa me revinrent me faisant me sentir immédiatement à ma place. Même la présence de quelques sorciers et métamorphes ne m'inquiéta pas. Ici, je n'avais à affronter personne.

Une nouvelle serveuse s'approcha de notre table et ce fut autour de Min Ji d'être dévisagée. Avec son teint pâle sans défauts, ses yeux en amande couleur de Jade et son style atypique, elle attirait irrémédiablement les regards. L'humaine nous tendit les menus, s'attardant un peu plus longtemps auprès de Min Ji. Every se racla la gorge. La serveuse n'y prêta aucune attention et après un sourire timide, elle s'en alla en direction du bar.

- Ça te plaît ? s'enquit à nouveau Luce, légèrement inquiète.

Je me rendis compte que depuis notre arrivée, je n'avais pas prononcé un mot. J'oubliais parfois qu'elle était la seule parmi nous toutes à ne pas pouvoir lire les émotions.

- Énormément ! L'endroit est magnifique !
- Je t'avais dit que ça irait, ajouta Min Ji.

Rassurée, le visage de Luce s'illumina. Contrairement à Every, Min Ji appréciait réellement la présence de Luce parmi nous. L'humaine qui était tombée sous le charme de Min Ji réapparu presque immédiatement, la carte des plats en main.

- J'ai oublié de vous donner celle-ci, dit-elle à la seule attention de Min Ji.

Excédée, Every marmonna et j'aperçus un bref sourire s'esquisser sur les lèvres de Min Ji avant qu'il ne disparaisse aussitôt. De longues secondes passèrent, puis finalement, Every interpella un serveur qui n'eut d'autre choix que de prendre notre commande. Je lui lançai un regard en biais. Je ne l'avais jamais vu agir ainsi. Qu'était le problème avec la serveuse ?

N'ayant aucune envie de me préoccuper de ce genre de choses ce soir, je laissai mon attention vagabonder sur les tables alentour. Le métamorphe qui nous avait accueillis ne se trouvait qu'à deux tables de la nôtre. Rigolant avec des clients, il ne cessait de regarder dans ma direction. La serveuse qu'Every tentait en vain d'éviter, revint avec un plateau entre les mains. Elle déposa délicatement nos cocktails puis se pencha vers Every. Sa voix se perdit, couverte par les notes de musique latines. Un instant plus tard, les joues d'Every devinrent rouge-écarlate et elle secoua la tête négativement. Le sourire de l'humaine s'élargit un peu plus. Après un dernier regard appuyé en direction de Min Ji, elle tourna les talons.

- Que t'a-t-elle dit ? demandai-je Every, curieuse de connaître la raison d'une telle réaction chez elle.

Son malaise monta d'un cran.

- Elle voulait savoir si j'étais… Si Min Ji et moi étions ensemble, débita-t-elle à toute vitesse.

Le rire cristallin de Luce fendit l'air.

- C'est déjà bien que vous passiez la soirée dans la même pièce, déclara-t-elle, inconsciente des émotions se bousculant chez Every.

Min Ji, quant à elle, se retenait d'imiter Luce. Cela ne lui faisait rien que quelqu'un ait pu croire une telle chose, alors pourquoi Every le prenait-elle aussi mal ? Était-ce à cause de ses réelles préférences ? Avait-elle peur que Min Ji et Luce le découvrent ? Ou était-ce en rapport encore avec le programme spécialisé ?

- Allez, trinquons, déclara Luce, À Karalyn.
- Joyeux anniversaire, me souhaita Min Ji.

Every et Luce se joignirent à elle. Au moment de porter mon verre à mes lèvres, je croisai les yeux bleus du métamorphe. Assez proche pour entendre notre conversation, il souffla un « joyeux anniversaire » dans ma direction.

- Il ne t'aura pas fallu longtemps pour attirer l'attention,

commenta Min Ji en détaillant le garçon. Il est très mignon !
- C'est vrai, avouai-je, surprise.
- S'il pouvait nous offrir des tournées de boissons gratuites, ce serait bien ! lança Luce.
- Il vaudrait peut-être mieux que tu t'abstiennes. On a vu ce que ça donne quand tu as bu, répliqua sèchement Every.

Luce baissa immédiatement la tête, honteuse. La seconde suivante, elle se réfugiait aux toilettes.
- Je ne sais pas quel est ton problème ce soir, m'exclamai-je. Mais j'ai envie de passer un bon moment et Luce n'a pas besoin que tu l'enfonces un peu plus pour son erreur avec Aldryc. Crois-moi, elle s'en veut bien assez.

Every serra la mâchoire avant de quitter la table à son tour. Je soupirais.
- Ça ira, ne t'inquiète pas, déclara Min Ji avec conviction.

Ne sachant comment elle pouvait faire preuve d'autant de positivité, je me contentai de boire une nouvelle gorgée de mon cocktail. Luce et Every revinrent quelques minutes plus tard, ensemble. Tandis qu'elles reprenaient place à table, aucune d'elles ne mentionna ce qui s'était passé.

Les plats arrivèrent et nous les dégustâmes en parlant de tout et de rien. Pas un instant, nous n'évoquâmes le programme spécialisé et la fluidité de nos conversations me surpris. Dans ce restaurant à la musique entraînante, j'en appris enfin un peu plus sur Luce et Min Ji.
- Mon cousin a exposé ses toiles dans une galerie en ville avant les vacances. Il est photographe.
- Ton cousin s'appelle Lyam ? lui demanda Every.

- Oui, c'est ça.
- Nous avons assisté à son exposition Kara et moi, elle était magnifique. Elle a pu discuter avec lui d'ailleurs, répondit Every en m'indiquant du doigt.

La bouche pleine, je me contentai d'acquiescer vivement. J'ignorais comment, mais au fil de la soirée, Every et Min Ji commencèrent à échanger des recettes de cuisine tandis que Luce et moi parlions de nos cours. Je me mis soudain à souhaiter que ce soit toujours ainsi. Les minutes passèrent, portées par la musique et les rires. Je finissais tout juste ma dernière bouchée lorsqu'une chanson que Sérène et moi avions écoutée des centaines de fois emplit le restaurant. J'attrapais la main de Luce et l'entraînais avec moi sur la piste de danse. Se laissant guider, elle se mit à chanter et joignit sa voix à la mienne. Emportée par le rythme de la musique, j'oubliais les gens autour de nous. Ses doigts entre les miens, j'esquissai quelques pas basiques de salsa. Rigolant, je la fis tourner sur elle-même, sa robe accompagnant les mouvements de son corps.

Min Ji ne tarda pas à nous rejoindre. Contrairement à Luce, elle n'avait aucune difficulté à suivre la cadence. Pensant à ces cours de danse classique, je me demandais si un jour, j'aurais la possibilité d'assister à l'un d'eux. Mettant l'idée dans un coin de ma tête, je me promis de lui poser la question. Une nouvelle musique s'enchaîna. Je jetai un coup d'œil vers notre table. Every se tenait bien droite sur sa chaise et nous observait tout en sirotant son cocktail.

- Ne t'occupe pas d'elle, je m'en charge, déclara Min Ji dans le creux de mon oreille.
- Je te souhaite bon courage !

Sérène et moi avions déjà tenté de la traîner avec nous lors des soirées salsa organisées par son club, mais nous échouâmes chaque fois. Même lorsque nous sortions en boîte de nuit, elle se retrouvait irrémédiablement assise à regarder la foule tandis que j'étais seule sur la piste.

- Apprends-moi, me demanda Min Ji, ses yeux pétillants de curiosité.

Je ne l'avais encore jamais vu avec une telle expression sur le visage. Habituées aux mouvements plus raides de la danse classique, ses hanches semblaient refuser de l'écouter. Malgré tout, après plusieurs chansons et un autre verre, elle suivait mes pas sans peine. Assoiffées et mortes de chaud, nous décidâmes de faire une pause et retournâmes à notre table. Lorsque nous arrivâmes, Luce devint silencieuse.

- Qu'est-ce qu'il y a ? demandai-je en lançant un regard accusateur à Every.

C'était la première fois que nous sortions ensemble toutes les quatre et j'espérais secrètement que ce ne serait pas la dernière.

- Nous parlions du soir où nous nous sommes rencontrées, du programme spécialisé, se justifia immédiatement Every. Et je me suis excusée de mon comportement envers elle.

Si je fus sans voix, ce ne fut pas le cas de Min Ji qui ne manqua pas cette occasion pour piquer Every.

- Comme quoi les miracles existent, lâcha-t-elle d'un ton narquois avant de s'installer dans son fauteuil.

Every se tut et avala d'un trait ce qui restait dans son verre.

- Je ne savais pas que tu dansais aussi bien, s'exclama Luce. Ta mère est espagnole ?

La question me prise de court. Un moment de silence s'étira entre nous durant lequel j'hésitai. Min Ji était au courant pour mon passé, mais ce n'était pas le cas de Luce. Je n'avais jamais eu le courage de le faire. Peut-être que c'était égoïste de ma part. Peut-être que j'aurais dû étant donné le danger que le fait de me côtoyer représenté.

- Je ne sais pas, j'ai été adoptée, répondis-je le regard fuyant.

Je n'avais aucune idée du lieu où j'étais née. La personne qui m'avait effacé la mémoire n'avait pas jugé utile de me laisser cette information. Certes, je comprenais parfaitement l'espagnol et je ne pouvais renier certains de mes traits cependant, je n'avais aucune certitude. Pas la moindre. Lisant dans mes pensées, Every passa affectueusement sa main dans mes cheveux. Si foncés qu'ils paraissaient noirs, ils contrastèrent sur sa peau pâle.

Face à mon malaise évident, les filles n'insistèrent pas. Every nous surprit toutes en posant des questions à Luce et en s'intéressant à ses passions ainsi qu'à sa famille. S'adoucissant, elle laissa Min Ji et Luce découvrirent certaines facettes de sa personnalité qu'elle ne révélait habituellement qu'à Sérène et moi. Même en présence de Josh, elle n'avait jamais été réellement à l'aise. La voir ainsi me toucha.

Les rires et les mots me transportèrent. Faisant le vide dans ma tête, j'oubliai tout. Il n'y avait plus d'Alliance, plus de programme spécialisé, plus de prise de sang. Nous étions juste nous quatre buvant un verre un samedi soir. Cela faisait tellement de bien. Sans que je sache comment, une nouvelle tournée de cocktail arriva.

- Merci, Léna, la remercia Min Ji.

La serveuse ne put retenir un sourire satisfait.

- Tu veux que l'on soit ivre ? lui demandai-je en observant les morceaux de fraises qui flottaient dans le liquide transparent.

Si je continuais ainsi, ce mojito revisité risquait de me jouer des tours. Se sentant en sécurité avec nous, Luce avait fini par se laisser tenter également.

- Peut-être, répliqua Min Ji avec un clin d'œil.

Je rigolai doucement.

- Tu n'auras pas mis longtemps avant d'obtenir son prénom, commenta Luce une fois que l'humaine eut quitté notre table.

- Elle est très belle, non ? répondit simplement Min Ji, tout en haussant les épaules.

À quelques mètres de nous, la serveuse empilait des verres vides sur son plateau avec dextérité. Des mèches dorées parsemaient ses cheveux châtains rendant ses yeux bruns plus saisissants. Des tatouages délicats recouvraient la totalité de son bras gauche cassant la douceur de ses traits.

- C'est vrai, approuva Luce tandis que j'hochai la tête.

À côté de moi, Every était décontenancée et tentait tant bien que mal de cacher les sentiments qui se bousculaient en elle. Je la connaissais assez pour savoir que des centaines de questions la traversaient. Peut-être quand voyant Min Ji afficher aussi librement ses préférences, elle se libérerait à son tour.

- Kara ? m'appela Every.

Totalement plongée dans mes pensées, je ne m'étais pas rendu compte que le serveur se tenait à présent à deux pas de notre table attendant que je le remarque.

- Je suis désolée d'interrompre votre soirée entre filles. J'ai terminé mon service et j'ai cru comprendre que c'était votre anniversaire. J'aurais aimé vous inviter à danser.

Luce me fit un discret signe du pouce.

- Avec plaisir.

Une vague de soulagement l'envahit. Malgré les nombreux regards que nous avions échangés plus tôt, il ne s'attendait pas à ce que j'accepte. Je bus et sentis la chaleur du rhum remonter le long de ma gorge. Il me tendit l'une de ses mains et, la saisissant, il me conduit jusqu'à la piste. Every me fixa partir, ahurie. Je ne pouvais que la comprendre. Je me laissais rarement approcher par un garçon qu'il soit humain ou un être magique. J'avais déjà eu des « petits amis », mais ça n'avait jamais réellement fonctionné. Mon passé, mon refus de me mêler au monde magique et mes secrets douteux finissaient irrémédiablement par être un frein. Ils voulaient tous tout savoir de moi, mais j'en étais incapable. Même Sérène et Every ne me connaissaient pas totalement. Comment le pouvaient-elles alors que j'avais oublié plus de la moitié de ma vie ?

Ce soir, j'avais simplement envie de profiter. Pour une fois. Ce garçon était beau et danser avec lui ne m'engageait à rien alors je décidais de ne me poser aucune question. Prenant ma seconde main, il me guida avec délicatesse laissant un espace raisonnable entre nous deux. Voyant que je le suivais sans peine, il enchaîna des pas un peu plus complexes. C'était loin d'être un débutant. Pas une seule fois, il ne marcha sur mes pieds.

- Comment est-ce que tu t'appelles ? me demanda-t-il avant de me faire pivoter et revenir vers lui dans le creux de ses bras.

Son souffle chaud balaya ma gorge, tandis que plusieurs couples reculèrent pour nous faire de la place.

- Karalyn et toi ?
- Aaron. Ton prénom n'est pas commun. C'est très beau.
- Merci, répondis-je, rougissant presque.

L'une de ses mains glissa sur ma hanche lorsque mes

yeux ne parvinrent à trouver Every. Bien que sa chaise à notre table soit vide, son sac et son manteau y reposaient toujours. Inquiète, je scrutai la foule à toute vitesse. Je finis par la distinguer, accoudée au bar en train de parler avec un homme dont il m'était impossible de voir le visage. Étant donné son expression, elle le connaissait et sa présence lui faisait plaisir. Un deuxième homme les rejoignit. Le premier tourna la tête dans sa direction me révélant ainsi son identité. Je me figeai et écrasai les pieds d'Aaron. Que faisait Armaël ici ?

Le métamorphe qui l'accompagnait n'était autre que Dasan. Nous nous trouvions à plusieurs kilomètres de l'université et il fallait encore que je tombe sur des membres du programme spécialisé. Je n'avais aucune envie de les voir.

- Tout va bien ? s'enquit Aaron face à mon soudain changement de comportement.

Every conduit Armaël et Dasan jusqu'à notre table. Ajoutant des chaises, Every les fit s'installer avec nous. La musique commença à ralentir et Aaron lâcha doucement mes mains.

- Merci beaucoup pour la danse, le remerciai-je bien plus froidement que voulu.

Il hocha la tête, visiblement déçu. Il devait s'attendre à ce que je reste plus longtemps avec lui, que je lui demande son numéro de téléphone peut-être, que j'essaie d'apprendre à le connaître. Après un dernier sourire, je quittais la piste et rejoignis la table. Toute mon attention était braquée sur Armaël.

Arrivant à leur hauteur, je tentai de garder mon calme et de masquer la contrariété qui m'avait envahi à sa simple vue. Les mots qu'il avait tenus à Jessa étaient encore bien nets dans mon esprit. Every était dans le gymnase à ce moment-là, alors comment avait-elle pu penser que je voudrais passer ma soirée d'anniversaire avec lui ?

Inspirant un grand coup, j'affichai un air dégagé. Si je me comportais de la même manière, la situation ne ferait qu'empirer. Me glissant entre Min Ji et Luce, je m'asseyais tranquillement à ma place. Après tout, je n'avais rien à me reprocher.

- Bonsoir.
- Bonsoir ! me répondit Dasan sans la moindre retenue.

Traînant toujours dans le sillage d'Armaël, je ne me rappelais pas lui avoir adressé la parole au cours de nos entraînements. Ses yeux verts prairies se posèrent sur Luce, seule humaine à notre table. Je me redressai et me rapprochai d'elle inconsciemment. Remarquant mon geste, il détourna la tête et reporta son attention sur moi.

- Every nous a dits que tu étais la star de cette soirée, alors joyeux anniversaire, ajouta-t-il en levant son verre.

Son sourire et ses paroles avaient beau être sincères, une certaine gêne planait malgré tout dans son aura.

- Merci, acquiesçai-je.
- Joyeux anniversaire.

Armaël prononça ces mots si rapidement que je faillis ne pas les comprendre. Évitant mon regard, il avala son whisky cul-sec.

- Merci de nous avoir invités à nous joindre à vous.

Comme si j'avais eu le choix. Observant Dasan, je remarquai soudain que son pouvoir était lié à celui d'Armaël. Étonné, je tentai d'entrevoir la peau de ses avants-bras. Moins étendu que celui d'Armaël, je pus tout juste apercevoir une feuille pointer en dehors de sa chemise. Je ne pouvais m'empêcher de trouver ce phénomène aussi fascinant que les auras. Dasan lança un regard en direction d'Armaël, mais celui-ci se contenta de fixer le verre qu'il tenait entre les mains.

- Vous savez toutes danser aussi bien que Kara ? ajouta-t-il à notre attention, tentant vainement de faire la conversation.
- Oh non, commenta Luce sur un ton de défaite.
- Sa mère et elle suivent des cours depuis des années, enchaîna Every.
- C'est ce que j'ai cru comprendre, oui. Armaël se débrouille bien également.

Nous le regardâmes toutes, surprises. J'avais du mal à l'imaginer faire quelque chose demandant de la douceur. Soudain, la façon dont il avait porté Rhysand jusqu'à son lit me revint. Il l'avait déposé avec une telle délicatesse. Ce soir, son aura était lourde de colère. Il semblait bien plus détendu au bar en présence d'Every et de Dasan. Comment pouvais-je être l'origine de tous ses sentiments négatifs ?

Sentant mon regard peser sur lui, il releva la tête et me fixa à son tour. Ses pupilles étaient embrumées par l'alcool. Abaissant mes barrières mentales, je compris qu'il n'en était pas à son premier verre.

- Qu'est-ce que vous avez à fêter tous les deux ? demandai-je, désireuse de savoir quelle malchance les avait mis sur mon chemin.

Un court instant, Dasan observa Armaël et la peine traversa son visage. Avant qu'il n'ait le temps de répondre, les lumières du bar se tamisèrent créant une ambiance plus intimiste. La plupart des gens présents ayant terminé de dîner, plusieurs autres couples se levèrent et allèrent sur la piste. Une nouvelle chanson, encore plus entrainante que

les précédentes, annonça la suite de la soirée.
- Tu viens danser avec moi ? lançai-je à Every.
- Non, vas-y toi.

Ayant de la compagnie à notre table, elle n'avait plus aucune raison de se joindre à moi. Je ne pus cacher ma déception.

- Tu es toujours aussi coincée ou bien, c'est juste ce soir ? piqua Min Ji sans la moindre délicatesse.

Stupéfaite, Every ne sut quoi répondre tandis que Luce manqua de s'étouffer avec sa boisson. Elle n'aurait jamais osé s'adresser à Every de cette façon, pas quand celle-ci commençait tout juste à tolérer sa présence.

- Je ne suis pas coincée, lâcha finalement Every.

Je n'avais jamais vu Every perdre ses moyens aussi facilement.

- Ne t'inquiète pas, tu n'es pas la seule, commenta Dasan en indiquant Armaël.
- Je n'en ai pas envie. C'est tout, répliqua-t-il sèchement avant de lancer un regard assassin en direction de son ami.

Pas le moins du monde impressionné, Dasan continua.

- Mais bien sûr. Tu adores danser. Tu es juste incapable de prendre sur toi et de lever tes fesses de cette chaise.

N'ajoutant rien, la colère d'Armaël monta d'un cran tandis que ses yeux s'assombrirent un peu plus. Pas un seul instant Dasan ne détourna le regard.

- Bon ! Il est temps de rejoindre la piste tout le monde, déclara Luce en mettant par la même occasion fin à l'échange silencieux des deux métamorphes.

Luce quitta sa chaise et s'arrêta entre Dasan et Armaël.

- Je viens, acquiesça Dasan. Laissons ce vieux grincheux tout seul.

Every, qui était toujours aussi réticente, sursauta lorsque Min Ji se pencha vers elle et chuchota dans son oreille. Le visage d'Every se durcit avant de finalement capituler. Elle se leva puis rejoignit Luce et Dasan qui dansaient déjà. Min Ji me lança un clin d'œil victorieux et se faufila jusqu'à eux. Il ne restait plus qu'Armaël et moi. En deux mois au sein du programme spécialisé, ce n'était encore jamais arrivé. Malgré son aversion évidente pour moi, je ne pus me résoudre à le laisser seul. Le rhum me rendait bien sociable.

- Écoute, je sais que tu ne m'apprécies pas, mais tu pourrais mettre cela de côté, au moins pour ce soir.

Pour la première fois depuis son arrivée, il me regarda réellement. Pendant plusieurs secondes, il resta sans rien dire, se contentant de me scruter. Son aura s'adoucit le temps d'un battement de cil puis ses yeux se posèrent sur ma cicatrice. Un mur de froideur me percuta. Peut-être aurais-je mieux fait de le laisser dans son coin.

- Tu ne devrais pas être ici, finit-il par articuler son ton aussi tranchant que du verre.
- Je voulais seulement apaiser les tensions pour que tu ne te gâches pas la soirée.

Il secoua la tête, la mâchoire serrée.

- Tu ne comprends pas.
- Explique-moi alors !

Pas un instant, je n'aurais cru que la discussion dévirerait de cette manière et je pouvais sentir ma patience se réduire à néant.

- Tu ne devrais pas faire partie du programme spécialisé.
- Je…

- Te voir tous les jours, c'est une torture. Tu n'as rien à faire parmi nous. Ça n'aurait jamais dû arriver ! cria-t-il, le visage rouge de colère.

Il se leva subitement et écrasa ses poings contre la table. Celle-ci se fendit en deux tandis que sa chaise se renversa. Choquée, je n'esquissai pas le moindre geste. Autour de nous, les gens sursautèrent et se tournèrent dans notre direction. Prenant conscience des regards pesant sur nous deux, Armaël partit en trombe. Dasan s'élança derrière lui.

Ne sachant comment réagir, je ramassais les morceaux de verre jonchant le sol. Ressassant ses paroles et les effluves d'alcool brouillant mon esprit, mes doigts rencontrèrent les bords tranchants des éclats. Je ne ressentis aucune douleur.

CHAPITRE 14

Après le départ fracassant d'Armaël, Every passa plusieurs minutes à m'interroger, ne comprenant pas comment Armaël avait pu s'emporter ainsi. Elle ne l'avait jamais vu réagir de cette façon, lui qui se montrait toujours si impassible et imperturbable. Les révélations d'Aldryc et le binôme que nous formions Rhysand et moi ne pouvaient être cause d'une telle colère.

Le lundi suivant, son attitude confirma mes doutes. Si avant j'avais droit à des regards lourds de désapprobation, cette soirée n'avait pas adouci son comportement, au contraire. Désormais invisible à ses yeux, il se montra également des plus distants avec Every. Ne lui adressant qu'un vague hochement de tête en guise de salut, je m'en voulus d'avoir rendu la vie d'Every au sein du programme encore plus difficile.

Contrariée, je ruminai cette idée pendant des heures. Aurais-je pu faire en sorte que la soirée se passe différemment ? Quelque chose me disait que non.

— Rappelez-vous que toutes les choses que vous aurez à affronter durant cet exercice arriveront plus tard dans le cadre de vos fonctions ou se sont déjà produites, déclara le professeur Oaks d'un ton ferme.

Les examens commençant dans moins de deux semaines, il tenait à s'assurer que nous étions prêts et que nos résultats seraient à la hauteur de ses attentes. L'Alliance souhaitait le meilleur de nous. Son regard se posa furtivement sur moi. Devais-je prendre ses paroles pour un avertissement ? Nos échanges depuis notre dernier cours particulier s'étaient réduits aux formalités d'usage et je n'avais rien contre. J'en avais assez de ses petits jeux fourbes tout comme de l'attitude incompréhensible de son neveu. J'en avais assez de la famille Oaks.

Lorsque Rhysand pénétra dans la salle de simulation, son silence me surprit. Pas de sourires en coin, pas de remarque ironique. Un tel silence ne lui ressemblait pas. Je me tournais vers lui tout en plaçant les émetteurs sur mes temps. Je ne pris pas la peine de le saluer. Le regard perdu dans le vide, il ne se trouvait pas parmi nous. Avant d'avoir pu esquisser le moindre geste dans sa direction, la simulation débuta.

Un ciel noir parsemait de mille et une étoile nous accueillit. Une fois la totalité de mes sens revenus, je sentis un poids étrange écraser ma poitrine. Passant la main sur ma gorge, mes doigts rencontrèrent une fine cravate. M'observant dans l'une des immenses vitres qui nous surplombaient, je faillis ne pas me reconnaître. Le costume trois-pièces hors de prix que je portais suivait avec fluidité le moindre de mes gestes. Les cheveux parfaitement coiffés en une lourde tresse, mes yeux étaient soulignés de noir et mes lèvres de rouge. Cependant, ce n'était pas cela qui m'avait interpellé.

Un poids supplémentaire s'ajoutait au niveau de mes

côtes, de ma poitrine ainsi que le long de ma colonne vertébrale. Écartant les pans de ma veste, je passai une main entre le veston et la chemise. Les boutons lustrés et le tissu satiné dissimulaient en réalité un gilet par balle. Nous n'avions encore jamais abordé le sujet des armes à feu au sein du programme, mais ce nouvel accessoire n'annonçait rien de bon. Étrangement, je me sentais à l'aise dans cette tenue. Le costume de Rhysand était bien moins classique que le mien. Du même rouge profond que ma chemise et mes lèvres, nous formions un duo parfaitement assorti.

Pivotant sur moi-même, j'admirais la place sur laquelle nous nous trouvions. Je n'étais jamais venu ici, mais je la reconnus sans la moindre peine. Le monde ne possédait pas deux places comme celle-ci. À quelques mètres de nous, les 673 panneaux de verre de la pyramide du Louvre s'élevaient vers le ciel. Entourée de ses reproductions miniatures, les pyramidions, leurs silhouettes se reflétaient sur la surface des bassins d'eau triangulaires les jouxtant.

- Nous n'attendions plus que vous monsieur Jalen.

Un Héritier s'avança hors de l'ombre des colonnes et des arches longeant la place. Dans son sillage, apparurent non pas un, mais deux Gardiens. Tous les deux particulièrement grands, leurs présences n'étaient pas des plus discrètes. Avec des muscles à ne plus savoir quoi en faire et des visages vides d'expressions, ils n'attiraient aucune sympathie. Ces deux-là prenaient leur rôle plus qu'au sérieux. Je me sentis soudain bien minuscule et surtout mal préparée. Le professeur Oaks ne m'avait jamais mis face à ce genre de cas de figure. J'avais donc droit à un énième test. L'Hériter s'avança et l'argent de ses cheveux s'illumina de mille nuances sous l'éclat de la lune. Le pouvoir de l'air l'habitait donnant à sa démarche une impression de flottement étrange.

- Je me présente, Alberich, bras droit de notre hôte de ce soir. Celle-ci m'a chargé de vous accueillir. Votre père ne pouvant se joindre à nous, elle sera ravie de vous avoir parmi ses invités, déclara-t-il sa moustache tressautant à chaque syllabe. Ce n'est pas tous les jours que nous recevons deux êtres aussi particuliers que vous.

Si c'était étrange d'entendre un Héritier se présenter seulement par son prénom, son dernier commentaire me laissa perplexe. Que voulait-il dire par « particulier » ? Portant un costume crème et des chaussures marron parfaitement cirées, les yeux du sorcier de l'air observaient Rhysand avec une curiosité non dissimulée. Était-ce son pouvoir qui lui valait une telle attention ?

- Mon père n'évoque que très rarement ses affaires, mais votre nom fait partie de ceux qu'il mentionne avec le plus grand respect, répondit Rhysand.

Aucune trace de mensonge ne venait entacher ses paroles. Au fil des simulations et des entraînements, j'avais remarqué que Rhysand avait un certain don pour manipuler les mots.

- Allons-y, ne faisons pas attendre Madame la Conseillère plus longtemps.

L'homme poussa Rhysand d'une main légère et ses Gardiens se mirent aussitôt en position. Ne sachant quel placement effectuer pour ce genre de situation, je décidai de rester en retrait et de tous les conserver dans mon champ de vision. De cette façon, aucun de leur mouvement ne pouvait m'échapper et j'avais une vue complète sur les alentours.

Même si j'avais rêvé de venir dans ses lieux des centaines de fois, je ne perdis pas une seule seconde à m'émerveiller. Abaissant mes barrières mentales, j'étudiais dans les moindres détails les auras des deux Gardiens. Frères jumeaux, je croisai les doigts pour ne pas avoir à affronter ses deux-là.

Les talons de ses mocassins claquant sur les pavés humides, Alberich nous conduisit jusqu'à la base de la pyramide de verre. Dans celle-ci, se découpait l'entrée principale menant au musée. Ne faisant pas attention un seul instant si nous les suivions, il fit pénétrer Rhysand à l'intérieur.

- Mon cousin, un ami de votre père, vous attend avec impatience. Est-ce que vous vous souvenez de lui ? Gundahar ?

Je ne pouvais voir l'expression de Rhysand, mais la pension qui envahit son aura ne me dit rien qui vaille.

- Votre dernière rencontre l'aurait laissé sur sa faim, déclara Alberich, ses doigts s'enroulant autour de sa moustache.

Son rire grave se répercuta sur les panneaux de verre tandis que je refermais avec précaution la porte derrière moi. Détournant la tête, Rhysand s'appliqua à observer la structure s'élevant au-dessus de nous. Je ne pouvais sentir ses émotions malgré tout, nous avions passé assez de temps ensemble pour que je puisse déchiffrer l'expression de son visage. C'était la première fois que durant une simulation, l'inquiétude venait le troubler. Qui était-ce ce Gundahar ? Était-ce l'Héritier à qui je l'avais arraché cette fameuse nuit dans le parc ?

L'homme guida Rhysand jusqu'à l'escalier en colimaçon menant au centre du hall principal avec une lenteur calculée. Les suivants, une bouffée de pouvoir me balaya. Entrelacés les uns aux autres, je ne parvenais à les dissocier. Je jetai un regard en dessous de nous, et eus tout de suite envie de prendre mes jambes à mon cou. Si la journée cet endroit débordé de touriste, ce soir une dizaine d'êtres magiques trinquait au milieu des œuvres d'art. Si le hall contenait autant d'Héritiers et de Gardiens, que m'attendait-il dans les salles adjacentes ?

Même si personne ne me prêtait réellement attention, le bruit de mes talons contre la pierre lisse des marches me fit me sentir vulnérable. Depuis petite, j'avais toujours rêvé de pénétrer dans ce musée et de pouvoir venir admirer les œuvres anciennes qu'il renfermait. Jamais je n'aurais cru que ce vœu se réaliserait de cette manière, grâce à un simulateur manipulant mon esprit.

Le spectacle qui se déployait dans le hall me laissa sans voix. Mes yeux glissèrent sur chaque nouvelle silhouette, découvrant des tenues toutes plus folles les unes que les autres. Admirant des tissus et des couleurs que je n'avais encore jamais vues, je me demandais comment ils pouvaient oser se pavaner dans de telles tenues. En bas des escaliers, une serveuse aux manières impeccables nous accueillit puis tendit aux deux hommes des coupes en cristal.

Une Héritière s'approcha au même moment. Les courbes délicates de son corps n'avaient plus aucun secret pour les invités présents dans la pièce. Portant une robe tout en transparence, le tissu noir se dégradait pour ne cacher que quelques parties plus intimes de son anatomie. Une longue cape virevoltait derrière elle. Elle était brodée d'une dizaine de pierres précieuses la parant de mille et une étoile ainsi que deux croissants de lune. Elle glissa son bras sous celui d'Alberich et posa ses yeux aussi sombres que la nuit sur Rhysand.

- Bonsoir, messieurs ! dit-elle avant de s'adresser à Alberich. Je vous cherchais partout.

Ne laissant pas un instant à Alberich pour protester, elle l'emmena à l'extérieur de la pièce. Libéré de la présence de ses deux Gardiens, je me rapprochai de Rhysand.

- Le groupe sur notre droite vient tout droit de Russie, me chuchota-t-il en m'indiquant cinq Héritiers parés de fourrures toutes plus extravagantes les unes que les autres.

Vu l'odeur qu'elles dégageaient, elles étaient vraies. Me raclant la gorge, je détournai le regard.

- Trois membres du Conseil de Paris sont ici ainsi qu'un de chez nous. La femme avec le large chapeau bordé de plume est la Conseillère de Londres.

Il me lista ainsi presque chaque personne présente dans la pièce. Des dizaines de nationalités différentes se mêlaient dans cette salle au décor somptueux. Rhysand se mouvait parmi eux avec aisance, distribuant sourires et regards courtois. Je me demandais quelle place occupait son père pour qu'il connaisse avec une telle précision l'identité des grands de ce monde. C'était étrange de le voir évoluer ici. Au sein du programme, il était rare qu'il discute aussi facilement avec les siens. Malgré tout, que ce soit durant une soirée huppée ou à l'université, son pouvoir éveillait chez ses congénères le même sentiment : la crainte.

Et soudain, parmi toute cette foule de costumes et de robes surgit, l'Héritier ayant agressé Rhysand. Un verre de champagne à la main, ses yeux gris le trouvèrent immédiatement. La tension qui traversa Rhysand fut si intense que je crus un instant qu'elle m'appartenait. Ne pouvant lui montrer le moindre signe de soutien, je me contentai d'attendre que ce fameux Gundahar nous rejoigne.

Le temps qu'il prit pour s'avancer jusqu'à nous me laissa tout le loisir de l'observer. S'arrêtant à chaque pas pour saluer des invités, ses yeux sournois ne quittaient pas Rhysand. Ses cheveux poivre et sel étaient retenus en une longue natte similaire à la mienne. Sa barbe parfaitement taillée ne parvenait pas à dissimuler la cicatrice qui barrait son menton et entaillait légèrement sa lèvre inférieure. Tout comme son cousin, le pouvoir de l'air donnait à ses mouvements une fluidité particulière. Par chance, un seul Gardien protégeait ses arrières.

- Rhysand, te voilà enfin ! Je t'attendais avec impatience, s'exclama-t-il.

Il tendit sa coupe à son métamorphe, puis s'approcha un peu plus de Rhysand. L'instant d'après, il le prenait dans ses bras. Ce geste me surprit autant que s'il l'avait giflé. Rhysand ne bougea pas.

– Voilà un visage familier, ajouta-t-il en me dévisageant.

J'inspirai discrètement et me répéter dans ma tête que tout cela n'était qu'une simulation. Face à son silence et son absence de réaction, je me demandais si Rhysand en avait toujours conscience.

– Que voulez-vous ?

Le ton qu'il venait d'employer déplut au Gardien de Gundahar qui fronça les sourcils. Plus mince que les deux molosses accompagnant Alberich, son pouvoir était bien plus puissant.

– Voyons, Rhysand. Ne me parle pas ainsi. Souviens-toi que je te connais depuis que tu portes des couches.

Serrant les dents, Rhysand n'ajouta rien, conscient de la pente glissante sur laquelle il se trouvait. Tout était jeux de faux-semblant et de soumission avec les Héritiers. Avais-je réellement ma place dans ce monde ?

– Suis-moi, lâcha-t-il, toute trace d'amabilité ayant disparu.

Il fit volte-face, et piquant un petit four sur un plateau en argent au passage, il s'éclipsa hors de la pièce. N'ayant d'autre choix que de nous exécuter, nous le talonnâmes. Aucun des invités n'avait prêté attention à ce qui s'était déroulé.

Passant sous une arche, nous pénétrâmes à l'intérieur de la cour Marly. D'une beauté à couper le souffle, son esthétisme épuré et le calme qui y régnait contrastaient violemment avec l'ambiance qui imprégnait le hall d'entrée. Constituée de panneaux en verre, la toiture offrait une vue imprenable sur le ciel étoilé de Paris. Gundahar entraîna Rhysand au-delà des colonnes et le conduit à un imposant escalier qui menait aux premières sculptures. Les chevaux en marbres nous observaient de leurs yeux froids.

Le Gardien de Gundahar nous dépassa et dévala les

marches d'un pas rapide. Exécutant un périmètre de sécurité, il se plaça ensuite dans un coin. Gundahar descendit à son tour l'escalier et posa l'une de ses mains sur l'épaule de Rhysand. Ce dernier ne put s'empêcher de sursauter. Je remarquai au même moment une bosse étrange sous le costume bleu ciel de l'Héritier. Malgré son masque de froideur, ma découverte contraria son Gardien. Il ne pouvait s'agir que d'une arme.

- Comment se déroulent tes études ? lui demanda-t-il d'un air faussement intéressé.
- Bien.
- Alors, pourquoi ne t'investis-tu pas plus dans les affaires de ton père ?

Pour je ne sais quelle raison, Rhysand s'abstint de répondre.

- Ta mère, puis maintenant toi. Il doit être terriblement déçu de votre comportement, continua-t-il, se moquant visiblement du silence de son interlocuteur. D'ailleurs, as-tu repensé à la discussion que nous avons eue récemment ?

S'il faisait référence à la fois où j'avais découvert Rhysand à demi-conscient dans le parc, nous n'avions définitivement pas la même définition du mot « discussion ». Soudain, je me souvins des bleus que j'avais aperçus sur ses épaules le soir de l'exposition, l'avait-il encore agressé ? Se dégageant de son contact, Rhysand descendit la dernière marche et s'avança vers l'une des statues.

- Oui et je reste sur mes positions, répondit-il en insistant sur les derniers mots.

Loin de provoquer sa colère, Gundahar esquissa un sourire satisfait.

- Rhysand, le Conseil commence à se lasser d'attendre.

Il s'approcha de lui et glissa l'une de ses mains sur la surface lisse de la sculpture. Je fronçai les sourcils. Les Héritiers étaient-ils incapables de respecter une œuvre d'art ?

- Je ne peux pas lui donner des réponses que je ne connais pas.

Rhysand ne put s'empêcher de jeter un coup d'œil dans ma direction, soucieux. La discussion qui allait suivre ne faisait pas partie de celles qu'il aurait voulues que j'entende.

- Dis-moi où se trouve ta mère, assena Gundahar.

Malgré la menace contenue dans sa voix, Rhysand ne s'écarta pas d'un centimètre, son attention toujours rivée sur la sculpture le surplombant. Pourtant, tous ses efforts ne parvenaient pas à masquer le trouble qui l'avait envahi à l'évocation de sa mère.

- Nous avons déjà eu cette conversation et je vous ai dit tout ce que je savais.

- Hm... Je ne crois pas, déclara le sorcier de l'air avant de se mettre à déambuler parmi les statues. Quelle mère pourrait disparaître et ne donner aucune nouvelle à son propre enfant ? Ou même un indice sur l'endroit où elle se trouve ?

- La mienne ? lança Rhysand d'un ton narquois en glissant ses mains à l'intérieur des poches de son costume.

- Tu sais que plus nous mettrons de temps à la trouver, plus sa punition sera sans appel, rétorqua-t-il avant de poser sa coupe sur le socle en marbre d'une statue. Puis l'Alliance n'est pas très patiente.

Je laissai échapper un rire sarcastique que je regrettais aussitôt. Attirant l'attention de Gundahar et de son Gardien, le premier s'avança vers moi.

- As-tu quelque chose à dire ? me demanda-t-il une fois qu'il eut réduit la distance entre nous à quelques centimètres.

D'aussi prêt, je pouvais distinguer avec précision chacune des rides courant sur sa peau ainsi que la cicatrice sur son menton. Il était plus que rare de voir un Héritier arborer les traces d'une quelconque blessure.

- Il ne ment pas et il le sait, lâchai-je calmement en indiquant d'un signe de tête son Gardien.

Pendant un instant, Gundahar ne broncha pas. Allait-il me frapper ou simplement me demander de la fermer ? Son rire grave me répondit.

- Il y a bien des manières de manipuler la vérité, répliqua-t-il avant de se détourner de moi.
- Rhysand, tu devrais mettre une laisse à ton chaton, elle risque de se blesser.

Je distinguai ses pas avant même que l'Héritière apparaisse entre les colonnes de la salle.

- Ce n'est pas très poli de ta part, Gundahar, d'accaparer l'un de mes invités sans que j'aie pu profiter de sa présence, le réprimanda-t-elle.

Les deux hommes sursautèrent et se tournèrent dans sa direction. Nous rencontrions enfin l'hôte de cette soirée. Descendant l'escalier, elle nous laissa le temps de l'admirer. Depuis notre arrivée, c'était la première Héritière que je voyais vêtue d'un pantalon. Montant le long de ses hanches, il suivait la ligne de ses jambes sans le moindre faux pli. La matière, semblable à du cuir, attrapait la lumière. Son haut, échancré sur les côtés, enveloppait son cou avant de se déployer sur ses épaules. Des perles noires étaient brodées sur le tissu transparent. Tout ce qu'elle portait était noir, excepté les longues boucles d'oreilles en or qui se balançaient contre sa gorge. Ses cheveux flottaient autour d'elle et étaient également parés de perles. Son visage nu dégageait une assurance sans faille.

- Bonsoir, monsieur Jalen. Je vous prie d'excuser les mauvaises manières de ce bon vieux Gundahar et de vous joindre à moi, déclara-t-elle avant de faire demi-tour et remonter les escaliers.

Soulagé de pouvoir lui échapper, Rhysand acquiesça et après un bref au revoir, il rattrapa l'Héritière. Marchant dans son sillage, je surveillai du coin de l'œil l'Héritier et son arme dissimulée. J'abaissai mes barrières mentales et l'aura de notre hôte apparut. Faute de pouvoir me transformer, j'avais fini par les utiliser régulièrement au cours des entrainements. À présent, les maux de tête qui les accompagnaient habituellement avaient presque disparu.

Le pouvoir de l'eau se mouvait avec grâce et teintait son aura d'un éclat bleuté. Malgré son expression ouverte, je ne parvenais pas à déchiffrer ses intentions. Lire une aura n'était pas aussi simple que de lire une carte. Rien n'apparaissait clairement, écris-en toutes les lettres. Le fait de les avoir ignorés pendant tant de temps rendait l'exercice encore plus difficile. Chaque couleur, chaque nuance signifiait quelque chose et parfois, je ne pouvais me fier qu'à mon instinct. Pour l'instant, la seule chose que je parvenais à définir parmi ce chaos d'émotions était la satisfaction de l'Héritière.

– Comment trouvez-vous les lieux ?

Dotée de cuissardes à talons, l'Héritière dépassait Rhysand de plusieurs centimètres et elle en avait conscience.

– Magnifique. L'architecture de la pyramide et les tableaux que j'ai pu entrevoir sont à couper le souffle.

– N'est-ce pas ? C'est assez ironique que les humains puissent penser que tout cela est leur œuvre.

N'attendant aucune réelle réponse, elle emmena Rhysand au cœur de la foule. Si mon devoir n'avait pas été de protéger Rhysand, j'aurais été tenté de me réfugier dans l'une des salles adjacentes et de me plonger dans leur silence. Parmi cette foule de couleurs en tout genre, il était aisé de distinguer les Gardiens. Tous vêtus de noir, seuls quelques détails dans nos tenues rappelaient à qui nous appartenions. Nous n'étions que des accessoires pour eux.

La Conseillère, dont j'ignorais toujours le nom, entraîna Rhysand jusqu'à un groupe particulier d'Héritiers. Les entendant discuter, je faillis défaillir. Notre hôte s'adressait à eux dans un Espagnol parfait. Rhysand n'eut aucun mal à se joindre à leur conversation. Comprenant chacune de leurs paroles, je me sentis soudain malaise. Était-ce un nouveau piège préparer par le professeur Oaks et l'Alliance ? Je préférai prendre mes distances et me postai en retrait, dans un coin de la pièce.

Me répétant nos différents entrainements et cours théoriques, je me méfiai de chaque mouvement, de chaque verre que Rhysand portait à ses lèvres. Je repérais toutes les sorties et issues possibles. Les visages des serveurs étaient gravés dans mon esprit. Les minutes passèrent, s'étirant lentement.

Rapidement, l'attitude de la Conseillère sonna mon alarme interne. Peu importait son interlocuteur, son regard finissait irrémédiablement par se poser sur moi. À l'intérieur brûlait une lueur de convoitise.

Alberich réapparut. Se frayant un passage parmi les robes volumineuses et les traines en tout genre, il rejoignit notre hôte et souffla au creux de son oreille. J'étais bien trop loin pour entendre ses mots, cependant l'expression satisfaite qui se peignit sur le visage de l'Héritière ne m'échappa pas. Ses yeux ne me lâchèrent pas une seconde.

Elle acquiesça brièvement et Alberich disparut à nouveau, avalé par la foule. Dans un accord silencieux, plusieurs Héritiers quittèrent la pièce accompagnés de leurs Gardiens. Ses pupilles glacées pesant sur moi, je parvenais de moins en moins à cacher mon malaise. J'aurais pu comprendre si elle portait un tel intérêt à Rhysand. Son pouvoir ainsi que son aura particulière attiraient l'attention de tous, même des plus puissants. Rien de tout cela ne brûlait chez moi. Je ne savais quelle attitude adopter. Si je flanchais et baissais la tête, elle prendrait cela pour un geste de soumission ou de crainte. Je ne pouvais montrer de telles faiblesses. D'autres Héritiers avant elle avaient essayé et je n'avais alors que dix ans. Ils avaient tous perdu.

Après d'interminables secondes, elle esquissa un sourire et détourna le regard. Rhysand n'avait rien loupé de notre échange. Je n'eus pas le temps de feindre le moindre geste dans sa direction. La Conseillère prononça son nom et glissa son bras à l'intérieur du sien. S'excusant auprès du reste de ses invités, elle l'entraîna dans son sillage. N'ayant d'autre choix que de les suivre, je me détachai du mur et me faufilai jusqu'à eux. À mon passage, plusieurs sorciers détaillèrent ma cicatrice.

Franchissant la même arche qu'Alberich un peu plus tôt, l'Héritière tenta en vain d'arracher des informations à Rhysand sur ses ambitions au sein de l'Alliance.

- Où m'emmenez-vous ? l'interrompit Rhysand en s'arrêtant brusquement.

Son manque de délicatesse contraria la Conseillère qui se détacha de lui.

- Dans un endroit dont votre père n'approuverait pas vraiment l'existence, mais où son père, à elle, avait ses habitudes, expliqua-t-elle en me pointant de l'un de ses doigts sertis d'anneaux en or.

Je me figeai. Ses paroles durent provoquer chez moi l'effet qu'elle désirait, car un instant plus tard, son rire se répercuta sur les parois en pierre du couloir. Rhysand me lança un nouveau regard interrogateur, attendant une réponse que je ne pouvais lui donner. Comment aurais-je pu comprendre ce à quoi elle faisait allusion ? Je ne connaissais même pas le prénom de mon père.

- La position qu'occupe votre père au sein de l'Alliance ne lui permet pas d'apprécier pleinement ce que nous allons vous montrer, mais de ce que j'ai pu observer, vous n'êtes pas comme votre père.

Fière d'elle, elle refusa de répondre aux questions de Rhysand et se remit en marche.

— Je ne vous dirais rien de plus ! Cela risquerait de gâcher la surprise, s'exclama-t-elle en laissant sa main glisser le long de son bras.

Son enthousiasme ne suffit pas à convaincre Rhysand qui, comme moi, resta sur ses gardes. Les épaules crispées par les nombreux contacts physiques avec la Conseillère, il jetait des regards inquiets autour de nous. J'avais beau avoir lu plusieurs articles à propos du Louvre, je ne connaissais pas le plan du musée. De plus, cela faisait depuis plusieurs mètres que les panneaux directionnels avaient disparu. La foule d'Héritiers, de serveurs et de Gardiens avait laissé place à un silence presque total. Les couloirs autour de nous semblaient s'enfoncer dans les profondeurs de l'édifice. Agrémentés de lumières vives et chaudes, les murs devinrent de plus en plus anciens. Je fis glisser mes doigts sur leur surface désormais lisse.

Après plusieurs virages, une arche finit par apparaître. Une lourde tenture entravait l'entrée. Si je ne pouvais voir ce qui se cachait au-delà, je pouvais entendre. Cette partie de l'édifice datant de l'époque médiévale, les Héritiers n'avaient pas pris la peine d'insonoriser cette pièce. Le cliquetis des verres, les discussions étouffées, les rires me parvenaient distinctement. Une musique de fond se mêlait à leurs voix. Pourquoi se réunissaient-ils dans un tel endroit ?

Se détachant enfin de Rhysand, la Conseillère s'avança vers l'entrée et le rideau se souleva. De l'autre côté, un Gardien au sourire affable l'attendait. La suivant à l'intérieur, la scène qui se déroula devant moi était des plus banales. Un groupe restreint d'Héritiers buvaient et discutaient tranquillement au milieu de vestiges vieux de plusieurs siècles. La salle Saint-Louis faisait partie des bijoux cachés du musée. Étroite, elle était dotée de travées voûtées en berceau et en son centre gisait une colonne tronquée.

La décoration n'était cependant en rien comparable aux photos illustrant les livres et articles d'histoire. Des tentures similaires à celle masquant l'entrée se déployaient sur le plafond et retombaient de façon délicate dans chaque coin. Les vitrines et les présentoirs avaient disparu, laissant place à des fauteuils et des banquettes confortables. Alors que dans le hall principal, une nuée de serveurs s'affairaient parmi nous, ici seulement trois d'entre eux restaient immobiles, à l'affût de la moindre demande. Contrairement aux Gardiens, leurs tenues étaient d'un blanc immaculé. On aurait pu croire que cela les rendait bien plus remarquables, mais en réalité, les Héritiers ne posaient pas plus les yeux sur eux que sur nous.

La Conseillère s'écarta et laissa Rhysand y pénétrer en premier. Toutes les conversations cessèrent. Maintenant au centre de l'attention, la tension de mon binôme redoubla tout comme la mienne. Bien que rien ne paraisse suspect dans cette salle, quelque chose, un mauvais pressentiment refusait de me lâcher. Que faisions-nous là ? Dans cette réunion privée où n'étaient présents qu'un groupe bien particulier d'Héritiers ? Que pouvait avoir mon père avec ces lieux ?

- Mes très chers invités, je vous présente monsieur Jalen et sa Gardienne, Karalyn. C'est la première fois qu'ils se joignent à nous, j'espère que vous les accueillerez comme il se doit.

Tous acquiescèrent, mais aucun ne vint à notre rencontre. Rhysand et moi eûmes d'abord droit à une inspection détaillée. Les Héritiers ne furent pas les seuls à nous évaluer de la tête aux pieds. Leurs Gardiens, non loin d'eux, firent de même. Pourquoi la Conseillère avait-elle pris le temps de me présenter ? Comme si mon identité était un élément important à ne pas ignorer. De plus, l'attitude des Gardiens présents était étrange. J'avais analysé les postures de ces hommes et de ces femmes dans le hall afin d'en apprendre plus sur leurs techniques de protection. Aucun ne respectait la logique qu'ils avaient appliquée durant les heures suivantes. Intervenant parmi des conversations, les Héritiers s'adressaient directement à eux. Ce changement soudain me rendit nerveuse.

- Je comprends que Rhysand est confus, mais vous...
- De quoi est-ce que vous parlez ? demanda Rhysand avec autorité.

L'entendre traiter une autre Héritière ainsi me choqua. Jamais il ne s'était conduit avec moi de cette manière. Ces intonations me paraissaient plus naturelles dans la bouche des siens.

- Ne faites pas comme si vous ne saviez pas, me lança-t-elle d'un ton accusateur. Radek était un concurrent redoutable à son époque et aucun ici n'ignore qui il était. Rares sont ceux à n'avoir subi aucune défaite. J'espère que vous serez du même gabarit que votre père. J'ai tout misé sur vous.

Un serveur déposa une nouvelle coupe de champagne entre ses doigts et Alberich nous rejoignit. Une lueur satisfaite brillait dans son regard.

- Excusez-moi, des détails de logistique à régler avant que nous puissions commencer.

La Conseillère acquiesça et tous les deux disparurent dans une pièce adjacente. Rhysand se tourna brusquement vers moi.

- Tu peux m'expliquer ce qu'il se passe ?
- Je n'en ai aucune idée.
- Elle ne cesse de parler de ton père pourtant, répliqua-t-il sèchement.

Je fronçai les sourcils, légèrement vexée. Il ne fallait pas avoir de sens surdéveloppé pour comprendre qu'il ne me croyait pas.

- Il y a encore quelques secondes, je ne connaissais même pas le prénom de père.

Ses yeux s'écarquillèrent. Pendant un instant, ma confidence fit peser sur nous un lourd silence. Ses iris vairons plongés dans les miens, mes paroles s'ancrèrent en nous deux. Je découvrais enfin le prénom de mon propre père. J'aurais dû me réjouir, mais je ne pouvais m'empêcher de m'interroger sur les motivations de l'Alliance et du professeur Oaks. Pourquoi avaient-ils choisi ce moment précis pour me révéler cette information ?

- Je ne sais vraiment pas de quoi elle veut parler ni ce qu'il se passe ici, ajoutai-je.

Aucun des invités ne nous prêtait attention. Ce n'était pas le cas de leurs Gardiens qui ne perdaient pas une miette de notre conversation. Si nous ne nous reprenions pas, nous allions paraître faibles. Nous ne pouvions pas nous le permettre.

- Je te crois.

Imperceptiblement, il se redressa.

- Je n'aime pas sa façon de te regarder. Comme si tu étais un sac dernier cri qu'elle rêvait d'ajouter à sa collection, me confia-t-il une pointe de dégoût dans la voix.

Avançant alors dans la pièce, il se dirigea vers l'un des fauteuils les plus proches et s'assit confortablement. D'un geste du menton, il m'indiqua de le rejoindre. Me retenant de grimacer face à ce geste d'autorité, je m'exécutais. Si j'objectais devant un tel ordre, je ne ferais qu'attirer l'attention de l'Alliance et du professeur Oaks. Autant me préparer à obéir de cette manière pour les trente prochaines années à venir, si je survivais jusque-là. Dans mon malheur, j'avais de la chance d'être tombé sur Rhysand.

Maudissant ces satanés escarpins, je m'assis à mon tour.

Au même moment, la Conseillère réapparut, arborant une nouvelle tenue. Elle avait troqué son pantalon en cuir et sa traîne contre une robe moulante à manche longue. Dessus, un patchwork de sequins et de perles multicolores capturait sur leurs surfaces la lumière chaude des bougies. Un coup d'œil de sa part suffit à me faire comprendre que la place que j'occupais était désormais sienne.

- Que pensez-vous de la soirée ? demanda-t-elle à Rhysand une fois qu'elle fut installée.

Dégustant plusieurs petits fours, il ne lui répondit pas immédiatement. L'impatience envahit rapidement la Conseillère.

- Si je savais pourquoi vous m'avez conduit ici, je l'apprécierais davantage. Je ne suis pas un grand admirateur des surprises.

Maintenant mon masque de froideur, je m'efforçai de ne pas le dévisager. J'avais toujours autant de mal à habiter aux multiples facettes de Rhysand. Hautain, autoritaire, et d'une confiance débordante : c'était cette facette de lui qu'il détestait le plus, mais également, celle que les autres Héritiers respectaient. Dans cette pièce remplie d'êtres puissants, tous avaient conscience que face à lui, leurs pouvoirs ne valaient rien.

- Nous organisons dans la plus grande discrétion des combats. C'est un bon moyen de se distraire et d'évaluer par la même occasion les compétences de nos Gardiens, expliqua-t-elle son visage irradiant de fierté.

L'idée de paris clandestins pour le simple divertissement d'Héritiers aurait dû m'effarer, mais en réalité cela ne m'étonna pas.

- Et comme je vous le disais un peu plus tôt, son père faisait partie des meilleurs, ajouta-t-elle en me pointant du doigt.

Cette révélation me frappa bien plus violemment. Était-ce vrai ? L'Alliance et le professeur Oaks venaient-ils réellement de me donner des informations sur mon père ou bien était-ce encore une de leurs manipulations ?

- Vous avez cru que j'allais accepter que ma Gardienne participe à l'un de vos combats ? répliqua Rhysand d'une voix sourde.
- Si tout va bien, elle ne participera pas qu'à un seul combat, non. Elle m'amènera la victoire, déclara la Conseillère avec excitation.

Je comprenais désormais mieux les regards qu'elle avait posés sur moi tout au long de la soirée.

- C'est hors de question, trancha Rhysand. Trouvez-vous un autre pantin.

Son opposition catégorique et sa froideur firent tourner toutes les têtes dans notre direction. Peu d'entre eux devaient s'adresser à la Conseillère de cette manière.

- Je vous pensais un peu plus joueur que cela, répliqua l'Héritière faussement déçue.

Malgré son ton cajoleur, le refus de Rhysand de se soumettre à son désir avait réveillé le caractère sombre de la Conseillère.

- Et à quel moment ai-je eu l'air d'aimer jouer ?
- Je vois. Je ne vous retiens pas plus longtemps alors, déclara-t-elle avant de s'extirper de son fauteuil, furieuse.

Rhysand acquiesça.

- Je vous remercie pour votre accueil et cette soirée.
- Ne faites pas semblant, vous l'avez détesté.
- En effet, mais que voulez-vous, je n'aime pas les surprises. Karalyn, allons-y, ordonna-t-il en se levant à son tour.

Il hocha poliment la tête en direction de la Conseillère, puis il quitta la pièce sans un regard pour les autres invités.

Le suivant docilement, je ne ressentis aucun soulagement. Cela ne pouvait être si simple. Malgré le temps qui s'était écoulé, aucun événement n'était réellement venu nous mettre à l'épreuve. Ne marquant pas la moindre pause, je laissai Rhysand nous sortir de ce dédale de couloirs. Après de longues minutes, je finis par distinguer le bruit des verres en cristal et des discussions.

- Monsieur Jalen ? l'appelai-je, une fois que nous fûmes mêlés aux autres invités.
- Partons d'ici au plus vite.

Derrière nous, l'aura d'Alberich se répercuta dans la salle. Nous venions de dépasser le groupe de Madrid lorsque quelques mots chuchotés en espagnol me parvinrent. Cela ne me disait rien qui vaille.

- Monsieur Jalen, insistai-je à nouveau.

J'accélérai le pas et l'entraînai dans un renfoncement.

- Qu'est-ce que tu fais ? s'énerva-t-il avant de regretter aussitôt.

Ses yeux s'excusèrent pour lui, puis il dégagea une boucle qui s'était échappée de ma tresse et qui tombait devant mon visage.

- Nous ne sortirons pas d'ici aussi tranquillement que vous le souhaitez, tentai-je de lui expliquer, gênée par la délicatesse de son geste.
- La Conseillère ?
- Et Madrid, ajoutai-je brièvement.

Je ne savais quelles oreilles indiscrètes pouvaient nous écouter.

- Comment as-tu...
- Un mauvais pressentiment, le coupai-je.

Nous nous trouvions dans une simulation. Chacun de mes mots était minutieusement enregistré par le professeur Oaks pour l'Alliance. Je ne pouvais lui expliquer que j'avais

♦ 353 ♦

compris toutes les conversations qu'il avait eues avec ses homologues espagnols. Ne me croyant pas tout à fait, il choisit malgré tout de laisser couler.

- Que veux-tu faire ?
- Vous sortir d'ici.

Acquiesçant, il lissa les pans de sa veste et recoiffa ses cheveux noirs. Nous ne devions pas éveiller les soupçons des autres invités. La seconde suivante, nous traversions le hall d'entrée en direction du grand escalier. À mi-chemin de son ascension, le pouvoir de la Conseillère nous balaya. Nous regardant partir, sa fureur me poussa à accélérer. Tandis que nous déboulions dans la nuit glaciale de Paris, je priai pour que nous n'ayons pas à l'affronter.

À cette heure-ci, la place était déserte. Ne connaissant en rien l'endroit où le professeur Oaks avait choisi de nous envoyer, je me tournais vers Rhysand, reposant tous mes espoirs d'évasion sur lui. Ne disant rien, il nous conduit vers les galeries d'où était sortie Alberich. Les lampadaires et autres lumières éclairant habituellement les lieux étaient tous éteints.

- Où allons-nous ?
- Mon père m'a montré une fois un passage menant de cette place au bureau de l'Alliance. Là-bas, je pourrais demander à un chauffeur de nous amener dans un endroit sécurisé.

Me remémorant l'expression de la Conseillère au moment de notre départ, je n'étais pas sûr que nous rendre dans des locaux sous sa juridiction était une très bonne idée. Malgré tout, en absence totale de connaissance sur la ville, je n'avais d'autre choix que de m'en remettre à lui. Nos corps à quelques centimètres l'un de l'autre, quelque chose me perturba. Un bourdonnement, si faible qu'au milieu de la foule d'invités, je ne l'avais pas entendu. Stoppant Rhysand, je glissai mes doigts dans l'encolure de sa veste.

- Qu'est-ce que…

Avant qu'il n'ait pu terminer sa phrase, je fis apparaître devant ses yeux un objet si petit qu'il eut tout d'abord du mal à le distinguer.

- Un traceur GPS, expliquai-je laconiquement.

Je lui tournais le dos, et le jetai avec précision. Je regardai, victorieuse, la bouche d'égout l'avaler. Malheureusement, Rhysand et moi n'eûmes pas le temps de nous remettre en route. Trois hommes surgirent de l'ombre et fondirent sur moi. Je reconnus immédiatement leurs visages. Ils étaient les Gardiens rattachés à la protection de la Conseillère. L'instant d'après, ils m'immobilisèrent. Ceinturée de toute part, ils m'avaient dépourvu de la moindre marge de manœuvre. Dans une telle situation, le pouvoir de Rhysand me serait inutile. Soupirant, je rageai contre ma piètre performance. Nous n'avions pas tenu plus d'une minute en dehors du musée.

- Monsieur Jalen, Madame la Conseillère vous attend. Veuillez me suivre, déclara le plus mince des trois.

Les yeux de Rhysand glissèrent sur moi, puis à nouveau sur les trois métamorphes. Je pouvais presque entendre les rouages de son esprit tourner à toute vitesse. Accrochant son regard, j'acquiesçai. Nous nous en sortirions. Plaçant en moi bien plus de confiance que je ne l'aurais fait moi-même, il opina à son tour en direction des trois hommes.

- Très bien.

Nous évitant une humiliation certaine, les métamorphes nous conduisirent à travers des passages dont le commun des mortels devait ignorer l'existence. Ne montrant aucune résistance, je tentai d'enregistrer le plus de détails possibles : la couleur des pierres, le nombre de courbes que suivait notre trajet, le sol que mes pieds frôlaient. Si Rhysand avait fait preuve jusque-là d'un sang froid à toute épreuve, l'inquiétude qui régnait en lui n'était un mystère pour aucun d'entre nous.

De nouveaux bruits de discussions me parvinrent lorsque les trois hommes décidèrent de relâcher leurs emprises sur moi. Avant même d'avoir eu le temps de demander des explications, l'un d'eux me saisit par le bras et m'entraîna dans un couloir à l'opposé de Rhysand.

- Où l'emmenez-vous ? protesta ce dernier.

Me bousculant de la main, le métamorphe me força à accélérer.

- Répondez-moi !

La voix de la Conseillère raisonna puis mon accompagnateur me poussa sans ménagement dans une pièce exiguë.

- Change-toi, m'ordonna le métamorphe.
- Pourquoi ferais-je… commençai-je à m'exclamer.
- Écoute, que tu le veuilles ou non, tu feras ce qu'elle exige, alors ne perd pas plus de temps, m'expliqua-t-il avant de claquer la porte derrière lui et d'enclencher le verrou.

Pivotant sur moi-même, j'observai la pièce dans laquelle le métamorphe m'avait enfermé. Dotée d'un portant à vêtement et d'une coiffeuse, elle n'était pas plus grande que ma salle de bain. N'ayant pas d'autre choix, je m'approchai de la tenue qui m'était destinée. Allais-je réellement devoir affronter ces Gardiens ? J'avais beau retourner la situation dans tous les sens, je ne comprenais pas ce que l'Alliance et le professeur Oaks cherchaient à obtenir.

Une fois prête, le métamorphe me conduisit à travers les couloirs du musée sans un mot. Je reconnus sans peine les pierres anciennes de la partie médiévale du bâtiment. L'arche décorée d'un rideau ne tarda pas à apparaître. La Conseillère allait réellement me forcer à participer à l'un de ses combats. Comme si passer ma vie à leur service n'était pas suffisant.

- Aah ! La voilà ! m'accueillit la Conseillère, les bras

levés vers le ciel en signe de victoire.

Cette fois-ci, les conversations cessèrent et tous tournèrent la tête dans ma direction. Les yeux des Gardiens brûlaient d'impatience de me réduire en miettes, pendant que leurs maîtres cherchaient à évaluer combien ils allaient pouvoir miser sur moi. Ce n'est qu'à ce moment-là que je détectai la présence d'un humain dans un coin de la pièce. Rare étaient ceux assez puissants et riches pour se payer les services de Gardien et prétendre se mêler à leurs affaires. Au milieu de ses Héritiers aux tenues flamboyantes et de cette atmosphère bouillonnante de magies, cet homme semblait bien fade.

- Maintenant que nos participants sont aux complets, place aux combats ! s'exclama la Conseillère.

Je déglutis avec peine. Les problèmes allaient pouvoir réellement commencer.

CHAPITRE 15

Pour la première fois depuis mon arrivée au sein du programme spécialisé, j'avais réellement peur de l'Alliance et de ses projets pour moi. Tandis que les serveurs préparaient la salle afin qu'elle accueille le combat numéro un, je ne pouvais m'empêcher de me poser mille questions. Pourquoi après toutes ses années l'Alliance décidait-elle de me donner des informations sur mon père ? Était-ce au moins la vérité ? Depuis le début de cette simulation, un mauvais pressentiment ne cessait de grandir en moi. Tentait-elle de découvrir si je lui cachai d'autres secrets ou bien souhaitait-elle me faire passer un message ?

À côté de moi, Rhysand était rongé par la culpabilité. J'avais essayé de le rassurer en rappelant que tout cela n'était qu'un test, mais ce fut en vain.

- Souviens-toi de l'avertissement du professeur Oaks, m'avait-il répondu d'un ton grave.

Masquant ma peur avec peine, je détournai la tête, incapable de soutenir son regard. Le seul humain présent n'étant pas affublé d'une tenue de serveur ne cessait de me dévisager tandis qu'il discutait à voix basse avec sa Gardienne.

- Qui est-ce ? demandai-je à Rhysand.

Au centre de la pièce, les serveurs et autres humains aux ordres de la Conseillère finissaient de délimiter la zone de combat.

- Je ne sais pas, m'avoua-t-il distraitement. Je n'avais encore jamais vu cet homme avant ce soir.
- Il vient de Russie, Demyan quelque chose, intervint la Conseillère. Il gère pour le Conseil de Moscou les affaires européennes. Il connaissait très bien votre père.

N'affichant pas la moindre expression, je la regardai s'asseoir sur l'accoudoir du fauteuil de Rhysand, ses jambes élégamment croisées. Elle laissa tomber doucement son bras derrière sa tête et ses doigts se mirent à jouer avec ses cheveux aussi noirs que les siens. Glissant cette nouvelle information dans un coin de mon esprit, je me demandais si l'Alliance ne s'attendait pas à ce que je me renseigne une fois toute cette simulation terminée.

- J'espère que vous n'êtes pas fâché par ma petite escorte, je trouvais ça réellement dommage que vous partiez si tôt, lui souffla-t-elle d'une façon si intime qu'il s'écarta d'elle.
- Que je le sois ou non ne changera rien n'est-ce pas ? répliqua-t-il avec hargne.
- En effet ! Je déteste perdre.

Se moquant pertinemment de la colère qu'il éprouvait, elle caressa sa joue.

- La salle est prête, l'interrompit Alberich.

Ses yeux coulèrent sur Rhysand tandis qu'une pointe de jalousie envahissait son aura.

- Parfait, s'exclama-t-elle en sautant de l'accoudoir.

Elle commença à s'éloigner lorsqu'elle fit volte-face.

- N'essayez pas de vous enfuir une deuxième fois, je vous retrouverai.

Retenant la dizaine d'insultes qui me brûlait les lèvres, je m'efforçai de garder un semblant de calme. Tous ici avaient déjà participé à de tels combats, toute l'attention serait tournée vers moi. Jetant un rapide coup d'œil vers Rhysand, je réalisais qu'il était aussi déboussolé que moi.

La Conseillère s'avança jusqu'au centre de la pièce et le silence parmi les invités se fit aussitôt.

- Après plusieurs contretemps pour lesquels je vous présente mes excuses, nous allons pouvoir commencer les festivités ! Le premier combat verra s'affronter nos deux Gardiens venus tout droit de Madrid !

Plusieurs protestations s'élevèrent.

- Je sais qui vous désirez découvrir ce soir, mais prenez votre mal en patience. Vous ne serez pas déçu, déclara-t-elle avant de me lancer un regard rempli de sous-entendus.

À mes côtés, Rhysand se glaça tandis que l'adrénaline et la peur se disputaient furieusement en moi. Le spectacle que les deux combattants nous offrirent me laissa entre l'horreur et l'admiration. Enfermés dans une bulle de pouvoir, les deux métamorphes enchaînaient les coups à une vitesse si vertigineuse que je me demandais si les Héritiers arrivaient réellement à voir ce qui se passait. Qu'importe, du moment qu'ils étaient victorieux.

Ayant repris sa place auprès de Rhysand, la Conseillère mit un point d'honneur à me rappeler sa présence. Racontant des anecdotes au sujet de mon père, je me sentis soudain comme détaché du monde qui m'entourait. Je ne pouvais être certaine de la véracité des mots qui franchissaient sa bouche. De plus, ils ne réveillaient rien en moi. Contrairement à son visage apparu dans ma mémoire comme par magie, j'avais l'impression qu'elle parlait d'un étranger.

Le sang ne tarda pas à couler. Imperceptibles à l'ouïe des Héritiers, plusieurs os se brisèrent. L'instant d'après, l'un d'eux se déchira le muscle de l'épaule. Cette litanie atroce me donna la chair de poule. Comment allais-je nous sortir de là ?

Rhysand partageait mon inquiétude. Essayant continuellement d'échapper au contact de l'Héritière, ses yeux vairons se posaient régulièrement sur moi. Soudain, l'un des métamorphes s'écrasa au sol, inconscient. La lèvre et le nez en sang, l'os de sa mâchoire s'était fracturé quelques secondes plus tôt. Je le fixai, incapable de bouger. Dans la salle, plusieurs Héritiers applaudirent, fiers d'avoir parié sur le bon combattant. Des liasses de billets passèrent entre leurs mains, mais je n'y prêtais aucune attention. Tous mes sens étaient focalisés sur l'homme à terre. Au milieu de ce vacarme, je tentai de déceler les battements de son cœur. Trop de distance nous séparait. Je commençai à me lever et me dirigeai vers lui lorsque la voix de Rhysand m'appela.

L'ignorant, je rejoignis le métamorphe. M'accroupissant devant lui, j'écartai délicatement les mèches de son visage et glissai ma main le long de sa gorge à la recherche de son pouls. Au contact de mes doigts froids, l'homme sursauta brutalement. Désorienté, sa peur laissa rapidement place à l'incompréhension.

Jetant un regard autour de nous, je me demandais ce qu'ils attendaient pour venir l'aider. Dégustant une nouvelle fournée de petits fours, les Héritiers étaient trop occupés à compter leurs gains. La vue du sang ne réveillait rien en eux. Indignée, je reportais mon attention sur le métamorphe dont les yeux étaient toujours clos. Comment pouvaient-ils se comporter avec si peu d'empathie et de respect ?

– Tu devrais retourner t'asseoir, souffla-t-il.

– Hors de question.

Glissant un bras sous lui puis deux, je le redressai. Une grimace de douleur déforma son visage. Où se trouvait son Héritier ? Tenant tout juste sur ses deux jambes, je le forçai à avancer de quelques pas avant d'interpeller un serveur.

– Où puis-je l'amener pour qu'il soit soigné ?

Les yeux de l'humain s'agitèrent dans tous les sens à la recherche d'un soutien extérieur.

– Kara, chérie. Laisse donc cet homme là où il est. Quelqu'un va venir s'occuper de lui, me lança la Conseillère avec ennui.

Un serveur s'approcha aussitôt d'elle et glissa une nouvelle coupe de champagne entre ses doigts. Comment faisaient-ils pour ne pas être déjà ivres ? Refusant de croire un seul mot sortant de sa bouche, j'attendis au milieu de la pièce que quelqu'un daigne enfin secourir ce pauvre homme. Ses paupières à moitié closes, je pouvais sentir son étonnement. Il ne devait pas être âgé de plus de vingt-cinq ans.

– Ne me dis pas que je suis la première à faire ça, chuchotai-je à sa seule attention.

– Je ne dirais rien alors.

La rage et le dégoût me serrèrent la gorge. Était-ce réellement cela que nos vies valaient ? Était-ce réellement notre destin ? Se battre les uns contre les autres pour quelques billets souillés par l'ego incommensurable de ses Héritiers aux pouvoirs illimités ? Allais-je réellement passer le reste de ma vie ainsi ? Mes yeux trouvèrent ceux de Rhysand et ses émotions firent écho aux miennes.

Deux hommes apparurent enfin et me délestèrent du métamorphe. Face à leurs expressions froides et dénuées de sentiments, j'hésitai un instant à les laisser le prendre. Allais-je finir comme eux ?

Je fixai leurs dos jusqu'à ce qu'ils disparaissent, démunie.

- Tu es exactement là où il faut pour que nous commencions le deuxième combat, déclara la Conseillère.

Je déglutis. Sur mes mains, le sang du métamorphe me brûlait la peau. L'agitation autour de nous se tut aussitôt et chacun regagna sa place. Leurs costumes impeccables et leurs manières, brodées d'or, redoublèrent ma colère. Le vainqueur du combat précédent festoyait gaiement, la bouche pleine de champagne. Comment pouvait-il se montrer aussi dénué de remords envers l'un des siens ?

La Gardienne accompagnant le représentant humain de la Russie se leva et traversa la pièce à ma rencontre. Dans son élément, elle n'avait pas quitté ses bottes à talons aiguilles. Me dépassant d'au moins deux têtes, son corps n'était que muscle. Sa queue-de-cheval parfaitement lisse se balançait dans son dos. La férocité qui se dégageait d'elle me saisit. Avant même que la Conseillère n'ait annoncé le début du combat, elle me décrocha une droite en pleine mâchoire. La force de son coup m'envoya directement au sol. Passant la langue sur mes dents, je confirmai mes doutes. Deux étaient cassées. Crachant du sang, je me relevai aussitôt. Hormis les petits rires qui m'étaient parvenu, personne n'avait protesté face à son manque de fair-play.

Ce nouvel échec ne me fit pas baisser les bras, au contraire. Las de ces jeux mesquins, je décidai de donner à l'Alliance ce qu'elle voulait. Every m'avait entraîné plus de quatre heures par jour pendant les vacances, sans compter toutes les heures passées avec Min Ji pour rattraper notre retard. Il était temps de leur montrer ce que je valais.

À peine sur pieds, la métamorphe m'attaqua de nouveau. Bien plus à l'aise avec ses poings qu'avec ses jambes, je repérai rapidement son point faible et l'utilisai à mon avantage. Cassant la distance, son coup frôla ma joue tandis que d'un bras, je la poussai en arrière et l'écrasai au sol. Le choc lui coupa la respiration. Tentant de se relever, ce fut ma droite qui l'en empêcha. Se fracassant contre son nez, l'os craqua. Les vibrations se répandirent dans ma main. Un instant, le sourire de son Héritier trembla.

Refusant de m'acharner sur elle tandis qu'elle se trouvait toujours à terre, je me redressai et m'éloignai d'elle. Alberich se matérialisa à la limite de l'air de combat et son pouvoir s'agita autour de lui. Levant ses mains, ce dernier s'étira et forma une cloche protectrice entre nous et eux. Craignaient-ils que leurs tenues hors de prix soient tachées de sang ?

La métamorphe essuya son nez cassé d'un geste de la main et se précipita dans ma direction. Balayant ma garde, elle saisit l'un de mes poignets et l'immobilisa dans mon dos. La torsion aurait dû m'arracher un cri de douleur, mais aucun son ne sortit de ma bouche. Il allait falloir bien plus que cela pour que je me rabaisse devant ses gens.

Je la sentis se rapprocher de mon oreille, prête à me chuchoter quelque chose. Sans attendre, l'arrière de mon crâne se fracassa contre son nez déjà cassé. Ses doigts se détachèrent de mon poignet et j'en profitai pour lui décocher un coup de coude dans le ventre. Me déplaçant à toute vitesse, je sortis de son axe et tandis qu'elle se pliait de douleur, je la frappai en plein visage. Mon pied l'atteignit en plein sur la tempe. Ce fut à son tour d'aller embrasser le pavage.

Soudain, le combat prit une direction que j'aurais préféré éviter. Elle se mit à suinter de magie. L'odeur de fauve et de fourrure m'emplit les narines. J'allais encore avoir droit à un gros félin et je ne pouvais compter sur mon propre pouvoir. Sous mes yeux horrifiés, elle se métamorphosa en un tigre sibérien. Déglutissant avec peine, la puissance pure qu'elle répandait autour d'elle m'électrisa.

D'un bond, elle sauta et tout son corps s'étira dans les airs. Atterrissant derrière moi, elle dérapa et rebondit contre la barrière qu'Alberich avait générée. Une certitude me frappa : je sortirais de cette simulation morte. Faisant volte-face, le félin plongea ses yeux à l'intérieur des miens. Elle avait parfaitement conscience de l'issue du combat, mais je ne perdrais pas aussi facilement. Ses crocs jaunis me sourirent. Soudain, elle s'élança sur moi. Effectuant un salto, je me retrouvai sur son dos. Avant qu'elle n'ait pu réagir, je glissais mes bras dans la fourrure de son cou et enserrais sa gorge. Je bloquais ma prise et serai de toutes mes forces.

Mes muscles me faisaient si mal que je crus un instant qu'ils allaient se déchirer. Je pouvais entendre sa respiration s'affaiblir alors qu'elle se débattait et tentait de se débarrasser de moi. Soudain, la tigresse se figea avant de se laisser tomber sur le dos. Cent cinquante kilos s'écrasèrent sur moi. L'oxygène dans mes poumons me quitta brutalement tandis que j'avais l'impression d'être broyé. Dans la chute, ma tête percuta le sol. Étouffant dans sa fourrure, je n'avais aucune échappatoire.

Des taches blanches brouillèrent ma vue. Ne sentant plus mes membres, mes bras finirent par lâcher son cou. Perdant le fil du temps, j'ignorais combien de secondes passèrent avant qu'elle décide enfin à se relever. Respirant à grandes goulées, je roulais sur le côté et toussais. Enragée, la tigresse ne me laissa aucun répit.

D'une de ses pattes massives, elle me frappa sur le flanc et m'envoya à nouveau au sol. Seule la barrière de pouvoir d'Alberich m'empêcha d'aller me fracasser aux pieds de la Conseillère et de Rhysand. L'odeur de mon sang emplit peu à peu mes narines tandis que sa chaleur glissait le long de mes côtes. La métamorphe n'avait pas manqué cette occasion pour transpercer ma chair. Ouvrant tout juste les yeux, elle apparut dans mon champ de vision, ses pattes de part et d'autre de mon visage. Ses dents claquèrent à quelques centimètres de mon nez. Son haleine sentait la mort.

Soudain, l'atmosphère autour de nous se modifia. Les vibrisses du tigre bougèrent tandis qu'elle tentait également de comprendre d'où cela provenait. Des particules violettes parsemèrent l'air puis l'odeur de Rhysand me caressa. Rampant jusqu'à moi, son pouvoir enveloppa ma tête avant de s'étendre au reste de mon corps. Des protestations me parvinrent, mais je n'y prêtais aucune attention.

Rhysand ne m'avait encore jamais touché d'une telle cette façon. M'apportant une vague de fraîcheur, il traversa ma chair et pénétra au plus profond de mon être. Soudain, ma propre magie se réveilla. Rechignant, le pouvoir de Rhysand l'arracha à sa léthargie sans ménagement. Hoquetant, elle me submergea. La seconde suivante, mon corps se transforma. Choquée, je tournai la tête et plongeai mon regard dans celui de Rhysand. Comment cela était-il possible ? La tigresse profita de mon inattention et planta ses crocs dans ma gorge. La douleur et le noir m'engloutirent.

La lumière m'éblouit. À quelques pas de moi, Rhysand m'observait, indécis. Les doigts de mes mains continuaient de trembler. Son pouvoir, s'il était capable de réduire à néant toute forme de magie, était tout aussi capable de le ramener à la vie.

Des coups contre la vitre rompirent notre échange silencieux. À l'extérieur, Min Ji nous fit signe de la rejoindre. Nous étions l'un des derniers binômes présents dans les salles de simulations. Se frottant la nuque, Rhysand finit par sortir sans un mot. Nous savions tous les deux que ce qui venait d'arriver n'était pas anodin. Entre les allusions à sa mère, les révélations sur mon propre père et sa capacité à pouvoir déclencher ma métamorphose, ce test avait eu son lot de surprises. L'esprit troublé, je rejoignis Min Ji.

- Ça s'est mal passé ? me demanda-t-elle, inquiète.
- Je ne saurais dire, mentis-je distraitement.

Le regard toujours braqué sur Rhysand, j'étais incapable de réfléchir clairement. Comment différencier le vrai du faux ?

À l'intérieur du gymnase, une certaine agitation régnait tandis que le professeur Oaks parlait avec un nouvel arrivant. Ses iris couleur de Jade et les mèches violettes striant ses cheveux noirs ne laissèrent aucun doute sur l'identité du métamorphe. À sa vue, Min Ji sautilla de joie et se précipita à sa rencontre. Le professeur Oaks hocha la tête et se dirigea vers nous. Min Ji en profita pour se jeter dans ses bras. Lui rendant son étreinte, la même fossette se creusa dans le visage du jeune homme. Min Ji ne m'avait jamais dit qu'elle avait un frère.

- Nous discuterons des résultats de ces tests au prochain cours. J'espère que vous ne me décevrez pas, nous prévint le professeur Oaks son expression encore plus fermée que d'habitude. Vous pouvez y aller.

Il quitta le gymnase aussi tôt. L'aura d'Every me caressa.

- C'est son frère ? me demanda-t-elle en m'indiquant Min Ji.
- Je pense, elle ne m'a jamais trop parlé de sa famille à vrai dire.

- Hm...

Je l'observai, intriguée. Les sourcils froncés, quelque chose semblait la perturber.

- Qu'est-ce qu'il y a ?

Elle secoua la tête.

- Rien, allons manger. Je meurs de faim.

◆

Une serviette gorgée de transpiration autour du cou, je déroulai les bandes protégeant mes mains lorsque je surpris les voix d'Every et de Min-Ji.

- Je ne veux plus que tu t'approches de Kara, s'écria alors Every.

Faisant irruption dans le vestiaire, elle s'interrompit brusquement.

- Qu'est-ce qui se passe ? demandai-je, décontenancée.

Depuis mon anniversaire, je pensais que les tensions entre elles s'étaient apaisées. Je m'étais de nouveau trompée.

- Rien, nous discutions, mentit Every, ses yeux menaçant silencieusement Min Ji.

Cependant, cette dernière l'ignora et se tourna vers moi. Je n'avais jamais vu tant de rage chez elle.

- Every me faisait part d'une théorie très charmante à mon sujet.

- Ce n'est rien d'une théorie ! Cette affaire a été jugée devant un Conseil et...

- Mais de quoi est-ce que vous parlez ? l'interrompis-je.

Cinq minutes auparavant, nous étions encore en train

de nous entraîner toutes les trois. Comment en étions-nous arrivés là ?

- Every s'est renseignée sur moi sur mon passé et les raisons de mon départ de Corée du Sud, m'expliqua Min Ji, les poings serrés.

À cette révélation, je ne pus m'empêcher de lancer un regard déçu à Every.

- Je ne veux rien savoir. Ça ne m'intéresse pas, finis-je par déclarer avant de me diriger vers mon vestiaire.

La surprise teinta l'aura de Min Ji tandis qu'Every sembla outrée.

- Elle est mêlée à une affaire de meurtre, Karalyn.

Encaissant la nouvelle, je m'efforçai de ne rien laisser paraître.

- Combien de fois t'ai-je dit de te méfier d'elle ? renchérit-elle d'un ton acerbe.

- Ça suffit ! lui intima Min Ji. Tu veux savoir la vérité, je vais te la donner. Cet humain qui est mort, il était mon petit ami. Tu n'as pas trouvé cette information en faisant tes recherches n'est-ce pas ? Je l'aimais et il est mort par ma faute. Tu es satisfaite ?

Avant que nous pûmes répondre quoique ce soit, elle sortit du vestiaire en trombe. Claquant la porte de toutes ses forces, les vibrations se répercutèrent dans la pièce. Muette, Every continuait de fixer l'endroit où se tenait Min Ji quelques secondes plus tôt.

- Comment ai-je pu merder à ce point ? finit-elle par lâcher.

- Peut-être que tu devrais arrêter de chercher des excuses pour ne pas l'apprécier et enfin t'avouer qu'elle te plaît, répliquai-je froidement.

Saisissant mon sac, je quittai le vestiaire et la laissai avec ses regrets.

En sept ans, je n'avais encore jamais vu autant de patients dans la salle d'attente de la Clinique. Des dizaines de sorciers allaient et venaient, le visage blême et le corps marqués par la maladie. Derrière les immenses baies vitrées, la neige et la température continuaient de tomber.

Aujourd'hui avait lieu mon ultime prise de sang. Malgré tout, mon excitation était ternie par la disparition du docteur Tesni. Je devais à elle seule cette libération et elle n'était plus là. Ces dernières semaines, je n'avais cessé d'appeler la police et l'agent Morgan pour savoir s'ils avaient découvert de nouvelles choses, mais rien. Elle avait disparu sans laisser la moindre trace. Je priai tous les jours pour que ce ne soit pas ma faute.

L'infirmière glissa sa seringue dans mon bras, et je regardai mon sang remplir le tube avec un certain détachement. Je peinais à réaliser ce qui était en train de se passer. Ma doctoresse absente, je me retrouvais de nouveau à patienter dans la salle d'attente pour obtenir les résultats.

Cinq minutes, puis dix passèrent et mon appréhension augmenta. Rien ne pouvait arriver. C'était impossible.

- Mademoiselle Ace, m'appela finalement l'infirmière.

Celle-ci, une sorcière maîtrisant le pouvoir de la terre, s'approcha de moi d'un pas dynamique. Le sourire poli qui s'épanouit sur son visage me rassura aussitôt.

- Tous vos résultats sont normaux. Je m'occupe de transférer vos dossiers au Conseil comme prévu.

Submergée par le soulagement, je me retins de la prendre dans mes bras. Sans attendre un instant de plus, je quittai la Clinique. Marchant dans les rues de la ville, je réalisai peu à peu la nouvelle. Un sourire idiot s'épanouit sur mes lèvres.

Ça y est, c'était fini !

Je me moquai de l'absence de soleil et du vent glacial qui congelait le bout de mon nez. C'était terminé. Portée par cette idée, j'empruntai le chemin de l'université.

– Karalyn !

Sursautant, je me retournai. Quelques pas derrière moi, j'aperçus Lily, la secrétaire du docteur Tesni. Emmitouflée dans un manteau rose pâle et une écharpe en laine blanche, elle trottina jusqu'à moi.

– Je n'étais pas certaine que ce soit toi ! J'ai appris la bonne nouvelle, s'exclama-t-elle, les joues rougies par la neige. Je suis tellement contente pour toi !

Surexcitée, elle sautilla sur place. Parfois, j'oubliai que Lily était présente lors de mon arrivée à la Clinique. Avec ses stylos fantaisie et ses chemises à fleurs, sa personnalité pétillante contrastait avec la froideur du centre médical.

– Où est-ce que tu vas ? enchaîna-t-elle à toute vitesse.

– À l'université, et vous ? Vous êtes en vacances ?

– J'habite à quelques pas d'ici, commença-t-elle à me répondre.

Elle glissa un bras sous le mien et nous nous mîmes à marcher. Remontant la rue, je l'écoutai énumérer les péripéties de son séjour au ski avec ses enfants et son mari. Me demandant parfois s'il lui arrivait de respirer, je n'eus pas besoin de beaucoup d'effort pour suivre la conversation. Lily n'attendait pas réellement de réponses et elle avait bien assez de choses à dire pour nous deux.

Nos pas nous menèrent rapidement devant chez elle. Habitant dans une petite bâtisse en pierre rouge, sa boîte aux lettres rose était ornée de fleurs peintes à la main. Étrangement, aucun de ces détails ne me surprit.

– Est-ce que tu veux entrer pour boire quelque chose de

chaud ? m'invita-t-elle en frottant ses gants l'un contre l'autre.

- Non, j'ai un cours dans quelques minutes.
- Tu es sûr ? Ça ne prendra pas longtemps.

Même si c'était la dernière fois que nos chemins se croisaient, l'impression d'être suivi n'avait cessé de s'intensifier depuis mon départ de la Clinique.

- Je suis désolée, je risque d'être en retard, m'excusai-je.

Je n'avais aucune envie de la mettre en danger.

- Je comprends, j'espère que tu passeras me dire bonjour de temps en temps, déclara-t-elle, en me serrant dans ses bras.

Son écharpe me gratta le visage. Me tenant encore quelques instants contre elle, son aura se modifia soudainement. Ses bras renforcèrent leurs prises autour de ma tête. Je la repoussai violemment, surprise.

- Mais qu'est-ce...commençai-je à articuler.

Elle me frappa du plat de la main au niveau du thorax. Qu'est-ce qui lui prenait ? Bien que ses coups soient puissants pour une humaine, je saisis ses deux poignets et l'immobilisai. Jetant un regard autour de nous, je remarquai que hormis un chat faisant sa toilette, la rue était déserte. Je plaquai Lily contre le mur le plus proche.

- Qu'est-ce qui vous arrive ? Pourquoi me frappez-vous ?
- Tu n'as toujours rien compris, n'est-ce pas ? se moqua-t-elle.

Renforçant ma prise sur elle, j'écrasai un peu plus son visage contre le mur. Tout me paraissait si irréel.

- Qu'est-ce que je n'ai pas compris ? m'énervai-je.

- J'ai passé sept longues années à attendre ce moment, tu n'as quand même pas cru que j'allais louper cette chance !

L'intonation de sa voix, les sentiments bousculant son aura, je ne reconnaissais rien.

- J'ignore comment cette idiote de sorcière a réussi à convaincre le Conseil. Tu imaginais réellement que nous allions te laisser partir aussi facilement ? Toi ? Une telle erreur de la nature ?

Ses mots me frappèrent. Je n'avais pas besoin de lire son visage pour savoir qu'elle pensait chacun d'eux.

- Si sept ans en arrière, elle s'était assurée que tu étais bel et bien morte, nous n'en serions pas là ! cracha-t-elle.

Ce « elle » ne pouvait désigner qu'une seule personne : la métamorphe à qui je devais mes cicatrices. J'étais si abasourdie que je ne remarquais pas immédiatement l'homme qui se rapprochait dans mon dos. M'attaquant par derrière, il m'étrangla d'un bras tandis qu'il me ceinturait de l'autre. Lily fit volte-face, son expression déformée par une émotion que je ne lui reconnaissais pas, la jubilation. Avec une rapidité dont j'ignorais un humain capable, elle retira ses gants et une seringue apparut dans sa main droite. Elle que j'avais connue si maladroite, elle se mouvait désormais avec une aisance parfaite.

- Comme nous ne sommes pas encore tout à fait sûrs de ton sort, il va falloir que tu fasses un petit dodo. Le temps que l'on décide exactement quoi faire de toi.

L'adrénaline me traversa violemment. Ne réfléchissant plus, je frappais l'homme dans ses parties génitales le plus fort possible. Pourquoi s'embêter avec des techniques complexes quand une suffisait ? Lily recula, protégeant la seringue pleine à ras bord de poison. Malgré tout, je fus trop lente. Incapable de réaliser ce qui était en train de se passer, je la fixai sans bouger. Quelle idiote ! Remis de la douleur en un rien de temps, le métamorphe se jeta sur moi. Me poussant de tout son poids contre le mur où je maintenais Lily quelques secondes auparavant, ma magie surgit. Bien que faible, elle suffit à transformer mes deux mains en pattes aux griffes acérées. Manœuvrant comme je pouvais, je parvins tout juste à atteindre les cotes de mon agresseur. Préparant ma prochaine attaque, je sentis une boule de chaleur se répandre dans mon ventre. À travers les pans de ma veste ouverte, Lily venait d'y planter sa seringue.

Avant que la peur me submerge, je lui décochai une gifle si puissante que sa tête alla rencontrer le mur. Appelant son pouvoir, je profitai de ce bref moment de faiblesse dans la défense du métamorphe pour lui assener un coup de coude au visage et me glisser dans son dos. Répétant la prise qu'il effectuait sur moi, je passai mon bras contre sa gorge et lui coupais la respiration. L'absence soudaine d'oxygène interrompit son processus de transformation. Sa peau désormais recouverte de poil court, j'attendis patiemment qu'il perde connaissance. Je priai pour que le produit qu'elle m'avait injecté mette un certain temps avant de se répandre dans la totalité de mon corps.

Les secondes passèrent, interminables. N'ayant jamais réussi à appliquer cette technique auparavant, je ne pouvais qu'espérer qu'il s'évanouirait au plus vite. La chaleur du poisson commençait déjà à faire effet et je pouvais sentir ma force faiblir. Lorsque le métamorphe s'écrasa de tout son poids contre moi, je n'eus pas le temps d'éprouver du soulagement. Laissant son corps s'échouer au sol sans la moindre délicatesse, je m'enfuis.

Par chance, je me trouvais plus qu'à quelques minutes de l'université. Fourrant mes mains à l'intérieur des poches de ma veste, je tentai de capter mon reflet dans une vitre. Si j'avais pu cacher le sang sur mes doigts, ce n'était pas pour me balader à travers le campus le visage taché d'hémoglobine.

Courant à en perdre haleine, je vérifiai régulièrement que personne ne me suivait. M'enfuir en ignorant la chaleur qui irradiait dans mon ventre et se propageait dans le reste de mon corps n'était pas chose facile. Je ne cessais de me répéter une seule et même question : que contenait cette seringue ?

De la sueur perla dans mon cou et glissa le long de mon dos. Étouffant, je commençai à ouvrir les pans de mon manteau, mais attirai aussitôt des regards curieux. Je refermai ma veste jusqu'au menton et continuai d'avancer la tête baissée.

Alors que mon ventre me donnait l'impression de me consumer de l'intérieur, mes mains se mirent à trembler de manière incontrôlable. Mes jambes devinrent de plus en plus lourdes et me forcèrent à réduire la cadence. Le produit qu'elle m'avait injecté poursuivait sa course folle à travers mes veines.

Lorsque j'arrivai enfin devant ma résidence, chacun de mes membres me paraissait en feu. Mon pull était trempé et collait à ma peau tandis que mon corps commençait à tourner au ralenti. Par chance, une métamorphe sortit au même moment. Mes mains auraient été incapables de placer le badge correctement dans le boîtier. Je me glissai à l'intérieur du hall et me dirigeai vers les escaliers.

J'émis un temps d'arrêt devant la première marche, incertaine que mes jambes me porteraient jusqu'en haut. Les portes de l'ascenseur s'ouvrirent et relâchèrent plusieurs membres du programme spécialisé. Mes yeux croisèrent ceux d'Armaël. Je détournais aussitôt la tête et commençais mon ascension. Si je m'attardai, l'odeur du sang sur moi finirait par attirer l'attention.

Me cramponnant à la rambarde métallique, je tentais de monter les marches le plus rapidement possible, cependant mes jambes ne parvenaient pas à m'obéir correctement. Mon souffle devint de plus en plus court.

Une fois à mon étage, je baissai la poignée de la porte et m'appuyai de tout mon poids contre elle afin de l'ouvrir. Si tout au long de mon ascension, je n'avais pas rencontré âme qui vive, la silhouette qui se découpa devant ma chambre me laissa sans voix. Comment pouvait-il oser se tenir là ?

- Tu n'as rien à faire ici, lâchai-je avec bien moins de hargne que je l'aurais voulu.

Même dans cet état, je refusai de me montrer faible devant Josh. Me redressant imperceptiblement, je m'avançai jusqu'à lui tout en m'appliquant à ne pas croiser son regard. Après toutes ces années, mes expressions n'avaient plus aucun secret pour lui.

- J'aimerais te parler. Je suppose que tu n'as pas lu ma lettre.

Sa voix avait beau être calme et dégagée, son aura était tourmentée par le regret.

- Non.

J'espérais que mon ton catégorique le ferait renoncer. Se décalant pour me laisser ouvrir la porte, sa détermination ne faiblit pas, contrairement à moi. Au moment où je m'appuyai contre le mur pour sortir les clés de mon sac, je sus que Josh se douterait de quelque chose.

Regardant les tremblements incessants de mes mains, il pâlit. Les occasions de voir un métamorphe malade étaient rares et encore plus pour moi qui me rendais à la Clinique

tous les mois.
- Qu'est-ce qui t'arrive ? s'enquit-il.
- Rien.
- Ne te fous pas de moi, s'énerva-t-il soudainement, avant de saisir les clés d'entre mes doigts.

Me demandant comment j'allais pouvoir me débarrasser de lui maintenant, je lui indiquai celle à insérer. À peine la porte déverrouillée, je pénétrai à l'intérieur et laissai mon sac tomber par terre. La seconde d'après, mes jambes lâchèrent sous mon poids. La voix inquiète de Josh me parut bien lointaine.

Il entra à son tour et me releva. Je tentai de le repousser, mais rien n'y fit. Une bouffée de chaleur m'envahit. J'essayai de défaire ma veste, mais mes mains refusaient de répondre. Je pouvais sentir les battements effrénés de mon cœur contre mes tempes. Josh écarta mes doigts sans ménagement et enleva mon manteau.

Avant même qu'il n'ait pu esquisser le moindre mot, je fus prise de nausée. Il fallait que j'aille à la salle de bain, mais me remettre debout me paraissait inimaginable. Rassemblant le peu de force qu'il me restait, je m'appuyai sur mes avants-bras et fus immédiatement stoppée par Josh. J'avais envie de lui hurler de ne pas me toucher et de partir, mais aucun son ne sortit de ma bouche. De nouveaux vertiges me frappèrent puis mon estomac se contracta de douleur. Me recroquevillant sur moi-même, la panique de Josh me saisit à la gorge.

- Karalyn ?

Je crus tout d'abord que mon esprit me jouait des tours. La voix riche et profonde d'Armaël m'appela à nouveau, et jetant un regard en direction de l'entrée, je vis sa silhouette se dessiner dans l'encadrement de la porte. Si j'en avais été capable, j'aurais ri face à mon manque de chance.

Je n'eus pas le temps de m'apitoyer sur mon sort. Une nouvelle nausée m'envahit. Mon champ de vision se mit à chanceler. J'avais chaud. Mes doigts tentèrent de trouver les bords de mon pull, mais s'emmêlèrent. Des larmes de frustrations brouillèrent un peu plus ma vue. Une vague de douleur tordit mon estomac. Deux mains me soulevèrent du sol et me portèrent sans effort. Je n'avais pas besoin d'ouvrir les yeux pour savoir qui s'était. Armaël entra dans la salle de bain et me déposa délicatement près des toilettes. Avec légèreté, il dégagea les cheveux de mon visage et les rassembla en une queue-de-cheval. De tout le programme spécialisé, il fallait que ce soit lui qui me trouve dans cet état.

Un haut-le-cœur interrompit mes pensées et je vomis. Un linge humide m'essaya la bouche. Incapable de distinguer clairement la silhouette d'Armaël, je fermais les paupières en espérant que le monde autour de moi finirait par arrêter de tanguer.

Pendant un court instant, je crus que le plus difficile était passé cependant, une nouvelle vague de chaleur m'envahit. Après plusieurs tentatives, mes doigts trouvèrent le bord de mon pull, mais Armaël me devança et me l'enleva. J'ouvris les yeux, et m'assurais que c'était bien lui.

- Merci, murmurai-je.

- On doit appeler quelqu'un, déclara Josh dont la patience commençait à faillir.

- Je sais ce que j'ai à faire, lâcha Armaël avec froideur.

Je le reconnaissais bien là.

- Qu'est-ce qui s'est passé ? me demanda-t-il en observant mes mains toujours tachées par le sang du métamorphe.

Je le fixai un moment, hésitant à lui raconter la vérité.

- Je ne peux pas t'aider si tu ne me le dis pas, ajouta-t-il.
- Ça va aller. Partez. Tous les deux, parvins-je à articuler.

Pourquoi ces deux-là voudraient-ils m'aider ? Chacun me détestait à sa façon.

- Kara, ne sois pas stupide, parle-moi.

C'était la première fois qu'il s'adressait à moi de cette façon. À l'intérieur de mes veines, le produit se frayait un chemin dans mes bras. Bientôt, il atteindrait mon cœur. Je tentais d'inspirer profondément, mais la pièce semblait manquer d'air. Mon rythme cardiaque s'accéléra. Je me sentais comme prise au piège. J'ouvris les yeux et les murs se mirent à se mouvoir se refermant dangereusement sur nous. Percevant ma panique, Armaël me redressa puis me calla contre la paroi froide de la douche.

- Mets ta tête entre tes jambes, m'ordonna-t-il, puis saisissant de nouveau mes cheveux entre ses mains, il les releva d'un geste de la main et parvient à les attacher.

Se levant, ses pieds se déplacèrent à toute vitesse sur le carrelage de la salle de bain.

- Concentre-toi sur ta respiration, ajouta-t-il.

Déposant une serviette gorgée d'eau sur ma nuque, il s'assit à mes côtés.

- Je comprends que c'est difficile, mais tu dois me faire confiance.

J'allais lui assener une réplique cinglante lorsqu'une nouvelle vague de vertiges me stoppa. Perdant le fil du temps, une éternité sembla s'écouler. Relevant enfin la tête, je liai mon regard à Armaël.

- Laisse-moi t'aider.

♦ 380 ♦

Je finis par acquiescer et soulevai le bas de mon tee-shirt.

- Que contenait la seringue ?
- Je ne sais pas, je crois qu'ils souhaitaient juste m'assommer en attendant qu'ils décident quoi faire de moi.
- Comment ça ? « En attendant qu'ils décident quoi faire » de toi ? me demanda Josh, paniqué.
- Ils travaillent pour les personnes qui ont tué mon frère, parvins-je à articuler ma bouche soudain pâteuse et mes paupières lourdes. Ils n'ont pas réussi à tout m'injecter.
- C'est leurs sangs sur ton manteau et tes mains ?

La voix d'Armaël était dénuée de reproches.

- Oui.

Sentant mon corps et mes forces m'échapper, je compris que le produit n'allait pas tarder à m'emporter.

- J'ai besoin de ton aide. C'est Karalyn.

À l'autre bout du téléphone, je crus distinguer le professeur Oaks. Le métamorphe allait devoir une fois de plus voler à mon secours. La chaleur de son aura disparu tandis qu'il se levait.

- Plusieurs personnes l'ont agressée et lui ont injecté un produit avec une seringue. Le bas du ventre.

De l'eau coula dans le lavabo.

- Fièvre, nausée. Elle ne peut presque plus bouger.

Ses pas revinrent vers moi et il déposa une autre serviette humide sur mon front. Le contact glacé de l'eau sur ma peau ne suffit pas à m'éclaircir les idées.

- Très bien, je reste avec elle jusqu'à ce que l'ambulance arrive.

Il accrocha et le silence s'installa. Je pouvais sentir Josh au bord de la panique.

– Tu devrais retourner à ton dortoir, finit par déclarer Armaël à l'attention de Josh.

– Il est hors de question que je la laisse...

Avant qu'il ait pu terminer sa phrase, un voile noir m'engloutit.

◆

Plongée dans un tourbillon dont je ne parvenais pas à sortir, je captai des voix par intermittence : Josh et Armaël se disputant. Peut-être. Je n'en étais pas sûre. Puis celle du professeur Oaks, avant que le produit m'engloutisse à nouveau. J'ignorais combien de minutes s'étaient écoulées lorsque l'on déplaça mon corps. Il y avait trop d'auras différentes autour de moi, trop de bruit, pour que je distingue quoique ce soit.

Lorsque je parvins enfin à battre des paupières, une lumière crue m'aveugla. Un certain temps s'écoula avant que je me rende compte que j'étais à l'arrière d'une ambulance. Celle-ci me paraissait rouler à une allure folle. Le ronronnement du moteur ainsi que le cliquetis incessant des appareils médicaux me troublèrent. Remuant à peine, une silhouette en blouse apparut. Celle-ci tripota la perfusion qui courait jusqu'à mon bras et quelques secondes plus tard, un liquide chaud se déversa dans mes veines. Pourquoi faisait-il cela ?

Le néant me tint compagnie un certain temps. Puis, ce fut au tour des souvenirs de venir me tourmenter : le visage de mon père, Josh, Kaïs, l'ours de mes rêves. Tous m'assaillirent et se mélangèrent jusqu'à ce que je ne puisse plus les dissocier. Je leur criai d'arrêter de bouger, mais aucun ne semblait m'entendre.

La réalité finit part se frayer un chemin parmi eux. Ouvrant les yeux tant bien que mal, ils rencontrèrent un plafond blanc. Battant des cils à plusieurs reprises, je tentai de m'éclaircir les idées. Tourner la tête me demanda bien plus d'efforts qu'habituellement. Je me sentais lourde. Voulant me redresser, je remarquai que quelque chose entravait mes poignets. La peur balaya les dernières traces d'anesthésiant encore présentes dans mon organisme. Inspectant mon corps, mon sang se glaça. Portant qu'une simple blouse médicale, une perfusion répandait dans mes veines un produit à la couleur étrange. Des machines enregistraient chacune de mes respirations, chaque battement de mon cœur. Sauf que je ne me trouvais pas dans un hôpital.

La chambre ne contenait ni fauteuil ni armoire où suspendre mes vêtements. Aucune table avec une bouteille d'eau pour me rafraîchir. Mes pieds et mes mains étaient maintenus au lit. Une caméra recueillait le moindre de mes gestes, tandis que face à moi, le mur était une immense vitre en verre. Derrière celle-ci, le docteur Tesni m'observait, un sourire satisfait accroché aux lèvres.

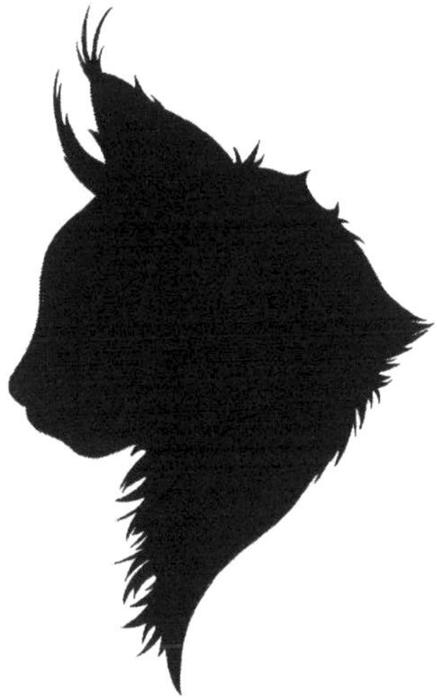

Printed in Great Britain
by Amazon